A Tática da Amizade

STEPHANIE ARCHER

A Tática da Amizade

SÉRIE VANCOUVER STORM

Tradução
GUILHERME MIRANDA

paralela

A Editora Paralela é uma divisão da Editora Schwarcz S.A.

Grafia atualizada segundo o Acordo Ortográfico da Língua Portuguesa de 1990, que entrou em vigor no Brasil em 2009.

TÍTULO ORIGINAL The Wingman

CAPA E ILUSTRAÇÃO DE CAPA Chloe Friedlein

PREPARAÇÃO Isabela Sampaio

REVISÃO Adriana Bairrada e Marise Leal

Dados Internacionais de Catalogação na Publicação (CIP)
(Câmara Brasileira do Livro, SP, Brasil)

Archer, Stephanie
A tática da amizade / Stephanie Archer ; tradução Guilherme Miranda. — 1ª ed. — São Paulo : Paralela, 2025. — (Vancouver Storm ; 3).

Título original : The Wingman.
ISBN 978-85-8439-490-6

1. Ficção canadense I. Título. II. Série.

25-286794 CDD-C813

Índice para catálogo sistemático:
1. Ficção : Literatura canadense C813

Cibele Maria Dias – Bibliotecária – CRB-8/9427

EDITORA SCHWARCZ S.A.
Rua Bandeira Paulista, 702, cj. 32
04532-002 — São Paulo — SP
Telefone: (11) 3707-3500
editoraparalela.com.br
atendimentoaoleitor@editoraparalela.com.br
facebook.com/editoraparalela
instagram.com/editoraparalela
x.com/editoraparalela

Para Aimee Cox, que não desperdiçou sua segunda chance

1

HAYDEN

— Para de ficar encarando a Darcy — Jordan diz enquanto troca meu copo vazio por uma cerveja nova.

Deixo de prestar atenção na mesa um pouco mais à frente, onde minha amiga e colega de apartamento está num encontro com um cara que não para de olhar para os peitos dela.

— Não estou encarando.

Meus olhos se voltam para o cabelo de Darcy, loiro-claro cintilante sob a meia-luz do bar. É seu primeiro encontro depois de romper o noivado com meu melhor amigo, Kit. Ela está de costas para mim, então não consigo ver sua expressão.

— O que acha dele? — pergunto a Jordan. — Acho que ela não deu nenhuma risada.

O acompanhante de Darcy não para de falar.

Jordan revira os olhos.

— Ela está bem.

— Eu sei que ela está bem.

Aos vinte e tantos anos, Jordan, a bartender e proprietária do Filthy Flamingo, o barzinho que frequentamos depois dos jogos do Vancouver Storm, tem experiência de sobra em ver encontros desastrosos.

Mas, num encontro, Darcy deveria estar mais do que bem. Esse cara deveria estar se jogando aos pés dela, fazendo de tudo para chamar sua atenção. Darcy Andersen é o pacote completo. Inteligente, engraçada e deslumbrante, com o cabelo loiro-claro lindo, olhos verde-mar e um narizinho adorável com a pontinha arrebitada. Além disso, é fã número um da série de livros de fantasia *Espada do Norte*, e foi assim que nos conhecemos oito anos atrás: quando me sentei ao lado dela no primeiro ano de literatura na universidade porque ela estava usando uma camiseta da série.

Uma mulher dessas não fica solteira por muito tempo.

Não que eu me importe. É bom tê-la só pra mim depois que ela passou quatro anos morando em Calgary com Kit.

Jordan arqueia uma sobrancelha.

— Então por que está sentado aqui como se fosse o pai superprotetor dela?

Sinto um aperto no peito, mas abro um sorriso tranquilo e confiante.

— Ué, não posso tomar uma sozinho?

— Você nunca está sozinho, seu festeiro.

Solto uma risada tensa. Sabia que deveríamos ter ido para qualquer outro lugar.

No time de hóquei Vancouver Storm, sou a alma da festa. O mais animado, que consegue convencer todos a irem ao Filthy Flamingo depois dos jogos. O barzinho fuleiro, com pôsteres de banda, cerveja barata e cordões de luzes pendurados no teto é onde gostamos de curtir. É raro sermos reconhecidos aqui e, se algum outro cliente nos reconhecer, jamais vai ousar abrir o bico na frente de Jordan.

Mas Darcy quis vir.

— Falei para Kit que cuidaria dela depois que eles terminaram. — Massageio a nuca. Depois de jogar hóquei juntos desde a adolescência, ele é meu amigo mais próximo, embora joguemos por times diferentes da NHL agora. — E ela estava tensa sobre hoje, então me ofereci para ficar por perto e dar apoio.

— Apoio.

— Isso aí. Vai que acontece alguma coisa? — Minha voz sai na defensiva, então abro outro sorriso arrogante. — Sei ser bem intimidante.

Como zagueiro, sou um cara grande. Trabalho com alguns dos melhores personal trainers, nutricionistas e treinadores do esporte profissional, e o resultado é visível.

— Sim. — Jordan bufa com um olhar inexpressivo. — Você é mesmo aterrorizante.

Abro um sorriso charmoso para ela, mas volto a olhar para Darcy.

— Vai lá ver sobre o que eles estão conversando.

— Owens, deixa a menina em paz.

Ergo as mãos em sinal de rendição.

— Prometo não interferir a menos que ela me dê o sinal.

É só jogar o porta-copos no chão, falei para Darcy mais cedo, fazendo-a rir, *que eu te ligo com uma falsa emergência.*

Jordan balança a cabeça, mas esboça um sorriso irônico.

— Vocês dois são ridículos.

Quando ela retorna ao balcão, meu olhar se volta para Darcy.

Ela puxa a manga. Se ajeita no assento. Olha de relance por cima do ombro.

Paro com a cerveja a meio caminho da boca.

O cara diz algo que faz os ombros dela se erguerem de tensão. Estou totalmente alerta de novo, desejando saber leitura labial, quando o porta--copos de papel sai voando da mesa e cai no chão. Minha boca se curva num sorriso, e encosto o celular na orelha quando começa a chamar.

— Alô? — Darcy atende, com uma voz preocupada.

— Sei lá o quê, sei lá o quê, desculpa esfarrapada.

Quando ela finge um susto, olho para a parte de trás da cabeça dela com um sorriso de orelha a orelha.

— Ai, meu deus. Como assim? Você está bem?

— Estou com meio por cento de bateria e decidi ligar para você em vez de chamar uma ambulância. — Meu peito se alarga, e faíscas crepitam e estalam atrás do meu esterno. Estou sorrindo que nem besta. — Eu poderia até descer pela lateral do prédio, mas aqui é a cobertura, e estou *pelado*.

— Você foi atropelado? — Dá para perceber que ela está tentando não rir.

— Sim. Pelado. Estava fazendo umas flexões e a motorista se distraiu. Causei um engavetamento de dez carros.

— E você está no hospital?

— Sim, e eles não tiram os olhos dos meus músculos. — Suspiro. — Estou me sentindo objetificado, como um pedaço de carne. Não sei como vou passar por isso sem você.

A três mesas de distância, consigo sentir seus olhos se revirando. Tímido é uma coisa que eu não sou. Ela disfarça a risada com uma tosse rápida.

— Coitadinho. Que assustador. Já chego aí. E, Hayden?

— Oi, Darce?

— Não chora. Vai ficar tudo bem.

Ela desliga e dou uma risada.

Viu só? É *esse* tipo de coisa que deveríamos estar fazendo. Em vez de Darcy sair com um cara que não para de babar nos peitos dela.

— Pelado no terraço? — Darcy se senta à minha frente na mesa uns trinta segundos depois de dispensar o cara. — Sério?

Meu sorriso provocante se alarga.

— Não é à toa que mantenho uma chave lá.

Ela revira os olhos, mas está sorrindo.

— Imagino que ele não seja seu Príncipe Encantado se a gente precisou da chamada de emergência.

— Não chega nem perto. — Darcy apoia a testa nas mãos. — Foi um desastre.

Eu não deveria ficar tão feliz em ouvir isso.

— Sinto muito.

— Ele disse: "Venho de uma família grande, e a gente tem bebês grandes, com cabeças grandes". — Ela me vê dobrar de tanto rir e lança um olhar sério, embora sua boca esteja se contraindo. — Para de rir.

— Ué, por quê? Ele está avisando com antecedência.

Ela solta um grunhido.

— Ele não parava de falar sobre o futuro casamento *dele* e como a mãe dele tinha tudo planejado. — Seu rosto lindo se contrai numa careta. — E ele quis me beijar lá fora.

Meu sorriso some.

— E você beijou?

Darcy é ex de Kit. É proibida pra mim, e é uma pessoa independente, capaz de tomar as próprias decisões, mas, só de pensar em algum homem botando as mãos nela, já sinto vontade de sair quebrando alguma coisa.

— Claro que não. — Ela fica horrorizada. — Menti e disse que estava com uma afta que era uma forma de herpes, então era melhor não.

Aliviado, eu rio com a boca no copo.

— Vou ter que guardar essa.

— Como se você precisasse, com o monte de supermodelos com quem você sai.

Faço uma careta.

— Três. Não um monte.

Darcy solta um barulho inconformado e fica olhando para o chão, os cantos da boca contraídos para baixo.

— O que foi?

Ela balança a cabeça, piscando.

— Nada.

— Darce — digo com a voz arrastada.

Seus olhos encontram os meus, e ela morde o lábio inferior carnudo.

— Pensei que ter um encontro seria divertido, mas foi horrível. Ele queria todas as coisas que eu não quero.

Puta que pariu. Não suporto vê-la assim.

— Pra que a pressa, sabe? Faz só um mês.

— A pressa é que perdi... — Ela para de falar, e seus olhos ficam desconfiados.

— Perdeu o quê? — Tempo? Perdeu tempo? Eles passaram oito anos juntos.

— Nada. — Ela balança a cabeça. — Estou recomeçando aqui em Vancouver. Cidade nova, equipe nova no trabalho, apartamento novo assim que eu encontrar um.

— Apartamento novo? — Faço uma expressão de "como assim?". — Você está morando comigo.

— Não, estou *hospedada* na sua casa. Não posso ficar lá.

— Claro que pode.

Ela me lança um olhar firme.

— Hayden. Não tenho como bancar aquele apartamento.

— Não falamos nada sobre aluguel. — E não vou aceitar um centavo dela. Darcy tem um emprego bom, mas pelo meu patrimônio e pelo tanto que me divirto morando com ela, sinto como se ela estivesse me fazendo um favor.

Darcy abaixa a cabeça, exasperada.

— Não começa.

— Foi só um comentário. Eu ganho milhões de dólares por ano. — Abro um sorriso arrogante. — Não preciso do seu triste dinheirinho de atuária.

Ela balança a cabeça, mas está rindo.

— Nossa, quanto ego. Talvez você precise mesmo de mim para se manter sob controle.

— Eu adoraria.

— Enfim. — Ela me ignora. — Além de tudo isso, novo status de relacionamento. Solteira. — Darcy vacila na última palavra, passando a mão na barriga como se estivesse nervosa.

O término dela e de Kit não é da minha conta, mas, quando ela me ligou para dar a notícia, ainda estava bem chateada, e eu simplesmente... Não podia ficar de braços cruzados. É Darcy. Ela também é minha amiga. Animá-la e distraí-la é minha obrigação.

— Não precisa voltar a namorar. — Aperto o copo com mais força. Em vez disso, ela deveria passar tempo comigo. — Só se divirta.

— Isso. — Os olhos dela se iluminam e ela gesticula para mim. — Diversão. Exatamente. Passei um mês jogada no sofá lamentando o término e... — Então engole em seco. — Já fazia muito tempo que eu estava pronta para terminar com ele.

Eu me forço a não reagir.

— Não sabia disso.

Mal sei como foi o término. Darcy não quis conversar sobre o assunto, então não insisti. Quando estiver pronta, vai me contar.

Mas estou curioso demais. Será que ele aprontou alguma coisa? Eles sempre pareceram felizes juntos.

— O cara de hoje estava pronto para me apresentar para a família toda — ela continua. — Queria cisnes no casamento, Hayden. — Então me encara, e tremo de tanto rir. — Cisnes *e* cavalos. Ele tinha tudo planejado. Só faltava encaixar alguém lá. — Darcy faz cara de nojo. — Eu só queria uma distração. Cadê esses homens?

Pisco para ela.

— Estou bem aqui, gatinha.

Ela ri.

— Meu Deus. Você é tipo o líder. Leve-me até eles.

Eu deveria estar acostumado com isso, mas o estigma machuca, ainda mais vindo dela.

Nunca quis essa reputação. Simplesmente nunca encontrei uma mulher com quem eu tenha desejado ter algo duradouro. Se pressinto algum interesse por compromisso, não chamo a mulher para sair. Não iludo ninguém, e não fico dando cantadas, mas sempre garanto que todas se divirtam.

Sou um rostinho bonito, um belo tanquinho e uma foda muito, muito boa, e não finjo ser nada além disso.

— Espera. — Darcy semicerra os olhos. — Você pega, mas não se apega.

Por sobre a borda do copo, lanço um olhar curioso para ela.

— Certo?

— Você *sempre* se diverte. Manda bem nessa história toda de pegação e teve anos de prática. Já deve ter ficado com centenas de garotas.

— Aonde você quer chegar com isso? — O que quer que seja, não estou gostando.

Ela insinua um sorriso e seus olhos brilham com interesse.

— Quero ser como você.

— Lindo de morrer?

Darcy abre um sorriso mais largo.

— Não, um pegador. Hayden, quero que me ensine a ser uma pegadora.

2

DARCY

O sorriso de Hayden se dissolve como se essa fosse a última coisa que ele esperava ouvir de mim.

— Você pode ser meu ajudante.

Não sei por que não pensei nisso antes. Hayden Owens: incrivelmente bonito, astro milionário do hóquei, a alma da festa, um querido em todos os aspectos e o maior pegador que conheço. Toda semana está com uma mulher diferente.

Hayden tem a vida que eu quero, pura diversão sem compromisso, e está sempre no controle. Ninguém passa por cima dele. Ninguém toma as decisões por ele.

Depois de Kit, estou *farta* de ser um acessório na vida de alguém.

Abro um sorriso de orelha a orelha para Hayden, que parece assustado.

— Em todos os anos que passamos juntos, eu e Kit nunca tivemos um encontro de verdade. A gente estava numa festa e, depois, ficamos juntos. A festa do hóquei. — Foi a sexta-feira da primeira semana da universidade, a primeira semana em que eu e Hayden nos encontramos na aula de literatura.

Ele franze a testa e desvia o olhar.

— Pois é. Eu lembro.

— Claro. Você estava lá.

Depois de passar a semana toda conversando antes da aula, achei que Hayden fosse me chamar para sair... Mas agora não é o momento para pensar nisso, então deixo o pensamento para lá.

Ele é areia demais para o meu caminhãozinho. Fica com supermodelos, atrizes e influenciadoras, e todas elas são altas, com o cabelo escuro e peitos enormes. Nem um pouco parecidas comigo, com minha baixa estatura, o cabelo e os olhos claros, e a completa falta de curvas.

Não que eu me importe. Somos amigos.

— Nunca flertei com um homem — continuo. — Nunca chamei nenhum homem para sair. Nunca nem saí no Dia dos Namorados nem ganhei flores.

Estou tentando superar, seguir em frente e não pensar em Kit, mas, quanto mais longe fico do término, mais raiva sinto. Depois que tentei terminar com ele em dezembro, Kit pediu que esperássemos até depois das festas de fim de ano. Ele disse que precisava se concentrar em alguns jogos importantes.

Mas, no réveillon, na frente de todos os seus companheiros de equipe do Calgary e dos companheiros de Hayden do Vancouver, me pediu em casamento.

Quem é que faz uma coisa dessas?

Congelei. Não quis que ele passasse vergonha, então disse que sim e, na manhã seguinte, terminei de vez.

Uma preocupação brilha no olhar de Hayden.

— Ele nunca levou você para um *date*?

Toco a língua no lábio superior, segurando a verdade. Eles são melhores amigos, e não quero fazer Hayden sentir que precisa escolher entre nós, então estou omitindo os detalhes do término.

Do outro lado da mesa, ele me observa com atenção.

— Quer dizer... nós estávamos na faculdade, então vivíamos ruins de grana e ocupados com os estudos e com o hóquei. Quando a gente se arrumava, era para os eventos de hóquei.

Ele me encara com seus lindos olhos azuis e contrai o maxilar.

— Por que não disse nada?

— Não importa mais. — Faço que é bobagem.

Não quero remoer o passado. Tenho vinte e seis anos; está na hora de compensar o tempo perdido e ter todas as experiências prazerosas que perdi.

Sua boca se abre num sorriso lento e sedutor.

— Quer flores, Darcy? Vou te comprar flores.

Dou risada. Sempre posso contar com Hayden para aliviar o clima.

— Você me entendeu. Eu quero me arrumar toda, ir a um bom restaurante, ouvir que estou bonita, depois ir para casa e fazer sexo contra a parede.

Ele engasga com a cerveja e tosse.

— Ou, tipo, no chuveiro. — Dou de ombros, confusa. — Sei lá. Onde quer que as pessoas façam sexo superintensamente. E depois não quero ver o cara nunca mais.

Hayden ainda está tossindo, e suas maçãs do rosto estão ficando rosadas.

— Você está bem?

— Estou — ele diz com a voz rouca, sem olhar para mim.

— Você mesmo disse. Preciso me divertir.

— Se divertir *comigo*. Sair depois dos jogos e assistir a *Espada do Norte*. — Nossa série de livros favorita agora é uma série de TV. O sorriso dele murcha um pouco. — Não com um cara que interrompe você e parece estar tentando adivinhar o tamanho do seu sutiã.

Sinto um arrepio com a raiva em sua voz. Não é do feitio dele. Mas Hayden só está sendo protetor porque somos amigos.

— Ele estava encarando meu quadril para ver se consigo parir um bebê grande.

Hayden range os dentes e toma outro gole de cerveja.

— Você sempre sabe o que fazer ou dizer. Já dormiu com centenas de mulheres.

Ele solta um grunhido.

— Centenas, não.

— Muitas. Se juntássemos todas, provavelmente não caberiam neste bar...

— Tá. — Ele fica sério. — Já entendi.

— Não estou julgando. Quero *ser* que nem você. Como a gente fica melhor nas coisas? Vendo o que os profissionais fazem. Aprendendo com os melhores. Não sei nem por onde começar. Não sei nem como abordar um homem.

Ele me observa por um bom tempo, passando a mão pelo cabelo loiro--dourado bagunçado. Parece prestes a dizer não, mas um cara passa por nossa mesa, e os olhos de Hayden ficam sérios antes de voltarem a encarar os meus.

— Está bem.

— Jura?

— Com uma condição. — Ele se inclina na minha direção, com um brilho nos olhos. — Se muda de vez para o meu apartamento. Não tem por que arranjar um se tenho um quarto de hóspedes. Sem falar que não gosto de morar sozinho.

De novo isso? Hayden mora na cobertura, e o apartamento dele é lindo. Janelas de pé-direito duplo com vista para a cidade, uma cozinha e uma sala enormes, uma varanda ampla com uma banheira de hidromassagem e um jardim. Até o quarto de hóspedes é melhor do que qualquer quarto de hotel em que já me hospedei.

Quando liguei na semana passada de Calgary para contar a notícia sobre mim e Kit, ele insistiu que eu viesse para Vancouver. Nem hesitou. Deve ter ouvido algo em minha voz, um quê de frustração, decepção e fragilidade, e me convenceu de que uma cidade nova era tudo de que eu precisava.

Sem Hayden, eu ainda estaria em Calgary, provavelmente remoendo minhas mágoas, e não me divertindo num bar.

— Você já fez muito por mim. — Esboço um sorriso. — Não quero tirar vantagem.

Depois de quatro anos, ele é o único amigo que ainda tenho em Vancouver. Muitos dos meus amigos em Calgary eram, na verdade, amigos de *Kit*, e perdi contato com várias pessoas da universidade.

Hayden é meio que tudo que tenho agora. Não posso estragar isso.

— O mercado imobiliário em Vancouver é um pesadelo — ele diz, e sinto que está tentando manter o tom casual. — Não quero que acabe morando com um tarado que entre no seu quarto e cheire suas calcinhas.

Deixo escapar uma risada horrorizada.

— Credo.

— E, se me encontrar no seu quarto — acrescenta, com um sorriso maroto —, vou estar só querendo saber se cabem.

— Eca. — Solto uma gargalhada. — Não experimenta minhas calcinhas. Vão ficar alargadas.

— É, vão mesmo. — Ele mexe as sobrancelhas sugestivamente e lança um olhar incisivo para a virilha. — Na parte da frente.

Minha cara arde, mas consigo sentir os resquícios de decepção devido ao encontro indo embora.

— Suas coisas já estão lá em casa. — Hayden encolhe os ombros largos e torneados. — E eu adoro seus pais, mas sei que você não quer morar com eles. — Os dois moram num bairro residencial tranquilo, a uma hora de Vancouver. — Você vai ter que ir e voltar de carro depois de todos os meus jogos em casa, e daí já vai ser tarde, e vai acabar dormindo na minha casa mesmo.

Ele me lança um olhar de *fazer o quê?*, como se já estivesse decidido. Escondo um sorriso.

— Você está todo confiante de que vou a todos os seus jogos.

— Você vai.

Sinto frio na barriga pela segurança com que ele diz isso e por seu sorriso sugestivo e autoconfiante.

Hayden sempre consegue o que quer na vida. É o ajudante perfeito, o cara perfeito para me ensinar a pegar geral.

— E quando você receber suas namoradinhas, hein? — Fico brincando com o porta-copo em cima da mesa. — Dividir apartamento com uma mulher vai atrapalhar seu estilo.

Na última semana, Hayden não saiu nem recebeu ninguém. Deve ser um recorde para ele.

Ele limpa a garganta, desviando os olhos.

— Não esquenta com isso. É esse o acordo que estou oferecendo, Darce. É pegar ou largar.

Não tenho muita escolha, tenho? Além disso, morar com Hayden na última semana foi leve e divertido.

— Combinado.

Sua mão grande envolve a minha ao selarmos o acordo, e uma onda de eletricidade me percorre quando sinto o toque da palma quente em mim. Nossos olhos se encontram, e prendo a respiração.

Quero um pouco de todo esse carisma de Hayden.

— Vai ser muito divertido — digo. — E eu aprendo rápido.

Ele abre um sorriso tenso que não se reflete no olhar.

— Mal posso esperar.

3

DARCY

Hayden e um jogador do time adversário se chocam contra as bordas bem na nossa frente e o vidro chega a tremer. Ele ergue os olhos para mim na primeira fila e me lança um sorriso jovial e brincalhão.

Retribuo o sorriso e balanço a cabeça enquanto ele sai patinando atrás do disco, sentindo uma leve adrenalina no peito.

Não era para ser tão excitante assim ver meu amigo jogar hóquei, ainda mais quando estou recém-solteira.

Mas é. Algo em ver Hayden jogando esse esporte brutal de contato me encanta.

Em toda a arena, os fãs torcem e vibram, gritando com os juízes por não marcarem faltas. É um mar de camisas do Storm de várias décadas, e me sinto um pouco deslocada só de casaco de inverno.

— Que bom que veio com a gente — Pippa Hartley diz com um sorriso tímido, mas simpático, enquanto se estica atrás da irmã, Hazel, para me olhar. As duas estão usando seus uniformes do Storm. Eu as conheci no ano passado, por meio de Hayden. — É muito mais divertido ficar aqui embaixo do que no camarote.

O juiz toca o apito e o jogo vai para o intervalo. Jamie Streicher, o goleiro sério e sisudo do Storm, se vira no gol à nossa frente para tomar água. Seus olhos vão direto para Pippa, sua noiva, e, mesmo por trás da máscara de goleiro, dá para ver como seu semblante se suaviza.

Toda vez que os vejo juntos, ele não consegue tirar os olhos dela — e nem as mãos, quando ela está perto o bastante. Hayden disse que os dois estudaram juntos no ensino médio e se reencontraram quando Pippa foi contratada como assistente pessoal dele na última temporada. Hoje em dia ela é cantora e compositora e lançou seu primeiro álbum no ano passado. Dizem que as celebridades têm egos enormes e são grosseiras e difíceis, mas parece que a fama não a mudou nem um pouco.

— Pois é, você sabe que esse é seu lugar agora, certo? — Hazel sorri com as sobrancelhas erguidas. — Vai se sentar com a gente, aqui embaixo, onde tudo acontece.

Contenho o sorriso.

— Já que insistem...

— Insistimos, sim. Você é nossa agora. — Hazel se volta para a partida e encontra o noivo, Rory Miller, o capitão do time, sempre presunçoso e brincalhão. Ele também estudou com ela, Jamie e Pippa no ensino médio, embora Hazel parecesse odiá-lo até começarem a sair no início da temporada.

No inverno, Hayden fofocou para mim que desconfiava que os dois só estivessem fingindo sair para fazer ciúme no ex tosco dela, mas não há nada de falso na maneira como ela olha para ele *nem* no anel de diamante que cintila em seu dedo.

Além de trabalhar como fisioterapeuta da equipe, Hazel também dá aulas de yoga e recentemente abriu o próprio estúdio fitness inclusivo com foco em positividade corporal aqui em Vancouver. Ela reduziu o trabalho de fisioterapia a um dia por semana para o time enquanto estrutura o estúdio.

— Você está bem? — Ela me observa atentamente. Tenho a impressão de que poderia lhe contar qualquer coisa agora e ela não julgaria. — Com o término e tudo mais?

— Hazel — Pippa diz, paciente. — Talvez ela não queira conversar sobre isso.

Hazel dá de ombros.

— Tudo bem se não quiser. Mas eu seria uma péssima amiga se não perguntasse nem oferecesse apoio. Que se foda aquele cara, aliás.

Dou uma risada em silêncio.

— Não, Kit não é má pessoa.

— Não importa. A maioria dos jogadores de hóquei não vale nada, exceto Streicher e Rory. — Ela esboça um sorriso. — Hayden é bem legal também. Levou Rory para casa naquela noite em que ele bebeu demais e fez uma tatuagem. Parece que sempre cuida dos amigos. — Então me lança um olhar de esguelha.

— Cuida mesmo. — Engulo em seco. — Hayden é demais.

— Então — Hazel diz em voz baixa —, como perguntei, você está bem?

— Acho que sim? — Deixo escapar uma leve risada insegura. — Não faço ideia. Sinto que estou me virando bem, apesar de tudo.

— Também acho. — Ela abre um sorrisinho irônico. — Acho que você está se virando muito bem.

— Chega de falar de mim. Como vai o estúdio?

— É trabalho à beça, mas — ela sorri, com brilho nos olhos — está indo muito bem. Nem parece trabalho quando estou lá, sabe?

Hazel me conta sobre a criação do horário das aulas, a contratação de professores e recepcionistas e o interesse que já vem despertando nos moradores.

— É quase bom demais para ser verdade, poder fazer isso todo dia. Saber que essa é minha *profissão* agora — ela diz. — Eu faria isso de graça.

Sinto um aperto no peito com suas palavras, uma sensação de que Hazel tem algo que eu quero ter. Não é inveja; quero que ela tenha seu trabalho dos sonhos. É admiração, porque mulheres como Hazel e Pippa correm atrás do que querem.

Queria ser mais como elas, mas já me magoei antes. Meu trabalho de atuária pode ser chato, mas é seguro. Ninguém se prejudica.

— E, sempre que eu duvido de mim mesma — ela acrescenta, olhando para Rory, que está se preparando para o recomeço da partida —, Miller está lá para me apoiar, repetindo que consigo fazer qualquer coisa.

A aliança na mão esquerda de Hazel reflete a luz, brilhando e cintilando. Penso na aliança que devolvi a Kit um mês atrás e sinto uma dor pulsante no peito. Mas, quando ergo os olhos para Hazel, ela está olhando para a mão com uma expressão encantada.

— É lindo seu anel. — Uma pedra azul-clara com tons de cinza, cercada por pequenos diamantes delicados numa aliança rosa-dourada.

— Obrigada. — Ela sorri. — Me surpreende ter gostado tanto. Nunca dei muita atenção a joias ou anéis de noivado, mas... — Ela morde o lábio. — Tem um significado. Se Rory me desse um anel de pirulito, eu adoraria.

Sinto algo estranho no peito, um resquício de algo que nunca vivi. Uma paixão tão completa e absoluta por alguém.

— Pippa, você está dando uma pausa da turnê? — pergunto.

— Estou — responde ela, ajeitando uma mecha de cabelo loiro-mel atrás da orelha. — Até o casamento em abril. Vou compor outro álbum até lá, além de planejar o casamento e levar Daisy para passear na floresta. — Então me lança uma expressão hesitante. — Posso supor que Kit não vem para o casamento?

— Isso te atrapalha? Posso arranjar um acompanhante, se precisar deixar os números pares ou sei lá.

— Não, imaginei que você fosse com Hayden.

— Como assim? — Arregalo os olhos. *Como um casal?* — Por quê? Ele disse isso?

— Não — ela responde devagar, olhando de relance para Hazel. — Mas vocês moram juntos agora, certo? Não foi isso que ele comentou?

O ar escapa dos meus pulmões.

— Sim. Moramos juntos. Claro. Faz sentido. E somos amigos. Ele deve levar alguma acompanhante.

Alguma mulher alta, com o cabelo escuro comprido e peitões, do tipo com quem ele sempre sai.

Pippa e Hazel se entreolham.

— Ele não vai levar — Pippa diz.

— Ah. Que bom. — Arregalo os olhos. — Quer dizer, não *bom*. Só quero dizer que estou aliviada. Não! — Balanço a cabeça. — Não estou me expressando bem. Gosto de passar tempo com Hayden, só isso.

E pensar em ter que ver sua acompanhante rindo das suas piadas e tocando nele a noite toda me dá uma sensação estranha.

Elas trocam um olhar.

— Quê? — Alterno o olhar entre as duas. Estou agindo de maneira muito estranha. Já devem estar se arrependendo de terem me chamado para vir com elas.

Hazel inspira fundo.

— A gente está desconfiando...

— De nada — Pippa a interrompe. — A gente *não* está desconfiando de nada. É ótimo. Morar junto parece ser uma coisa boa.

— É, sim... — Com os olhos semicerrados, mordo o lábio.

Hazel ergue uma sobrancelha.

— Fala.

— Ele não me deixa pagar o aluguel.

Pippa aperta os lábios, tentando não sorrir, enquanto Hazel abre um sorriso largo.

— Jura? — Hazel pergunta, como se essa fosse a melhor coisa que já ouviu. — Ele não deixa você pagar o aluguel? Interessante. Porque é um grande amigo?

Pippa lhe dá uma cotovelada.

— Para com isso.

Solto o ar, me lembrando de como o encurralei na cozinha hoje cedo.

— Ele é muito irritante. Toda vez que falo disso, ele muda de assunto e, quando insisti, disse para eu não me preocupar. Que não está precisando de dinheiro.

As transferências eletrônicas vivem expirando quando Hayden faz de conta que esquece de aceitar ou finge perder as notificações no e-mail.

Hazel ri.

— Eles se acham.

— Não quero tirar vantagem dele.

— Você não está tirando vantagem. — Ela revira os olhos. — Ele adora sua presença lá. E tenho certeza de que você consegue encontrar formas de retribuir que não tenham a ver com dinheiro.

Ergo as sobrancelhas ao sentir um calor percorrer meu corpo.

— Hm...

— Saiu mais sugestivo do que eu queria. Só estou dizendo que esses caras conseguem comprar qualquer coisa, então dê algo que o dinheiro não compra. — Hazel dá de ombros. — Seja amiga dele. Assista aos jogos e torça por ele. Leve o cara para as minhas aulas de yoga para eu poder acabar com a raça dele. Assista àquela série estranha de fantasia com ele.

— *Espada do Norte*? Hum, não é estranha. É a melhor série de livros de fantasia que eu já li.

Hazel franze o nariz.

— Ah, não, você também?

— É muito boa. Posso te emprestar meus exemplares, mas você precisa devolver.

Ela revira os olhos, mas está sorrindo.

— Ele me falou a mesma coisa. Você e Hayden nasceram um para o outro.

Um calorzinho se forma dentro de mim com as palavras dela, e não consigo conter um sorriso. Quando o vejo no gelo, tão rápido, forte e determinado, um arrepio percorre meu corpo.

Nada jamais aconteceria com Hayden, sei disso. Kit era delicado, um pouco passivo e mais no meu nível, mas Hayden? Ele é extraordinário, tanto em termos de aparência como de personalidade. Poderia ter qualquer uma.

E hoje? Vou começar a aprender como ele faz isso.

4

HAYDEN

Faltando vinte segundos para o fim do terceiro tempo, estamos empatados com o Chicago.

O sangue dispara pelos meus ouvidos enquanto eu e Volkov seguimos os atacantes do outro time pelo gelo. Como zagueiros, temos uma função: manter o disco longe de nosso goleiro.

Meu olhar se volta para Darcy, que está sentada com Hazel e Pippa atrás do gol, e sou tomado por uma onda de determinação.

Miller se prepara para um *slapshot* e, enquanto o disco voa em direção ao gol, prendo a respiração. Lá está aquela sensação no meu peito de novo, a que não venho conseguindo ignorar nos últimos tempos. Como se tivesse alguma coisa errada.

O disco passa violentamente pelo goleiro e a torcida vai à loucura, gritando de emoção.

— Bela jogada, rapazes — Miller grita, envolvendo-me em seu abraço forte e me dando um tapinha nas costas enquanto a sirene do gol ecoa e as luzes piscam ao nosso redor.

Abro um sorriso, rindo quando ele me sacode, mas soa forçado, e me sinto um babaca por isso. Meu time marcou; era para eu estar nas nuvens. Nós nos preparamos para o recomeço da partida, que dura três segundos, o jogo termina e saímos do gelo.

Darcy encontra meu olhar, me dá um sorriso tímido e acena. Uma sensação de orgulho cresce dentro de mim e pisco para ela através do vidro. É bom tê-la aqui nas partidas, me vendo jogar e conversando com Hazel e Pippa.

Eu me lembro da noite em que ela me pediu para ser seu ajudante. Fiquei tentando não pensar nisso, na esperança de que ela esquecesse.

— Owens — o técnico Ward me chama quando saímos do gelo. — Sem coletiva pós-jogo para você. Me encontra na minha sala.

Sinto um frio na barriga. Se o treinador quer falar com você depois de um jogo, coisa boa não é.

— Vou colocar você no ataque — Ward diz, recostando-se na cadeira de escritório para me observar com seu ar calmo e sereno.

Eu o encaro, sem saber se ouvi direito.

Tate Ward tem trinta e tantos anos, jovem para um técnico da NHL e provavelmente bonito demais também, se for ler os comentários nos posts das redes sociais do Storm. Uma década atrás, foi jogador pelo Vancouver, quebrando recordes a torto e a direito, mas, depois que uma lesão no joelho pôs um fim na sua carreira, passou a se dedicar à função de técnico.

Depois de uma temporada e meia com o Vancouver Storm, ele está ficando conhecido por correr grandes riscos com base em seus instintos. Com apenas dois meses e meio na temporada e uma chance razoável de chegarmos às eliminatórias, porém, mudar um jogador para uma posição nova é a maior mudança que já fez até agora.

Fico olhando para Ward por um tempão.

— Até Kerrington voltar?

Um dos nossos atacantes, Kerrington, se lesionou numa partida algumas semanas atrás.

Ward nega sutilmente com a cabeça.

— Permanentemente. Kerrington vai passar o resto da temporada de licença. Vou informar o time no treino amanhã.

Solto um longo suspiro. Ninguém gosta de ouvir que seu amigo e companheiro de time está fora.

Mas isso não explica por que estou aqui. Mesmo com a licença de Kerrington, Ward tem treze atacantes para escolher, e eu sou um dos melhores zagueiros da liga. Franzo as sobrancelhas.

Sou o cara que dá suporte. Que joga bem com os outros e se dá bem com Volkov, o mais rabugento do time. Sou o músculo de apoio, não o astro.

— Nunca joguei fora da defesa — digo a Ward.

Seu sorriso se alarga.

— Não é bem verdade, Owens.

Eu me lembro de um mês atrás. O amistoso que jogamos contra o Calgary num rinque ao ar livre em Whistler. Miller sugeriu que eu jogasse um tempo na posição de atacante como último recurso.

— O Clássico da Liga.

— Pois é — Ward responde com um aceno.

— Não era um jogo de verdade. — Não contou para a temporada regular. — Foi só por diversão.

Ele semicerra os olhos enquanto me observa em silêncio, e sinto um mal-estar no peito.

— Não sou o astro.

Ward fica pensativo.

— E se fosse?

Cruzo os braços, tentando abrir meu sorriso afável e bem-humorado, mas não consigo.

— A decisão é sua — acrescenta ele, ainda me observando —, mas acho que é a jogada certa, e gostaria que você considerasse.

As eliminatórias são daqui a três meses, no fim de abril, e temos uma boa chance. Ward está sempre nos incentivando a representar nosso papel, focar em nossas posições para servir ao time. Defesa é a posição em que sei que me destaco.

Mas será mesmo que estou me destacando? Ou estou apenas me virando? Volto a pensar no jogo, e a sensação estranha no meu peito quando Miller marcou o gol vem à tona. Algo mudou, e não consigo identificar o quê, mas desconfio que só tende a piorar.

À minha frente, Ward espera com sua paciência habitual. Desde que assumiu como técnico, o Vancouver Storm mudou para melhor. Ao contrário do técnico anterior, ele não é cheio de si e trabalha individualmente com cada jogador do time, desde os astros da primeira linha aos novatos da quarta. Conhece todos os membros da organização Storm pelo nome, até as pessoas com quem não interage, como o pessoal da limpeza, os contadores e a equipe de manutenção do gelo. Porra, conhece até o pessoal que trabalha no quiosque.

Um time, Ward sempre diz. Admiro isso nele, como trata todos com respeito, faz com que se sintam incluídos e valorizados.

Passo a mão no cabelo. O prazo de contratações é em março, e não tenho o menor interesse em sair. Volkov, Miller, Streicher, Hazel, Pippa: essas pessoas são minha família. Darcy também está aqui em Vancouver agora, e pensar em ter que me mudar para longe dela de novo me leva a tomar a decisão.

Não quero dar nenhum motivo para Ward me trocar e, mais do que isso, quero que tenha orgulho de mim.

— Está bem. — Meu peito está tenso quando respondo com um aceno firme de cabeça. — Estou dentro.

— Estava torcendo para você dizer isso. — Um sorriso satisfeito se abre em seu rosto. — Você começa a treinar com os outros atacantes amanhã de manhã.

5

DARCY

— Tem certeza de que não tá cansada? — Hayden pergunta quando nos sentamos a uma mesa no Filthy Flamingo depois do jogo. O barzinho escuro e estreito em Gastown tem pôsteres de banda emoldurados em todas as paredes de madeira e pisca-piscas pendurados no teto. — Não precisamos ficar muito.

Já vim aqui algumas vezes quando visitei Hayden, e é meu bar favorito de Vancouver. Com sua entrada escondida num beco escuro e discreto, é o ponto de encontro secreto do Vancouver Storm, especialmente depois dos jogos. Jordan, a linda bartender mal-humorada, de cabelo escuro e comprido, serve as bebidas detrás do balcão e, atrás dela, há polaroides dos fregueses assíduos fixadas na parede, incluindo uma foto do time.

Lanço um olhar chocado para Hayden.

— De jeito nenhum! Quero curtir.

Kit sempre queria ir para casa logo depois dos jogos. Eu tinha que arrastá-lo para sair com o time dele ou com Hayden quando estávamos na cidade. Meu sangue começa a ferver.

Hayden sorri.

— Boa menina.

Faço uma careta e ele ri. Hazel, Rory, Jamie, Pippa e o parceiro de defesa de Hayden, Alexei, estão todos aqui, assim como outros jogadores e suas namoradas. Estão todos animados depois da vitória, e o bar vibra com risadas e conversas.

Jordan entrega nossas bebidas, e eu e Hayden brindamos com nossos copos.

— Saúde. — Ele faz contato visual comigo.

Eu o encaro em resposta, arregalando os olhos.

— Saúde.

— O que vocês estão fazendo? — Hazel pergunta, olhando para nós com um sorriso curioso.

— Precisa fazer contato visual quando brinda — Hayden explica, como se fosse óbvio.

— Pois é — concordo. — Ou são sete anos de sexo ruim.

Hayden faz uma expressão de pavor.

— A gente não pode correr esse risco.

Hazel ri.

Eu em especial não posso correr esse risco, considerando o marasmo que foi minha vida sexual nos últimos anos.

Ao meu lado, Hayden apoia o braço em cima do banco, roçando em meu ombro sem querer, e sinto um arrepio descer por minha espinha.

— Temos um assunto muito importante a tratar, Darce.

— Qual? — Arregalo os olhos.

Ele está seríssimo.

— Seu aniversário.

Deixo escapar uma risada.

— Ah. Isso.

— Sim. Isso. — Os olhos dele brilham de interesse. — O que vamos fazer?

Meu aniversário é só em abril, daqui a meses.

— Nada. As eliminatórias já vão ter começado; não quero fazer nada de grandioso quando você precisa focar.

— Vai que a gente não se classifica?

Reviro os olhos, pensando em sua velocidade e agilidade no gelo hoje.

— Do jeito que você joga? Vão se classificar, sim.

Seu sorriso se alarga um pouco.

— Não tenta me distrair. A gente precisa celebrar. É o primeiro ano desde a faculdade que vamos passar juntos.

Faço um barulho evasivo. Na universidade, meu aniversário coincidia com o fim das provas, então dávamos grandes festas e convidávamos todos que conhecíamos. Desde que nos formamos, porém, meus aniversários passaram a ser uma ocasião muito mais tranquila. A ideia de ficar um ano mais velha faz minhas entranhas se revirarem de pavor.

Certo. Esse sentimento. É por isso que não dou mais festonas. Odeio ficar um ano mais velha quando sinto minha vida tão estagnada e desalinhada. Como se eu estivesse nos trilhos errados, seguindo na direção errada.

Mas as coisas estão mudando. Hayden vai me ensinar a ser pegadora, e vou ter todas as experiências divertidas que ainda não vivi.

— Sobre o que Ward queria conversar depois do jogo? — pergunto, mudando de assunto.

Ele hesita.

— Vai me colocar no ataque.

Os jogadores nos olham ao ouvirem isso, interessados.

— Sério? — Rory observa Hayden com curiosidade, enquanto o canto de sua boca se ergue a cada segundo. — Interessante.

Hayden dá de ombros e olha de canto de olho para Alexei.

— Pois é. Vai avisar o time amanhã.

Alexei solta um som baixinho de aprovação, cruzando os braços e franzindo a testa para a mesa. Faz anos que a mídia especula sobre sua aposentadoria iminente. Ele ainda é um grande jogador, mas o esporte é brutal para os corpos desses caras. Alexei levou um golpe forte esta noite e, ao entrar no bar, estava mancando um pouco para o lado esquerdo.

— Acho uma boa escolha. — O sorriso malandro e descontraído de Rory é substituído por uma expressão séria de apoio. Reconheço o capitão. Rory Miller finge ser arrogante e exibido, mas ama seu time e quer o melhor para seus jogadores.

— Ele mencionou o Clássico da Liga — acrescenta Hayden.

— Foi exatamente o que pensei. — Rory acena, cochichando. — Deu certo, Owens, e acho que Ward também notou.

Hayden se limita a dar de ombros, e aproveito o momento para imaginá-lo na nova posição.

Ele é tranquilo, simpático e descontraído. Quer que todos se sintam incluídos; sempre foi assim, desde a universidade, quando convidava todos do andar para as festas, incluindo o garoto estranho que nunca saía do quarto. É o que mais amo nele, esse seu coração aberto e amoroso.

Nunca tenta se destacar como outros. Talvez seja por isso que se dê tão bem na defesa.

Mas às vezes me pergunto se ele acha que não merece ser o astro e como seria se tentasse se destacar. Os zagueiros protegem o goleiro, mas são os atacantes que marcam os gols e levam a glória. Imagino Hayden no gelo, correndo atrás do que quer com um foco predador. Minha mente muda o cenário, e ele está correndo atrás de uma mulher, o olhar firme nela com aquele seu sorriso lindo e confiante, envolvendo-a com o corpo e fazendo o coração dela bater mais rápido.

Deixando claro que a quer.

Um arrepio me atravessa, descendo entre minhas pernas, e limpo a garganta.

— Tudo bem aí? — Hayden sorri e arqueia uma sobrancelha curiosa. Os outros retomaram a própria conversa, sem prestar atenção em nós.

— Tudo. — Minha voz sai aguda e estranha, então limpo a garganta de novo. — Consigo imaginar você jogando no ataque.

Ele me lança um olhar estranho.

— Jura?

— Uhum.

Hayden é um homem grande como os outros zagueiros, mas há algo na maneira como ele joga, fluido e com simplicidade, como se estivesse preenchendo as lacunas no gelo, que me faz pensar que está se contendo. Como se estivesse jogando pelos outros, e não por si mesmo.

Meus pensamentos se voltam aos modelos analíticos que tenho salvos no meu laptop em casa. Alguns anos atrás, achei uma conferência analítica de hóquei no YouTube. Assisti vídeo após vídeo de pessoas debatendo como usam dados e análises estatísticas para encontrar padrões e prever resultados. Esses dados ajudaram os times a jogar melhor, se recuperar mais rápido de lesões e marcar mais gols.

Desenvolvi meus próprios modelos, só para ver se conseguia. Ao contrário do meu emprego chato, isso era tudo que eu adorava em matemática na universidade: como ajudar o mundo a fazer sentido, como é possível praticamente prever o futuro entendendo o passado.

Faz séculos que não mexo neles, mas talvez eu possa usá-los para ajudar Hayden.

Descarto a ideia na mesma hora.

O Vancouver Storm tem toda uma equipe de técnicos e treinadores para ajudar seus jogadores a atingirem o auge. Não precisam da intromissão de uma mulher que tem como hobby inserir números num programa.

Errar nessas coisas tem consequências. Sinto a vergonha apertar meu peito. Meus erros podem afetar os outros.

— Darcy? — Hayden me observa, preocupado. — No que você está pensando?

— Nada. — Solto um riso forçado, afastando as memórias do meu primeiro emprego depois da faculdade, lembranças que pensei ter sepultado tão bem. Pego o celular. — Estava lendo sobre ser pegadora.

Hayden me abre um sorriso irônico e seus olhos brilham sob as luzes do bar.

— Pesquisando, hein? Andou pesquisando?

— Claro. — Olho para ele com uma cara de *dã*. — Não me conhece?

Ele balança a cabeça, sem deixar de sorrir.

— Muito bem, Andersen, o que aprendeu?

Abro o site favoritado. "Como ser um pegador: Passo a passo."

6

DARCY

— Não. — Hayden ri, espiando a tela do meu celular sobre meu ombro. — Não pode ser verdade.

— É, sim. Olha só. — Seu cheiro recém-saído do banho me envolve, limpo e marcante, e sinto um friozinho na barriga. — Regra número um: um pegador é sempre tranquilo e confiante. — Lanço um olhar incisivo para Hayden ao meu lado, estendido com o braço definido sobre o encosto do banco, e imito sua postura. Ele afasta o braço para me dar espaço. Sou mais baixa do que ele, então preciso me esticar para alcançar o topo do banco. Não pareço nem confiante nem tranquila, mas faço Hayden rir.

Ergo o queixo, abro um sorriso canalha e pisco.

— E aí, gatinho, como vai?

Ele bufa.

— Você leva jeito pra coisa.

— Obrigada. — Solto uma risadinha e volto para a lista. — Regra número dois: tenha uma base digna de pegador. Sofás de couro e uma TV grande vão fazer as mulheres se sentirem à vontade. — Minha expressão é cética. — Não sei se é verdade, mas seu apartamento é bonito, *sim*.

No entanto, ao me imaginar levando homens para lá depois dos encontros, sinto uma pontada estranha no peito. Hayden é meu amigo, e passei anos namorando Kit na frente dele, então não deveria importar, mas me jogar em cima de um cara com Hayden no quarto ao lado ou, pior, *assistindo*? Me causa uma sensação desconfortável.

— *Nosso* apartamento — ele diz.

Lanço um olhar curioso.

— Hein?

— Você falou "seu apartamento", mas também mora lá agora. — O sorriso dele se alarga. — Esse era o acordo. Você prometeu.

Um calor se instala no meu peito.

— Mas é seu. E eu não pago aluguel.

Hayden dá de ombros.

— Detalhes.

— Hayden.

Ele me olha nos olhos e abre um sorrisinho travesso.

— Darcy. — Abro a boca para reclamar, mas ele me interrompe. — Gosto de dividir o apartamento com você. Você gosta de morar lá, não?

— Claro. — Hayden é muito mais organizado do que Kit e lava a própria roupa. Eu uso o banheiro principal, e ele tem o dele na sua suíte, então não brigamos pelo chuveiro. Gosto de voltar para casa depois do trabalho e vê-lo quando ele está na cidade, de folga. — Parece que estamos de volta na universidade, morando nos dormitórios.

— Ótimo. — Ele se aproxima e abaixa a voz. — Então para de reclamar.

Solto uma risada, e meu coração se aperta de carinho por esse cara. Por mais famoso que fique, por mais dinheiro que ganhe ou status que atinja como um dos melhores jogadores da liga, não deixa de ser generoso.

— Qualquer mudança que queira fazer no apartamento — acrescenta Hayden —, eu topo.

— *Qualquer* mudança? — Estreito os olhos, tentando não sorrir e estragar a surpresa que está esperando por ele quando chegarmos em casa. — Então, se eu quiser pendurar um globo espelhado gigante no meio da sala e pintar os pisos de laranja-neon, você toparia?

Ele sorri.

— Acho divertido.

— Você é o cara mais de boa do mundo, não? Ou talvez só queira muito que eu arranje alguém.

No meio do gole, ele tosse. Quando se recupera, aponta para o celular.

— Qual é a número três?

— Regra número três — leio. — Aja como um pegador, não um cara certinho. Mostre para as mulheres que está ali para se divertir, não para permanecer. Você não quer que ninguém pense que é para casar, então seu penteado, suas roupas e seu carro devem refletir sua verdadeira natureza de pegador. Seja meio pavão, isso vai turbinar seu charme e lubrificar a conversa. — Faço uma careta. — Eca. — Minha expressão muda conforme vou processando as palavras, e olho para o meu suéter de lã. Um suéter idêntico ao que usei na outra noite, mas de cor diferente.

É um suéter quentinho e durável. Fica bem com calça jeans, e também dá para combinar com saltos baixos e usá-lo para ir ao escritório. O preço foi bom. Para uma peça de roupa, é a mais séria possível, mas não sou *louca* por ela. É boa. Não fico empolgada em usá-la nem acho que fique tão bem assim em mim.

Na universidade, eu vivia usando uma camiseta de *Espada do Norte*. Foi como eu e Hayden nos conhecemos: ele a reconheceu e começamos a conversar antes da aula.

Por que não visto mais aquelas coisas?

"Não é um pouco, hum, chamativo?", Kit perguntou uma vez quando levei um vestido laranja vivo para casa. Algo no tom vibrante de tangerina me deixava muito feliz. "Quer mesmo se destacar tanto assim?"

Faço uma careta para Hayden.

— Pareço alguém para casar.

— Ah, vá — Hayden diz, me lançando um olhar incrédulo.

— É verdade. — Aponto para mim mesma. — Pareço responsável, como se sempre pagasse os impostos dentro do prazo, trocasse o óleo quando é para trocar e tomasse suplemento de vitamina D.

Ele arqueia a sobrancelha, com brilho nos olhos.

— Você faz tudo isso.

— Exatamente. — Dou um tapinha nele, que ri. — Não está vendo? — Preciso me vestir e parecer alguém que você *não* queira levar para conhecer a mãe. É isso que a regra número três está tentando dizer. *Você está ali para se divertir, não para permanecer.*

— Espera. — Rory se inclina para a frente com um sorriso curioso. — O que você está lendo?

— É uma lista sobre como ser pegador. — Ergo o celular. — Achei na internet. — Todos param a conversa para ouvir, confusos. — Hayden vai me ajudar.

Há um longo momento de silêncio na mesa até Hazel ficar boquiaberta, os olhos brilhando de interesse.

— Sério?

Sinto a cara arder, mas me forço a me empertigar.

— Sério. Acabei de sair de um relacionamento de oito anos e não vou desperdiçar mais nenhum segundo.

Hazel e Pippa trocam mais um daqueles olhares. Rory olha para Hayden, e há algo nos olhos *dele* que também não consigo decifrar. Jamie se limita a observar Pippa como se ela fosse algo que ele quer devorar.

— Que foi? — Olho de um rosto a outro e sinto a preocupação subir pela garganta. — Vocês acham besteira. Acham uma má ideia.

— Não! — Pippa se recupera. — Você acabou de sair de um relacionamento longo e merece se divertir. E Hayden é a pessoa perfeita para isso.

Hazel mexe as sobrancelhas para Hayden em um tom sugestivo.

— Exatamente. Vocês se dão *muito* bem.

Hayden desvia o olhar antes de apontar para minha lista.

— Não precisa mudar de aparência, Darce.

— Sei que não *preciso*, mas e se eu quiser? — Algo urgente me percorre. — Estou vivendo um recomeço. Por que estou me vestindo como minha versão antiga que deixei lá em Calgary? — Olho para mim mesma. — Eu deveria comprar roupas novas.

— Qual é o problema com as suas roupas? — Pippa pergunta, com uma expressão triste. — Adoro esse suéter.

— Usei esse suéter num encontro e o cara quase me apresentou para a mãe dele na hora — digo para ela e Hazel, fazendo-as sorrir. — Passa uma imagem responsável. Não quero parecer responsável, quero parecer uma grande gostosa. Quero parecer alguém para se divertir, não para passar o resto da vida. E quero usar roupas que eu ame, não que me deixam indiferente.

Hazel acena com a cabeça.

— Entendo, mas não conte comigo para conselhos de moda. — Ela aponta para sua legging de yoga. — Tudo que uso é feito de lycra. Confortável para se movimentar.

Os olhos de Rory brilham de interesse.

— Longe de mim reclamar.

— Para com isso — ela diz, mas está sorrindo, e meu coração dá um salto estranho.

— Sabe quem seria uma boa parceira de compras? — Pippa diz à irmã. — Georgia.

Hazel arregala os olhos, entusiasmada.

— *Sim*.

Na ponta da mesa, Alexei solta um ruído de indignação.

— Se querem que Darcy perca todas as economias, talvez. A doutora é má influência.

— Ah, vá. — Hazel lança um olhar duro para ele. — Não é porque *você* não se dá bem com ela que Georgia é má influência. Que criancice.

— Ela é uma das médicas do time, e você vai adorar — Pippa me confidencia. — Usa os melhores sapatos.

Uma sensação de leveza e felicidade me atravessa, e contenho um sorriso para não parecer ansiosa demais.

— Estou dentro. Só dizer quando.

— Ótimo. — Pippa sorri. — Vou marcar.

Hayden está me olhando com uma expressão desconfiada, então dou uma cutucadinha nele.

— O que é "ser meio pavão"?

— Vestir algo ousado que chama a atenção.

Olho para ele de cima a baixo: está usando uma jaqueta leve e preta que realça a cor de seus olhos azuis, uma camiseta branca e uma calça jeans. Nada colorido nem ousado.

— Você não faz isso.

Hayden abre um sorriso sedutor.

— Não preciso.

Bufo.

— Bom, está na cara que eu preciso.

Ele puxa uma mecha do meu cabelo, o que faz meu couro cabeludo arder de maneira prazerosa.

— E se você raspar?

Dou uma risadinha.

— Acho um visual lindo, mas não sei se sustento.

A lembrança de uma conversa que tive com Kit volta à minha mente. "Sempre quis tingir o cabelo de roxo", disse a ele. "Desde pequena. Um roxinho claro, tipo lilás."

Kit fez uma careta. "Por que você faria isso com seu cabelo?", perguntou. "Ficaria infantil. Seu cabelo é tão bonito assim..."

Nossa, como Kit era mala. Ele tinha uma imagem específica da mulher ideal e, agora que vejo a relação a uma certa distância e tenho tempo para ver todas aquelas lembranças em perspectiva, percebo que nunca me encaixei naquela imagem.

Eu mostrava pedaços de quem realmente sou e ele me dissuadia. O que isso diz sobre mim?

Mas talvez Kit estivesse certo em relação ao cabelo. Seria um exagero. Duvido que lilás pegaria bem no ambiente formal da seguradora em que trabalho.

Hayden me dá uma cotovelada, observando meu rosto.

— O que mais tem na lista?

— Regra número quatro: sempre tenha um plano. É aí que você entra, claro. Do resto cuido eu.

Hayden não diz nada, então leio o último item.

— Regra número cinco: jamais se apegue. — Abro um sorriso de canto, mas parece forçado. — Sem chance.

Hayden passa um tempão me observando.

— Tem certeza de que quer fazer isso?

Há um toque de seriedade em seu olhar, como se temesse que eu estivesse cometendo um grande erro.

Mas não acho que seja um erro. Acho que é minha única opção. Não posso voltar a ser quem era antes, deixando que outra pessoa assuma o controle da minha vida. Agora, curtindo no bar com todo mundo, conversando e rindo, sem me preocupar se está ficando tarde demais para Kit, que gostava de ir para a cama cedo, estou começando a me sentir eu mesma de novo.

Aposto que Hayden está com medo de que eu acabe me magoando. Se eu me apaixonasse por alguém, me perderia de novo. Sei disso. Não sou como Hazel ou Pippa, que sabem quem são. Ainda estou me descobrindo.

— Absoluta — respondo. — A probabilidade de eu me apaixonar por alguém é zero. Não estou procurando nada sério. — Sorrio para mostrar que estou bem. — Quando vamos começar? Agora?

Ele coça a nuca.

— Não aqui, com todo mundo olhando. Vamos sair amanhã, só eu e você.

— E você vai me ensinar a dar em cima dos caras?

Ele passa a língua no lábio superior, com o rosto tenso.

— Vou.

Um misto de expectativa e nervosismo me atravessa.

— Amanhã, então.

7

DARCY

— Dá para fazer no Filthy Flamingo. — Hayden segura a porta aberta para mim quando chegamos em casa à noite.

Entro no apartamento e meu ombro roça em seu peito; ele dá um passo repentino para trás, e franzo a testa.

Nas primeiras vezes, pensei que estivesse imaginando coisas. Hayden gosta de contato físico. Ao longo dos anos, já perdi a conta de quantas vezes envolveu meus ombros com o braço. Andava comigo de cavalinho, bagunçava meu cabelo e nunca hesitava em me dar grandes abraços calorosos.

Mas, desde que me mudei, ele não toca mais em mim. Não me abraça mais, não coloca mais o braço ao meu redor. Hoje, no bar, tirou o braço antes que eu encostasse nele sem querer. E, agora, está recuando para me dar espaço.

— Darce?

Ele age como se minha pele fosse feita de aranhas ou sei lá.

— Humm? — Tiro os sapatos.

— Seu aniversário, do qual não esqueci, mesmo você tendo fugido do assunto hoje.

Suspiro, mas não deixo de sorrir.

— Por que a hesitação? — Ele tira meu casaco e o pendura para mim. — A liga vai dar uma semana de folga para a gente entre a temporada e as eliminatórias este ano. Ward lutou por essa novidade.

Abro a boca, surpresa.

— Uau. Que demais. — Os jogadores normalmente estão exaustos quando a temporada acaba, e chegam às eliminatórias cansados e lesionados, sem jogar seu melhor.

— Podemos dar a festa nessa semana, alguns dias depois do seu aniversário, depois que a temporada regular terminar. E não sei você — Hayden diz por sobre o ombro, entrando na cozinha americana —, mas eu adoro uma desculpa para uma festa.

— Sei bem. — Dou um sorriso de canto.

— Já me chamaram de festeiro. — Ele tira a garrafa d'água da geladeira e toma metade, a linha forte de sua garganta se movendo.

Talvez uma festona de aniversário seja exatamente do que eu preciso. Vai ser como um prazo. Vou ter tudo resolvido até lá.

Uma sensação de urgência e empolgação cresce dentro de mim.

— Tá, por que não? — Abro um sorriso complacente para ele. — Vamos dar essa festa.

Assim que olho para a porta da varanda, uma risada ameaça escapar. Escondi algo lá fora hoje e passei o dia todo esperando que Hayden chegasse em casa e encontrasse.

— A porta da varanda está trancada? — pergunto, fingindo inocência. — Essas coisas sempre me deixam nervosa.

Ele bufa.

— A gente está no vigésimo andar. Acha mesmo que alguém vai escalar o prédio? — Então faz um barulho sarcástico de compreensão. — Vou proteger você de intrusos, Darce.

Contenho o sorriso e finjo preocupação.

— Pode confirmar mesmo assim? Por favor?

Sua expressão se suaviza.

— Claro.

Hayden cruza a sala até as portas da varanda, vê o anão de jardim espiando pela janela e quase morre de susto.

— Puta merda! Não! — Ele estremece.

Eu me dobro de tanto rir.

— De onde surgiu isso?

— Ai, meu Deus, é o Daniel! — Abro um enorme sorriso receptivo e aceno para o anão de porcelana medonho que comprei hoje. Estou chorando de rir. — Finalmente achou seu endereço. Ele disse que estava procurando por você.

— Darcy. — Hayden passa a mão no rosto, encarando o ornamento de jardim com repulsa e pavor.

Daniel, o Anão de Jardim, segue Hayden desde que a avó dele o deu para mim no dia em que fomos almoçar com ela, quando estávamos no terceiro ano da universidade. O maior erro que Hayden já cometeu na vida foi me contar que odeia anões de jardim e tem medo deles.

— E está com um chapeuzinho novo. — Vou até o vidro e aceno para o anão. — Bom ver você de novo, Daniel. O que disse? — Eu me abaixo e levo a mão à orelha, fingindo escutar. — Quer dormir na cama de Hayden?

Hayden se encolhe.

— Deixa essa porra medonha aí fora. Ou, melhor ainda, se livra dela.

— Você disse que eu poderia fazer qualquer mudança que quisesse.

— Não isso. Tudo menos isso.

Ele vai recuando pela sala, pega sua garrafa d'água e segue reto para o corredor que leva aos nossos quartos.

— Vai que a gente tem a sorte de um pássaro levar isso embora e deixar cair no mar?

Meu peito treme de tanto rir.

— Boa noite, Hayden.

Na entrada do corredor, ele para, retribuindo meu sorriso.

— Boa noite, Darce.

Hayden pode até se recusar a tocar em mim por alguma razão, mas estou começando a ver que morar com ele pode ser divertido.

8

HAYDEN

— Owens, nós não estamos jogando golfe — Miller grita na manhã seguinte, durante o treino. — Não precisa erguer tanto o taco.

Dou uma risada e ajusto o movimento, lançando o disco na direção de Streicher na rede.

— Boa. — Miller me observa lançar o restante dos discos.

À beira da pista, Ward toma notas. É um dos treinos mais leves da semana. Estamos nos concentrando em afinar os detalhes de movimentos como *wrist shots* e *snap shots*, mas não sei se estou atendendo às expectativas dele.

Depois de um tempo, Ward toca o apito.

— Acabamos por hoje — anuncia, acenando para o banco. Os atacantes da terceira linha entram no rinque e saímos.

Meu olhar se volta para o outro lado do gelo, onde Volkov está treinando com o assistente técnico e o zagueiro da segunda linha que assumiu minha antiga vaga na primeira linha. É estranho não estar mais jogando com ele, como se eu estivesse usando sapatos novos que ainda precisam ser amaciados.

— Que história é essa de ensinar Darcy a ser pegadora? — Miller pergunta com um sorrisinho malicioso quando nos dirigimos ao vestiário.

Contenho um grunhido. Estava torcendo para ele esquecer, mas, conhecendo Rory Miller, não teria como. Abro um sorriso maroto em resposta.

— Por quê? Também está precisando de aulas?

Ele ri.

— Esse tempo já ficou para trás, amigo. Estou comprometido para o resto da vida. — Ele abre um sorriso orgulhoso, e sinto uma pontada estranha no peito.

Já no vestiário, tiro a camisa de treino e me sento para desamarrar os patins enquanto Miller bebe água.

— Ela acha que perdeu muitas coisas enquanto estava com Kit e quer cair na gandaia de novo. Quem melhor do que o mestre para ensinar? — Estufo o peito e abro um sorriso arrogante.

Neste momento, não me parece um motivo de orgulho. Peguei geral. E daí?

— Por que ela não treina com você? — Miller aponta o queixo para mim, sorrindo.

— Somos amigos.

Ele me encara por um longo tempo. Em dezembro, fomos para um bar, e terminei a noite entregando Miller muito bêbado para Hazel no apartamento dele com uma tatuagem nova que fez para ela. Ele não deve se lembrar da conversa que tivemos sobre Darcy e Kit, nem sobre o que eu estava sentindo sobre as insinuações de Kit de que eles iam ficar noivos.

Pelo menos, torço para que ele não lembre.

— Vocês são amigos — Miller repete. — E é por isso que você insistiu que ela morasse no seu apartamento?

— Sim.

— E é por isso que vai ensinar a garota a sair pegando geral?

Sou dominado por um sentimento forte e intenso de ciúme e meus molares rangem. Escolho um ponto da parede em frente para cravar o olhar.

— Não é bem assim.

— Claro que é — Miller diz. — Você vai ensinar tudo que sabe para ela e deixar que seja feliz para sempre com outro cara.

Inspiro fundo pelo nariz, tentando controlar a raiva que me atravessa.

Odeio essa imagem.

Naquela noite no bar, um cara passou pela mesa sem tirar os olhos de Darcy. Se eu não estivesse lá, ele pararia para puxar conversa. Compraria uma bebida para ela, talvez duas ou três. Darcy é uma pessoa inteligente, a mais inteligente que conheço, mas é fraca para bebida. Talvez ele inventasse uma desculpa besta e transparente para levá-la para a casa dele. Talvez ela não estivesse a fim, mas não soubesse como recusar. Talvez tivesse bebido demais para conseguir voltar sozinha para casa.

O pesadelo me dá calafrios, gelando meu sangue.

"Obrigado por cuidar dela", Kit escreveu quando soube que ela estava hospedada na minha casa.

Prefiro comer vidro a ver Darcy aprendendo a dar em cima dos caras, mas, pelo menos assim, posso cuidar dela.

— Ela quer minha ajuda. — Tiro os patins. — É minha colega de apartamento e minha amiga, e acabou de sair de um relacionamento. Não vou deixar que um tarado dê em cima dela e crie um clima estranho quando estiver na cara que ela não quer.

Darcy preferiu Kit a mim, afinal. Se me quisesse, não teria tomado uma atitude em algum momento dos últimos oito anos?

Não sou para casar. Sou o cara com quem as mulheres se divertem. Jessica Haley deixou isso bem claro no ensino médio, quando nós dois perdemos a virgindade juntos e depois ela me deu um pé na bunda. Eu me esforcei tanto para garantir que a nossa primeira vez fosse boa para ela, que se sentisse confortável, segura e tivesse prazer, que ela contou para as amigas. Contou para *todo mundo*. Depois que terminamos, uma amiga dela, Keeley, me encontrou numa festa, me puxou para um armário e me informou que também queria experimentar minhas habilidades em primeira mão.

Aconteceu numa festa no fim de semana seguinte com outra menina. E no fim de semana seguinte. Eu não me gabava desses encontros, mas as meninas falavam entre si, e assim ganhei fama de pegador.

No ensino médio, fui eleito *Sr. Aqui e Agora*. Ainda lembro que Kit riu até ficar vermelho, debruçado no anuário aberto.

As mulheres não escolhem caras como eu, não para o longo prazo. Não vejo mal nisso, e já aceitei a situação faz tempo.

— Falei para Driedger que cuidaria dela — admito, coçando a nuca. — Ela quer aprender a pegar geral, então vou ensiná-la a pegar geral. — Ao me levantar, adoto uma expressão casual que mostra que não dou a mínima, que estou indiferente. — Eu e Darcy nos divertimos juntos, e não faz diferença para mim quem ela pega ou deixa de pegar.

Sem falar que não sinto mais nada por ela.

Abro um sorriso confiante.

— E você está esquecendo uma coisa, Miller.

— É? — Ele arqueia uma sobrancelha, a boca curvada naquele seu sorriso irritante de quem sabe das coisas. — O quê?

— Ela não faz meu tipo — minto. — Gosto de morenas altas e cheias de curvas.

Esse é o tipo de mulher com quem fico, mas não é *meu* tipo.

Meu tipo é Darcy Andersen.

"Hayden é o maior pegador que você vai conhecer", Kit disse a ela na festa, sorrindo para mim.

Disse como se fosse uma coisa boa, quando, na verdade, isso destruiu minhas chances com a primeira menina com quem eu havia sentido uma conexão sincera.

Ela me lançou um sorriso cúmplice. "Dá pra ver. Ele é gatinho demais para ser monogâmico."

E eu pensando que poderia recomeçar.

Tensiono o maxilar e não gosto do que vejo nos olhos de Miller. Compaixão, talvez.

— Não engulo essa — ele diz.

Quebro a cabeça em busca de algo engraçado e irreverente para dizer, mas não consigo pensar em nada. Odeio que Miller seja mais inteligente do que parece, e odeio ainda mais não ser inteligente o suficiente para enganá-lo.

Ele aperta meu ombro ao passar, e eu fico tenso.

— Tudo bem — diz, indo para os chuveiros. — Vou estar aqui quando estiver pronto para os meus conselhos.

9

HAYDEN

— Então, se eu quiser mostrar que estou interessada, como começo? — Darcy pergunta à noite no bar em Yaletown que escolhi para podermos fazer isso sem o risco de os meus companheiros de time verem.

"E é por isso que você vai ensinar a garota a sair pegando geral?" As palavras que Miller disse depois do treino me fazem sentir uma nova onda de tensão.

— Hayden?

— Oi? — Limpo a garganta, focando em Darcy. — Certo. Flertar. Hum, é fácil. Você vai encontrar alguém em quem está interessada e fazer contato visual.

— Hum — ela diz, absorvendo a informação. Está linda hoje, com o cabelo solto e um pouco ondulado caindo sobre os ombros. Mas Darcy está sempre linda, com seu narizinho curvado, as maçãs do rosto altas e a boca em formato de coração.

Meus olhos descem para seu colo. Ela está torcendo as mãos, e sou atravessado por uma onda de proteção.

— Ei. — Minha voz é suave enquanto aponto para as mãos dela. — Qual é o problema?

Com uma expressão insegura, Darcy dá de ombros.

— Nervosa?

— Um pouco. Nunca fiz isso antes.

Resisto ao instinto de envolvê-la com o braço.

— Vai ser moleza para você, prometo. É só dar atenção para um cara que ele vai ficar caidinho. Você é linda.

Darcy ergue as sobrancelhas e abre um sorriso irônico.

— Sou *linda?*

Não foi minha intenção dizer isso. Dou de ombros como se dissesse esse tipo de coisa todo dia para as mulheres.

— Você sabia disso.

— Na verdade — ela faz uma careta —, não necessariamente. Você nunca me disse isso.

Porque sempre controlei pensamentos como esse. Abro um sorriso sarcástico.

— Não é para ficar se achando. Quem faz isso sou eu.

Darcy dá uma risadinha.

— Desculpa. Não vou ameaçar seu ego. Então eu olho nos olhos de um cara do outro lado do bar. Entendi. — Ela arregala os olhos o máximo possível, cravando-os em mim, e as íris brilham de tanto segurar o riso. — Estou te seduzindo, Hayden? — sussurra, com uma voz assustadora.

— Não. — Retribuo o olhar, respondendo com uma expressão igualmente estranha e assustadora, e segurando o riso. — Você se esqueceu de sorrir.

Darcy força um sorriso sem vida, ainda sem piscar, e nós dois começamos a rir.

Solto um suspiro exagerado.

— Vai ser mais difícil do que imaginei.

— Juro que não vou me comportar como uma boneca possuída de filme de terror antes do terceiro encontro. — Ela toma um gole da bebida e lambe o sal da borda, o que me leva a desviar os olhos. — Certo, contato visual com um cara por alguns segundos, sorrisinho. E depois?

— Depois, se ele for esperto, vai aparecer como um cachorro querendo petisco.

— Mas e se não for? E se for tímido ou algo parecido?

— Se um cara estiver interessado, vai deixar isso claro. — As palavras saem com mais intensidade do que eu esperava. — Não se contente com nada menos do que um cara que idolatre o chão onde você pisa.

Como eu, diz a voz em minha cabeça, mas eu a ignoro.

Darcy solta um "hum" pensativo e faz que sim, digerindo as palavras.

— Isso não estava na sua lista de como ser pegadora? Ser tranquila e confiante? Você vale ouro, então se valoriza.

Assim que ela sorri, todos os tons de verde em seus olhos cintilam.

— Você também vale ouro.

Nossos olhares se encontram, e é um daqueles momentos perfeitos em que somos só nós dois e em que penso: *talvez*. Talvez se tudo fosse diferente. Se eu tivesse criado coragem naquela primeira semana e a chamado para sair antes de Kit aparecer.

Mesmo se tivéssemos ficado, seria apenas uma questão de tempo até Darcy ver o que todas as outras veem, e tudo viria abaixo.

— Então tá. — Ela respira fundo. — Vamos lá.

O mau pressentimento que carreguei o dia inteiro fica maior e mais forte, mas estamos fazendo isso para ela se sentir confiante, para poder estar no controle enquanto pega geral e poder compensar o tempo perdido. Somos amigos, e Darcy precisa da minha ajuda.

— Primeiro, encontre alguém que te interessa.

Ela olha ao redor do bar. Por fim, seus olhos pousam numa pessoa antes de se voltarem para mim.

— Encontrou alguém? — Minha voz é tensa, e eu aperto o vidro com mais força.

— Encontrei — responde Darcy, com um aceno discreto. — Ele olhou para mim.

— Ótimo.

Ótimo nada. Odeio isso. Todos os instintos protetores e possessivos do meu corpo pulsam com força. Preciso de todo o meu autocontrole para não me virar e encarar o cara.

— Na próxima vez que ele olhar, dê o sorriso. Não o de dar medo.

Ela bufa, se ajeita e cruza as pernas, olha atrás de mim e, um momento depois, sua boca se curva no sorriso tímido mais lindo que já vi na vida.

É uma facada no meu estômago.

— Assim? — sussurra Darcy, voltando a me encarar.

Engulo em seco.

— Exatamente assim.

— Agora esperamos? — Ela toma um gole de sua bebida, vasculhando meus olhos.

— Se você estivesse com uma das suas amigas, eu diria que sim, mas, como está comigo — aponto para mim mesmo —, ele não vai abordar. Porque sou muito grande e forte. — Flexiono um bíceps e ela ri com a boca no copo. Sorrio, e parte da tensão em meu peito se alivia.

— Você sabe ser muito intimidador. O que sugere? — O sorriso dela se fecha, e seu rosto se enche de preocupação. — Por favor, não vai embora.

E não é que meu coração dá um salto ao ouvir isso?

— Não vou a lugar nenhum.

Uma ideia passa pela minha cabeça, e olho por sobre o ombro para o grupo de homens. Acho que vai dar certo: um deles está usando um boné do Storm.

— Qual? — murmuro para Darcy.

— Flanela verde — ela diz baixinho.

O homem de camisa flanelada verde escuta enquanto o amigo fala. Ele olha para Darcy antes de se concentrar no amigo outra vez. Dou uma sondada no grupo, buscando algum sinal de alerta, mas parece um grupo de caras comuns.

O alvo de Darcy olha para ela de novo e sorri, fingindo ouvir o amigo enquanto observa cada movimento dela.

Chamo a atenção da garçonete, que se aproxima. Não acredito que estou prestes a fazer isso.

— Pode mandar uma rodada de bebidas para aquele grupo ali, na ponta do balcão, por favor? — Darcy observa com curiosidade, e abro um sorriso forçado. — Espera só para ver.

— Owens. — O cara de boné do Storm me chama com interesse. — Com quem você mais gosta de jogar?

Nem sessenta segundos depois que mandamos as bebidas, os caras vieram para nos agradecer e dizer que são grandes fãs. Sou um ótimo ajudante, então apresentei Darcy como a menina que divide apartamento comigo e os convidei para tomar uma com a gente no balcão.

— Volkov, sem a menor dúvida. — Mal estou prestando atenção, pois tento ouvir a conversa entre Darcy e o cara de flanela verde.

Balanço o joelho, inquieto. Ver Darcy conversar com outro homem enquanto ele a admira com brilho nos olhos parece muito errado. Todos os músculos do meu corpo ficam tensos, e sinto um aperto no peito quando um estranho impulso protetor de pegar a mão dela e a levar para fora dali me invade.

Em termos de confiança, ela parece estar bem. Está mordendo bastante o lábio, como faz quando está nervosa, mas não sinto nenhum sinal de perigo vindo dela.

— ... não sei se vocês têm planos para o resto da noite — o cara de flanela verde diz a Darcy, com uma expressão esperançosa —, mas a gente vai para o meu apartamento...

— Não dá — solto de repente, me levantando. — A gente precisa ir.

Darcy me abre um sorriso estranho, e busco uma explicação para não parecer o guarda-costas superprotetor dela. Se eu estivesse como ajudante de alguma outra pessoa, tipo Volkov ou algum dos outros caras do time, teria o maior prazer em ir também e continuar curtindo.

Mas não gosto da ideia de Darcy no apartamento desse cara. Qualquer coisa que nos leve para mais perto do quarto dele — que é aonde ele está tentando levá-la; afinal, qualquer pessoa em sã consciência ia querer levar Darcy para a cama — me deixa puto e nauseado.

— A gente combinou aquele negócio amanhã de manhã. — Ergo as sobrancelhas antes de chamar a atenção da garçonete para pedir a conta. — Com Streicher, Pippa e Daisy. Melhor a gente já ir.

Estou mentindo na cara dura. Às vezes, Pippa e Hazel organizam trilhas na região de North Shore em Vancouver com a cachorra de Pippa e Streicher, e eu vou junto, mas não tem nada amanhã, e Darcy sabe disso.

— Ah, é. — Ela sorri, e o brilho travesso em seus olhos parece íntimo, só nosso. Nosso segredinho. — A trilha.

— Streicher? — o cara de flanela verde pergunta. — Jamie Streicher?

Darcy sorri e acena com a cabeça para ele.

— Sim.

Ele está olhando para ela com cara de apaixonado.

— Adoro trilhas.

Eu me esforço para não revirar os olhos em resposta à sua tentativa descarada de ser convidado.

— Legal.

Quando a garçonete chega com nossa conta, eu pago, empurrando a mão de Darcy com delicadeza quando ela tenta passar o cartão. Faíscas sobem por meu braço e tiro a mão.

— Muitas trilhas boas em Vancouver — acrescento.

Eu me coloco entre eles para ajudar Darcy a vestir o casaco enquanto o cara recua para nos dar espaço. Estou sendo um babaca territorialista, o exato oposto de um ajudante, mas não consigo me segurar.

Minha expressão é tensa, mas simpática, quando ponho a mão na lombar de Darcy, esquecendo minha própria regra de não tocar nela.

— Prazer conversar com vocês. Boa noite.

— Espera. — O cara de flanela volta os olhos com surpresa para Darcy. — Pode, hum... — Ele ri baixinho, pegando o celular. — Me dá seu telefone?

Ela olha para mim, toda insegura.

— Ela perdeu o celular — minto, tirando-a de lá sem olhar para trás. — Quem sabe na próxima.

Um momento depois, saímos para o ar frio da noite, e consigo respirar de novo.

10

DARCY

— Que desastre — digo a Hayden ao seguirmos pela rua, a caminho do apartamento.

Ele ergue as sobrancelhas, alarmado.

— Como assim? — Seus olhos faíscam. — Ele deixou você desconfortável? O que foi que ele disse? — Hayden olha para trás, na direção do bar, com o maxilar tenso.

— Não. Ai, meu Deus, relaxa. Ele foi superlegal. Era eu que estava estranha e sem jeito. A gente não tinha assunto. Assunto *nenhum*. Teve uma hora que até perguntei se ele "vinha sempre aqui", como se eu fosse um tiozão xavequeiro de bar de hotel.

Sinto arrepios só de lembrar.

Um sorriso se abre no rosto de Hayden.

— Você *é* uma tiazona xavequeira; fazer o quê?

Solto uma risada.

— Como vou ser pegadora se sou tão tiazona?

— Você vai dar um jeito. — O rosto dele fica tenso. — Tenho certeza de que o cara de flanela verde achou bonitinho.

Olho de esguelha para Hayden. Não parece o cara alegre e despreocupado que costuma ser.

— Você está bem?

— Estou. — Ele arqueia uma sobrancelha. — Por quê?

— Quis ir embora cedo. — Estico o braço e encosto o dorso da mão na testa dele, fingindo ver se está com febre. — Deve estar muito doente.

Ele dá uma risada e desvia os olhos.

— Só estou cansado.

— Ah — respondo com um aceno. — Faz sentido.

Mas não faz, não. Hayden gosta da noite. Adora ficar acordado até tarde e é extrovertido. Estar entre outras pessoas o energiza. Ele *ama* levar a festa para um segundo, terceiro ou quarto lugar.

Mas, se eu pensar na situação da perspectiva dele, talvez ver a ex do melhor amigo dar em cima de outros caras não seja sua ideia de diversão. Parti o coração do amigo dele e, agora, estou virando a página. Ele deve achar que não tenho coração. Talvez sinta raiva de mim por isso.

Sinto um aperto no peito ao pensar que Hayden possa estar nutrindo frustrações contra mim. Ele é tão gentil... jamais diria algo para me magoar.

Mas não gosto dessa ideia.

— Obrigada por hoje. — Abro um sorriso grato. — Sei que deve ter sido como ensinar um bebê a andar. Tenho sorte de ter você como amigo. — Sem pensar, envolvo sua cintura com o braço, como já fiz tantas vezes.

— Digo o mesmo, Darce. — Ele me dá um aperto rápido e amigável no ombro antes de se afastar, e sinto uma pontada de vergonha.

Hayden está mesmo evitando tocar em mim. Está bravo porque larguei Kit e parti o coração do seu melhor amigo.

Não posso listar todos os motivos por que eu e Kit não devemos ficar juntos sem criar um clima estranho entre eles, então fico de boca fechada, mas não me sinto bem com nada disso.

— Adoro que seu apartamento é tão perto de bares e restaurantes — digo a Hayden quando ele destranca a porta.

Seus olhos se estreitam, mas brilham com bom humor.

— Nosso apartamento.

— Certo. Nosso apartamento. — Estou prestes a colocar os sapatos dentro do armário do corredor de entrada quando paro, franzindo a testa. — Cadê todos os seus equipamentos?

Ontem, o armário estava cheio de coisas de hóquei. Hoje está quase vazio.

Hayden encolhe os ombros grandes.

— Passei alguns materiais para o meu guarda-roupa, outros para o depósito lá embaixo.

— Por quê? Não estava atrapalhando.

— Estava atrapalhando, *sim*. Mal tinha espaço para o seu casaco. — Ele faz uma careta. — E cheira a suor. Eu sei que fede, mesmo que você não fale nada.

— Não reparei. Você está sempre cheiroso.

— Quero que você tenha espaço para as suas coisas. Como eu disse, é o *nosso* apartamento.

Sinto o rosto arder de gratidão. Às vezes esqueço como Hayden sabe ser atencioso, como está sempre pensando no bem-estar dos outros.

— Obrigada.

— Não tem de quê — ele diz por sobre o ombro, entrando na cozinha. — Água?

Faço que sim, e ele serve dois copos antes de seguir para a sala. Eu vou atrás.

— Bom, que desperdício de noite. — Eu me afundo ao seu lado no sofá. — Desculpa por isso.

Hayden balança a cabeça, sorrindo.

— Você se saiu bem. Desculpa, eu, hum — ele olha para mim de canto de olho —, te tirei de lá antes que você pegasse o número dele.

— Eu já estava tentando pensar numa estratégia de saída depois de dizer que ele tinha um cheiro estranho.

No meio do gole, Hayden começa a rir e se engasga com a água.

Dou alguns tapas firmes em suas costas. Sua camiseta é quentinha sob meus dedos, e os contornos das costas dele são incrivelmente definidos.

Hayden limpa a garganta, ainda rindo.

— Preciso ouvir essa história.

— Ele cheirava a lápis, mas pior, sabe? Tipo lápis podre?

Os ombros de Hayden tremem, e eu belisco suas costelas, o que só o faz rir ainda mais.

— Li um estudo em que os pesquisadores achavam que faz parte do nosso sistema evolutivo acharmos que os membros do sexo oposto fedem. Segundo eles, quando isso acontece, significa que... — Solto um grunhido, afundando o rosto entre as mãos. — Não quero repetir. É exatamente por isso que preciso de aulas para ser sedutora como você.

Ele segura minhas mãos e as tira da frente do meu rosto, sorrindo.

— Conta.

Estou fazendo tanta careta que vou acabar distendendo um músculo.

— Falei para ele que nosso DNA não é compatível e que isso pode significar que somos parentes distantes. Passei uns cinco minutos tagarelando sobre o estudo e depois expliquei com todas as letras que não achava que ele cheirava bem.

Hayden joga a cabeça para trás e solta uma gargalhada retumbante. Meu coração dá uma cambalhota no peito, feliz por ele estar rindo.

— Se mesmo assim ele pediu seu telefone, parece que não se importou com isso — Hayden diz quando se recompõe.

— Pois é. — Sinto um frio na barriga de nervosismo e hesitação.

Ele franze a testa, me observando.

— Por que essa cara?

Inspiro fundo e tento expressar meus sentimentos em palavras, algo em que nunca fui boa. Consigo passar o dia todo resolvendo equações e encontrando padrões, mas vasculhar o turbilhão de tensão e nervosismo não é tão fácil.

— Hoje foi um dia estressante e assustador — admito, soltando um suspiro trêmulo. — Não me senti pegadora. — Em vez de me sentir no controle, foi como se as coisas estivessem acontecendo *independentemente* de mim.

Hayden solta um "hum" baixinho de compreensão.

— Putz, Darce. Desculpa.

— Não, o problema não foi você. Você foi ótimo. Eu precisava da sua presença lá.

Ele esboça um sorriso, e eu sorrio de volta.

— Acho que estou me jogando rápido demais, mas também não quero esperar sentada. — A impaciência me percorre. — A regra número quatro é "sempre tenha um plano", e eu me joguei de cabeça na paquera sem saber os próximos passos. — A ideia vai se formando na minha cabeça, ganhando clareza. — Se o cara de flanela verde não cheirasse a lápis mofado, e eu talvez gostasse dele, como faria para demonstrar que quero ir para o apartamento dele?

Ao meu lado no sofá, Hayden passa um bom tempo em silêncio.

— Você pode praticar comigo.

Franzo as sobrancelhas.

— Já estou praticando com você.

Ele passa a mão no cabelo.

— Não, tipo, praticar *em* mim.

— Ah. — Hesito, olhando nos olhos dele. Hayden tem olhos azuis devastadores, claros no centro e com círculos escuros. — Tipo, usar você.

Meu coração acelera. Por que parece tão obsceno falando assim? Não foi *nesse* sentido que ele quis dizer.

— Isso. — Hayden engole em seco, entrelaçando os dedos e os apoiando na barriga chapada. — Se for deixar você mais à vontade.

Sinto um nervosismo, mas não tem o mesmo peso e a mesma insegurança que tinha quando precisei conversar com aquele cara hoje. É mais leve, vibrando e se agitando em polvorosa pelo meu corpo. Um nervosismo de expectativa.

Não era o que eu tinha em mente quanto pedi a Hayden que me ensinasse a ser pegadora, mas minha cabeça gosta da ideia, curiosa para saber como seria. Acho que nunca vou ter outra chance de paquerar Hayden Owens.

Sem falar que ele é um especialista. Já fez isso milhares de vezes.

Aceita, um sentimento impulsivo e malicioso sussurra em meu ouvido.

— Eu adoraria estar preparada. — Meu coração está batendo mais rápido e, de repente, me dou conta de como Hayden é *másculo*. Quanto espaço ocupa e como suas mãos são grandes. Como cheira bem.

— E ainda sou seu ajudante. — Os olhos dele se voltam para minha boca.

— Exato.

Hayden não se apegaria porque não é de se apegar, e não estaria fazendo nada além de ajudar sua amiga.

Ajeito as pernas embaixo de mim no sofá, olhando para ele.

— Então, estou conversando com um cara num bar e quero, hum, levar as coisas adiante. O que eu faço?

Hayden contrai o maxilar por um breve momento.

— Você quer transar.

— Isso. — Não consigo nem imaginar a ideia de me sentir pronta para isso, mas acho que devo praticar e me preparar. — Como deixo claro?

Ele engole em seco e volta a olhar para a minha boca.

— Toca nele.

Faço uma expressão assustada enquanto imagens percorrem minha mente.

Ele abre um sorriso.

— Não tô falando pra, tipo, pegar no pau dele, Darce. Toca no braço, dá uma desculpa para encostar nas mãos dele. Diz que quer comparar o tamanho das mãos.

Arqueio uma sobrancelha.

— Aquele velho truque? Não deve funcionar.

Hayden me dá um sorriso cúmplice, e sinto uma pontada estranha de mal-estar ao imaginá-lo com outras mulheres.

— Nossa, que mãozinhas pequenas você tem. — Estendo a mão. — Aposto que as minhas têm o dobro do tamanho das suas.

Ele solta uma risada e, relutante, me dá a mão, pressionando nossas palmas.

Ah.

Que interessante.

Uma sensibilidade me percorre com o toque da palma calejada dele na minha. Todos os nervos da minha mão despertam, formigando e atraindo toda a minha atenção. Nem chega a ter graça o quanto a mão dele é maior do que a minha, e meus pensamentos se voltam imediatamente a lugares mais íntimos.

Deve ser proporcional. Quer dizer, só pode ser. Ele é grande; claro que tem mãos grandes e... O pau de Hayden deve ser enorme. Minha boca fica seca. Ouvi os boatos.

Quando ele tira a mão, sinto minha palma fria.

— Vou colar essa no meu repertório, mesmo parecendo coisa de escolinha. — Abro um sorriso sarcástico para ele. — Que outros truques você tem?

— É só encontrar outras formas de tocar nele. — Hayden ergue as sobrancelhas. — Ele não vai achar ruim, pode confiar.

— Assim? — Coloco a mão em seu braço. É meio estranho, mas a pele dele é quente. Hayden não está se retraindo como se estivesse sendo queimado, então já é alguma coisa.

Ele sorri para mim, acenando e relaxando o rosto.

— Uhum.

— Ou assim? — Ergo a mão, fingindo ver algo em seu cabelo. — Ah, pensei que tinha alguma coisa no seu cabelo.

Ele ri, mas, quando afundo os dedos em seu cabelo farto, solta um suspiro profundo, semicerrando as pálpebras.

Uma sensação maravilhosa invade meu peito. Hayden *gosta* que mexam no cabelo dele. Queria saber do que mais ele gosta.

— Seu cabelo é muito macio. — Passo os dedos no seu couro cabeludo, alisando os fios sedosos, e seu maxilar se contrai. — Vou começar a roubar seu condicionador.

— Sim. — Sua voz é áspera. — É perfeito.

Relutante, tiro a mão. Uma tensão paira no ar enquanto Hayden me observa, esperando pelo meu próximo movimento, e aquele desejo impulsivo me ataca novamente.

— Ou... — Minha mão vai à coxa dele. Sinto seu calor por baixo do tecido do jeans preto e, ao meu toque, seus músculos se contraem.

Hayden tem coxas de atleta profissional: fortes, grossas, musculosas. De viagens à praia e festas na piscina ao longo dos anos, sei que, sob a calça jeans, são cobertas por pelos loiros dourados.

Mas estar com a mão na coxa dele não é o mesmo que notar como seu short de banho marca seu corpo detrás dos meus óculos escuros. Uma onda de calor me atravessa, e minha pele se arrepia.

— Assim? — Olho em seus olhos.

— Isso. — Ele faz que sim. As narinas se alargam e a respiração dele fica alterada. — Exatamente assim. Está indo muito bem.

Um impulso estranho me faz passar o polegar na sua coxa, apertando de leve o músculo grosso e firme.

Hayden tem uma boca linda, me dou conta, sem tirar os olhos dela. Para um rosto tão forte, os lábios têm um formato surpreendentemente delicado, e meus dedos se coçam para contorná-los.

— Isso foi bom. — Ele pega meu punho e o coloca no meu colo como se estivesse em chamas, virando as costas para mim. — Você pegou o jeito. Tem o dom.

"Um pegador fica atento a sinais de que seus avanços são indesejados", a lista dizia. "Não seja inconveniente."

— Ótimo. — Ajeito o cabelo atrás da orelha, fingindo que não acabei de criar um clima estranho. — Essa foi fácil.

— Vou para a cama. — Hayden se levanta, sem me encarar, e vai para o corredor, com os ombros e as costas tensos. — Preciso tomar banho. Boa noite.

— Ah. Tudo bem. — Sinto o orgulho ferido ao vê-lo fugindo de mim. — Boa noite. Valeu pela ajuda — digo atrás dele.

A porta do quarto se fecha e, um momento depois, ouço o chuveiro se abrindo. Fico morrendo de vergonha. Ele saiu correndo.

Que me sirva de lição. Hayden é meu ajudante e nada mais.

11

DARCY

— Ei — Hayden diz atrás de mim enquanto espero na entrada da arena, do lado de dentro, alguns dias depois. Ele se aproxima com uma expressão intrigada, olhando ao redor. — Fiquei sabendo que tinha uma mulher bonita me esperando aqui... — Ele me encara e sua expressão se fecha com um exagero cômico. — Ah.

Dou uma gargalhada.

— Besta. Oi.

— Oi. Está esperando pela Georgia?

— Estou — respondo com um sorriso. Nós vamos fazer compras. — Ela deve descer a qualquer momento.

Ficamos nos olhando por mais um tempo, e me lembro de algumas noites atrás, quando eu estava com a mão na sua coxa. Passei a noite toda me revirando de um lado para o outro, com medo de ter cometido um erro fatal e estragado nossa amizade, mas, na manhã seguinte, Hayden agiu como se nada tivesse acontecido.

Só que eu não paro de pensar naquilo.

— Com licença — alguém diz, carregando com a ajuda de outra pessoa um urso de pelúcia gigante pelo saguão.

— E aí. — Hayden abre um sorriso simpático, e meu olhar se demora no coração gigante no peito do urso.

“Quer namorar comigo?” está bordado no coração. Sinto minha boca se curvando para baixo.

— Vamos para o hospital infantil amanhã — explica Hayden.

Respondo com um murmúrio distraído. Desde que as decorações começaram a surgir nas lojas algumas semanas atrás, ando temendo o

Dia dos Namorados. Eu e Kit nunca comemorávamos a data. Ele vivia viajando a trabalho, ou então arranjávamos alguma desculpa sobre como os restaurantes estariam lotados, o que eu não via como um problema. Nunca significou muito para mim.

Mas a ideia de ver casais felizes por toda parte amanhã me dá arrepios.

O rosto de Hayden muda, ficando estranhamente sério.

— Ei, Darce? Eu queria te perguntar uma coisa...

— Você deve ser Darcy — uma mulher de cabelo ruivo volumoso e um sorriso largo chama ao atravessar o saguão de salto e a passos firmes. — Owens disse que você parecia um misto de fada e cupcake, e agora entendo exatamente o que ele quis dizer.

Ela sorri para mim, e seus olhos cor de uísque são tão incrivelmente lindos — assim como tudo nela — que fico atordoada.

— Oi. Sou Georgia.

Aperto sua mão de unhas feitas. Com o carisma de Hayden, já estou acostumada. Tive oito anos para me habituar, mas com essa mulher? Parece até que acabei de conhecer uma celebridade.

Georgia é uma das médicas da equipe. Ela não deve ter mais do que trinta anos, mas se porta com uma confiança que nunca vou ter. Seu cabelo cai sobre os ombros em cachos compridos. A maquiagem é impecável e as sardas são uma graça. Seu casaco de tweed marrom é ao mesmo tempo profissional e estiloso, e combina inesperadamente bem com os saltos de veludo verde-esmeralda. A calça social acaba pouco acima de um laço de veludo verde volumoso em cada tira do tornozelo. Aposto que mandou fazer a barra especialmente para aqueles sapatos.

— Uau. — Eu a encaro, e ela e Hayden riem. — Oi. — Arqueio uma sobrancelha para Hayden. — Cupcake com fada?

Ele dá de ombros e sorri.

Georgia o observa com ironia.

— Tinha que ouvir o que ele fala de você. Quando a gente sai para almoçar, fica todo: "Ah, porque Darcy isso, Darcy aquilo...".

— Ela está exagerando — Hayden interrompe, e as pontas de suas orelhas ficam vermelhas.

Sinto uma pontada de alegria e contenho um sorriso. Estou prestes a tirar sarro dele, mas o elevador apita, as portas se abrem e Alexei sai de bolsa e jaqueta, provavelmente a caminho do estacionamento. Nossos olhares se cruzam e ele me cumprimenta com um aceno.

— Darcy — ele diz, antes de olhar para Georgia com uma expressão rabugenta. — Já cravou as garras nela, dra. Malvadeza?

Ela enrijece.

— Quem deixou o senhor sair do asilo, vovô?

Ele fecha a cara e olha para os pés dela, encarando-os.

— Não são sapatos profissionais.

— Que engraçado, vindo de alguém com quatro dentes.

Georgia abre um sorriso frio para ele, sem se abalar com sua presença intimidadora. As narinas de Alexei se alargam, e eu e Hayden observamos como se fosse um jogo de tênis. Estou maravilhada; ela é minha nova ídola.

— Tenho todos os dentes — Alexei diz, com uma voz baixa e ameaçadora.

— Por enquanto. Você já quebrou todos os outros ossos, então é só uma questão de tempo até estar cuspindo os dentes. Estou surpresa que ainda não tenha uma vaga reservada no hospital.

Olho com curiosidade para Hayden, cujas sobrancelhas se erguem uma vez, os olhos brilhando de divertimento.

Alexei se empertiga diante dela, encarando-a com o maxilar firme.

— Você não é mais minha médica. Não desperdice comigo a energia valiosa que pode usar para encontrar um marido rico.

Georgia se limita a suspirar, como se estivesse cansada dele.

— Já chega de energia masculina por hoje. — Ela enxota os rapazes com a mão antes ficar de braços dados comigo. — Vamos gastar dinheiro agora.

— O que você faz de melhor — Alexei murmura, afastando-se.

Hayden ri.

— Vejo você em casa, Darce. Divirta-se. Tchau, Georgia.

— Espera. — Dou um passo na direção dele, e Alexei para, esperando por Hayden. — Você queria me perguntar alguma coisa.

Hayden franze as sobrancelhas e alterna o olhar entre os outros dois.

— Pergunto para você depois, em casa. Não é nada importante.

Enquanto saem, Alexei lança outro olhar hostil para Georgia por sobre o ombro. Ela dá um aceno simpático, mas, assim que ele vira as costas, a mão dela mostra o dedo do meio.

— Estou com a impressão de que você e Alexei não se dão muito bem — comento, ao sairmos do saguão.

Do lado de fora, ela sorri para o céu.

— Ah, ótimo, não está chovendo. — Então se volta para mim. — Digamos apenas que é uma bênção não ser mais a médica do russo. Meu bisturi poderia escorregar e cortar as partes favoritas dele fora.

Dou uma risada.

— Você não opera os jogadores.

— Pois é. — Ela abre um sorriso inocente e ligeiramente maníaco, e rio ainda mais.

— Não acha ele atraente?

Ela fica horrorizada.

— Volkov? Está de brincadeira, né?

Deixo escapar uma risada constrangida enquanto andamos pela rua.

— Acho que ele tem uma beleza meio assustadora. Tem aquele ar implacável e misterioso.

Georgia parece chocada.

— Ele não faz seu tipo, faz?

— Nossa, não — eu me apresso em dizer. — Gosto de rir e acho que Alexei não sabe nem como fazer isso.

Nascido na Rússia, sua família imigrou para o Canadá quando ele era criança. Não tem sotaque, mas há algo de sério, atento e um pouco agressivo nele que pode ser visto como atraente pela pessoa certa.

— E eu gostaria de alguém um pouco mais simpático — acrescento.

— Como Hayden. — Georgia esboça um sorrisinho.

— Não, não como Hayden. — Meu rosto fica vermelho. — Somos só amigos. — Por que as pessoas vivem tirando essa conclusão? — Enfim, não dá bola para o que Alexei disse sobre seus sapatos. — Meus olhos pousam nos laços graciosos, tão femininos e delicados. — São lindos.

Ela ergue o pé, admirando-os com um suspiro feliz enquanto esperamos o sinal abrir.

— Sapatos coloridos me alegram, ainda mais quando chove todo dia. Os invernos aqui são deprimentes.

Olho para meus sapatos sociais sérios. Não são feios nem nada. Têm uma correntinha dourada e são confortáveis. Combinam com o resto do meu guarda-roupa corporativo. Quando ficam gastos, compro um novo par idêntico.

Mas não são exatamente inspiradores e estão longe de me alegrar. Olho de novo para os sapatos de Georgia.

Quando volto a erguer os olhos, ela arqueia uma sobrancelha.

— Quer ficar a sós com meus pés?

Abro um sorriso rápido e constrangido para ela.

— Não, quero comprar sapatos como os seus. Não tenho onde usar, e não combinariam com nada que eu tenho, mas...

— Se ficar esperando a oportunidade certa para usar todas as peças divertidas que tem, vai esperar um bom tempo — diz Georgia baixinho. — Use o que ama, seja para um encontro ou para ir à padaria. — Ela abre um sorriso. — Você tinha que ver os olhares que eu recebia na faculdade de medicina dos alunos homens. Dos professores também. Acho que um par como esse combinaria com você — comenta, então o sinal abre e atravessamos. — Vamos comprar um desses hoje. Um par de sapatos novo é como um ômega 3 para a alma. — Seu sorriso é irônico e descontraído. — Sou médica, então sei do que estou falando.

Contenho um sorriso, hesitante. Com suas roupas sob medida, seu cabelo brilhoso e sapatos extravagantes, Georgia tem um ar de riqueza refinada de quem nasceu em berço de ouro.

— Não sei se tenho como bancar os lugares onde você compra.

Ela faz que é bobagem.

— Eu quase só compro em brechós. Odeio gastar dinheiro. — Então olha para trás, na direção da arena ainda visível a alguns quarteirões de distância. — Mas não conta isso para o russo. Ele acha que sou uma princesinha mimada de família rica.

Aperto os olhos e, sob meu olhar atento, Georgia se ajeita como se estivesse sem graça.

— Por que ele acha isso?

— Acho que é mais fácil. — Ela para na frente de uma fachada e me abre um sorriso largo de empolgação. — Chegamos. Vamos comprar umas roupas lindas para você.

12

DARCY

— Esse, sim, é interessante.

Meia hora depois, Georgia traz uma pilha de roupas para eu experimentar. Ela inclina a cabeça enquanto observa um minivestido floral bem colorido que parece ter vindo dos anos 70.

Arqueio as sobrancelhas.

— Parece o sofá da minha avó.

— Então sua avó tem muito bom gosto. Você só vai saber se gosta das coisas quando experimentar, Darce.

Sorrio quando ela usa meu apelido.

— Tudo bem eu te chamar de Darce? — pergunta. — É como Hayden te chama.

Sinto um quentinho no coração.

— Claro. — Quando volto a olhar para o vestido, uma incerteza sobe pela minha garganta. É muito vibrante, como o vestido tangerina que doei quando me mudei do apartamento que dividia com Kit.

— Sei lá. É muito colorido. Uso muito cinza, branco e preto. — Dou de ombros. — Sabe, cores fáceis.

"Chamativo", ouço a voz dele. Como se querer atenção ou se destacar fosse algo ruim.

Olho para o vestido bege na minha mão, algo que peguei porque posso usar para o trabalho. É sem graça e não desperta nada dentro de mim.

Já quando olho para o vestido que Georgia está segurando, algo se aguça em meu peito. É um vestido que uma mulher muito divertida e confiante usaria; uma mulher como Georgia.

— Por favor? — pede Georgia com a voz suplicante e inocência nos olhos grandes.

Esboço um sorriso irônico.

— Está me manipulando.

— Só é manipulação se funcionar. — Ela coloca o vestido de volta na arara e dá de ombros. — Além disso, você acabou de sair de um relacionamento, certo?

Meus músculos se contraem.

— Hayden te contou isso?

— Não, mas ele vivia dizendo "Meus amigos Darcy e Kit" e, agora, só diz "Minha amiga Darcy". E vocês estão morando juntos, então... — Ela dá de ombros de novo, avalia uma jaqueta, olha para mim e a traz consigo.

— Então preciso usar o vestido direto dos anos 70 porque acabei de terminar com o namorado? — pergunto com um sorriso.

Georgia faz que sim com entusiasmo.

— Sim. Obrigada. Você entendeu. Este é o começo de uma nova fase da sua vida. Você mudou de cidade e está solteira agora. Por que não compra um vestido novo? Corta o cabelo. Entra para um clube de corrida e vai só para uma sessão porque as pessoas pegam pesado demais. Pinta as unhas de glitter dourado e se obriga a continuar com elas por três semanas.

Kit *adoraria* o vestido bege.

Mas o que eu quero? Reviro minha mente. Que cores gosto de usar?

— Este é o momento perfeito para se reinventar, Darcy. A Madonna se reinventa a cada década e, se falar mal da era *Ray of Light*, nossa amizade acaba aqui.

— Jamais faria isso. — Dou uma risadinha.

— Ótimo. Sabe, quando estou tendo um dia péssimo e começo a me sentir mal, olho para os meus sapatos e penso: "Ah, eu sou a dra. Georgia Greene, porra". — Ela sorri. — A confiança vem de dentro, mas tudo bem dar um empurrãozinho com algo externo.

Ai, Deus: lá vem aquela sensação surgindo dentro de mim de novo, como se eu estivesse prestes a dizer algo estranho. Como quando falei aquela besteira sobre o cheiro esquisito do cara no bar.

— Quando eu era pequena, tinha uma boneca de sereia com o cabelo roxo — solto sem pensar. — E eu achava lindíssimo — acrescento, deixando a frase no ar e me sentindo envergonhada, como se tivesse tropeçado em público ou algo parecido.

Em vez de rir, os olhos de Georgia se iluminam.

— Você ficaria incrível de cabelo roxo.

— Tipo um lilás — elaboro.

Ela assente com mais força, me encarando com olhos fixos, mas um pouco desfocados, como se estivesse imaginando.

— Total. Ficaria lindo com seus olhos verdes.

Imagino meu cabelo em tons de roxo-claro, caído sobre os ombros como algo saído de um conto de fadas.

"Não é pouco profissional?", Kit perguntou sobre a ideia da cor do cabelo.

O cabelo é um grande passo e exige muito compromisso, mas um vestido? Meu olhar se volta para a peça chamativa que Georgia colocou de volta na arara.

Um pegador se veste com confiança e estilo.

Quando pego o vestido, Georgia dá um gritinho e bate palmas.

Meia hora depois, tenho uma seleção razoável de peças na minha pilha de "sim".

— Ainda não vi o vestido florido — Georgia grita.

Atrás da cortina, estou de calcinha e sutiã, olhando para o vestido no cabide.

Estava evitando experimentá-lo. Não sei por quê. É um carnaval caótico de rosa-claro, laranja-melão e roxo-pastel, com toques de verde-azulado.

— Acho que não estou com os sapatos certos para ele — grito em resposta.

— Coloca. O. Vestido.

Que bobagem. Não sei por que estou hesitando. Ignoro os sentimentos estranhos, abro o zíper e visto a roupa.

Ah.

Ah.

Não tem espelho no vestiário, mas, quando consigo fechar o zíper embutido, o vestido fica incrível. O forro é suave em minha pele, e o tecido tem um peso confortável. Não é nem apertado nem largo demais, e tem o comprimento perfeito. Sou baixinha, então os vestidos costumam ficar compridos em mim, mas este bate no que parece ser o comprimento certo, na altura do meio da coxa.

Quando puxo a cortina, Georgia fica boquiaberta e dá um gritinho de vitória. Assim que paro na frente do espelho, sou *eu* que fico boquiaberta.

Ela encara nossos reflexos com um sorrisinho satisfeito.

— O universo nos mandou aqui hoje para podermos encontrar *este vestido* para você.

Não parece que estou vestindo o sofá da minha avó. Não parece um projeto de educação artística do jardim de infância que deu errado. É um vestido sedutor, extravagante e muito, muito anos 70, mas de uma forma divertida.

— Achei que a estampa seria exagerada.

Georgia ergue as mãos, radiante.

— O que foi que eu falei?

— Você tem o dom.

Ela se curva.

— Obrigada, obrigada. Honre meu dom usando este vestido e não deixando que fique esquecido no guarda-roupa.

— Combinado. — Abro um sorriso, ainda admirando meu reflexo.

Meu peito palpita de emoção, e me empertigo um pouco mais. É *essa* a magia especial de que Georgia estava falando: um corte de cabelo novo, sapatos divertidos para nos animar, uma cor de esmalte nova. E, embora eu nunca use nada tão colorido, não sinto que estou me forçando a mudar.

Talvez essa seja quem sempre fui, e acho que estou gostando dela.

13

HAYDEN

A porta da frente se abre à noite enquanto estou preparando o jantar, e Darcy entra carregando um monte de sacolas de sua ida às compras com Georgia.

— Oi — ela cumprimenta, sorrindo e as colocando no armário.

— E aí. — Tiro os legumes assados do forno. — Bem a tempo. Já comeu?

— Não, Georgia precisava ir para uma clínica onde é voluntária. — Ela vem ficar ao meu lado e, quando seu braço roça no meu, dou um passo na direção da pia para criar certa distância entre nós.

— É suficiente? — Ela acaricia o braço distraidamente onde nos tocamos. — Você come bastante.

Dou uma risadinha, servindo um prato para ela.

— Fiz a mais para você. — Estava torcendo para ela chegar a tempo. Aponto o queixo para as banquetas da ilha. — Vai sentar.

Ela me abre um sorriso agradecido.

— Obrigada.

— Não tem de quê. — Eu a sigo e coloco um prato à sua frente antes de me sentar na banqueta ao lado. — Parece que as compras foram um sucesso.

— Georgia me obrigou a comprar um monte de coisas e combinamos de ir de novo daqui a algumas semanas. — Darcy dá uma mordida e seus olhos se fecham enquanto mastiga. — Ai, meu Deus — ela murmura, e seu suspiro de felicidade e satisfação vai direto para minha virilha. — Que delícia. Beterraba e queijo de cabra são uma combinação perfeita.

Engulo em seco, encarando sua boca. Um estranho orgulho masculino se expande em meu peito enquanto Darcy saboreia o jantar que preparei para ela.

Ergo o olhar e nossos olhos se encontram. Estou pensando na outra noite, quando Darcy passou os dedos delicados no meu cabelo e tocou minha coxa. Foi tão gostoso que mal pude aguentar. Em poucos segundos, estava com o pau extremamente duro, e quase a puxei para o meu colo ali mesmo, para ela sentir como seu flerte estava funcionando. Em vez disso, me obriguei a ir para o chuveiro, abafando o gemido com a mão enquanto imaginava sua boquinha linda em volta do meu pau, engolindo tudo.

— Georgia é meio intensa, mas gostei dela. Acho que viramos amigas agora. — Ela dá outra garfada, e observo a comida desaparecer, seus lábios deslizando pelo garfo.

— Georgia é demais. — Desvio a atenção de coisas em que eu não deveria estar pensando. — Ela não aceita desaforo de ninguém. — Muito menos de Volkov, o que o irrita até não poder mais. — Vai me mostrar o que comprou?

Ela morde o lábio, hesitante, mas seus olhos brilham de expectativa.

Arqueio a sobrancelha para ela e começo a sorrir.

— Não me diga que ela fez você comprar um macacão de couro ou coisa assim.

Darcy ri.

— Não. Ela me fez comprar um vestido que é diferente do que eu usaria normalmente, mas adorei.

— Me mostra.

Ela franze o nariz.

— Não sei, não.

Esquecendo minha promessa de não tocar nela, dou uma cotovelada nela de leve.

— Por favor.

Darcy me encara enquanto se decide.

— Tá, mas não vou experimentar para você. — Ela sai da banqueta e vai até a porta da frente, onde estão suas sacolas de compras. Coloca a mão dentro de uma e tira um vestido colorido em tons de laranja, rosa e roxo.

Abro um sorriso de orelha a orelha. É lindo e divertido. Como Darcy.

— Adorei, Darce. Ótima escolha. — É curto também, e Darcy tem pernas lindas. Lisinhas, torneadas e delicadas.

— Sério? — Ela ergue o vestido, observando-o com um leve sorriso. — Acho que preciso de alguma coisa bonita se acabar tendo um encontro.

Meus pulmões se contraem, e a imagino usando esse vestido que a faz se sentir bonita e especial enquanto se senta à frente de algum cara que troca olhares com ela. Sinto um aperto no peito de tanto ciúme e cerro os dentes.

Darcy franze a testa para mim.

— Qual é o problema?

— Nada. — Controlo minha expressão, mas seu olhar curioso continua em mim.

— O que você queria me perguntar hoje, lá no saguão?

Meu nervosismo cresce, mas fico grato pela mudança de assunto e, agora, sei exatamente onde ela vai usar esse vestido.

— Estava pensando em jantar.

Ela dá de ombros.

— Claro.

A gente vive pedindo comida, e falei como se não fosse nada de mais.

— Não, tipo, hum. Vamos sair para um encontro. — Passo a mão no cabelo. Se os caras do time me vissem tão nervoso, nunca me deixariam em paz.

Darcy franze a testa, confusa.

— Um encontro.

Ela acha que estou dando em cima dela. Acha que estou chamando-a para sair de verdade.

— Porque você disse que estava nervosa em sair com pessoas novas agora e queria conhecer todos os próximos passos — acrescento na mesma hora. — Então, vamos ter um encontro de treino. Como amigos. E eu como seu ajudante.

Limpo a garganta. *Puta merda, Owens. Toma jeito.* Está passando vergonha. Parece que sou *eu* quem precisa de aulas.

— Entendi. — Ela parece aliviada. — Encontro de treino, como amigos.

Sua expressão é difícil de interpretar, mas consigo ver sua mente trabalhando.

— A menos que tenha mudado de ideia.

— Não. — Ela arregala os olhos. — Não mudei de ideia. É um ótimo plano. — Então acena consigo mesma. — A gente deveria ter um encontro, sim.

Ele é meu melhor amigo, e eu nunca diria isto em voz alta, mas Kit é burro pra caralho por todas as chances que perdeu com Darcy. Nunca a levar para um encontro de verdade? Inacreditável.

— Aquele encontro com o cara que ficava falando sobre casamentos e bebês não contou — digo, sabe-se lá por quê.

Ela sorri.

— Você só quer ser o primeiro.

Sentimentos ardentes e possessivos me percorrem, e a parte primitiva do meu cérebro gosta da ideia de ser o primeiro *qualquer coisa* de Darcy.

— Culpado. — Abro um sorriso sedutor para ela. — Vai, Darce, alimenta meu ego.

Ela revira os olhos.

— Seu ego já é grande demais, mas sim, eu topo. Quando você está pensando?

— Amanhã.

Há uma longa pausa entre nós enquanto ela franze a testa com uma confusão adorável, e me pergunto se fui longe demais.

— Amanhã é Dia dos Namorados.

— Pois é. — Meu coração bate forte nos ouvidos, como se eu estivesse treinando no gelo. — Eu sei. Você disse que nunca saiu no Dia dos Namorados.

— Nunca.

— Bom, sou seu ajudante, e estamos praticando, então é minha obrigação mostrar como deveria ser.

Darcy ergue as sobrancelhas, mas está sorrindo.

— Levando seu papel bem a sério, pelo visto.

— Seríssimo. — Também estou sorrindo. Perto dela, não consigo evitar. — Você merece saber seu valor.

Minhas palavras pairam no ar e chegam perto demais da verdade: que estou decepcionado e furioso por Kit nunca tê-la mimado como ela merece, e que estou decepcionado e furioso comigo mesmo por nunca ter notado.

Kit esteve com Darcy por oito anos e não a levou para sair *nenhuma vez*?

Ele que se foda por fazer com que ela se sentisse dessa forma. Ele que se foda por não a tratar bem o bastante.

Talvez eu também sinta um orgulho territorialista meio doentio em ser o primeiro homem a levar Darcy para sair no Dia dos Namorados. Ela é deslumbrante. É inteligente, engraçada, bonita e simpática, e quer sair no Dia dos Namorados.

Mesmo que não queira um relacionamento agora e sejamos apenas amigos, quero que Darcy tenha o que quer. Simples assim.

Cruzo os braços e me recosto no balcão.

— O que me diz?

Ela esboça um sorriso tímido, e quero traçar o polegar em seu lábio inferior, só para ver no que daria.

— Adoraria sair com você no Dia dos Namorados.

— Para praticar — acrescento, para ela não achar que estou confundindo as coisas. — Porque sou seu ajudante.

— Claro. — Ela assente com firmeza. — Com certeza.

— Ótimo.

— Sim. Ótimo.

Ficamos nos encarando por mais um tempo, sorrindo, e algo infla em meu peito.

Não menciono que também nunca saí no Dia dos Namorados. Sempre tomei cuidado para não iludir as mulheres: sem conhecer a família um do outro, sem dormir na casa um do outro e, claro, sem sair no Dia dos Namorados. São coisas de relacionamento sério.

Mas amanhã vou mostrar a Darcy exatamente como ela deveria ser tratada.

À noite, estou deitado de barriga para cima, com a cabeça no travesseiro, e olho para o teto, prestando atenção nos barulhinhos no quarto de

Darcy enquanto ela se prepara para dormir — passos de um lado para o outro para escovar os dentes no banheiro, o movimento abafado de suas gavetas se fechando e, posso estar imaginando coisas, também ouço o farfalhar dos lençóis quando ela se deita na cama.

Amanhã precisa ser especial e memorável. Precisa ser o melhor Dia dos Namorados da *vida* dela.

Será que eu deveria estar fazendo isso? Kit acha que estou cuidando dela, tomando conta e garantindo que fique bem, não mudando sua vida. Pelas mensagens esporádicas que ele me manda, perguntando se Darcy está bem, desconfio que esteja lidando com o término pior do que ela.

Mesmo assim, pego o celular e abro o grupo de mensagens com Miller, Streicher e Volkov.

Preciso da ajuda de vocês, escrevo.

14

DARCY

Na noite seguinte, dou os toques finais na maquiagem enquanto espero por Hayden.

Estou *bonita*. Meu cabelo está macio, brilhoso e comportado, e estou usando meu perfume favorito — um aroma de baunilha com laranja — e o vestido que comprei ontem.

Sinto um arrepio de empolgação. Meu primeiro Dia dos Namorados.

Hayden aparece no vão da porta do meu quarto e solta um longo assobio baixo.

— Olha só você. — Seus olhos percorrem meu corpo.

Ver Hayden Owens com um terno azul-marinho sob medida me faz esquecer meu próprio nome. Eu poderia beijar seu alfaiate pela maneira como a calça e o paletó conseguem dar a impressão de que ele é ainda mais alto e largo e como o azul-marinho deixa seus olhos ainda mais brilhantes. É o tom perfeito de azul, destacando seu cabelo loiro-dourado curto.

— Uau — digo, sem palavras.

Dizem que os jogadores de hóquei são sujos, suados e desdentados, mas Hayden Owens tem aquela beleza reluzente e deslumbrante dos filmes antigos de Hollywood. Em qualquer era, seu sorriso largo, seu maxilar forte e seus olhos azuis penetrantes deixariam as pessoas fascinadas.

Deveria ser fácil esquecer como ele é bonito, afinal, somos amigos há muito tempo, mas não é. Nunca vou me acostumar com sua beleza.

Meu olhar se volta para seu cabelo farto, recém-cortado e penteado com algum produto, e penso em como era macio quando passei os dedos nele na outra noite. Como seus olhos se semicerraram. Como sua voz assumiu aquele tom áspero e rouco que me fez apertar as coxas.

Minha pele arde, e limpo a garganta.

— Cortou o cabelo?

Os olhos dele sobem e descem pelo meu corpo: minhas pernas expostas, meu vestido, meu decote, meu cabelo.

— Preciso ficar bonito para o meu encontro hoje — ele diz, distraído.

É como se seu olhar tocasse em mim. Um arrepio desce pela minha espinha.

Ele arqueia a sobrancelha, com um ar presunçoso.

— Você sabe fazer um homem se sentir especial, Andersen.

Um calor brota em meu peito, e passamos um tempão nos olhando. Sinto algo estranho atrás da caixa torácica, subindo cada vez mais, e perco o ar.

Ah. Ah, não.

Estou começando a ter um crush em Hayden.

Eu me lembro da urgência com que ele se levantou quando toquei sua coxa, como se quisesse sair correndo. Como se afastou de mim na cozinha ontem à noite. Como não coloca mais o braço sobre os meus ombros nem bagunça meu cabelo. Já falou um milhão de vezes que corta relações com as mulheres assim que percebe que elas estão se apegando, porque é a coisa certa a fazer quando sabe que não quer um relacionamento.

Ele já deixou muito, *muito* claro que esta noite serve apenas para praticar e que está sendo meu ajudante, e nada mais. Repetiu a palavra *amigos* umas doze vezes para não restar dúvida.

"Se um cara estiver interessado, vai deixar isso claro", ele disse na outra noite.

Não posso ter um crush em Hayden. Ele é um verdadeiro pegador, é meu amigo e, o mais importante, é meu *ajudante*. Mal suportou quando toquei na sua perna. Não é isso que quer, então não vou criar expectativas. Está apenas sendo gentil, porque esse é o jeito dele.

— É melhor a gente ir. — Desvio o olhar e coloco um par de brincos. Muito bobinha essa Darcy, suspirando por um amigo que é areia demais para o seu caminhãozinho.

Vamos para a sala, mas, no fim do corredor, paro de repente, boquiaberta.

A ilha da cozinha está coberta de buquês de rosas vermelhas. Vários buquês. Nunca vi tantas rosas num lugar só.

— Para mim? — balbucio, com o coração acelerado.

Hayden para ao meu lado, tão perto que consigo sentir o calor do seu corpo.

— Para *mim* é que não são. — A linha forte do seu pescoço se move quando ele engole em seco, coçando a nuca. — Claro que são para você. É com você que eu tenho um encontro.

Toco uma das flores, roçando a ponta do dedo sobre a pétala suave enquanto meu corpo se enche de alegria. Conto os vasos no balcão.

— Oito. — Ele desvia os olhos e cruza os braços. — Um para cada ano de amizade.

Sinto um aperto no peito.

— Hayden. — A palavra sai tão baixa que estou prestes a me dissolver numa poça. — Não precisava fazer tudo isso.

— Darcy, é isso que as pessoas fazem quando levam alguém para sair no Dia dos Namorados.

— Não acho que seja. — Estimo um preço. Acrescento vinte por cento por ser Dia dos Namorados. Multiplico por oito. — Com certeza não fazem *isso*.

Ele dá de ombros.

— É o que você merece, e eu queria que fosse especial para você.

Meu coração dá uma cambalhota.

— Já é.

— Também é minha primeira vez — ele admite, com um sorriso ingênuo e triste. — Nunca comprei flores para ninguém.

Isso me agrada demais.

— Me sinto honrada.

Sorrimos um para o outro, e seu perfume me envolve. Meu Deus, como ele é cheiroso! Um aroma quente, masculino e limpo de quem acabou de sair do banho. Uma excitação pulsa entre minhas pernas.

É a semana do meu ciclo em que estou extremamente excitada, e são os hormônios que estão turvando meus pensamentos, digo a mim mesma. Não estou com tesão por causa do cheiro do meu melhor amigo.

Não vou fazer uma besteira e estragar tudo.

Arqueio a sobrancelha para ele.

— Mas estou começando a questionar seu bom senso em relação a encontros.

Hayden dá uma risadinha, mas entra em meu espaço. Fico paralisada quando ele ergue a mão para tocar meus brincos, examinando-os. A maneira como se concentra neles, franze a testa e estreita os olhos me faz prender a respiração. Ou talvez seja o toque de seus dedos em meu pescoço ao desenroscar meu cabelo dos brincos.

Em seguida, ele dá um passo abrupto para trás.

— Linda — diz, abrindo um sorriso rápido e tenso, e não sei se está falando de mim ou da joia.

Da joia. Provavelmente da joia.

— Vamos? — pergunto, ofegante.

Hayden assente, sem tirar os olhos de mim, e meu coração dá uma cambalhota estranha de empolgação.

Um sinal de alerta toca na minha cabeça, e me pergunto se esse encontro não foi uma má ideia.

15

DARCY

— Este restaurante parece até um jardim encantado — digo a Hayden, chegando perto dele e examinando o espaço.

É um dos restaurantes mais famosos de Vancouver, com flores tropicais e folhagens exuberantes penduradas no teto, lareiras aconchegantes e uma iluminação quente e romântica projetando uma luz dourada sobre o salão. No canto, uma banda toca música ambiente para o mar de mesas para dois.

Hayden abre um sorriso rápido.

— Que bom que gostou.

Reparo que há uma forte energia de casal aqui. Muitas mãos dadas, muitos olhares apaixonados e algumas pessoas sentadas lado a lado na mesa.

Um casal está literalmente dando comida um na boca do outro.

Dou uma risadinha e olho de canto para Hayden, para ver sua reação, mas ele está concentrado na carta de vinhos. Embaixo da mesa, seu joelho balança num ritmo rápido. Franzo a testa.

— Você está bem?

Ele ergue os olhos.

— Sim? Por quê?

Por reflexo, pouso a mão no joelho dele e acaricio o tecido macio para acalmá-lo, mas seu corpo inteiro se sobressalta e ele derruba o copo d'água, encharcando a toalha de mesa branca.

— Merda. — Hayden apanha o guardanapo às pressas para secar. — Foi mal.

Lanço um olhar confuso para ele, achando graça. Nunca o vi assim.

— O que *deu* em você hoje? Você é calmo e confiante. A nerd atrapalhada sou eu.

Ele sorri envergonhado, e um tom rosado se espalha pelas maçãs do rosto enquanto engole em seco.

— Estou, hum, meio nervoso.

Balanço a cabeça, sorrindo.

— Sou só eu.

— Verdade. — Seu peitoral largo sobe e desce com uma respiração profunda, e ele assente, embora não pareça convencido.

— Era para *eu* estar nervosa. Deve ser aqui que você traz todas as supermodelos com quem sai. — Sorrio com ironia — Preciso fazer jus.

Seus dedos ficam tensos na carta de vinhos, mas Hayden abre um sorriso contido. Algo se aperta dentro de mim. Pensar nele com outras mulheres nunca me incomodou, então por que agora?

— Você não anda saindo com ninguém ultimamente.

Ele não teve um encontro nem trouxe nenhuma amiga para casa desde que me mudei para lá.

— Sei lá — responde Hayden. — Ando ocupado.

Não mais do que numa temporada normal.

— Você arranja bastante tempo para passar comigo.

— Já está de saco cheio de mim, é? — O canto da sua boca se curva.

Abro um sorriso.

— Não. Amo morar com você.

Saiu estranho. Deveria ter dito "gosto de morar com você". Não amo. *Meu Deus, Darcy.*

Ele engole em seco, e seu sorriso se suaviza.

— Também amo morar com você, Darce.

Algo ressoa no meu coração, denso e agradável, e preciso desviar o olhar de seus olhos azul-escuros.

— Não quero que pise em ovos comigo.

— Não estou pisando.

— Pode ficar à vontade para receber mulheres em casa. — Um gosto ruim enche minha boca, e a ideia me deixa nauseada, o que não é nem um pouco justo. Hayden pode fazer o que quiser. — Posso arranjar outro lugar para ficar, usar aqueles fones com cancelamento de ruído, visitar Hazel e Rory...

— Darcy. — Seu olhar é intenso. — Está tudo bem.

— Nós dividimos apartamento, então pode me tratar como qualquer outro colega de apartamento. Você recebia mulheres quando morava com Josh, não?

Não sei por que estou insistindo tanto nisso.

Hayden contrai o maxilar.

— Não quero mais falar sobre isso.

Sinto um nó de nervosismo no estômago. Certo, talvez não sejamos tão bons amigos quanto imaginei.

— Tudo bem. Desculpa.

— Não, tranquilo. — Ele massageia a ponte do nariz. — Estou tentando me concentrar na temporada. — Então desvia os olhos por um momento, depois volta a olhar nos meus. — E gosto de passar tempo com você.

Meu coração dá um pulinho bobo.

— Também gosto de passar tempo com você.

Hayden hesita, observando meu rosto.

— Às vezes, fico pensando como seria. Um relacionamento — explica, desviando o olhar. — Vejo Streicher e Miller com aquelas carinhas de apaixonados para as noivas e, sei lá... — ele dá de ombros, e lá está aquele tom cativante de rosa nas bochechas de novo. — Não parece tão ruim.

Dou uma risada e franzo o nariz.

— Não consigo nem imaginar você com uma namorada. — Desde que o conheço, ele nunca quis sair do casual. — Hayden, você ia detestar. — Ainda mais depois de anos de liberdade. — Rory e Hazel, Pippa e Jamie, estão todos na fase de lua de mel. Eu e Kit também tivemos isso.

Era muito bom, até deixar de ser. Até o brilho da novidade se apagar. Até eu perceber que éramos muito errados um para o outro.

— Não estou dizendo que o que aconteceu comigo e Kit vai acontecer com eles — continuo. — Acho de verdade que são todos perfeitos uns para os outros, mas existem vários aspectos de uma relação com que você não precisa lidar quando fica no casual. — Solto um suspiro, pensativa. — Não precisa ir a jantares de família com a outra pessoa, nem dar presentes de aniversário ou de Natal, e não precisa ouvir a pessoa reclamando sobre trabalho no fim do dia.

Seus olhos percorrem meu rosto, e o canto da sua boca se ergue num sorriso relutante.

— Não parece tão ruim assim.

Ele só quer porque nunca teve. A novidade o atrai, não necessariamente a parte do compromisso.

— Dia dos Namorados, por exemplo. — Aponto entre nós. — Este ano é divertido porque é nossa primeira vez.

Algo brilha em seus olhos ao ouvir essas palavras, mas ignoro.

— Mas imagina ter que fazer isso *todo ano*? — Faço uma careta. — Flores, fazer a reserva para o jantar, comprar presentes? É muito repetitivo.

Seu olhar se enche de uma emoção que não consigo identificar.

— Como eu disse, não parece tão ruim assim.

Dou uma risada.

— Acho que é o tipo de situação em que "a grama do vizinho é sempre mais verde". Tudo bem se você não for feito para a monogamia. Nem todo mundo é. Do seu jeito, ninguém se prejudica, ninguém se decepciona.

Ele limpa a garganta e arqueia as sobrancelhas.

— É, você deve ter razão.

Mas algo na sua expressão me faz hesitar. Uma vulnerabilidade silenciosa.

— Eu estaria fazendo um desserviço às mulheres do mundo se saísse do jogo. — Seu sorriso arrogante voltou, mas há certa amargura nas palavras.

Não gosto de como ele fala isso. Semicerro os olhos. Estou aprendendo a ser pegadora porque Hayden tem a vida perfeita, mas agora estou me perguntando se não estava errada.

Será que ele não é tão feliz quanto parece?

— Ou você faria uma única mulher muito, mas muito feliz — digo sem pensar, porque não gosto de quando ele fala de si mesmo dessa forma.

Hayden dá uma risada, mas é ácida e sem graça, como se não acreditasse.

— Enfim. — Ele se inclina para a frente e espia ao redor antes de olhar nos meus olhos. — Nunca trouxe mulher nenhuma para cá. Liguei para a dona hoje cedo e implorei por uma reserva. Disse que queria trazer uma mulher linda para ela poder comer a melhor comida da cidade. O time todo vem jantar aqui às vezes, então ela teve o maior prazer em ajudar.

Não tiramos os olhos um do outro, e engulo em seco. *Linda*, ele disse. A palavra levanta voo dentro da minha cabeça como uma borboleta.

Hayden passa os olhos pelo cardápio de bebidas.

— Você gosta de merlot, certo? — Ele franze a testa com concentração, pensando. — A gente devia pedir uma garrafa.

Concordo, abrindo um sorriso estranho. A garçonete aparece, e Hayden pede com uma familiaridade que me surpreende. O cara que conheço da universidade bebe o chope que tiver.

— Quer beber mais alguma coisa? — ele me pergunta, e faço que não, sem palavras.

A garçonete sai às pressas, e Hayden abre um sorriso estranho para mim enquanto fico parada, encarando-o.

— Quer falar alguma coisa? — pergunta, sorrindo mais.

— Você pede vinho como um especialista. Nunca vi você beber vinho.

— Claro que viu.

— Não, não vi. — Estou com um sorriso bobo. Ele é melhor em encontros do que eu imaginava. Não sei por que estava tão nervoso hoje. — Já vi você tomar cerveja de joelhos num funil duplo. Fez quinhentos shots de gelatina quando deu uma festa. E sempre pede cerveja quando saímos.

— Darcy, não seja ridícula. — Seu semblante fica sério. — Eu já perguntei, e não servem shots de gelatina aqui.

Caio na gargalhada, e um sorriso satisfeito se abre no seu rosto lindo, como se ele adorasse me fazer rir.

— E talvez você não saiba tudo sobre mim — acrescenta.

Meu coração dispara. Agora que moramos juntos, perdi a conta das coisas que nunca reparei nele: como é organizado, como leva o lixo reciclável da vizinha idosa, como tem o maior prazer em tirar foto ou autografar algo para quem quer que o pare na rua.

— Talvez não.

Hayden sabe pedir vinho num bom restaurante porque tem experiência em impressionar mulheres, penso com uma pontada nas costelas. Pode não estar ficando com ninguém *agora*, mas logo vai voltar ao normal. Levar mulheres para casa. Dormir com elas do outro lado da parede.

Coisas que eu deveria estar aprendendo a fazer. Volto a me ater ao presente. Não vou pensar no futuro; preciso me concentrar na razão por que estamos aqui: para eu poder praticar.

— Então, se estivéssemos num encontro agora — pergunto —, sobre o que estaria conversando?

— Sei lá — ele diz. — Coisas normais.

Hayden é naturalmente simpático e sedutor; aposto que, se estivesse tentando *mesmo* conquistar uma mulher, ela ficaria toda derretida. Pressiono os joelhos embaixo da mesa. Como será que é se sentir tão atraída e excitada por alguém a ponto de ser insuportável?

— Tipo o quê? — *Mostra agora, comigo*, imploro em silêncio.

Ele coça a nuca.

— Falaríamos sobre o trabalho dela, para onde gosta de viajar, o que ela faz para se divertir.

Parece o tipo de coisa sobre o que conversei com aquele cara do bar, com a diferença de que a conversa não fluiu nem um pouco.

— Vamos praticar.

Ele me observa com um brilho divertido nos olhos. Meu coração dispara. *Esse*, sim, é o Hayden que conheço, divertido, confiante e bobo.

— Então, Darcy. — Ele se inclina para a frente e abre um sorriso sedutor e arrogante para mim. — O que levou você a me chamar para sair?

Seguro o riso e aperto o peito com um gesto dramático e um olhar distante.

— Você estava em cima da mesa no meio do bar, flexionando esses músculos grandes...

Hayden arqueia as sobrancelhas e sorri de orelha a orelha, entretido.

— ... e pensei: *que homem*. Daí você urrou e rasgou a camisa, e eu desmaiei.

— E eu segurei você. — Seu sorriso é magnífico enquanto ele se inclina na cadeira, me observando. — Você acordou nos meus braços, olhou para os meus músculos e desmaiou de novo.

Deixo escapar uma risada e ele sorri por trás da taça de vinho. Atrás dele, a banda começa a se mover pelo restaurante, cantando para os casais.

— Minha vez. — Ele quer jogar esse jogo? Pois vou jogar.

Hayden sorri amplamente ao dar de ombros, brincando com a haste da taça.

— Vai fundo. Sou um livro aberto.

Ele pega a taça de vinho e dá um gole, e me distraio pensando em como fica gostoso tomando vinho tinto num terno caro. O traje se ajusta à sua silhueta como uma luva, a camisa branca e impecável faz sua pele brilhar.

O jogo. Claro. Deixar o outro sem graça com perguntas.

— Então, Hayden. — Abaixo a voz. — Que tipo de pornô você assiste?

Hayden se engasga com o gole de vinho, e as pessoas ao redor observam enquanto ele limpa a garganta.

— Tão pesado assim? — Faço uma careta, segurando o riso. — Deve ser bem pervertido, então.

Ele limpa a garganta de novo e olha para a mesa, a taça, o chão. Qualquer lugar, menos para mim.

— É, sim. Muito pervertido.

— Do que estamos falando? — Eu me inclino para a frente, abaixando um pouco a voz. Isso sim é divertido. Um milhão de vezes melhor do que tentar me localizar em conversas sem graça com uma pessoa nova. — Palmadas? Coisas envolvendo xixi? Gente sentando em bolos?

— Todas essas. — Suas orelhas ficam vermelhas e sua voz é tensa, e ele continua sem me olhar nos olhos.

Está mentindo.

— Sério. — Semicerro os olhos. Agora eu preciso saber. — Que tipo de pornô?

Ele ajeita o colarinho da camisa, olhando ao redor.

— Dá pra parar de dizer a palavra *pornô*, por favor?

Uma risada sobe pela minha garganta, mas seguro o riso.

— Por que não gosta quando falo sobre *pornô*? — Levanto a voz na última palavra, e alguém na mesa ao lado derruba o garfo. Qualquer constrangimento que eu deveria estar sentindo não é nada comparado com meu divertimento. — Que careta você, Hayden.

Ele esconde o rosto entre as mãos.

— Você só me faz passar vergonha — resmunga, mas consigo ver um sorriso se formando.

— Você está escondendo alguma coisa. — Brinco com a haste da minha própria taça de vinho, inebriada pelo poder, e, quando ele ergue a cabeça, nossos olhares se encontram.

Hayden parece culpado.

— Deve ser *muito* importante, se não quer nem contar para *mim* — aponto para mim mesma —, sua melhor amiga em todo o mundo.

Não sei por que falei isso. Óbvio que Kit é o melhor amigo dele. Sou apenas a colega de apartamento.

— A gente pode falar de outra coisa?

Quero continuar provocando. É divertido virar o jogo e fazer com que *ele* passe vergonha para variar, mas, além disso, preciso saber. Não é da minha conta e ultrapassa um milhão de limites, mas a ideia de Hayden deitado na cama com a mão no pau entra na minha cabeça. Imagino seu tanquinho se contraindo, seu rosto tenso de prazer enquanto assiste a um vídeo no celular.

— Senhor, sua linda acompanhante gostaria de uma serenata? — um membro da banda interrompe, atrás de mim.

Meu corpo todo se encolhe e eu me viro.

— Não — disparo, arregalando os olhos. — Não, obrigada.

Hayden abre um sorriso malandro.

— Sim. Sim, ela adoraria.

16

DARCY

— Não liguem para ela — Hayden diz ao músico, com brilho nos olhos. — Está só sendo tímida. Ela adoraria uma música.

Embora eu esteja lançando um olhar fulminante que promete vingança, estou sorrindo. A banda começa a tocar, e a canção é tão absurdamente romântica, ridícula e humilhante que fecho a boca para não rir. Os olhos de Hayden estão brilhando, transbordando de diversão, e uma sensação feliz, quentinha e líquida enche meu peito.

O cantor gorjeia, e Hayden sorri e acena para mim.

Sinto o estômago se contrair de tanto segurar o riso, mas me recuso a ser mal-educada e ofender a banda. Hayden pega o celular e filma enquanto fico sentada, prisioneira. Então, aponta para os próprios lábios e faz "Sorria" com a boca, e deixo escapar uma risada. Disfarço com uma tosse, mas os músicos não se convencem.

— Desculpa — digo à banda, que está olhando torto para nós. — Não estamos rindo de vocês.

Eles terminam — e acho até que pularam alguns versos, por causa das nossas reações estranhas — e saem para torturar algum outro casal.

— Uau. — Sorrio para Hayden. — Muito obrigada. Belo amigo você.

— Valeu a pena. Você parecia prestes a quebrar uma costela.

Mesmo vermelha de vergonha, não consigo parar de sorrir. Se é assim que se comemora o Dia dos Namorados, eu não sabia o que estava perdendo.

Estamos esperando a conta quando uma garçonete passa atrás de Hayden, carregando um bolo gigante com velas em cima.

Eu me inclino para a frente, pensando nas brincadeiras sobre pornografia que fiz hoje, e aponto a cabeça para o bolo.

— É aquilo ali que te excita? — sussurro, fazendo uma careta. — Precisa de um guardanapo para pôr no colo?

Ele solta um grunhido, massageando a testa.

— Nossa, você é esquisita, hein.

— Eu sei. — Sorrio para ele. — E você me ama mesmo assim.

Gosta, quis dizer. E ele *gosta* de mim mesmo assim.

Estou prestes a mudar de assunto quando a garçonete volta à mesa, colocando um prato entre nós.

— Estou com o tiramisu aqui. — Ela coloca duas colheres junto.

Franzo a testa.

— Não pedimos...

— Por conta da casa. — Os olhos dela brilham de empolgação antes que desapareça.

Eu e Hayden trocamos um olhar estranho.

— Talvez seja torcedora do Storm — reflito, embora a garçonete estivesse olhando para mim, não para Hayden.

Com as colheres em mãos, nós nos inclinamos para a frente para começar a comer.

E é então que vemos ao mesmo tempo.

Um anel de noivado.

Meu coração para. Fico enjoada. Minha colher paira em pleno ar. Hayden me encara com olhos arregalados, mas não consigo parar de olhar para o anel de diamante no prato.

Está pousado com delicadeza em cima do tiramisu, inocente, cintilando sob a iluminação quente do restaurante. É parecido com o que Kit me deu, com um diamante grande no centro de uma aliança de ouro branco.

"Casa comigo?" está escrito com a calda de chocolate ao longo da borda do prato, e todos os sentimentos felizes de diversão que fui juntando durante a noite se espalham como bolas de gude.

Em minha mente, estou de volta ao bar no réveillon enquanto Kit se ajoelha na minha frente e todos observam, esperando pela minha resposta.

— *Mil* desculpas. — A garçonete ressurge, morrendo de vergonha, e pega o prato. — Confundi as mesas.

— Pode nos mandar a conta, por favor? — Há um tom autoritário na voz de Hayden que eu nunca tinha ouvido. — O mais rápido possível.

— Claro. — A garçonete olha para minha expressão devastada e se retrai de novo. Deve achar que estou decepcionada porque a aliança *não* era para mim.

— Você está bem? — Hayden pousa a mão na minha enquanto a garçonete sai às pressas.

— Estou. — Tento esvaziar a cabeça e voltar ao presente. Voltar à diversão que estávamos tendo poucos minutos atrás. — Estou, sim. — Só foi estranho.

Sua mão é quentinha e, sem pensar, viro a minha para ficarmos palma com palma, desejando mais contato. O leve toque dos seus calos na minha pele me ancora, e nossos olhos se encontram.

A tensão atrás das minhas costelas vai embora, e eu solto o ar.

— Estou bem. Sério.

— Eu sei.

Seu olhar é gentil e cuidadoso. Sei que só está segurando minha mão porque está preocupado e que isso não significa nada, mas a intimidade me faz prender a respiração. Todos os nervos da minha palma formigam contra a dele. Aposto que uma tomografia mostraria meu cérebro se iluminando como fogos de artifício.

— Tentei terminar com Kit em dezembro. — Não sei por que estou admitindo isso se prometi a mim mesma que ficaria de boca fechada para não afetar a amizade deles.

Mas quero explicar minha reação estranha ao anel de noivado e não quero correr o risco de Hayden pensar que fui descuidada com os sentimentos de Kit.

O olhar de Hayden se aguça e sua mão se contrai em volta da minha.

— Como assim?

— Lembra aquele evento beneficente de patinação em que você se vestiu de elfo? — Passo a mão na barriga, tentando desfazer os nós que se contraem com a lembrança. — E Kit começou a falar sobre ter filhos, casar e tal?

Hayden contrai o maxilar e faz que sim.

— Terminei com ele naquela noite. — Minha cara se fecha. — Ou, melhor, tentei.

— Tentou? — ele repete com a voz baixa e implacável.

Solto uma respiração tensa enquanto a lembrança do semblante arrasado de Kit volta à minha mente.

— Ele queria se concentrar no hóquei durante o mês seguinte porque tinha muitos jogos importantes. Disse que conversaríamos sobre isso em janeiro.

A expressão de Hayden é indecifrável.

— E o que você queria fazer?

— Queria terminar. — As palavras saem com mais força do que eu pretendia. — Queria terminar com ele em agosto, mas era aniversário dele, e não se termina com alguém perto do aniversário. Depois começou a temporada e ele estava passando muito tempo fora...

— Então você esperou até janeiro. — Seu maxilar volta a se contrair e Hayden fecha a cara.

— Foi o que a gente combinou. — Engulo em seco o nó na garganta, franzindo a testa para a mesa.

— E aí ele te pediu em casamento no réveillon na frente de todo mundo.

Faço que sim, mordendo o lábio.

— Porra — murmura Hayden, soltando um suspiro pesado e contraindo a mão ao redor da minha. — Puta que pariu, Darce.

— Não quero que você coloque a culpa nele. — Balanço a cabeça, franzindo a testa. — Acho que Kit pensou que isso resolveria as coisas...

— Não arranje desculpas para ele. — Seus olhos encaram os meus, cheios de intensidade. — Foi péssimo da parte dele.

— Não quero atrapalhar a amizade entre vocês. Só queria explicar por que surtei.

Seus olhos são aveludados, tão gentis, compreensivos e afetuosos que quero me jogar no seu colo, envolvê-lo com os braços e afundar o rosto em seu pescoço para poder inspirar seu cheiro quente e deixar que me console.

Foi, *sim*, péssimo da parte de Kit, e o alívio de que Hayden também pensa isso faz toda a tensão no meu peito se dissolver.

Hayden franze a testa para nossas mãos, tira a sua, e o momento passa.

— Desculpa — murmura.

Tento não me deixar abater. Ele é um cara carinhoso, menos comigo.

A garçonete chega com a conta, e Hayden revira os olhos quando tento pegar meu cartão de crédito.

— Darcy, não. — Sua voz é firme ao pagar. — Nem tente.

Quando a garçonete sai, abro um sorriso grato para ele.

— Obrigada. — Pego o guardanapo do colo e o deixo em cima da mesa, abrindo um sorriso confiante. — Vamos para casa. Comprei um negocinho para você.

— Ah, é? — Ele sorri, e aí está meu Hayden de novo.

Quer dizer, não *meu* Hayden. O velho Hayden que conheço e amo. *Gosto*. Enfim.

— Ótimo. — Ele se levanta e me ajuda a vestir o casaco. — Porque também comprei um negocinho para você.

17

HAYDEN

— Como me saí hoje? — Darcy pergunta por sobre o ombro enquanto a ajudo a tirar o casaco.

Seus olhos se movem pelo apartamento, passando por todas as flores que comprei, e ela sorri.

— Andersen, você mandou muito bem. Foi o melhor encontro da minha vida. — Abro um sorriso brincalhão para ela achar que estou brincando. — Nota dez.

Não consigo parar de pensar no que Kit fez, pedindo-a em casamento na frente de todo mundo. O choque no rosto dela quando ele se ajoelhou cria um outro significado em retrospecto.

Eu me senti culpado por pensar que Darcy não parecia tão entusiasmada quanto deveria. Agora entendo.

Ela se abaixa para tirar os saltos.

— Melhor encontro da sua *vida*? Você diz isso para todas.

— Não digo para as outras metade das coisas que falei para você hoje.

Não falo sobre meu tipo de pornô favorito nem dou aulas sobre como tocar nos caras. E muito menos derrubo água em cima da mesa porque estou suando de nervoso como um adolescente.

Darcy contém um sorriso, radiante de alegria, e sinto um aperto no coração. Passei a noite toda tentando não ficar encarando, mas não consigo deixar de olhar para ela.

Porra, ela é tão linda. Um orgulho convencido me atravessa e cresce no meu peito. Darcy sai da cama, sem maquiagem e com o cabelo bagunçado e, beleza, admito, já me sinto atraído por ela. Mas hoje, toda arrumada?

Está deslumbrante, e está assim para *mim*.

Meu olhar desce para a barra do vestido curto e para a pele macia das suas pernas. Queria saber que calcinha está usando. Darcy gosta de combinar e coordenar, gosta que as coisas façam sentido, então imagino que deva ser de uma das cores do vestido.

Eu me lembro das várias calcinhas penduradas no banheiro para secar que vi alguns dias atrás, quando precisei pegar algo debaixo da pia dela e ela não estava em casa.

A rosa-clara, aposto.

— Melhor encontro da sua vida *até agora* — Darcy diz, erguendo a sobrancelha. — Vai que não rola nada.

Empalideço, tomado pelo impulso avassalador de jogá-la sobre o ombro e a carregar até meu quarto.

Em seguida, ela arregala os olhos e esconde o rosto entre as mãos.

— Estava brincando — diz com um grunhido, ficando vermelha por trás dos dedos. — Desculpa. Foi uma brincadeira. Estava tentando ser engraçadinha e saiu estranho.

— Sem problema. — Deixo escapar uma risada rouca. Ela está tentando me matar? — Sei que estava brincando. Vou tirar o terno.

No meu quarto, visto uma calça de moletom e uma camiseta. Pela parede, escuto enquanto ela se desloca pelo quarto, abrindo e fechando gavetas, os passos leves, e o estalo de cabides no seu guarda-roupa. O som dela tirando o vestido deve ser só coisa da minha imaginação. As paredes não são *tão* finas. Mesmo assim, a imagino a três metros, só de calcinha e sutiã.

Minha virilha se contrai. Puta merda. As coisas que eu faria com Darcy Andersen só com a língua. Eu a chuparia por horas, tirando cada gota de prazer dela, levando seu corpo a limites que ela nem sabia que existiam.

O tesão pesa lá embaixo e inspiro fundo, passando a mão no rosto antes de voltar à sala. Quando a vejo, meus passos vacilam. Ela está de pernas cruzadas no sofá, de legging e um moletom preto enorme.

Uma sensação intensa de possessividade cresce dentro de mim.

— É o meu moletom?

Darcy me encara.

— É, sim. Tem problema? Estava no sofá e todos os meus estão na máquina.

Fica enorme nela, e é a coisa mais fofa que já vi.

Porra, gosto disso. Gosto demais.

"Não consigo nem imaginar você com uma namorada", ela disse hoje, incrédula. Sinto uma pontada forte com a lembrança, logo atrás das costelas.

— Nenhum problema — murmuro.

Mesmo assim, eu a imagino sem a calça, usando apenas meu moletom e uma calcinha. Sem sutiã. A pele macia e suave. Talvez no meu colo. Talvez com os braços ao redor do meu pescoço.

Talvez me beijando.

Desvio o olhar, desejando ter tomado um banho frio antes de me trocar.

— Você ainda não respondeu — ela diz enquanto me sento no sofá e me espreguiço.

— O quê?

— Que tipo de pornô você assiste.

O sangue corre para o meu pau, e me inclino para a frente com os cotovelos no joelho e a cabeça entre as mãos, pensando nas coisas menos excitantes que sou capaz de imaginar. O cheiro de equipamentos de hóquei. A dor quando quebrei a clavícula no ensino médio. Como os picles são todos enrugados e verdes.

Não adianta. Ainda a estou imaginando sentada no meu colo de moletom, gemendo no meu ouvido enquanto puxo sua calcinha para o lado e passo os dedos entre suas pernas. Outra onda de tesão me percorre.

Seria muito fácil contar para ela sobre o casal casado do OnlyFans a que assisto há anos. São um casal jovem, e seus vídeos não parecem um pornô tradicional. Às vezes, são rápidos, desesperados e intensos; outras, lentos, sonolentos e preguiçosos. Mas são sempre reais. Nunca mostram rostos, mas ela é baixinha, com o cabelo loiro-claro comprido. Ele tem o mesmo porte físico e o cabelo da mesma cor que eu tenho.

São parecidos comigo e com Darcy. Finjo que somos nós. É meu segredo constrangedor. Um segredo que vou levar para a cova. Finjo que são vídeos que fizemos juntos, apenas para nós, e que é ela rebolando no meu pau, ofegando e tremendo e gemendo. É a minha cabeça entre as pernas dela, provocando seu orgasmo. É o anelar de Darcy que cintila. Finjo que somos casados, e que é a minha mão segurando a dela durante nossos orgasmos.

— Não lembro — murmuro nas mãos.

Ela ri.

— Mentiroso.

Assim que vir, ela vai saber. Ainda mais se descobrir que é o único pornô a que assisto. Perdi o interesse em todos os outros.

— Então tá, hora dos presentes. — Ela me estende uma sacolinha. — Vi isso no Etsy na semana passada e pensei em você.

Abro um sorriso rápido.

— Não precisava. — Dentro da sacola de presente, meus dedos encontram um algodão macio, e tiro a camiseta para dar uma olhada. A imagem estampada na frente é uma ilustração de todos os personagens de *Espada do Norte*.

— É de um artista daqui de Vancouver — acrescenta Darcy, com certa timidez na voz.

Meu peito se enche de ternura enquanto contemplo os traços da ilustração.

— Ninguém nunca me dá roupas, além da minha mãe.

Darcy solta um grunhido.

— Maravilha. Sou como sua mãe?

Dou uma risada.

— Não, não foi isso que eu quis dizer. É legal. Adorei.

Sinto como se ela estivesse cuidando de mim. Como se eu fosse dela.

Eu me levanto e tiro a camiseta, e Darcy arregala os olhos de susto.

— O que está fazendo?

— Experimentando.

— Agora?

— Quero ver se cabe. — Uma onda de satisfação bate no meu peito quando noto os olhos de Darcy pairando no meu tanquinho.

Treino muito. Meu corpo é meu trabalho, e sei qual é a minha aparência. Pela maneira como está me encarando, Darcy também sabe.

— Com licença, moça. — Estalo os dedos, sorrindo e apontando para o meu rosto. — Meus olhos estão aqui em cima.

Ela ergue o olhar e seu rosto assume um adorável tom de rosa.

— Desculpa.

Dou uma risadinha, exibindo os músculos.

— Tudo bem. Pode me admirar à vontade, Andersen.

— Ai, meu Deus. — Darcy desvia os olhos enquanto mudo de posição para exibir mais músculos. — Para, seu ególatra. — Ela deixa escapar uma risada envergonhada, e meu sorriso cresce ainda mais.

— Estou deixando você sem graça? — Flexiono os bíceps, um de cada vez, e ela cai na gargalhada. — Está ficando com calor? Está quente aqui, ou é impressão minha?

— Isso realmente funciona com as mulheres?

— Sei lá. Não ajo assim com as mulheres. Elas sairiam correndo.

Nunca rio nem faço palhaçada na frente das mulheres com quem saio. Não rio assim com ninguém além dela. Darcy solta um murmúrio de satisfação e paro de besteira, vestindo a camiseta.

— Que tal? — Estendo os braços para sua aprovação, e ela sorri, acenando enquanto seu olhar percorre meu corpo, pairando no meu peito, nos meus ombros e na minha cintura.

— Serve. — Nossos olhos se encontram e ela ergue as sobrancelhas em sinal de pergunta. — Gostou?

— Adorei. — Pra caralho. Gosto que Darcy me compre roupas, e gosto que use meu moletom. Gosto de sair para jantar e de me sentar no sofá ao seu lado depois, na casa em que moramos juntos.

— Mais um. — Assim que me sento de volta, ela engole em seco e me entrega um embrulho simples, mais ou menos do tamanho de um livro.

— Nossa, Andersen, você está me mimando.

Darcy se ajeita, erguendo um joelho embaixo dela no sofá. Mesmo sem nos tocar, consigo sentir o calor do seu corpo. Ao abrir o embrulho, meu coração sobe pela garganta.

É uma foto emoldurada de nós dois na universidade. Terceiro ano, acho. Estamos de verde, usando chapéus baratos de plástico que compramos entre um bar e outro no Dia de São Patrício. Um dos meus braços está ao redor do ombro dela, e estamos erguendo as mãos pintadas de verde para a câmera, sorrindo de orelha a orelha.

— É sentimental demais, né? — Ela se encolhe. — Desculpa. É só que adoro essa foto. É minha favorita.

A dor no meu peito se expande, ocupando mais espaço.

— Ei. — Coloco o braço ao redor dela como na foto, puxando-a para perto de mim. Minha regra de *não tocar em Darcy* desaparece. — Cala a boca — murmuro, irônico.

— Não precisa pendurar nem nada — argumenta ela.

Tampo a boca de Darcy com a mão, abafando seu riso.

— Só para de falar, tá? — digo com gentileza para fazê-la rir de novo, arrepiando com a sensação do seu sorriso sob a palma da minha mão. — Adorei. — Dou um beijo rápido e firme na testa dela.

Agora não me sinto mais tão constrangido em relação ao meu segundo presente para Darcy. Ela vai dizer que gastei demais, mas essa foto emoldurada não tem preço.

Além disso, vai odiar meu primeiro presente, e mal posso esperar.

— Por que está sorrindo? — pergunta ela.

Meu sorriso se alarga.

— Mal posso esperar para dar o *seu* presente. — Vou para o meu quarto, coloco a caixa menor no bolso e carrego a maior de volta à sala.

— Não precisava me comprar nada — diz Darcy, um brilho curioso nos olhos enquanto coloco a caixa maior na mesa de centro. É leve, mas grande, ocupando metade da superfície. — Você já me deu flores para uma vida inteira.

— Ah, primeiro abre, depois me agradece. — Tento não sorrir demais ao voltar a me sentar no sofá.

Quando ela abre o embrulho, sua expressão curiosa se transforma numa careta séria e sem graça.

— Hayden.

Começo a gargalhar enquanto ela encara a caixa, indignada.

— Por favor, me fala que é uma piada e que não é realmente o que tem dentro.

— Abre e descobre. — Meu Deus, que divertido!

Darcy abre a aba da caixa e resmunga.

— Está me tirando?

18

DARCY

— De Dia dos Namorados, você me deu uma almofada em formato de peitoral masculino?

Os olhos de Hayden brilham com bom humor. É assim que ele fica mais bonito, sorridente e relaxado, braços e pernas compridos e torneados esparramados no sofá.

— Para ficar abraçadinha. Gostou?

Solto um som estrangulado, mas começo a rir.

— Não!

Na caixa, uma mulher exuberante está com o braço estofado apoiado ao redor do ombro.

— É essa a mensagem? Devo praticar com objetos inanimados antes?

Hayden finge preocupação.

— Preferia o que tinha pelos no peito?

Eu me viro para ele, sem conseguir controlar a curiosidade.

— Era uma opção?

— Ah, sim. — Seus olhos cintilam. — Não sabia de qual você ia gostar. — Ele ergue o peitoral masculino estofado e o apoia no ombro. — Pode sentar no sofá e ver TV com ele.

Faço uma careta.

— Parece pequenininho perto de você.

Ele me abre um sorriso sugestivo e sedutor, e eu reviro os olhos.

— Não seja esquisito.

Torço para Hayden não tirar a camisa e começar a se exibir de novo. Minha pele ainda está ardendo de quando ele fez isso antes.

— Bom. — Ele joga o peitoral em cima de uma cadeira próxima, suspirando como se estivesse decepcionado. — Que pena que odiou o presente. Sou um péssimo ajudante. — Em seguida, coloca a mão no bolso e tira uma caixa de veludo preto. — Não deu tempo de embrulhar este.

— Tudo bem. — Semicerro os olhos, desconfiada. — É grande demais para ser um anel de noivado, então é um bom sinal.

Seu sorriso vacila, e eu aperto bem a boca. Sempre falo a coisa errada.

— Desculpa. Só estou pensando no que aconteceu hoje. — Quando abro a caixa, todos os meus sentimentos estranhos desaparecem.

A pulseira é linda. Uma corrente de ouro delicada com pequenos hexágonos de pedras cintilantes e cristalinas amontoadas. Passo o polegar sobre elas, memorizando as texturas.

— São favos de mel?

Hayden me lança um olhar leve e caloroso.

— Uhum.

Mantemos contato visual por um bom tempo, e então me pergunto: será que ele lembra? Alguns anos atrás, fiquei obcecada por abelhas. Passei semanas só falando disso. As abelhas sabem contar. Suas colmeias são construídas de maneira organizada, metódica e *matemática*. Mesmo sendo insetos minúsculos, elas trabalham em conjunto para construir colmeias fortes e estáveis com esses hexágonos.

É isso que eu amo na matemática, seu milagre e seu encanto. Como está presente em toda a natureza.

Meus olhos se voltam para as pedras cintilantes.

— Me diz que não são diamantes, Hayden.

— Claro. — Um sorriso contente se abre em seu rosto lindo. — *Não* são diamantes.

— Hayden. — Estava tentando dar uma bronca nele, mas sai mais suave do que eu pretendia.

— São criados em laboratório — acrescenta ele, de olho em mim. — Te conheço.

Fico sem palavras. Diamantes criados em laboratório, ou diamantes sintéticos, têm a mesma composição de diamantes tradicionais, a mesma dureza e estrutura e, às vezes, uma clareza até melhor, mas são criados usando altas temperaturas e pressões em vez de minerados. São mais um exemplo de como a matemática e a ciência melhoram o nosso mundo.

— Amei — sussurro, erguendo os olhos para Hayden enquanto uma alegria envolve minhas costelas com firmeza. — É demais.

Hayden simplesmente sorri e dá de ombros, e sinto um friozinho na barriga. Ninguém me enxerga como ele, e não sei o que pensar disso.

— Obrigada. — Abro os braços, e ele me envolve nos seus, puxando-me para seu peito firme.

— O prazer é meu, Darce. — Sua voz é baixa em meu ouvido, fazendo minha pele se arrepiar. Encostado em mim, seu peito sobe e desce com a respiração constante, e me lembro de quando ele tirou a camisa.

Músculos. Saliências. Pele dourada e macia. Alguns pelos loiro-escuros descendo por seu peitoral definido até o tanquinho e o cós da calça.

Queria contar cada um dos seus músculos com a língua. Queria encostar os lábios na sua clavícula e descer por cada gominho, senti-los se contraírem sob a boca enquanto ele prende a respiração.

Uma imagem me vem à cabeça: eu passando as mãos por seu peito suave enquanto estou em cima dele, montada em seu quadril esguio, rebolando em seu membro grosso. Uma excitação me atravessa.

Meu crush está mais forte do que nunca, e quero muito, muito mesmo, transar com meu melhor amigo.

O tecido da sua camiseta é macio ao toque, e ele é muito quentinho. Hayden cheira a floresta fresca. Inspiro fundo e sinto um arrepio. Seu cheiro mexe com meu cérebro, aguça meus pensamentos e me leva a me concentrar nele e apenas nele.

Era para o abraço ter terminado segundos atrás, mas Hayden ainda está me segurando com firmeza.

Estou prestes a fazer uma besteira.

— Sinto falta desta parte — murmuro.

A voz dele é baixa, a respiração faz cócegas em meu ouvido.

— Qual parte?

— A parte física. — Meus nervos se atropelam. Eu deveria parar de falar. — Sinto falta de ficar de chamego.

Sinto falta de sexo, e todos os meus neurônios se perguntam como seria com ele.

Uma eletricidade estala no ar, tensa e faiscante como nos momentos que antecedem uma trovoada. Hayden se afasta alguns centímetros com uma expressão séria, a respiração ofegante, e os pelos da minha nuca se arrepiam. Sua coxa inteira está encostada na minha, sólida e definida. Seus olhos são de um azul tão devastador que eu poderia mergulhar neles.

Ele contrai o maxilar e engole em seco.

— Vamos ficar de chamego, então.

19

HAYDEN

Darcy arregala os olhos, as pupilas brilham por todos os tons de verde de suas íris, e meu sangue pulsa nos ouvidos.

Por que falei isso?

Porque estou a fim dela. Estou a finzaço dela. Estar tão perto de Darcy, inspirando seu aroma e sentindo o calor da sua pele, observando seus lindos lábios carnudos se curvarem com um sorriso satisfeito em resposta ao presente que escolhi, é uma agonia.

No jantar, ela comentou que comprar presentes era o lado negativo de estar num relacionamento, mas comprar os presentes de Dia dos Namorados dela foi o ponto alto da minha semana. Gastar dinheiro com Darcy me deu uma sensação expansiva de orgulho masculino. Comprar coisas para ela pode virar um vício se eu deixar.

E agora estou propondo ficar de chamego? O que deu em mim?

Ainda estou com o braço ao redor do ombro dela, e não consigo tirar. Ela é muito quentinha. O cabelo é supercheiroso. Meu autocontrole está em frangalhos.

Sou o ajudante dela, e Darcy não tem interesse em nada sério, mas estou a fim demais para pensar com clareza.

— Chamego. — Minha voz sai rouca, então limpo a garganta. Meu Deus. Estou agindo feito um adolescente na noite do baile. — Vamos ficar de chamego, já que você sente falta.

Uma autoaversão se infiltra em minhas veias. Eu sou péssimo. Kit acha que estou cuidando dela e, em vez disso, estou encontrando formas de tocá-la.

Mas ele a manipulou quando a pediu em casamento na frente de todo mundo sabendo que ela queria terminar, então ele que se foda.

Sinais de alerta disparam no fundo da minha consciência, mas os ignoro. Nossa, quero muito beijá-la. Se fosse esperto, correria para o quarto, sozinho, e aliviaria toda essa frustração sexual reprimida no chuveiro, com a testa encostada nos azulejos, abafando meu gemido.

Mas não sou esperto. Não quando o assunto é Darcy.

— Como amigos — acrescento, o coração acelerado. Tenho certeza de que ela consegue enxergar a verdade, mas estou descendo sem freios ladeira abaixo. — Aposto que tem alguma ciência sobre como isso é bom para as pessoas.

— Oxitocina. — Darcy lambe os lábios. — É liberada quando as pessoas se tocam. Estimula os pais a abraçarem o recém-nascido.

Uma tensão paira no ar.

— Eu topo. — Engulo em seco. — Mas só se eu puder ser o bebê.

Ela cai na gargalhada e, embora meu pulso lateje em meus ouvidos, sorrio. Alguns nós relaxam no meu peito, e me acomodo no sofá, abrindo os braços. Como se fosse a centésima vez que fazemos isso, Darcy se acomoda na minha frente, com as costas em meu peito, e, de repente, estamos juntinhos.

É a melhor experiência da minha vida.

O instinto me domina quando a envolvo e a puxo para perto. Darcy é tão macia, tão quentinha, que forma um encaixe perfeito. Estamos colados um ao outro, e me pergunto se ela consegue sentir meu coração acelerado.

O que estou fazendo? E eu lá me importo?

— Tudo bem? — murmuro.

— Uhum. — Ela se vira e me olha por sobre o ombro. — Consegue respirar assim? Meu cabelo deve estar te sufocando.

— Estou bem. — Eu poderia morrer assim. Seu cheiro é celestial. Estou precisando de todo meu autocontrole para não afundar o nariz no seu pescoço. Em vez disso, apoio o queixo em cima da sua cabeça.

É essa a sensação de ter uma namorada? É isso que estou perdendo há anos?

Mas nunca teria sido assim com mais ninguém. Não é ficar de chamego com uma mulher, mas ficar de chamego com *Darcy* é que está deixando meu corpo e minha mente a mil.

Quer saber? Foda-se.

Movido pelo meu cérebro burro de homem das cavernas, encosto o nariz na sua nuca e inspiro fundo.

Todo o meu sangue corre para o pau e, em três segundos, estou duro como aço. Meus lábios se entreabrem com a necessidade urgente de meter nela.

Puta que *pariu*.

Li um artigo uma vez em que um ator pornô dizia que, quando estava tendo problemas de ereção no set, cheirava a nuca da atriz. Tem a ver com feromônios. Contei para todo mundo no bar, e Miller chegou a experimentar com Hazel. Disse que não funcionou.

Bom, está funcionando agora.

Minhas bolas ardem de excitação e meu pau empurra a calça. Se Darcy se mover um centímetro que seja, vai sentir.

Uma onda de pânico me percorre, superando meu desejo cego. Preciso de um banho gelado. Preciso bater uma. Porra. Não. Só preciso sair daqui.

Darcy solta um suspiro contente e se ajeita, e minha mente se esvazia quando sua bunda encosta em mim.

Ela fica tensa.

Eu fico tenso.

Nenhum de nós respira.

Ela abre a boca para falar alguma coisa, mas saio quase voando do sofá, levantando-me às pressas e virando as costas. Vi a reação dela ao anel hoje; não posso fazer isso. Não é o que ela quer.

Vou estragar tudo.

— Preciso ir dormir. — Já estou no meio do caminho para o quarto. — Obrigado por, hum, tudo. Boa noite.

Instantes depois, estou no banho, deixando a água escorrer pelo corpo. Estou tão duro que chega a doer, e já estou quase gozando. Apoio uma das mãos nos azulejos, e a outra aperta a ereção, subindo e descendo pelo membro enquanto imagens de Darcy preenchem minha mente.

Ela de joelhos aos meus pés, os lábios lindos ao redor do meu pau, engolindo até o fundo da boca enquanto seu olhar encontra o meu.

Eu de joelhos na frente dela, um braço ao redor do seu quadril para segurá-la com firmeza, sua perna sobre meu ombro, minha língua dentro dela, sentindo-a tremer e se contorcer diante de mim. Meu rosto encharcado pela sua excitação. Ouvindo cada suspiro e gemido.

Uma onda de prazer se espalha lá embaixo, minhas bolas se contraem, e o orgasmo me atinge com um êxtase brusco. Fecho bem os olhos enquanto gozo, respirando com dificuldade, abafando o gemido.

Como sempre, torço para esse orgasmo acabar com o desejo constante por ela. A atração intensa que sinto, que parece crescer dia após dia.

Mas não é suficiente. Nunca é.

20

DARCY

Na manhã seguinte, estou esperando na cozinha entre oito buquês de flores, inspirando seu aroma floral e ensaiando o que vou dizer, quando Hayden aparece com a bolsa pendurada no ombro e já pronto para um período de sete dias de jogos fora de casa.

Ao olhar para o seu peito, sorrio automaticamente.

— Você está usando a camiseta.

Ele abaixa os olhos e esboça um sorriso.

— Claro que estou.

O clima não parece estranho entre nós depois de ontem à noite, o que é bom.

De manhã, Hayden fica lindo, os olhos azuis sonolentos, o cabelo ainda úmido do banho e a barba loira-escura por fazer cobrindo seu maxilar delineado. Meus dedos coçam para passar as unhas nele.

Não. Depois da noite passada, chega de toques. Ele estava certo ao pôr um fim naquilo.

Meu coração pega fogo com a memória. Nossa, que vergonha.

Ele olha para o meu punho.

— E você está usando a pulseira.

Encontro a corrente delicada e mexo nela como fiz a noite toda quando não conseguia dormir. É difícil dormir sozinha na cama; sempre dormi melhor com alguém do lado. Além disso, passei a noite inteira com medo de estragar minha relação com Hayden.

— Claro que estou. — Abro um sorriso rápido. — Vou te levar para o aeroporto.

Ele hesita, entreabrindo os lábios, e faz cara de arrependido.

— Volkov está vindo me buscar.

— Ah. — Estava planejando usar o tempo no carro para pedir desculpas por ontem. — Não pensei nisso.

— Tudo bem. Você devia estar dormindo até tarde, não me dando carona por aí. — Ele deixa a mala no chão e vai para o armário no corredor de entrada para pegar as botas. — Volta para a cama.

Se não conversarmos sobre ontem, o clima vai ficar estranho, e Hayden é basicamente tudo que tenho agora. Não quero que pense que estou tendo a ideia errada sobre nós.

Não posso estragar tudo com ele. Simplesmente não posso.

— Você não pode sair ainda. — Tento não parecer desesperada. — Você fica que nem um zumbi se não tomar café de manhã.

Aperto o botão da cafeteira e a máquina ganha vida. Um momento depois, um fio de café espresso desce para a pequena xícara.

Os olhos de Hayden vão da cafeteira para mim, uma expressão desconfiada no rosto.

— Estava pensando em tomar café no aeroporto.

— Café de aeroporto é horrível. O nosso é muito melhor.

Seus olhos se aquecem quando uso a palavra *nosso*.

— Acho que tenho uns minutinhos. — Hayden se senta no balcão da cozinha e aceita o espresso que dou para ele. A xícara fica tão pequena nas suas mãos enormes que chega a ser engraçado.

— Então, hum. — Eu me ajeito para conseguir vê-lo por trás das flores e me apoio no balcão, concentrando-me para não torcer as mãos nem agitá-las. — Ontem à noite.

Ele congela, e nossos olhares se encontram.

— Mil desculpas. — Olho nos olhos dele enquanto meu coração dispara. — A gente ficou falando de afeto físico, e acabei me empolgando.

Hayden tosse no meio do gole, olhando fixamente para um ponto no chão, e minha cara arde ainda mais. Coladinha em seu corpo, meus hormônios tomaram conta e me fizeram roçar nele.

Ele estava de pau duro. Engulo em seco ao me lembrar da sensação da sua ereção intimidante encostada em mim.

Como eu desconfiava, Hayden é proporcional. Eu me arrepio com a memória.

Sei o que aconteceu: ele ficou excitado porque é um humano fogoso com necessidade de sexo regular, o que não anda tendo nos últimos tempos porque passa o tempo inteiro comigo. Hayden é um bom amigo, então, quando praticamente implorei para que ficasse de chamego comigo, ele topou.

Preciso mostrar que não estou vendo coisa onde não tem na reação do seu corpo e que nada mudou entre nós.

— Não é nada demais. — Regra número um: sempre seja tranquilo e confiante. — Me pegou de surpresa porque fazia muito tempo que não me sentia assim. — Hum, estou perdendo o fio da meada aqui. — Você é... — Aceno para ele, que arqueia a sobrancelha com bom humor.

— Sou o quê?

— Grande. Alto. Largo. Musculoso. Cheiroso. — A cada palavra, seu sorriso se abre mais. Minha pele está muito quente. — Para de sorrir.

— Qual é o problema de sorrir?

— Você está se achando.

— Você acabou de dizer que te dou tesão.

— *Deu* — saliento. — Me *deu* tesão porque eu estava encostada em você... ai, meu Deus.

Eu não estava simplesmente encostada nele. Rocei a bunda como uma gata no cio. Hayden solta uma risada abafada na xícara.

— Para — falo com a voz firme, contendo um sorriso ao me encher de alívio. — Estou tentando falar sério.

Ele franze a testa para a xícara, pensativo.

— Se eu sou cheiroso, então quer dizer que não somos parentes distantes?

Caio na gargalhada.

— Não, provavelmente não. Seu cheiro é incrível.

Ele sorri para mim, recostando-se na cadeira, e um calor me percorre.

— Meu corpo reagiu. Não significa nada. Nada mudou entre a gente.

Regra número cinco, a mais importante de todas: jamais se apegue.

— Certo. — Seu sorriso diminui, e ele dá um aceno tenso. — Eu sei.

— Aceitei sua oferta de afeto físico e acabei ultrapassando os limites. Você só está me ajudando e nada mais.

Hayden contrai os lábios.

— Sim. É isso.

E depois veio o banho. Sempre que encosta em mim, ele corre para o banho depois. Tento não pensar demais sobre isso. Sei que não faço o tipo dele, mas precisar *tomar banho* depois de encostar em mim?

Essa dói.

— Ótimo. Então, nós dois concordamos que não foi nada de mais.

Hayden abre um sorriso tenso.

— Águas passadas.

Forço um sorriso. É exatamente o que eu quero, então não sei por que ouvir isso é tão decepcionante.

Seu celular apita, e ele o tira do bolso.

— Volkov chegou. — Então se levanta e põe a xícara na lava-louças. — Obrigado pelo café.

— Imagina. — A palavra sai aguda e felizinha demais. — Boa viagem. Vou assistir aos jogos.

Ele me dá uma piscadela.

— Tchau, Darce. Juízo, hein?

É só quando a porta se fecha e ouço o sinal do elevador que percebo como vou sentir falta dele na próxima semana.

21

HAYDEN

— Camiseta maneira — comenta Miller enquanto coloco a mala no compartimento superior do avião.

— Valeu. — No momento, essa camiseta é minha posse mais valiosa. — Darcy que me deu.

Ele ergue as sobrancelhas com interesse enquanto me afundo no assento.

— Imagino que o Dia dos Namorados tenha corrido bem, né?

Solto um suspiro pesado ao pensar em toda a trapalhada que fiz.

Miller dá uma risadinha.

— Tão ruim assim? Certo, conta o problema para o especialista aqui para a gente resolver.

Solto uma risada seca de incredulidade.

— Especialista? Está de brincadeira, certo? Hazel te odiava até, tipo, semana passada.

— Darcy não gostou das flores?

— Gostou. — Cruzo os braços diante do peito e fico olhando pela janela. — Gostou da pulseira que comprei para ela também.

Miller assobia.

— Uma pulseira também? — Ele abre um sorriso de orelha a orelha. — Agora você está pensativo. Qual é o problema?

— A gente, hum — olho para ele de esguelha —, ficou de chamego.

— Chamego? — ele repete alto, e os caras ao redor olham para nós.

— Cala a boca, porra — sussurro. — Alguém vai escutar.

— Foi mal. Ninguém pode saber que você e Darcy ficaram *de chamego* antes do casamento.

— A gente ficou de chamego como amigos. Não significou nada.

Falando em voz alta, soa ridículo.

Miller fica um tempão me encarando e cai na gargalhada.

— Chamego de amigos?

— É normal.

Não é normal. Eu precisava tocar nela, e isso saiu pela culatra quando ela deixou claro que nunca aconteceria nada entre nós. Que meu corpo a excitava sim, mas nada, nunca, jamais, aconteceria entre nós.

Não significou nada, ela disse. É o meu jeitinho. Um rostinho bonito e uma boa foda. Até Darcy, que me conhece melhor do que ninguém, consegue enxergar isso.

No entanto, por alguma razão, coloquei nossa foto emoldurada na mala para trazer na viagem. Acho que gosto de me torturar.

Ou talvez só sinta saudade dela.

Miller olha alguns bancos à frente.

— Ei, Streicher, quer ficar de chamego comigo mais tarde? Como amigos?

A algumas fileiras, Streicher lança um olhar ranzinza para ele.

Miller se volta para mim com um brilho encantado nos olhos.

— Desculpa, o que você estava dizendo?

Puxo a aba do meu boné para baixo e me afundo no assento, o sinal tácito de "Vou tirar um cochilo; não me incomode", mas Miller o levanta.

— Owens. — Seu sorriso diminui um pouco enquanto ele observa minha expressão. — O que você está fazendo?

Na minha mente, vejo o semblante petrificado de Darcy quando o anel de noivado apareceu no seu prato no jantar.

— Nada. Ela não está pronta para um relacionamento.

— Então ajuda essa mulher a ficar pronta. Mostra para ela como poderia ser.

Sinto um nó de preocupação na garganta.

— O último cara tentou, lembra? E ela surtou.

— Hum — Miller diz, pensativo.

Se ela não queria nada a longo prazo com Kit, o homem dos sonhos de toda mulher, como vai se sentir depois que o brilho da novidade comigo passar?

Ward aparece no corredor e entrega uma pasta para cada um de nós.

— Rapazes.

— Professor.

Ele segue em frente, e eu folheio o material do jogo: pastas com o itinerário da nossa viagem, distribuição dos quartos, cronograma de jogos e observações sobre cada partida. Uma polaroide desliza entre as páginas. Deixo escapar um riso surpreso com a foto daquele maldito anão deitado na minha cama, com a cabeça no meu travesseiro, usando uma máscara de dormir.

No verso, a letra de Darcy diz: “Boa sorte! Vou assistir aos seus jogos (e dormir na sua cama). — Daniel”.

Ela deve ter feito isso enquanto eu estava no treino ou algo assim. Não consigo parar de sorrir. Penso logo no vídeo que fiz de Darcy ontem à noite enquanto tocavam a serenata.

Pego o celular. *Acho bom Daniel não se masturbar na minha cama durante a minha viagem*, escrevo para Darcy.

Sua resposta é imediata. *Onde ele faria isso? Ele tem suas necessidade*s.

Meu sorriso se alarga, e todas as sensações estranhas de ontem à noite e hoje cedo desaparecem. *Na varanda, como uma pessoa normal.*

Ela responde com um GIF de Jim Carrey fazendo careta, e eu sorrio para o celular. Em seguida, coloco um fone de ouvido e abro o vídeo dela de ontem à noite, morrendo de vergonha ao receber a serenata.

Os cafés matinais porque ela sabe que sou inútil antes da cafeína, a camiseta da nossa série de livros favorita, nossas piadas internas bestas, como aquele anão medonho: minha vida é melhor quando estamos morando juntos.

Sempre digo que Kit é o meu melhor amigo, mas não é. É Darcy.

Não sou burro a ponto de continuar negando meus sentimentos por ela, mas não vou tomar nenhuma atitude e estragar a melhor coisa que já me aconteceu na vida.

22

DARCY

Uma semana depois, Hayden aparece no vão da porta do meu quarto e eu fecho o laptop com força.

— Nem ouvi você chegar em casa.

— Eu sei. — Ele abre um sorriso curioso para mim e aponta com a cabeça para o meu notebook. — Está trabalhando?

Estou tentando entender por que o Vancouver Storm é tão ruim em *power plays* mesmo usando todos os seus melhores jogadores.

Enquanto assistia aos jogos de Hayden na TV durante a semana, algo me levou de volta aos meus antigos modelos analíticos. É fácil se perder nos números quando estou me concentrando, e me vi trabalhando até tarde quase toda noite.

Nesta semana, uma coisa ficou bem clara: eles nunca vão chegar às eliminatórias se não conseguirem melhorar as chances de marcar durante as *power plays*.

— Só umas burocracias — minto.

Mas é só um passatempo, e não pretendo mostrar a ninguém. A última coisa que eu quero é Hayden me falando para não me meter.

Passamos um tempo nos encarando, e tento não pensar na parte física da nossa noite. Fomos cuidadosos em evitar mencionar isso ou o Dia dos Namorados durante as mensagens que trocamos a semana toda.

Também tento não pensar na foto que dei de presente para ele e que, quando espiei pela porta aberta do seu quarto, não a vi exposta. Também não está na sala.

Hayden deve tê-la jogado numa gaveta e se esquecido dela. Não sei o que eu estava esperando.

— Estava pensando... — começo.

— O que você... — ele diz ao mesmo tempo.

Nós dois soltamos risadinhas sem jeito.

— Desculpa. — Aponto para ele. — Pode falar.

— Não — Hayden responde. — Você.

Sinto um friozinho na barriga. Não sei por que estou nervosa.

— Estava pensando sobre o Dia dos Namorados.

— Ah, é? — Sua voz tem um tom estranho, e ele observa meu rosto com atenção.

— É. — Franzo a testa, mexendo os pés no chão. — Agi bem esquisito com toda a questão do anel de noivado.

Ele balança a cabeça.

— Ah, Darce. Não esquenta com isso.

— Tarde demais. Imagina se eu estivesse num encontro de verdade, com um cara de verdade. Não que você não seja um cara de verdade. — Faço uma careta. — Você sabe o que eu quis dizer.

Ele responde com um resmungo, a boca curvada para baixo.

— Seria muito estranho. — Uma pontada de raiva me atravessa porque, mesmo depois do fim da minha relação com Kit, ele ainda vem me assombrar, e estou desesperada para me livrar dele. — Se estiver livre hoje, adoraria levar você para outro encontro para praticar. — Abro um sorriso tímido. — Juro que não vou surtar se colocarem um anel de noivado no meu prato.

— Hum. — Hayden faz uma careta hesitante, e sinto um aperto no peito.

— Você não pode — digo rápido. — Está ocupado. Claro que está, tudo bem.

— Não, hum. Fui convidado para uma festa.

— Legal. — Estou acenando. Me sinto ridícula. Ele é o cara mais gato da NHL. Claro que foi convidado para uma festa. — Demais.

— Não, Darce. — Hayden ri um pouco. — Desculpa, estou me expressando mal. Me convidaram para uma festa do elenco de *Espada do Norte*. Miller postou uma foto minha no avião, usando a camiseta que você me deu, e o estúdio de produção da série viu.

— Também vi. — Quem é que *não* viu aquela foto? A comunidade on-line do livro foi à loucura com a ideia de que Hayden Owens adora *Espada do Norte*.

— Pois é — ele solta um suspiro —, o que acha?

— Acho que você deveria ir. — Forço um sorriso. — Aposto que vai ter um monte de mulheres lá.

Dando em cima dele. Rindo das suas piadas. Babando por ele enquanto fico sentada no sofá e tento não pensar nisso.

Hayden me lança um olhar incrédulo, achando graça.

— Ai, meu Deus. Andersen, estou te convidando para ir comigo.

Fico olhando para a cara dele.

— Cala a boca.

Ele sorri.

— Isso é um sim?

— Sério? — Minha voz fica muito, muito aguda.

— *Sim*. — Ele ri. — Com quem mais eu iria? Volkov?

— Hayden. — Corro até ele e bato no seu ombro, o que o faz rir de novo. — Cala a boca!

— Você não quer ir. Entendo.

Quando solto um som sufocado, Hayden sorri ainda mais, com brilho nos olhos.

— Eu quero ir!

— Humm. — Ele observa meu rosto. — Sei lá. Você não parece muito a fim.

— Estou a fim. Quero ir. Por favor. — Entrelaço os dedos e abro um sorriso para ele. — Por favooor, me leva para a festa.

— Sabia que teria que arrastar você. — Ele suspira antes de abrir um sorriso rápido e ir para o quarto. — Só vou trocar de roupa e te encontro na cozinha quando estiver pronta. Podemos jantar antes.

Concordo animadamente e corro para me arrumar.

23

DARCY

"Fechado para evento particular", diz a placa do restaurante em Gastown quando chegamos à festa do elenco de *Espada do Norte*.

— Nome? — o homem à porta nos pergunta, com uma prancheta nas mãos.

— Hayden Owens e Darcy Andersen — diz Hayden com uma confiança natural, como se fizesse isso o tempo todo, e eu guardo essa informação na memória. Hayden arrasa na regra número um: aja com confiança e tranquilidade.

O cara pega nossos casacos e faz sinal para entrarmos, e abro um sorriso engraçado para Hayden.

— Você já colocou meu nome na lista?

— Estava com o pressentimento de que você diria sim, e não viria sem você.

Ao entrar, reconheço de cara três membros do elenco, além de alguns outros atores que não trabalham na série. E três músicos.

— Tem muita gente famosa aqui — murmuro para Hayden, sentindo minha insegurança crescer.

Ele põe a mão na minha lombar como se conseguisse sentir minha apreensão.

— Não se preocupa — murmura no meu ouvido, sua respiração fazendo cócegas no meu pescoço. — Sou só um cara normal.

Uma risada me escapa e minha insegurança diminui. Hayden se abaixa mais para me olhar nos olhos.

— Não vou sair do seu lado, tá?

Sinto uma onda de gratidão.

— Tá.

— Vem. — Ele me guia para o bar. — Vamos pegar uma bebida.

Passado um tempo, depois que conhecemos alguns membros do elenco, eu e Hayden nos sentamos perto do bar no andar de baixo, observando os convidados da festa.

— Olha ali a Aurora. — Aponto discretamente para a estrela da série, que está rindo com alguém. É minha personagem favorita, a criada prática e trabalhadora que todos subestimam. Ao desvendar seus poderes secretos, ela fica imbatível.

Perto dela, o ator que interpreta Cadius, o Príncipe Dourado, está rodeado por mulheres e ri alto. Cadius é outro dos meus personagens favoritos, só que mais para o fim da série. É quando realmente começa a me lembrar Hayden. No começo, ele é o príncipe mimado e presunçoso que tem tudo de mão beijada. Não tem nenhuma noção de como funciona o mundo real, nenhuma empatia e nenhuma ideia de como é privilegiado. Seu primeiro choque de realidade é quando ele e Aurora partem numa jornada para encontrar sua noiva sequestrada no começo do primeiro livro.

Mas Cadius aprende. Ele se esforça e escuta Aurora, e passa a se importar mais com os plebeus do que com o próprio ego ou com a própria imagem. Faz sacrifícios pelas pessoas em sua vida e encontra formas de ser um líder melhor. É gentil e compreensivo, e faria de tudo pelas pessoas que ama. Quando Aurora está à beira do colapso, faz piadas para animá-la e diz que ela é capaz de qualquer coisa. Quando o poder dela veio à tona e despertou, ele soube que ela sempre havia sido capaz.

Mas o ator que interpreta Cadius não é tão bonito quanto Hayden e, quando leio os livros, é Hayden que imagino naquelas aventuras fantásticas.

No outro bar, a atriz que faz a Rainha Ametista lança um olhar na nossa direção, e sinto um aperto incômodo no peito.

— A Rainha Ametista não tira os olhos de você. — Tento manter o tom descontraído enquanto tomo um gole da bebida.

— Ah, é? — Hayden olha para os meus lábios ao redor do canudo.

— Sim. — Depois que entramos, ela pediu para tirar uma foto com ele, mas Hayden me puxou para participar também. — Ela comentou umas quatro vezes que não conhecia bem Vancouver.

Ele dá de ombros.

— Ela não deve nem ter tempo para turistar. Estavam me falando sobre o cronograma de filmagem deles. Não têm tempo livre nenhum.

Não sei se está sendo lerdo de propósito ou não.

— Hayden, o único turismo que ela queria fazer era dentro da sua calça.

Ele abre um sorriso malandro.

— Meu pau?

— Uhum. — Faço que sim, segurando o riso. — Ela quer conhecer o pequeno Hayden.

Seu semblante fica malicioso e arrogante.

— De *pequeno* não tem nada.

Nossa, eu lembro. Um calor me percorre.

— Não é da minha conta. — Finjo desinteresse, embora esteja muitíssimo interessada em saber mais. — E não estou julgando.

— Ei. — Hayden se estica e fica na frente do meu rosto, mantendo um contato visual firme, e começo a chacoalhar de tanto rir. Ele me encara com uma seriedade irônica enquanto seus olhos cintilam. — Não é pequeno, tá? É enorme, como um bastão de beisebol. É um monstro. As mulheres chamam de Godzilla.

Faço cara de nojo.

— Ninguém chama disso.

— Chamariam, se eu pedisse — acrescenta ele, sorrindo. — Muitas mulheres podem confirmar que não é pequeno.

— Tenho certeza. — Sinto um gosto ruim na boca. Coloco o canudinho entre os lábios e tomo um longo gole para tirar. — Tenho certeza de que a Rainha Ametista adoraria ver com os próprios olhos.

Ele solta um resmungo em resposta.

— Ela faz exatamente seu tipo — digo por alguma razão, porque não consigo parar de falar nesse assunto.

— Como assim?

— Superalta, cabelo escuro comprido, sabe? — Faço um formato de ampulheta com a mão. — Bundão. Cinturinha.

A Rainha Ametista deve ser capaz de esmagar minha caixa torácica com as coxas enquanto imploro por piedade.

Hayden franze a testa para mim.

— Todas as mulheres com quem você sai se encaixam nessa descrição.

Ele desvia os olhos e contrai o maxilar como se quisesse falar alguma coisa.

— Darcy?

Engulo em seco.

— Oi?

— Cala a boca — ele diz com jeitinho, sorrindo, e rio comigo mesma.

— Tá. Estamos numa segunda tentativa de encontro — digo. — Não posso te arranjar outras mulheres.

— Olha só você. — Hayden se aproxima e envolve meu ombro com o braço. — Aprende rapidinho.

Ele está sendo carinhoso hoje para variar, e sinto uma onda de prazer.

— Aprendi com o mestre.

Seu sorriso diminui e ele tira o braço.

— Como foi o trabalho essa semana?

— Tranquilo. — Dou de ombros. Hayden faz um gesto com a mão para eu elaborar, e lanço um olhar seco para ele. — Meu trabalho não é assunto para um encontro.

Hayden me observa por um momento, mas não consigo interpretar sua expressão.

— Antigamente você falava pelos cotovelos sobre as coisas em que estava trabalhando — observa, semicerrando os olhos enquanto desvia o olhar, pensativo. — Aquele seu projeto da faculdade no quarto ano. O lance da bolsa?

— O modelo de predição para mulheres em exatas. — Usei dados do governo para determinar quais meninas que entravam na universidade tinham a menor chance de se formar com base nas dificuldades financeiras. — Usam até hoje, aliás, para distribuir bolsas e recursos. Com dados atualizados todo ano, claro.

Ele abre um sorriso cheio de orgulho e me lança um olhar caloroso, o que me faz sorrir para a bebida.

— Isso é muito legal, Darce.

— Era. — Usar estatísticas para ajudar as pessoas tornava aquele projeto muito divertido; nem parecia trabalho. — Eles têm uma filial da organização em Vancouver e alguns eventos programados. Talvez eu vá a algum.

— E você deveria arranjar um emprego que te faça sorrir assim.

Bufo.

— A maioria dos empregos não faz ninguém feliz, e não tenho do que reclamar. Meu trabalho é bom. Paga as contas e tenho direito a férias e benefícios ótimos. Eles pagam minha conta de celular, o que é legal. E pagaram minha mudança para cá quando me transferi para o escritório de Vancouver. — Forço um sorriso radiante e otimista. — Não é tão ruim assim.

Hayden inclina a cabeça e ergue a sobrancelha, como se não acreditasse em mim.

— E, sim, talvez uma parte enorme do meu trabalho seja economizar o dinheiro da seguradora prevendo quanto os pacientes vão custar no longo prazo, e eles usam nossos dados para determinar as prestações, o que acaba deixando os proprietários mais ricos, mas essa é uma parcela enorme da área atuarial. E o mundo dos negócios é assim. — Dou de ombros. — Muitos empregos são pelo dinheiro, no fim das contas.

Tive um emprego que amava, assim que saí da universidade. E aí eu estraguei tudo. É melhor assim, com um emprego chato. Ninguém se prejudica e ninguém é demitido.

Ele coça o queixo.

— Não sou tão inteligente quanto você...

— Você é, Hayden. Não diga isso. — Odeio quando ele faz esses comentários, como se fosse burro. — Há muitas formas de ser inteligente que não têm nada a ver com escola ou matemática. Habilidades sociais, gentileza e compaixão também contam. — Minha expressão é mordaz. — E você sempre tirava notas boas na faculdade.

Está escuro aqui, mas tenho a impressão de que ele está corando.

— Estava tentando dizer que você merece ter um emprego pelo qual fique animada, não só um que você tolera. Algo que nem pareça trabalho.

Passamos um tempão nos olhando, só sorrindo um para o outro, e, mesmo à meia-luz do restaurante, os olhos de Hayden cintilam. Meu olhar acompanha o contorno afilado do seu maxilar, a barba por fazer, e meus dedos coçam para traçá-la.

Sua beleza é mesmo de outro mundo. Numa outra vida, ele estaria nesta festa de elenco como um dos atores.

Mas não é por isso que me sinto sortuda por estar aqui com ele. Hayden é uma das pessoas mais doces que conheço e, apesar da atenção constante que recebe por sua aparência ou sua carreira, ou por ser basicamente uma celebridade numa cidade que ama hóquei, isso não sobe à sua cabeça. Ele poderia estalar os dedos e estar cheio de mulheres a seus pés, mas está sentado numa festa com a amiga nerd da universidade.

— É por isso que não falo sobre meu emprego nos encontros. — Meu sorriso é autodepreciativo. — Vou criar uma regra número seis de como ser pegador: não falar de assuntos chatos nos encontros. Só falar de assuntos sexy e divertidos.

Hayden sorri.

— Assuntos sexy e divertidos — repete.

— Por exemplo... — Faço um esforço para pensar em algo engraçado.

— Por exemplo... — Ele faz um gesto de *continue*. — Mal posso esperar para ouvir.

— Por exemplo, qual é sua posição sexual favorita?

24

DARCY

Hayden arregala os olhos, como se eu estivesse falando grego.

— Quê?

Ele fica tão sério e chocado que começo a rir.

— Hayden, não se faça de santinho. Sei que alguma você tem.

Seus olhos ardem, descendo para minha boca, e ele engole em seco.

— Sei lá. Depende da situação e de como estou me sentindo. — Um arrepio de eletricidade sobe pela minha espinha com seu olhar penetrante. — Acho que a posição que fizer a mulher gozar mais.

Sinto um frio na barriga só de pensar em Hayden na cama, dedicando toda a sua atenção à parceira enquanto se esforça para fazê-la gozar. Meu sangue pulsa entre as pernas, e tomo o resto da bebida até só restar gelo.

— E a sua? — pergunta ele, sem cerimônia.

Minha mente está vazia, e não consigo pensar em nenhuma posição. Só imagino Hayden na cama e como seria. Seu corpo é absurdo e, combinado com sua natureza atenciosa e divertida, dormir com Hayden Owens deve ser uma experiência transformadora.

Não admira que digam que ele é um deus do sexo.

Fico imaginando Hayden em cima de mim, me pressionando contra a cama com seu tamanho e seu peso. Estou de barriga para baixo e, quando ele mete, reviro os olhos com a intensidade do seu volume, a sensação de seus lábios na minha nuca e a vibração rouca do seu gemido.

Minha pele pega fogo.

— Aquela em que fico de barriga para baixo? — Minha voz sai fraca e aguda. — E ele fica em cima de mim? — Limpo a garganta.

— Essa é boa. — Sua voz é rouca, e ele está apertando o copo com tanta força que os dedos ficam brancos. — Mais fácil de dar um orgasmo de ponto G pra você. — Então arregala os olhos. — Ela. Dar um orgasmo de ponto G pra *ela*.

Minha curiosidade desperta.

— A maioria dos caras sabe dar um orgasmo de ponto G? É o ponto na parede da frente da...

— Eu sei o que é o ponto G, Darcy. — Seus olhos se fecham por um momento.

Claro que sabe.

— Eu sei que *você* sabe.

Meu rosto fica vermelho enquanto tento não imaginar Hayden na minha cama, enfiando os dedos em mim e me levando à beira de um orgasmo. Um calor sobe pelo meu ventre e cruzo as pernas, apertando-as com força.

— E os outros caras? — Olho para ele. — É um assunto que os homens conversam no vestiário?

— Não muito.

Sua expressão é estranhamente séria, desprovida de humor ou ironia, e o constrangimento toma conta de mim. Ai, *meu Deus*. Acabei de fazer uma pergunta horrível para o meu ajudante.

— Quer saber? — Minha voz é aguda, e dou uma risada para aliviar a tensão. — Finge que eu nunca perguntei. Que vergonha. Acho que estou bêbada.

Isso faz Hayden bufar, achando graça, e o sorriso que se abre em seu rosto alivia parte da minha humilhação.

— Você não está bêbada.

— Não estou — confirmo. — Só falo besteira às vezes. Desculpa. Estava tentando ser divertida e insinuante, mas acabei sendo estranha e inconveniente.

— Não. — Ele balança a cabeça, sorrindo um pouco. — Tudo bem. Pode me perguntar qualquer coisa. — Seu olhar se volta para mim, curioso. — Por que está me perguntando isso?

Minha cara arde de novo. A resposta é constrangedora.

— Darce — Hayden encoraja, começando a sorrir.

— Porque acho que nunca tive um? — Faço uma careta. — Não

quero te colocar numa situação delicada. Você não vai contar pra ninguém, né? Não quero que as pessoas achem que Kit é, sei lá, ruim de cama ou coisa assim.

Ele era só básico. Um pouco passivo e hesitante. Apressado.

Sem graça, uma voz sussurra no meu cérebro. *Egoísta.*

Hayden balança a cabeça e contrai os lábios.

— Não vou dizer nada.

— Kit já chegou a comentar alguma dessas coisas com você?

Ele arregala os olhos.

— Sobre sexo?

Faço que sim.

— Não. Quer dizer... — Ele passa a mão no cabelo, assumindo uma expressão apreensiva. — Em dezembro, falou algo que dava a entender que vocês não estavam... — Seus olhos encontram os meus. — Sabe.

— Dormindo juntos.

— Isso.

Tenho certeza de que Hayden tem mil perguntas, mas é educado demais para fazê-las. Nos últimos seis meses de relacionamento, eu e Kit transamos duas vezes. Eu sabia que havia algo errado, e ficava me convencendo e me dissuadindo em relação a terminar com ele, então parecia desonesto dormir juntos. Como se eu estivesse mentindo ou lhe dando falsas esperanças.

Hayden me lança um longo olhar de esguelha.

— Quer falar sobre isso?

— Não. — Suspiro. — Sim. Sei lá. Não tinha nada de errado. O sexo era alucinante e transformador? Não. Era só sexo. Era confortável e previsível e bonzinho.

— Bonzinho — Hayden repete com um tom estranho, olhando fixamente para a frente.

— É. Bonzinho. Simples. É assim que é o sexo num relacionamento.

Mais um motivo para eu não estar ansiosa para voltar a ter nada sério. Quero meus anos de transas casuais.

— Fomos a primeira vez um do outro. — Engulo em seco apesar do nó na garganta, mexendo o gelo no copo. — A gente não sabia o que estava fazendo. Ainda não sei, óbvio. Daí a curiosidade. — Mas a ideia de transar com um estranho deixa meus músculos tensos, e não no bom sentido. — Quando eu estiver pronta.

— Quando estiver pronta — repete Hayden.

Passamos um tempão em silêncio e, a cada segundo, me arrependo de ter aberto a boca.

— Já tentou com um brinquedinho? — Hayden por fim pergunta, olhando de relance para mim.

— Uma vez — admito. Graças a Deus está escuro aqui. Meu rosto deve estar da cor de um tomate. — Não curti. Era... — Busco as palavras. — Agressivo? Assustador? Parecia uma lixadeira elétrica nas minhas partes?

— Meu Deus — murmura Hayden.

Não comento que quem comprou foi Kit. Ele ficou desapontado por não ter funcionado como queria, e nunca mais falamos disso.

— Era barulhento e me distraía, e eu ficava com medo de os vizinhos ouvirem, sabe? — Deixo escapar uma risada, e Hayden sorri de leve, mas seus olhos ainda estão atentos e preocupados. — Não curti — repito.

Outro momento de silêncio, e minha cara arde ainda mais.

— Existem outros brinquedos. — Ele fica olhando para a bebida. Observo seu pomo de adão enquanto engole em seco. — Mais silenciosos.

— Tenho certeza de que sim, mas não tenho coragem de entrar na loja e fazer perguntas. — Estremeço só de imaginar a vergonha. — E toda vez que pesquiso na internet fico perdida com as opções. Tem literalmente milhares de brinquedinhos. Como saber qual é o melhor? Compro dez e experimento todos? — Faço uma careta. — E o que faço com os que eu não gostar? Jogo no lixo? E se alguém vir?

Os ombros de Hayden estão tremendo de tanto rir, e tampo a boca.

— Viu só? — Olho para ele. — Esse é o meu problema. Penso demais nas coisas.

— Sim. — Ele retribui o sorriso, os olhos cheios de afeto. — Você pensa demais.

Hayden faz um murmúrio pensativo, e eu daria qualquer coisa para saber o que está passando na cabeça dele.

— Consigo ver você pensando — digo. — Desembucha.

Ele hesita.

— Posso ajudar. — Sua voz é baixa e um pouco rouca, uma leve aspereza que faz os pelos da minha nuca se arrepiarem, e seus olhos ardem de intensidade.

Uma chama me percorre e, de novo, minha mente entra na zona de perigo, imaginando a boca dele no meu pescoço e sua mão descendo pelo meu corpo, entrando nas minhas roupas, na minha calcinha, me tocando. Imagino seus olhos turvos de desejo e seu sorriso safado e divertido enquanto me contorço embaixo dele.

"Não deveríamos estar fazendo isso", eu diria. "Eu sei", Hayden sussurraria em resposta, com um sorriso malicioso. Um desejo se contrai entre as minhas coxas.

— Vou dar uma sondada e achar algumas sugestões — continua ele. — De brinquedos. — Engole em seco. — Posso perguntar para as mulheres que conheço.

Vergonha assume o lugar dos pensamentos safados, e quero me esconder no chão. Ele não estava se referindo a me ajudar *naquele sentido*.

— Não precisa. — Me encolho. — Não quero que todo mundo saiba disso.

— Não vou contar para ninguém que é para você. — Ele franze a testa. — Fica entre nós. Eu nunca falaria dos seus assuntos pessoais com ninguém. — Seu maxilar se contrai e Hayden cruza os braços diante do peito. — É importante se sentir à vontade com o que você gosta. — Por fim, ele engole em seco de novo, encontrando meus olhos. — Na cama.

Os pensamentos safados voltam à minha cabeça, mas eu os afugento mais uma vez.

— Tem razão. Como vou pedir para um homem fazer algo se eu mesma não consigo?

Hayden contrai o maxilar e parece querer falar mais, mas o barman passa, e a conversa acaba.

25

HAYDEN

Ainda estou pensando sobre Darcy e sua posição sexual favorita quando Patrick Grant, o protagonista de *Espada do Norte*, que interpreta o príncipe Cadius, se aproxima de nós no bar, e meu corpo inteiro fica tenso.

É o personagem favorito de Darcy.

— Quem é essa gracinha? — pergunta ele, olhando para Darcy como se quisesse devorá-la.

Ela sorri.

— Sou Darcy.

— Claro que é.

Os dentes dele são brancos demais, e são muitos. O rosto tem aquela aparência perfeita e esculpida que vejo em outras pessoas de Hollywood. Nem seu sotaque britânico parece real.

Não gosto dele, e não gosto de como está olhando para Darcy.

— Você não está na série, está? — Ele a observa com interesse e uma confiança arrogante, como se ela já estivesse na palma da sua mão. — Eu teria me lembrado de você.

— Não — ela solta uma risada. — Não sou atriz.

Grant arregala os olhos como se não conseguisse acreditar, e eu me viro, balançando a cabeça. Filho da mãe. Deve usar essa cantada toda semana.

— Não é atriz? — ele repete, como se fosse a coisa mais chocante que já ouviu. — Bom, que desperdício de beleza.

— Não é, não — intervenho, a voz ácida.

Mas Darcy apenas ri.

— Sou atuária.

— Que incrível. — Todos os dentes excessivamente branqueados estão visíveis. — Adoro pássaros.

Darcy contém um sorriso, e inspiro fundo para me acalmar, observando sua reação. Ela não acha a ignorância dele engraçadinha, né? É divertido quando *eu* brinco que ela trabalha com pássaros. Com esse cara, é só irritante.

— O que sugere que eu faça nas minhas noites de folga em Vancouver, querida Darcy? — Grant pergunta, e eu cerro o punho ao lado do corpo.

Sou dominado por sentimentos protetores e ranjo os dentes, porque consigo ver exatamente onde isso vai dar.

— Ver uma partida de hóquei. — Darcy me abre um sorriso íntimo que me faz querer pegar sua mão.

— Fantástico. Adoro hóquei no gelo.

— Sério? — Ela se anima. — Você curte hóquei?

— Muito. Demais, até. — Ele olha para mim com um sorriso tenso, como se *eu* estivesse invadindo o encontro *deles* ou coisa assim. — E quem é o fortão aqui?

Curte hóquei, até parece. Abro um sorriso simpático e confiante, rangendo os dentes o tempo todo.

— Hayden Owens.

Apertamos as mãos. Coloco um pouco de força a mais, e ele faz uma careta.

— Hayden está no Vancouver Storm — comenta Darcy.

— Ah, sim. — Grant acena e coça o queixo como se fosse Gandalf. — Pensei mesmo ter reconhecido você.

— Sei. — Abro um sorriso tenso, sustentando seu olhar como um desafio.

Não gosto desse cara. Nem um tiquinho. Não gosto de como olha para Darcy, não gosto de como ela ri das piadas dele, e não gosto de como ele apoia o braço no balcão atrás dela. A linguagem corporal é clara: ele está interessado.

Meu coração sobe pela garganta quando Grant abre a boca.

Ele vai chamá-la para sair.

Por instinto, pego a mão dela.

— Vamos pegar outra bebida — aviso por sobre o ombro, puxando Darcy. — Prazer em conversar com você, Peter.

Ele arregala os olhos, surpreso, mas eu a envolvo com o braço e a conduzo para o bar no andar de cima.

— Poderíamos ter pedido no bar em que estávamos — Darcy diz enquanto a guio pela escada.

— Esse é mais tranquilo.

Quando chegamos ao bar de cima, peço mais uma rodada, mantendo a mão em Darcy o tempo todo. Eu não deveria estar tocando nela assim, mas meus instintos protetores estão a mil.

— Ele é mais bonito pessoalmente — ela comenta quando pegamos nossas bebidas. — Acho que clareiam o cabelo dele para a série. Aliás, você o chamou de Peter. Percebeu?

— Ele nem é tão bonito assim — resmungo. — A luz é baixa aqui. Deixa todo mundo mais bonito.

Ela me abre um sorriso estranho, os olhos fixos em mim, e me ajeito sob seu olhar.

— Que foi?

Seu sorriso se alarga.

— Por que está agindo tão esquisito?

Tiro a mão da sua lombar.

— Não estou.

— Está, sim.

Viro as costas, ficando de olho no alto da escada para que Grant não suba aqui atrás de Darcy.

— Ai, meu Deus. — Ela sorri de orelha a orelha. — Está com ciúme?

Bufo.

— Não.

Seus olhos brilham. É inteligente demais para as minhas mentiras.

— Hum, *sim*, está, sim. Está com ciúme.

Inspiro fundo, passando a mão no cabelo.

— Preciso de outra bebida.

— Hayden.

— Certo. — Olho para ela. — Sim. Estou com ciúme. Ele olhou para você como se...

Eu me interrompo. Como se quisesse transar com ela. Como se quisesse fazer com ela todas as coisas com que sonho e fantasio há anos.

— Como o quê?

— Como se você já estivesse na palma da mão dele, Darce. — Pronto. É essa a verdade, ainda que não a verdade completa. — E não gosto da ideia de subestimarem você. — Nem de a levarem para casa. Nem de tocarem nela. Nem de olharem para ela.

— Ei. — Darcy pousa a mão no meu braço e me abre um sorriso paciente de quem está achando graça. — Você ainda é meu número um.

Meu corpo relaxa, e solto um suspiro pesado.

— Eu sei.

Grant aparece no alto da escada, mas vê minha expressão dura e se dirige a um grupo de colegas de elenco.

— Não estou interessada nele. E mesmo se estivesse? Até eu sei que não devo fazer nada quando estou num encontro com outra pessoa. — Ela me dá uma cutucada de brincadeira, e o nó em meu peito relaxa de modo que consigo voltar a respirar. — Eu teria que levar você em *outro* encontro para praticar. Ficaríamos presos fazendo encontros para praticar por toda a eternidade.

Seu sorriso é irônico, mas ter encontros de prática por toda a eternidade com Darcy me parece bom até demais.

Mas ficar com ela só para mim não é minha função. Era para eu estar lhe ensinando as manhas.

— Está pronta para avançar para encontros com caras de verdade? — Observo seu rosto, procurando algum sinal de que já está farta disso. — Quer dizer, com, hum... pretendentes de verdade?

Ela franze o nariz e balança a cabeça.

— Ainda não. Tudo bem?

— Ótimo. Sim — falo às pressas. — É claro. Você sabe que estou aqui para o que precisar.

Babaca, uma voz sussurra na minha cabeça.

— Eu sei. — Darcy sorri. — Então, se esse fosse um encontro de verdade — diz, levando a bebida aos lábios. Sem minha permissão, meus olhos pairam em sua boca ao redor do canudo. — Você diria que está rolando bem?

— Sim. — De vez em quando, Grant volta o olhar para Darcy, e minha pressão arterial dispara.

— Alguma observação?

— Nenhuma.

Ah, pronto. Ele olhou de novo. Cruzo os braços diante do peito e fazemos contato visual. Encaro seu olhar, arqueando a sobrancelha como se dissesse: "Não se atreva".

Darcy me abre um sorriso complacente.

— Não pega leve comigo. Estou tentando aprender. Algum feedback você deve ter.

Apoio o braço sobre o encosto do sofá de dois lugares em que estamos sentados. Não estou tocando nela, mas minha linguagem corporal é clara.

Minha.

— Você está indo muito bem. — Quando olho em seus olhos, todos os sentimentos ciumentos e territorialistas desaparecem, e somos apenas eu e ela. Como deveria ser. — Estou me divertindo muito com você.

Mas, porra, deveríamos ter ficado em casa. Não sei por que fui abrir a boca e contar sobre a festa do elenco hoje.

Porque ela ama a série, lembro a mim mesmo. Porque *ela* está se divertindo. Porque está tentando descobrir o que quer, e sair e criar novas memórias é parte importante disso.

— Se esse fosse um encontro de verdade e estivesse indo muito bem, o que você faria agora?

— Como assim?

— Qual é seu próximo passo? Você chama a garota pra um segundo encontro? Dá a entender que quer que ela vá pra casa com você? — Darcy abre um sorriso sugestivo, e quero tascar um beijo nela. — Me ensina as manhas.

— Eu arranjaria uma desculpa para te beijar.

Ai, porra. É sério que acabei de falar isso?

Ela entreabre a boca e seus olhos se enchem de surpresa.

— Tipo qual?

Meu coração acelera, e me lembro vagamente de ter prometido não fazer uma merda dessas, mas *Grant* está logo ali, olhando para ela, e *ela* está bem aqui ao meu lado, tão fofa e linda e doce, e a parte inteligente do meu cérebro ficou para trás.

— Tipo... Patrick Grant não para de olhar para você e não quero que ele pense que realmente tem chance.

Darcy prende a respiração e volta os olhos para o bar, onde Grant está de fato olhando para ela enquanto ouve alguém falar.

— Ele não pensa isso.

— Pensa, sim.

Ela aponta para si mesma.

— Eu? — Então arregala os olhos e olha de relance para Grant. — Ele? Seria surreal demais.

Puta merda, ela não tem noção de como é linda, engraçada e charmosa. Noção nenhuma.

— Nem tão surreal assim, Darce. — Contraio o maxilar, virando-me para encará-la. — Mas seria a coisa certa a fazer.

— O quê, nos beijar?

— É. — Engulo em seco, buscando algum sinal de desconforto ou hesitação em sua expressão. — Você não quer iludir o cara.

Beijar Darcy fecharia a porta dessa possibilidade na cara de Patrick Grant, mandando uma mensagem clara.

E, mais do que qualquer coisa, eu quero, quero pra caralho. Faz anos que quero beijar essa mulher. Meus joelhos tremem de nervosismo enquanto observo seu rosto.

— Certo. — Ela solta o ar devagar, acenando. — Não quero iludir o cara. Você entende isso bem. — Em seguida, morde o lábio inferior e uma ruga se forma entre as sobrancelhas. — Deve ser bom para praticar também.

Levanto a sobrancelha para ela em sinal de questionamento.

— Kit não é o único homem que beijei na vida — explica. — Beijei um menino no ensino médio, mas a gente tinha dezesseis anos e foi na rua, e rápido, e meio que... — Ela aperta as mãos, e solto uma gargalhada surpresa. — Gosmento? — diz, rindo e fazendo careta.

— Eita. — Abro um sorriso. — Seu beijo é gosmento?

— Não — gagueja Darcy, rindo ainda mais. — Acho que não. Kit nunca reclamou.

Mais uma pontada de ciúme me atinge nas entranhas.

— Eu teria o maior prazer em ajudar — digo, sem tirar os olhos da sua boca.

Os sinais de alerta soando na minha cabeça desaparecem, e não consigo pensar em nada além do meu desejo por ela. Meu sangue pulsa nos ouvidos enquanto a vejo sugar o lábio inferior entre os dentes.

— Certo. — Ela faz que sim. — Vamos nos beijar, então.

Levo a mão ao seu queixo e viro sua cabeça na minha direção. Nossos olhos se encontram e meu coração dispara, e me pergunto se isso é um erro antes de levar a boca à dela.

26

DARCY

Os lábios de Hayden encontram os meus e meus pensamentos desmoronam como um castelo de cartas.

— Puta que pariu, Darce — murmura ele, virando a boca para a minha, abrindo meus lábios e deslizando para dentro.

Puta que pariu mesmo.

Sua língua explora meus lábios, acariciando-os devagar, e me perco em seu calor, no cheiro limpo e masculino que me envolve e no sabor dele — de chiclete de menta e uísque bourbon do old fashioned que está tomando. Minha percepção se limita a onde nos tocamos: seus lábios nos meus, sua coxa na minha, e sua língua explorando minha boca devagar. No roçar suave da sua barba na minha pele. Meus lábios nunca foram tão sensíveis, mas, de repente, consigo sentir *tudo*. Cada toque e pressão da boca de Hayden sobre a minha, a mesma boca que me sorri com ternura, malícia e ironia há anos.

Está tocando uma música aqui perto, mas mal consigo ouvir. Eu me aproximo de Hayden, enquanto uma eletricidade pulsa através do meu corpo e se concentra no meu ventre. Uma mão está no meu cabelo, e a outra vai ao meu queixo, inclinando-me como quer.

Beijar meu melhor amigo parece a coisa mais natural do mundo. Não quero que isso acabe nunca, como se fosse algo de que eu sentia falta e que, assim que acabar, vou ficar com aquela sensação incômoda de ter esquecido algo em casa.

Ele se afasta apenas alguns centímetros, a respiração ofegante enquanto me observa. Seu olhar é intenso e turvo, e as pálpebras estão semicerradas de uma forma que faz meu coração bater mais forte.

— Tudo bem? — Sua voz é rouca.

Faço que sim, tentando recobrar o fôlego e o pouco de bom senso que me resta.

— Tudo. Foi bom pra você?

Hayden faz que sim e olha para a minha boca.

— Uhum.

— Não foi gosmento?

Ele solta uma risada abafada.

— Nem um pouco gosmento — afirma, olhando por cima do meu ombro. — Acho que ele não viu.

— Quem? — Franzo as sobrancelhas.

— Grant.

Ah. Claro. Ele. Nossos olhos se encontram, e meu pulso dispara com a intensidade do seu olhar.

— É melhor fazer de novo — Hayden diz com uma voz baixa que faz um calor descer por minha espinha —, por via das dúvidas.

— Sim. Tá bom. — Minha voz é ofegante. — Para garantir que ele veja. — Aperto os lábios inchados. — Alguma dica para mim?

Ele contrai o maxilar e olha para minha boca de novo.

— Pode me tocar desta vez. Se quiser.

Nossa, sim, quero.

— Não sabia se podia.

Ele esboça um sorrisinho e engole em seco.

— Tudo bem. Tudo bem mesmo. Estamos praticando.

— Certo. — Quase rio, porque praticar com Hayden é muito mais intenso do que eu esperava. Estou zonza.

Ponho a mão em sua nuca, puxando sua boca para a minha.

Um som baixo de incentivo o atravessa, e me arqueio contra a muralha dura do seu peito enquanto ele captura minha boca, com mais urgência desta vez.

O beijo de Hayden fica exigente, desesperado e viciante. Afundo os dedos no cabelo macio atrás da sua nuca, e ele prende a respiração. Chupo a ponta da sua língua devagar, e ele geme na minha boca. Um calafrio o percorre quando passo os dedos sobre seu couro cabeludo. A analista de dados carente e abandonada dentro de mim adora essa brincadeira.

Minha mão livre pousa na sua clavícula, e passo a ponta dos dedos sob a gola da sua camiseta para sentir seu calor. Sempre quis tocar essa parte dele, passar os dedos sobre os pelos do seu peito.

Dou uma mordiscadinha no seu lábio inferior, e suas mãos grandes apertam minha bunda com um movimento rápido antes de eu acabar no seu colo.

— Nossa, seu cheiro é bom pra caralho — ele diz, traçando uma linha de beijos pelo meu pescoço.

Então é assim que um beijo deveria ser, sussurra uma vozinha na minha cabeça. Não é apenas um único beijo, mas cem, em cem lugares diferentes do meu corpo. Já beijaram meu pescoço antes, mas não assim.

Nunca assim.

É a experiência sexual mais intensa, erótica e íntima da minha vida, e ainda não tiramos nenhuma peça de roupa.

— E você está indo tão bem — ele diz entre um beijo e outro, a mão grande subindo e descendo pela minha coxa como se estivesse tentando tocar o máximo possível do meu corpo.

Sinto os seios pesados e sensíveis, desesperados para que suas mãos os cubram. Hayden passa a mão atrás do meu cabelo enquanto domina minha boca, mergulhando mais fundo, e arrepios deliciosos descem pelo meu pescoço, pelas minhas costas, por toda a pele. Ele não costuma ser tão dominador. Ele é meu Hayden engraçado, doce e divertido, mas está apertando meu cabelo, me movendo a seu bel-prazer.

Uma excitação me atravessa, forte e surpreendente. É como quando ficamos de chamego na semana passada, mas levado ao extremo. Cada terminação nervosa dos meus lábios está sendo acariciada, chupada, mordida e tocada e, quando me mexo, sinto o volume da ereção de Hayden roçando entre as minhas pernas.

Faíscas se formam sob o meu clitóris pela pressão, e meus olhos se arregalam, mesmo sem ver. A piada que Hayden fez sobre não ter nada de pequeno ecoa na minha cabeça, e solto um gemido. Ele o captura com a boca, chupando minha língua de leve, e meu cérebro derrete.

Se beijar Hayden já é assim, como seria na cama?

Arrepios me atravessam. Estamos em público, mas eu não teria o menor problema se Hayden me virasse de bruços, tirasse minha calça e me possuísse aqui mesmo. Minutos depois de admitir que nunca tive um orgasmo pelo ponto G, sinto que poderia ter um se continuarmos nos beijando por muito tempo.

Ele me beija como se estivesse desesperado por mim, como se estivesse esperando por isso há anos, como se não quisesse que acabasse. Como se quisesse ir além. A forte pressão da sua ereção na minha barriga provoca uma onda de arrepios por todo o meu corpo.

O ar me escapa, e Hayden solta um som baixo de aprovação dentro da minha boca. Percebo que acabei de roçar nele.

— Porra, Darcy — ele geme em meus lábios. — Finalmente.

Sinto um arrepio de excitação. Quero isso. Quero que leve isso além, aqui mesmo neste sofá, na frente de todo mundo.

Quando Hayden recua, meu coração dispara com o olhar territorialista dele. Algo está diferente agora, mas estou focada demais no seu olhar, atordoado e frustrado.

Ele inspira fundo e pisca, e seu olhar se transforma.

— Acho que já deu de prática — murmura, apertando minha cintura com as mãos grandes e me colocando ao seu lado.

Todos os instintos do meu corpo gritam para voltar a subir no seu colo, mas apenas assinto e ajeito o cabelo. Meu couro cabeludo ainda formiga onde ele apertou os fios.

— Obrigada — gaguejo, tentando recuperar o fôlego. O que foi que acabou de acontecer?

Hayden pega sua bebida e vira o resto, sem olhar para mim.

— Não tem de quê.

27

HAYDEN

Ao voltarmos da festa, meu coração ainda está acelerado e meu pau ainda está extremamente duro.

— Valeu a pena dar uma segunda chance? — Darcy pergunta, com um sorriso autodepreciativo, enquanto abro a porta de casa.

Minha mente dispara pensando em nosso beijo. Nossa conversa sobre orgasmos pelo ponto G. A maneira como aquele desgraçado do Patrick Grant estava olhando para ela. Um desejo reprimido ainda me percorre sem ter para onde ir, e estou a ponto de explodir.

A noite toda foi um exercício de autocontrole, e estou no meu limite.

Aquele beijo. Aquela porra de beijo mudou tudo, e não sei o que fazer.

— Você mandou bem, Darce. — Tiro seu casaco e o penduro. — Nota dez.

Sua boca linda se abre num sorriso satisfeito, e sou inundado pela memória do gemido de desejo que ela soltou quando a puxei para o meu colo.

— Melhor eu ir pra cama. — Ela morde o lábio, mexendo na pulseira que lhe dei. — Vou a uma das aulas de yoga matinais de Hazel. — Suas sobrancelhas se erguem; sua boca se contrai para conter um sorriso. — E imagino que queira tomar banho, não?

Fico paralisado.

— Como assim?

Ela sabe. Sinto um aperto no peito. Merda. Há quanto tempo sabe? Até que ponto sabe? Será que sabe de tudo?

Sua boca se contorce e Darcy revira os olhos.

— Toda vez que encosta em mim, você corre para o banho para lavar meus germes.

É isso que ela pensa? Que a acho nojenta ou coisa assim?

Ela observa minha expressão chocada e solta uma risada, mas é tensa.

— Hayden. Está tudo bem — diz, dando um tapinha no meu ombro. — Estou só brincando.

Não, não está. Consigo ouvir no seu tom de voz que está magoada.

Merda. Uma dor atravessa meu peito. Ela está magoada. Franzo as sobrancelhas enquanto tento encontrar uma forma de explicar a situação sem deixar escapar tudo de uma vez.

— Boa noite, ajudante — ela diz por sobre o ombro, andando até o quarto.

Vou atrás dela, alcançando-a com passos largos.

— Espera.

Darcy se vira com um olhar curioso.

— Hum?

Meus pés me guiam até eu estar a um palmo dela, mais perto do que costumamos ficar.

— Tem algo que quero que você saiba.

O sangue ecoa em meus ouvidos. O que estou fazendo? Eu deveria ir para a cama, assim nós dois podemos esquecer que essa noite aconteceu.

Mas não consigo.

— Sexo não é para ser *bonzinho* — digo com a voz baixa, observando seus olhos se arregalarem ao se lembrar da nossa conversa.

Ela pisca rápido, os lábios se abrindo, e o diabinho dentro de mim quer que eu a beije de novo.

— E não é para ser previsível.

É para ser como nosso beijo, mas não sei como dizer isso sem que tudo venha abaixo.

Mas ela precisa saber. Merece ter tudo. O objetivo dessa fase não é descobrir o que ela quer?

Bom, quero que Darcy tenha o que merece.

— É para ser avassalador. — Minha voz está rouca, e o sangue corre para o meu pau enquanto penso na sensação de tê-la sentada no meu colo. — Tão intenso que a gente sente que vai pegar fogo. Tudo em que consegue pensar é na pessoa com quem está, no toque dela, no sabor e no cheiro dela, e no som dos gemidos dela. Em como fazer com que ela solte aqueles gemidos de novo.

Seu peito sobe e desce com respirações descompassadas, e suas pupilas se dilatam, ficando arregaladas.

— Fazer a outra pessoa gozar é seu único objetivo, e quando ela goza? Quer fazer com que goze de novo. Você fica viciado nela. Desesperado para fazer com que ela goze *pra caralho.*

O apartamento está em silêncio, exceto pelos sons das nossas respirações ofegantes.

Apoio a mão na parede, ao lado da cabeça de Darcy, fazendo sombra nela, que ergue a cabeça, observando-me com os olhos arregalados.

— E, quando ela não tem como gozar mais, quando está implorando para você gozar dentro dela, seu autocontrole finalmente cede e você perde a cabeça. Não tem nada que se compare. Tudo para e restam apenas você e ela.

Suas pálpebras vibram, e estou imaginando Darcy embaixo de mim na cama, se contraindo enquanto chegamos juntos ao clímax.

— É uma sensação tão intensa que não parece de verdade. Você não sabe como sobrevive e mal pode esperar para fazer de novo. *Precisa* fazer de novo. — Meus lábios pairam perto da orelha dela. — Transar com essa pessoa virou um desejo incontrolável que você não consegue ignorar.

Nunca tive um sexo como esse, mas consigo imaginar. Porra, como consigo!

Sua atenção em mim é viciante, a maneira como absorve minhas palavras, como seus olhos brilham de surpresa e excitação. Estou completamente duro, doido por Darcy e torcendo para ela não olhar para baixo.

Um poder me atravessa. É tão bom assumir o controle assim, ficar diante dela enquanto ergue os olhos para mim com essa expressão de fascínio. Pela primeira vez, é bom não ser tão atencioso e *bonzinho.*

Inspiro seu aroma até o fundo dos pulmões, contendo um gemido.

— Sexo é isso, Darcy. Quente, intenso e transformador.

Prestes a perder o controle, levo a boca à sua bochecha, dando um beijo delicado ali, observando seus olhos se arregalarem ainda mais.

— Boa noite, Darce.

— Boa noite — sussurra ela em resposta.

Sinto seu olhar em mim enquanto vou para o quarto e fecho a porta. Momentos depois, deitado na cama, relembro nosso beijo com a mão no pau, batendo uma até chegar mais e mais perto do orgasmo, até o prazer subir por minha coluna, minhas bolas se contraírem, e eu jorrar sobre a barriga com um gemido grosso e angustiado que nem tento abafar.

Enquanto recupero o fôlego e olho pela janela, sei que não posso mais negar meus sentimentos por ela.

Eu gosto dela. Sempre gostei. Isso não vai desaparecer, por mais que me esforce.

E ensinar a Darcy as coisas que ela quer aprender? Pode acabar me matando.

28

HAYDEN

Na manhã seguinte, eu e Miller estamos sentados no banco durante um jogo, os olhos na partida.

— Como está se sentindo, cara? — pergunta ele.

Pego a garrafa d'água e tomo um longo gole.

— Melhor do que nunca — minto.

O beijo de ontem à noite se repete na minha cabeça, de novo e de novo. Acordei de manhã duro como uma rocha, pensando no gemido baixo e ofegante que Darcy soltou quando chupei sua língua.

Sou muito babaca. Eu deveria estar cuidando dela, ajudando-a e, em vez disso, fico me masturbando pensando nela.

Miller me dirige um olhar de ceticismo irônico.

— Você parece distraído.

Ranjo os dentes, porque sei o que os comentaristas esportivos andam dizendo.

"O que Tate Ward tem na cabeça para mudar um dos seus melhores zagueiros de posição dois meses antes das eliminatórias? Ward o colocou na primeira linha quando ele parece mais um jogador de segunda ou terceira."

Desde que mudei de posição, venho acumulando assistências, mas nenhum gol. Ward não disse uma palavra, mas sei que não estou jogando como ele quer. Quando eu e Volkov jogávamos como uma dupla de defesa, dava certo porque eu virava o que ele precisasse que eu fosse.

— Passo para você e você passa de volta para mim. — Miller me observa por um longo momento. — Você está se segurando. Ainda está jogando como um zagueiro.

Ele tem razão: estou mesmo distraído. Tudo que consigo ouvir é: *a maioria dos homens sabe proporcionar um orgasmo pelo ponto G? Eu tinha um brinquedo... Não gostava. Qual é sua posição sexual favorita?*

Darcy Andersen vai me matar. Engulo em seco, olhando para onde ela está sentada com Hazel e Pippa.

— Tá bom. — Miller acena, seguindo meu olhar com um sorriso compreensivo. — Já entendi tudo.

O ar escapa dos meus pulmões com um suspiro pesado.

— A gente se beijou.

Ele abre um sorriso radiante.

— Que demais!

— Não foi bem assim. — Aperto o bastão com mais força. — Foi algo pontual. Eu só estava...

— Me deixa adivinhar. Ajudando? — Ele abre um sorrisinho. — Porque é o ajudante dela.

Meu silêncio basta como resposta, pelo visto. Miller inclina a cabeça, estreitando os olhos para mim com um sorriso que vai crescendo.

— Tenho uma ideia.

— Miller, não preciso dos seus conselhos amorosos.

Ele dá uma risadinha.

— Acho que precisa, sim, mas não é um conselho amoroso. É sobre hóquei. — Sinto um pavor na barriga com seu olhar travesso. — Darcy está aprendendo a virar pegadora, certo?

Eu o encaro e não gosto do rumo que essa conversa está tomando.

— Ser pegador tem a ver com variedade. — Ele sustenta meu olhar em desafio. — E tem *muitos* caras solteiros no time que *adorariam* ajudar Darcy. Sabe, a *praticar.*

Os instintos protetores disparam dentro de mim, e o encaro com os dentes tão cerrados que podem acabar rachando. Miller está tentando me provocar e me tirar do sério. A parte racional do meu cérebro me diz para ignorá-lo.

Mas não consigo. Amo esses caras como se fossem da minha família, mas a ideia de encostarem em Darcy, de ela se sentar no colo *deles* e passar a mão no cabelo *deles* enquanto se pegam, faz meu sangue ferver de raiva.

Miller sorri de orelha a orelha para mim.

— Nunca te vi assim, Owens. Costuma ser tão bem-humorado.

— Sei o que você está fazendo — digo entredentes.

— Ótimo. — Ele se vira para o gelo com um sorriso satisfeito que me dá vontade de quebrar alguma coisa. — Marca um gol hoje, senão vou fazer uma sugestão na próxima vez em que estivermos no bar. Colocar uma pulguinha atrás da orelha da Darcy, sabe?

Todos os músculos do meu corpo ficam tensos.

— Não é isso que ela quer.

— Por que não deixa que ela decida? Ela é adulta, Owens. Pode falar por si mesma.

Darcy fica tensa às vezes, e é nova nessa vida de solteira. Precisa de alguém que tenha paciência e não a apresse.

E não quero nem fodendo que beije outro homem.

— Rapazes — Ward diz para mim e Miller, bem como para o outro atacante, antes que eu possa falar para Miller parar com isso. — Sua vez.

Sentindo meu coração na garganta, saltamos para a pista.

— Só um gol — Miller grita enquanto nos preparamos para o recomeço da partida.

Assumo meu lugar no centro do gelo, sentindo uma urgência correr pelo meu corpo ao entrar na posição. O sangue pulsa nos meus ouvidos ao pensar em algum dos outros jogadores com Darcy. O árbitro solta o disco, e meu corpo assume o controle. Apanho o objeto e saio em disparada na direção do gol, com o coração acelerado.

Meus instintos estão diferentes desta vez. Como jogador de hóquei, a competitividade está gravada em mim desde a infância, e deixo que ela me guie. Pela primeira vez, em vez de pensar no que meus companheiros de time precisam, penso no que eu quero.

E quero muito, muito mesmo, marcar um gol. Quero muito Darcy só para mim.

Avanço na direção do gol, vendo o goleiro se preparar. Os torcedores estão de pé, vibrando. Lanço o disco, que passa pelo goleiro. A multidão vai à loucura, e a sensação de vitória me atravessa como um furacão. Do outro lado do vidro, Darcy encontra meu olhar com um sorriso lindo e orgulhoso, e dou uma piscadinha para ela, sorrindo tanto que meu rosto chega a doer.

Hazel e Pippa usam as camisas dos noivos, mas Darcy está só de casaco, e a versão de mim que acabou de deixar todo mundo para trás para marcar um gol quer vê-la usando meu nome nas costas.

— Agora sim, porra! — Miller grita, pulando em cima de mim para comemorar o gol, e Darcy ri. Uma forte emoção me atravessa.

No banco, Ward me dá um aceno satisfeito. É isso mesmo: agora sim, porra!

29

DARCY

Depois da partida, espero Hayden em casa, agachada atrás do sofá no apartamento escuro. A porta se abre, e contraio os lábios para não começar a rir.

— Darce? — Eu o escuto apertar o interruptor mais de uma vez, mas o apartamento continua escuro; desliguei o disjuntor para que as luzes não funcionassem. — Ué? — ele murmura.

Nós nos beijamos, e não consigo parar de pensar nisso. Nós nos beijamos e fingimos que nada aconteceu. Preciso mostrar para Hayden que não vou agir estranho depois disso, que nossa amizade não mudou.

Mesmo que eu não sinta isso de verdade.

— *Hayden* — digo, com uma voz aguda e assustadora.

Ele resmunga, e coloco a mão na boca para abafar o riso.

— *Hayden, estava esperando por você.*

Ele ainda está tentando acender a luz.

— Você tem sérios problemas, Darcy.

— *Estou com sede, Hayden.*

— Você vai me dar pesadelos, e aí vou ter que dormir na sua cama toda noite. — Há um sorriso na sua voz. — É isso que você quer?

No escuro, atrás do sofá, sorrio. Hayden na minha cama, todo quentinho, sonolento e dengoso, provavelmente só de cueca? Por mim, tudo bem.

Acendo a lanterna, iluminando o rosto rosado e angelical de Daniel. Colei olhos autoadesivos nele hoje para dar um toque dramático a mais.

— *Estou com sede de sangue... seu sangue!* — Puxo a corda amarrada na base do anão, fazendo Daniel deslizar na direção de Hayden.

— Não. — Ouço os passos rápidos de Hayden pelo corredor na direção do quarto enquanto caio na gargalhada.

— Hayden, ele só quer dar oi — grito, ainda tremendo de rir.

Depois que acendo as luzes do apartamento e escondo Daniel num guarda-roupa, Hayden volta à cozinha.

— Parabéns de novo pelo gol — digo, enquanto ele faz uma vitamina. Relembro a imagem de Hayden patinando com um foco predatório em direção ao gol e sua expressão de alívio e orgulho ao marcar. — Parece que está se adaptando à posição nova.

— Hum — concorda ele, engolindo um terço da vitamina. — É. Acho que sim.

— Foi gostoso marcar, não?

Nossos olhos se encontram e, pela milionésima vez, penso em nosso beijo e na sensação da sua boca na minha, em como ele ficou excitado só com uns amassos.

Hayden é um cara sexual. Está acostumado a fazer muito sexo. Não deve ser preciso muito para deixá-lo de pau duro, e não tinha nada a ver comigo. É fácil estimular os homens.

Transar com essa pessoa virou um desejo incontrolável que você não consegue ignorar.

— Sim, Darcy. — Seu pomo de adão se move quando ele engole em seco, e seu olhar desce para a minha boca. — Foi muito gostoso.

Uma chama se acende nos seus olhos, mas seu sorriso jovial e simpático dá as caras.

— Obrigado por vir ao jogo.

— Não precisa me agradecer quando me dá um ingresso na primeira fileira. Além do mais, gosto de assistir.

A energia da arena, a velocidade do jogo e a competição brutal no gelo... não existe nenhum esporte como o hóquei. A parte analítica do meu cérebro adora encontrar padrões na forma como os jogadores se movem em conjunto, nos acontecimentos que se repetem ao longo da partida, como um jogador que tende mais para um lado, ou dois que jogam especialmente bem juntos. Deve ser por isso que não paro de pensar nos modelos de hóquei no meu notebook.

Ver o sorriso de orelha a orelha de Hayden depois de cravar o disco na rede também me iluminou como fogos de artifício.

Meu olhar se move pela ampla extensão do seu peito, e consigo sentir o cheiro do seu sabonete líquido ou desodorante. O cabelo ainda está molhado do banho pós-jogo, e penso em como relaxou sob meus dedos quando o toquei. O impulso de abraçá-lo me atravessa, mas não quero que ache que estou pensando besteira. Agora que estou solteira e estamos passando tanto tempo juntos, há uma subcorrente de tensão entre nós com que não quero brincar demais.

Ontem à noite, juro ter ouvido um gemido grave do seu quarto. Pode não ter sido nada, talvez ele reagindo a algo no celular, mas ouvi, e todos os pelos no meu corpo se arrepiaram quando o imaginei batendo uma.

Será que estava pensando em nós? Será que ficou tão excitado com aquele beijo quanto eu?

Não. Ele parece totalmente normal agora, como se nada tivesse acontecido, então eu também deveria ficar.

— Melhor eu ir pra cama — digo rapidamente.

— É, eu também. — Ele abre um sorriso rápido. — Tenho treino amanhã cedo, e você tem que trabalhar.

— Pois é. Então, boa noite.

— Boa noite, Darce.

Vinte minutos depois, estou me deitando na cama quando meu celular vibra com uma chamada recebida. A foto de Kit aparece na tela, e meu coração sobe pela garganta. Não nos falamos desde o término.

Está tarde. Deve ter acontecido alguma coisa.

— Alô — atendo, imediatamente preocupada. — Você está bem? Aconteceu alguma coisa?

— Está tudo certo. — A familiaridade da voz de Kit me dá um aperto no peito. — Eu só, hum, queria saber como você estava.

Meu coração volta ao normal.

— Estou bem. — A relutância no meu tom é óbvia. Não é uma emergência, e ele está me ligando a essa hora? É meia-noite em Calgary. Tem algo estranho aí. — E você?

Ele solta um suspiro pesado.

— Estou com saudade. Fiquei pensando em você no Dia dos Namorados.

Uma sensação de culpa me atinge como um trem de carga, porque, a não ser pelo anel de noivado, eu não pensei nele em nenhum outro momento do Dia dos Namorados. Estava ocupada demais me divertindo com Hayden. Sinto um peso no peito.

Não sei o que dizer. Não sinto saudade dele; só alívio.

— Vi uma foto sua com Hayden numa festa — acrescenta Kit.

A festa do elenco, provavelmente.

— Você conhece Hayden. — Não falo da camiseta que dei para ele e que deu início a tudo. — Ele é convidado a muitas festas.

— Parece que você está se divertindo em Vancouver.

— Estou, sim. — Outro mal-estar me perpassa. — Estou conhecendo gente nova e experimentando coisas novas. — Eu me lembro de quando sugeri pintar o cabelo de roxo anos atrás e da careta que ele fez, como se fosse uma ideia ruim. — E pintei o cabelo — minto.

— Como assim?

Eu não deveria estar testando-o dessa forma. Talvez eu sinta necessidade de dar outra chance para ele se redimir. Não para voltarmos, mas pelo menos para eu poder deixar minha raiva para trás. Ou talvez eu queira substituir a lembrança ruim por uma mais agradável.

— Pintei o cabelo de roxo. — Brinco com a ponta do edredom. — É roxo-claro como uma sereia e eu estou amando.

Ele faz um barulho hesitante.

— Por quê? Eu gostava do seu cabelo antes.

— Porque... — Perco as palavras, dominada pela decepção e pela irritação. O cabelo é *meu*, mas Kit está fazendo o assunto girar em torno dele. — Porque eu quis. Não é suficiente?

Ele não responde, e uma pontada de raiva e mágoa se crava em meu peito. É só uma cor de cabelo, mas ele está fazendo parecer que roubei um carro ou coisa assim.

Kit suspira.

— Quando você vem pra casa?

As palavras somem da minha cabeça. Estou atônita. Fico piscando para o nada, sem saber o que dizer.

— Não vou voltar. Não vou voltar pra casa.

— É uma fase, e vou esperar passar, mas, quando estiver pronta para voltar, ainda vai estar tudo aqui esperando por você. — Um momento de silêncio. É como se ele nem tivesse ouvido o que acabei de falar. — Ainda não consigo dormir do seu lado da cama.

É uma *fase*? Não quero voltar para a minha vida antiga. Gosto de fazer compras com Georgia, usar vestidos bonitos quando saio para jantar com Hayden e aprender a virar pegadora. Hayden torna tudo leve e divertido. Fico me sentindo culpada por magoar Kit, mas tudo dentro de mim exclama que o que ele está dizendo é errado.

Não o amo, não como deveria, mas não sei como dizer isso sem piorar ainda mais a situação.

— Talvez já esteja na hora de comprar uma cama nova... — começo a dizer, mas Kit me interrompe.

— Quer se mudar pra um apartamento novo? Vamos nos mudar. Quer fazer uma viagem juntos depois que acabar a temporada? Vamos aonde você quiser, desde que a gente volte a tempo da concentração. O que você quiser, Darcy, vai ter.

Respiro fundo. O que eu quiser, desde que funcione para ele, para a agenda dele e para a carreira dele. O que eu quiser, desde que eu seja a pessoa que ele quer que eu seja.

— Não. — Cravo as unhas na palma enquanto forço as palavras a saírem. — Estava falando sério quando a gente terminou. Não somos a pessoa certa um para o outro. Preciso que entenda isso. Por favor, pare de esperar por mim. — Fecho os olhos. Não vou chorar. — Eu não estou pronta para me casar com você nem ter filhos com você.

— A gente não precisa fazer nada disso imediatamente. Eu espero — ele diz com frustração. — Espero o tempo que você quiser.

— Não. — Meu rosto se contorce e meus olhos ardem. Merda. Odeio quando ele não escuta. Essa conversa é totalmente unilateral. O que quer que eu diga, ele vai acreditar no que quiser. — Nunca vou estar pronta e nunca vou querer essas coisas com você.

As palavras saem mais altas do que eu pretendia, com mais força, e Kit fica em silêncio por um bom tempo do outro lado da linha.

— Uau. — Essa única palavra sai carregada com uma amargura que faz minha garganta arder. — Parece que nem te conheço mais.

É culpa minha, porque me deixei levar pela corrente e ficar em segundo plano na vida dele. Nunca pedi nada nem me coloquei em primeiro lugar. Eu me deixei ser a pessoa que ele queria em vez de ser quem realmente sou.

Nossa, que situação difícil! Partir o coração de Kit de novo não era algo que eu estava preparada para fazer, mas penso em como Hayden se relaciona com total transparência e gentileza, sem nunca iludir ninguém.

— Estou começando a sair com outras pessoas — digo, forçando as palavras a saírem. — E acho que você deveria fazer o mesmo. Está na hora de seguirmos em frente.

Ouço sua risada baixa e inconformada.

— Inacreditável. Preciso ir. Tchau, Darcy.

Quando Kit desliga, as lágrimas transbordam e escorrem pelo meu rosto. Os soluços fazem meu corpo tremer. Meu travesseiro está encharcado, e meu rosto está inchado e vermelho.

Ouço uma leve batida na porta.

— Darce? Está tudo bem?

O tom baixo e gentil de Hayden traz outra onda de lágrimas aos meus olhos.

— Está, sim — digo, rouca e tomada pelo pânico. Hayden não pode me ver chorar. — Estou bem. Indo dormir agora. Boa noite.

Ele não fala nada, mas consigo sentir que está esperando do outro lado da porta.

— Vou entrar.

30

DARCY

Quando Hayden abre a porta do meu quarto e me vê encolhida na cama, chorando, sua expressão endurece.

— Ei, ei, ei. — A cama afunda quando ele senta ao meu lado e acaricia meu cabelo. — O que aconteceu?

— Kit ligou.

Sua mão fica imóvel.

— Quê?

Resumo a conversa e as lágrimas continuam a jorrar. Enquanto escuta, Hayden volta a acariciar meu cabelo e me observa com preocupação. Quando acabo, ele se deita do meu lado e me puxa para o peito, me deixando meio em cima dele.

— Linda — murmura, com a boca na minha têmpora e a respiração na minha bochecha.

Depois dos meus surtos sobre nosso beijo de prática, não deveríamos estar fazendo isso, mas o cheiro dele é tão bom... O batimento do seu coração no meu ouvido é relaxante, e ele é muito quentinho. Também gosto quando me chama de *linda*. Deve chamar um monte de mulheres assim, mas não estou nem aí. No momento, aceito todo consolo possível.

— Você acha que estou mudando? — pergunto em voz baixa.

Ele passa um instante em silêncio, mas aperta um pouco mais as minhas costas.

— Sim e não. Você está aprendendo coisas novas e descobrindo quem é sem ele. — Sua mão para na parte de trás do meu cabelo, quente e pesada. — Mas ainda é a mesma Darcy que todos conhecemos e amamos.

— É o que sinto também. — Seco uma lágrima. — Eu me sinto a mesma pessoa, só que melhor.

Sua mão acariciando meu cabelo e o batimento lento e constante do seu coração no meu ouvido me acalmam.

— Ele vai ficar bem — Hayden murmura. — Só precisa de tempo. Assim como você.

Na manhã seguinte, acordo com a luz do sol entrando no quarto, já que me esqueci de fechar a cortina.

Física e emocionalmente, me sinto renovada e com a cabeça no lugar. Pela primeira vez em um mês e meio, estou descansada, e meus olhos não estão irritados nem secos. Em geral, passo a noite me revirando na cama, mas não me lembro de ter acordado nenhuma vez. Foi a melhor noite de sono desde que terminei com Kit.

Também estou jogada em cima de Hayden enquanto ele dorme seminu na minha cama.

Meu coração dispara, tropeçando e vacilando, e eu arregalo os olhos.

Estamos na mesma posição de ontem à noite, mas o edredom nos cobre. Hayden está só com uma cueca boxer preta e justa e, embora eu ainda esteja de camiseta, tirei a parte de baixo do pijama, ficando só de calcinha.

Ele está de barriga para cima, me envolvendo com o braço. Minha coxa está entre as suas, e eu estou colada nele, todo o peso do meu corpo em cima de Hayden, dos pés à cabeça. Até meus pés gelados estão entre suas panturrilhas.

Algo na suavidade da sua expressão, nas linhas imponentes do seu rosto e na inclinação da sua boca que, mesmo dormindo, faz meu coração se apertar. Quando começo a sair de cima dele, com cuidado para não o acordar, seu braço se contrai, me mantendo colada ao seu corpo.

Sua respiração muda e seus olhos se abrem, turvos e adoráveis sob a luz matinal. Sua boca forma um sorriso calmo.

Algo muda no meu corpo, como se nuvens se dissipassem.

— Você pegou no sono. — A voz dele sai rouca. Os pelos loiros do seu peito se estendem pelo tronco musculoso, descendo pelo abdome até a cintura. — Não queria te acordar. — Ele se olha. — Devo ter tirado a roupa enquanto dormia. Desculpa. Fico com calor.

Consigo sentir perfeitamente o calor do seu corpo quando estou deitada em cima dele assim. Respondo com um ruído fraco e aceno, e meu olhar traça as linhas e os contornos do seu corpo perfeito.

Nossa, ele é muito gostoso! É tão *grande*! Hayden é simplesmente... demais. Com seu peito largo, os braços fortes e as coxas musculosas.

Eu me mexo de novo, e sabe a ereção imponente que me cutucou quando nos beijamos para praticar na festa do elenco? Está cutucando meu quadril.

Nossos olhos se encontram e minha mente se esvazia. Um calor se forma atrás do meu clitóris. Sinto uma vontade avassaladora de passar a mão por seu peito, por seu volume evidente. Abaixar o elástico da cueca e deixar seu pau pular para fora.

Eu o colaria entre os lábios e o levaria até o fundo da boca. Uma pressão intensa cresce entre as minhas pernas quando imagino como seria seu gemido. Talvez ele colocasse a mão na minha nuca. Talvez me dissesse como está gostoso.

Sua respiração se torna ofegante quando olha para a minha boca. Falei para Hayden que o sexo deveria ser aconchegante e previsível, mas seu volume excitado em meu quadril não tem nada de doce ou relaxante.

Pelo jeito, estou desejando demais o meu melhor amigo.

— Darce — sussurra Hayden, uma pergunta misturada com uma súplica, e seu olhar intenso dissolve minha determinação. Eu me movo um centímetro na direção da sua boca...

Algo começa a vibrar no quarto, e nos afastamos rapidamente. Um alarme de celular, vindo do chão. Saio de cima de Hayden e ele estica o braço para o lado da cama.

— É o meu ou o seu? — pergunto, procurando o celular.

— O meu. — Ele desliga o alarme e põe os pés no chão para se sentar, de costas para mim. Meu olhar percorre suas costas e sua cintura definidas antes de se desviar.

Ainda estou de calcinha. Acho que estou molhada. Será que ele sabe? Caramba. Hayden se levanta, e seu olhar me acompanha enquanto me cubro com o edredom.

Ele desvia os olhos.

— Preciso me arrumar para o treino.

— Eu também. Quer dizer, preciso me arrumar para o trabalho.

Seus ombros parecem tensos enquanto aponta a cabeça para a cama.

— Desculpa por isso.

— Não. — Arqueio as sobrancelhas. — Foi culpa minha. Peguei no sono e você só estava sendo um bom amigo.

Ele contrai o maxilar e coça a nuca.

— Sim.

Uma pausa estranha paira entre nós.

— Na próxima vez, vou usar o boneco de peitoral masculino que você me deu — brinco, mas Hayden não ri. Deve estar em pânico, achando que vou me apegar ou pensar besteira sobre a nossa relação. — Certo, então. — Abro um sorriso animado para mostrar que não vou deixar a situação ficar estranha. — Tenha um ótimo treino. A gente se vê à noite?

Ele dá um aceno tenso, sem olhar para mim.

— Vou chegar tarde. Vou para a liga da cerveja com Miller.

— Legal. — Ele e Rory às vezes jogam num time de hóquei do centro recreativo com um monte de caras amadores. — Vai ser divertido.

— Vai. Até mais.

— Até.

Hayden fecha a porta do quarto e eu volto a me afundar nas cobertas, soltando um longo suspiro.

Dormir seminua na mesma cama que o meu colega de apartamento e ajudante é entrar em terreno perigoso, e não vou fazer isso de novo, por mais gostoso que tenha sido.

À noite, depois do trabalho, eu paro numa farmácia para comprar mais pasta de dente quando uma prateleira de frascos coloridos chama minha atenção.

Tintura de cabelo temporária.

"Você ficaria incrível de cabelo roxo", disse Georgia.

Paro e pego a tintura roxa para dar uma olhada. Aquela vontade impulsiva e diabólica desperta dentro de mim. Quero fazer uma loucura.

"Por quê?", perguntou Kit com desdém ontem à noite, e sinto uma pontada de ressentimento no peito. "Eu gostava do seu cabelo antes."

Uma raiva sobe pela minha garganta enquanto olho o frasco.

Não tenho nenhum bom motivo para pintar o cabelo de roxo. Não vai me ajudar na carreira, deve ser difícil de manter, e não tenho nenhuma garantia de que vai ficar bom.

Mesmo assim, sinto um entusiasmo, um friozinho na barriga. É como o vestido que Georgia achou para mim: só vou saber quando experimentar.

Além disso, acho que vai me fazer feliz, e talvez isso seja suficiente. Talvez eu não seja mais a velha Darcy.

31

HAYDEN

O apartamento está silencioso quando volto da liga da cerveja, e meus olhos pousam na caixa em cima da mesa ao lado da porta de entrada.

O sex toy que comprei para Darcy.

Comprar isso foi um grande erro, ainda mais depois que acordamos hoje cedo, com meu pau praticamente fazendo um buraco na coxa dela.

Não vou dar isso de presente.

Coloco a mochila no chão, tiro a camisa que comprei para ela e a estendo em cima da bancada. Esse presente, *sim*, tem a ver com a gente.

Seja lá o que "a gente" signifique a essa altura. Minha mente viaja para a noite passada, para como ela estava quando abri a porta do quarto e a vi chorando, e sinto uma dor no peito.

Kit não sabe o que perdeu com Darcy Andersen. Não a valorizou. Não a *enxergou* e, agora, acha que ela vai voltar?

Esses pensamentos que ando tendo sobre ela deveriam fazer com que me sentisse culpado, mas não fazem. Ele nunca a mereceu, e a única culpa que sinto é que demorei oito anos para me dar conta disso.

Na cozinha, esquento uma comida. Depois, dou uma olhada nos destaques esportivos da noite enquanto fico de olho no corredor, esperando algum sinal dela.

As luzes estão acesas, seus tênis estão no armário do corredor de entrada e suas chaves estão na mesa perto da porta, mas Darcy não veio me dar oi como normalmente faz.

Ela puxou as cobertas para se cobrir hoje cedo, como se estivesse incomodada.

Sinto um aperto no peito.

Agora que não vou mesmo dar o brinquedinho para ela.

— Darce? — chamo, andando pelo corredor. A porta do quarto dela está aberta e o quarto, vazio, mas uma fresta de luz sai por baixo da porta do banheiro.

— Oi — ela diz do outro lado da porta. Consigo ouvir seus passos de um lado para o outro do banheiro.

Tem alguma coisa errada. Será que está me evitando pelo que aconteceu hoje cedo?

— Vamos ver TV.

— Hum. — Os passos param. — Não, obrigada. Pode ver você.

Há um tom preocupado e distraído na sua voz que me leva a franzir a testa e cruzar os braços diante do peito.

— Comprei um presente para pedir desculpas por hoje cedo.

Mentiroso, sussurra meu cérebro. Comprei a camisa só porque quero ver meu nome nas costas dela.

— Deixa em cima da mesa que já vejo.

Sua voz é estranha, como se ela estivesse estressada ou ansiosa.

— Está passando mal?

— Não, estou bem.

Aperto a nuca. Será que menstruou?

— Tem um frasco de aspirina embaixo da pia, e não me incomodo de comprar absorventes, Darce. Homens de verdade não têm medo de menstruação. — Acrescento essa última parte em tom de brincadeira, para descontrair.

Ela dá uma risadinha, e meu peito se alivia.

— Bom saber, mas não estou menstruada.

— Não vou sair daqui até você me dizer qual é o problema.

Uma longa pausa se segue.

— Hayden. Fiz merda. Não ri, tá?

— Rir do que...

Quando ela abre a porta, meu queixo cai. Seu cabelo loiro-claro agora está num roxo vibrante horrível de desenho animado. Um tom muito feio e impactante.

Suas sobrancelhas também.

Ficamos nos encarando por um bom tempo, de olhos arregalados, antes de eu tampar a boca com o punho para segurar o riso.

— Você falou que não ia rir — ela grita, batendo no meu braço.

— Não concordei com isso — consigo dizer, mal me segurando, quase desabando de alívio por perceber que nada realmente grave está acontecendo.

— Hayden! Estou parecendo o Grimace do McDonald's. — Darcy se vira para o espelho com a cara desolada.

Solto um berro, me curvando de tanto rir e me apoiando na parede. Ela parece, *sim*, aquela criatura roxa, ou um dos Teletubbies.

— Tinky-Winky? É você?

Darcy deixa escapar um som envergonhado, mas começa a rir. Tenta fechar a porta na minha cara, mas seguro, entrando no espaço dela. Estamos os dois ofegantes.

É *assim* que é para ser entre mim e Darcy, e é exatamente por isso que não posso fazer merda. Quando somos apenas amigos, somos perfeitos juntos.

Mesmo assim, surge um impulso de dar um beijo nela, mas o reprimo.

— Porra, Darce. — Pego uma mecha roxa vibrante entre os dedos. O cabelo ainda está sedoso, e o banheiro tem o cheiro fresco e doce dos seus produtos de cabelo. — O que foi que você fez?

Ela se encolhe.

— Estava tão brava depois da ligação com Kit que fiquei com vontade de fazer uma mudança drástica. Queria algo claro e bonito, mas ficou intenso demais. Está parecendo...

— Barney, o Dinossauro?

Ela tenta me lançar um olhar sério, mas cai na gargalhada de novo.

— Por que você pintou as sobrancelhas? — sussurro, com uma expressão incrédula.

— Não sei — resmunga Darcy, olhando para o reflexo.

— Vai ficar tudo bem. — Abro os braços. — Vem cá.

Ela dá um passo para a frente e se encaixa no meu abraço, apoiando a cabeça no meu peito. Meu queixo repousa em cima do cabelo dela.

Meu coração dispara com seu toque no meu corpo.

— Não se preocupa — murmuro —, você ainda está linda.

Ela fica tensa nos meus braços.

— Sabe, como amiga — acrescento.

— Eu sei — Darcy diz, na defensiva.

Ficamos um tempão assim, e passo a mão nas costas dela para poder consolá-la.

— Acho que Kit estava certo. — Darcy fala como se fosse uma piada, mas há um elemento de vulnerabilidade que me faz semicerrar os olhos.

— Como assim?

— Cheguei a comentar com ele no passado, e ele não gostou da ideia. — Seus dedos tamborilam no meu peito, leves e distraídos. — O assunto surgiu de novo ontem à noite. O tom de julgamento dele me irritou.

Uma pontada de raiva me atinge.

— Você não me contou isso.

— Não é nada de mais.

— É, sim, Darce.

Ela ergue os olhos, surpresa pelo meu tom.

— Você pode pintar o cabelo da cor que quiser.

Sua boca se curva num sorriso e uma ironia brilha nos seus olhos antes de apontar para o nosso reflexo no espelho.

— Bom, está na cara que ele sabia mais do que eu.

— Vamos resolver isso.

— Já lavei o cabelo quatro vezes. Não vai sair.

— Vamos chamar uma profissional. Vou pedir para a minha amiga Layla ajudar.

— Uma amiga? — Darcy arqueia a sobrancelha para mim com um sorriso irônico.

— Não *esse* tipo de amiga. — Lanço um olhar para ela. Todas as mulheres com quem já saí são gentis e legais, mas seria estranho apresentar alguma delas para Darcy. — Ela vem aqui para cortar meu cabelo quando minha agenda está lotada durante a temporada. Vai conseguir dar um jeito.

Darcy morde o lábio inferior.

— Tem certeza?

— Absoluta. — Pego o celular para mandar mensagem para Layla antes de abrir o aplicativo da câmera e tirar uma foto de Darcy e seu cabelo ridículo.

Ela arregala os olhos ao se dar conta do que estou fazendo, e eu caio na gargalhada.

— Não! — exclama. — Não quero nenhuma prova disso. — Darcy tenta pegar meu celular, mas já estou guardando no bolso.

— *Eu* quero. — Olho para ela e mexo as sobrancelhas, saboreando o momento. Não quero esquecer nunca.

— Me dá isso — ordena.

Dou outra risada.

— Não.

— Então deleta.

— Também não. — Sorrio de orelha a orelha, afastando suas mãos quando ela tenta pegar meu celular de novo. — Adoro que você tem metade do meu tamanho, mas acha que pode me derrubar.

Darcy suspira, dando um passo para trás com uma expressão determinada, mas está tentando esconder um sorriso.

— Você vai estampar a foto em camisetas ou coisa assim.

— Aí sim. Vou mandar fazer uma para todo mundo do time.

— Engraçadinho. — Ela solta uma risada seca e falsa antes de parecer curiosa. — Você chegou a falar de um presente, não?

Na cozinha, Darcy tira a camisa da sacola e a ergue com um sorriso esperançoso.

— Pra mim?

Solto uma risada.

— É, pra você. Para poder usar nos meus jogos. — Nossos olhos se encontram, e não consigo decifrar sua expressão. — Se quiser. Óbvio, você pode usar o que quiser.

Ela continua me olhando.

— *Você* quer que eu use?

Eu deveria dizer algo leve e descontraído, mas só faço que sim com a cabeça.

Seu olhar se suaviza e Darcy abre um sorriso doce. Porra, ela é linda até com esse cabelo bizarro.

— Então eu quero.

Ainda sorrindo, ela a veste. Fica um pouco grande, mas de um jeito absurdamente fofo que me faz querer jogar essa mulher no ombro como um homem das cavernas.

Limpo a garganta, fingindo que não estou todo bobo.

— Ficou bonito.

— Acha mesmo? — Ela me lança um olhar acanhado e as maçãs do rosto se destacam com seu sorriso.

— Uhum. — Um calorzinho se espalha pelo meu peito. — E você vai combinar com Pippa e Hazel.

Seria uma doce ilusão pensar que Darcy combinaria perfeitamente com elas. Que torceria por mim e me apoiaria como as irmãs Hartley apoiam seus noivos.

Como se estivéssemos juntos.

Eu deveria explicar, mas apenas deixo a sugestão no ar, testando.

— Obrigada — ela diz, olhando para baixo, mas ainda sorrindo. — Adorei.

— Não tem de quê.

— Posso retribuir?

— Sem chance.

Darcy solta uma risadinha que faz os cílios grossos vibrarem e, puta que pariu, como eu queria dar um beijo nela.

— Chegou uma encomenda pra você hoje — ela diz, apontando para a caixa na mesinha de canto e jogando um balde de água fria em toda a empolgação boba que estou tentando ignorar.

— É. — Limpo a garganta e dou um passo para trás. — Eu vi.

Quando Darcy olha para o meu rosto, ergo as sobrancelhas, tentando parecer normal e não como se estivesse tentando esconder o sex toy que comprei para ela.

— Que foi? — Darcy me observa com um sorrisinho.

— Que foi o quê?

— O que tem na caixa?

— Sei lá.

Ela semicerra os olhos e sorri ainda mais.

— Abre, então.

— Depois eu abro.

— Hayden. — Ela dá um passo na direção do pacote, que alcanço antes, pegando-o e o escondendo atrás das costas. Seu queixo cai e seu rosto se ilumina com um sorriso malandro de acusação. — Sabia. Está escondendo alguma coisa. O que tem na caixa?

— É... — Meu cérebro entra em pane. — Particular?

Seu sorriso é lindo e travesso.

— Um daqueles negócios sexuais estranhos que você teoricamente *não* curte? — pergunta, baixando a voz e mexendo as sobrancelhas de maneira sugestiva enquanto tenta não rir.

— Isso — respondo. — Exatamente isso.

Darcy me encara por um bom tempo antes de dar um salto à frente, mas, em vez de tentar pegar a caixa, leva os dedos às minhas costelas, logo abaixo do peitoral, e uma gargalhada me escapa.

— Me fala o que tem na caixa — exige, rindo enquanto tento tomar ar. — Senão vou fazer cócegas até você desmaiar.

— Darce — resmungo, tremendo de tanto rir e tentando afastar as mãos dela. — Você joga sujo.

— É isso mesmo, ajudante, eu sou implacável. — Ela vem com a outra mão, atacando o outro lado das minhas costelas e, sem querer, deixo cair a caixa na tentativa de escapar dela, rindo o tempo todo.

— Tá bom — digo, tentando recuperar o fôlego. — É um sex toy.

Suas mãos caem nas laterais do corpo.

— Quê?

Contraio os lábios.

— Você, hum, disse que fica confusa quando pesquisa e não quer entrar numa loja, então perguntei pra várias amigas, e elas disseram que esse é o melhor. — Nossos olhos se encontram. — Para orgasmos pelo ponto G.

Por que foi que eu disse essa última parte?

— Ah. — Por acaso ela está corando? Parece que está corando. — Obrigada. — Parece atordoada ao olhar para a caixa.

— Não precisa usar — digo, às pressas. — É inconveniente.

— Não. — Darcy estende a mão, e puxo a minha para não encostar nela sem querer. — Não é inconveniente. Você é meu ajudante. — Ela alterna o olhar entre mim e a caixa. — Está apenas cuidando de mim.

— Isso. — Faço que sim com a cabeça.

— Certo. — Ela assente em resposta e morde o lábio daquele seu jeito cativante. — Não é estranho. Mal posso esperar pra usar e ter todos aqueles orgasmos maravilhosos pelo ponto G — comenta, começando a rir.

Solto um grunhido, fechando os olhos, e ela ri mais. Puta que pariu, consigo imaginar perfeitamente. Darcy deitada na cama, gemendo e movendo o brinquedo entre as pernas, chegando cada vez mais perto do orgasmo enquanto fico deitado na minha cama do outro lado da parede.

— É, então. — Pego a caixa e a entrego para ela. — Toma. Divirta-se.

— Valeu. — Darcy passa a mão pelo rosto vermelho antes de aceitar. — Vou pra cama. — Em seguida, arregala os olhos. — Não, tipo, pra usar ou coisa assim. É só que foi um dia longo, com o lance do cabelo e tal.

Respondo com um aceno tenso e abro um sorriso.

— Claro. Boa noite.

— Boa noite.

No quarto, me deito na cama e fico olhando para o teto.

Owens, o que é que você está fazendo? Respiro fundo para ver se recupero o bom senso, ouvindo a porta do outro quarto se fechar e os passos leves de Darcy enquanto ela se deita na cama. *Que merda você está fazendo?*

32

DARCY

— Seu cabelo! — Pippa se empolga quando me sento antes do jogo na noite seguinte. Ela sorri de orelha a orelha com os olhos arregalados, usando uma camisa do Storm, e sinto o rosto corar.

— Gostou? — Ergo a mão para tocar uma mecha lavanda-clara, a cor desejada. Layla, a cabeleireira, consertou meu cabelo enquanto eu trabalhava de casa hoje cedo, e usou um creme modelador que tem um cheiro incrível e deixa meus fios supermacios.

Pippa faz que sim com entusiasmo.

— *Amei.* É a sua cara.

Meu coração se aperta de felicidade.

— Também amei. — Sorrio para Hazel, que está do outro lado dela, também usando uma camisa do Storm. — E aí, Hazel.

— Oi, lindona. — Ela dá uma piscadinha. — Esse roxo é a sua cara. Combina com a cor dos seus olhos.

— Obrigada, gente.

Kit é que se dane por dizer que eu não ficaria bem. Fiquei *incrível* de cabelo roxo.

— E você está de uniforme! — acrescenta Pippa, radiante.

Meu rubor se intensifica enquanto faço que sim com a cabeça.

— Pois é. Hayden me deu.

— Ah, é? — Hazel sorri como se soubesse de algo que não sei. — Que bacana da parte dele.

Dou de ombros.

— Pois é. Mas ele é assim, vive comprando presentes pras pessoas.

Como o sex toy que não saiu da minha cabeça o dia todo.

— Vamos tirar uma foto juntas com as nossas camisas — Pippa diz, pegando o celular. — A gente está uma graça.

Chego perto e sorrio enquanto ela tira a foto. Um momento depois, as luzes da arena diminuem, os torcedores começam a gritar e o locutor anuncia os nomes dos jogadores conforme eles vão entrando na pista.

— Estou tão feliz que você está vendo os jogos com a gente — comenta Pippa no meu ouvido em meio ao barulho da arena.

Abro um sorriso tímido.

— Eu também.

— *Número quarenta e dois, Hayden Owens*! — anuncia o locutor, e eu aplaudo e grito.

Hayden passa patinando e nossos olhares se encontram. Ele olha da minha camisa para o meu cabelo antes de dar uma piscadela, e meu coração dispara.

Quando marca um gol no segundo tempo, eu me levanto de um salto, gritando e vibrando. Rory e Alexei patinam até Hayden para comemorar, mas é para mim que ele sorri através do vidro.

"Meu amuleto da sorte", ele faz com a boca, apontando para mim.

Depois do jogo, Hayden entra no camarote reservado aos amigos e familiares dos jogadores, e seus olhos me encontram imediatamente.

— Oi — ele diz, olhando para o meu cabelo. — Você está linda. — Então balança a cabeça. — Seu *cabelo* está lindo — acrescenta, se corrigindo.

— Você nem comentou sobre as minhas sobrancelhas.

Sua boca se contrai num sorriso. Layla deu um jeito nelas, e agora estão de volta à cor normal, tingidas alguns tons mais escuros do que meu loiro-claro.

— Eu gostei do roxo.

— *Não começa*. — Dou um tapa nele.

Seu sorriso descontraído em resposta é cativante.

— Ninguém gostou do roxo. Não sei o que deu em mim.

— Que camisa bonita. — Ele aponta com o queixo. — Quem quer que tenha comprado deve ser uma ótima pessoa — acrescenta, abrindo um sorriso sedutor. — Além de bonitão.

Dou uma risada, revirando os olhos.

— Sim, e muito modesto.

A provocação desaparece do seu sorriso, deixando apenas ternura e gratidão.

— Gostei de ver você com ela hoje.

Meu coração dá uma cambalhota, e brinco com a ponta das mangas.

— Gostei de usar.

Hayden merece ter alguém lá torcendo por ele. Merece ter o mesmo que Rory e Jamie têm, mesmo que não esteja buscando uma companheira ou um compromisso.

Seu comentário no Dia dos Namorados, sobre um relacionamento não parecer algo tão ruim, não sai da minha cabeça, acompanhado da decepção nos seus olhos quando insisti para que ficasse longe disso.

Os presentes, as festas, os encontros. Ele daria um ótimo namorado, se quisesse.

— Vamos lá beber alguma coisa com todo mundo — sugere Hayden, olhando para a minha camisa. Meu olhar desce para sua jaqueta bomber azul-marinho casual e a imagem na camiseta por baixo.

— Espera. — Franzo a testa e pego o zíper da jaqueta, puxando-o um pouco para baixo antes de deixar escapar um barulho envergonhado e tampar a boca. — Você não está usando isso.

Hayden faz cara de quem não entendeu, mas seus olhos cintilam e os cantos da sua boca se erguem.

— Como assim?

Abro os lados da jaqueta e encaro a camiseta. Uma imagem minha de cabelo e sobrancelhas roxos me encara em resposta. Na foto, estou de boca aberta e olhos arregalados enquanto estendo a mão para tentar impedir que Hayden faça o registro.

É a foto que ele tirou ontem à noite.

— Hayden! — Minha voz sai abafada. — Onde você conseguiu isso?

— Ah, isso? — Ele baixa os olhos para a camiseta como se só agora estivesse se dando conta de que está usando uma foto minha no peito. — Hum. Como essa foto veio parar aqui?

Caio na risada ao levar as mãos à barra da camiseta e começar a puxar.

— Tira isso. Agora.

— Calma aí, Darcy — brinca ele, pegando meus punhos e sorrindo de orelha a orelha. — Espera pelo menos até chegarmos em casa para tirar minha roupa.

Sex toy, meu cérebro sussurra para mim. *A ereção enorme de Hayden. O gemido que ele soltou do outro lado da parede na outra noite.*

— Você... está... — Estou tentando puxar a camiseta, mas Hayden é ridiculamente forte, comparado comigo. — ... usando uma foto feia da minha cara.

— Ah, não comentei? — Sua voz é muito inocente, mas aqueles olhos azuis cintilam como pedras preciosas. — Comprei uma pra você também. — Ele pega o celular para me mostrar o e-mail de confirmação da outra camiseta que encomendou com urgência, com a data da noite de ontem. — Está lá em casa. Enviam no mesmo dia.

Fico olhando para a foto, contraindo os lábios como se estivesse delirando, e uma pressão borbulhante sobe pela minha garganta.

— É uma foto do calendário beneficente do ano passado.

Ele sorri.

— Você lembra.

Claro que lembro. Nossa senhora. Uma instituição de caridade montou um calendário dos homens mais gatos do hóquei profissional, angariando fundos para a juventude LGBTQIA+, e Hayden estava no mês de janeiro. Kit riu horrores da foto do melhor amigo posando sem camisa. Sempre me incomodei que o mundo inteiro pudesse ver seu corpo daquela forma, sem mencionar o sorrisinho simpático e sedutor no rosto dele.

Aquele sorrisinho sedutor era para ser só meu.

— Você pôs sua própria foto numa camiseta pra mim? — Levanto as sobrancelhas para Hayden. — Sério? Sério mesmo? — Aquela pressão borbulhante de diversão ameaça transbordar, e meu rosto dói de tanto segurar o riso.

Pela maneira como sorri para mim com expectativa, ele sabe disso.

— Pode rir.

— Não vou rir.

— Parece que está querendo rir.

— Não estou, não. E se eu risse, acabaria incentivando você.

— Bom, pena que você odeia tanto meu corpo. — Ele olha ao redor. — Vamos indo para o bar.

— Hayden. — Estou tentando não sorrir, sem sucesso. — Troca. Agora.

Ele me lança um olhar suplicante.

— Quero muito usar minha camiseta nova. — Seus olhos se suavizam, e ele faz aquela mesma expressão triste e inocente que a cachorra de Pippa e Jamie, Daisy, quando quer um petisco. — Por favor, Darce. — Então se abaixa e me abraça, me sacudindo. É tão grande e quentinho e cheira tão bem que minha determinação se dissolve como manteiga em frigideira quente. — Quero usar minha camiseta nova.

Está até me tocando sem correr para o quarto, segurando o vômito. Já é um avanço.

— Tá — digo com suspiro. — Mas você vai ficar com a jaqueta fechada.

Ele sorri e me dá uma piscadela.

— Veremos.

33

DARCY

Quando entramos no Filthy Flamingo, Jordan olha com surpresa para o meu cabelo antes de aprovar com a cabeça.

— Cabelo bonito. Ficou gata.

— Obrigada. — Tento conter o sorriso.

Estou muito sem jeito, corando com meia dúzia de elogios.

Nós nos sentamos a uma mesa grande e, depois que Jordan passa com as bebidas, o assunto volta ao jogo.

— Não estamos mais ouvindo nenhuma reclamação sobre passar você para o ataque, né? — Rory pergunta a Hayden com um sorriso orgulhoso, e os dois me voltam um olhar rápido.

Hayden dá de ombros e toma um gole de cerveja.

— Ward quer mais gols de *power play* — Alexei acrescenta. — Diz que a gente está se arrastando na pista.

Meu cérebro se atiça, e logo penso nos modelos de hóquei em que estava mexendo no laptop no horário de almoço hoje. Disse a mim mesma que pararia de ficar olhando, mas é mais forte do que eu.

Rory passa a mão no cabelo, franzindo a testa.

— Não sei o que fazer. Repetimos os exercícios que praticamos.

— Vocês poderiam trocar os times de *power play* — sugiro com cuidado, passando a unha sobre a costura na manga da camisa.

A mesa fica em silêncio. Merda. Não deveria ter aberto a boca.

— Como assim? — Rory pergunta. — A gente põe nossos melhores jogadores nas *power plays*.

Sinto um friozinho de nervoso na barriga. Quando estou errada, estou *muito* errada, o que pode ter consequências desastrosas, mas tenho um pressentimento persistente de que estou certa sobre isso.

— Trocar os jogadores muda a probabilidade de marcar — digo de uma vez só, com o coração disparado. Eu deveria calar a boca e parar de falar. Engulo em seco.

Jamie se aproxima e me observa com atenção.

— Como você sabe essas coisas?

— Ela é formada em estatística — Hayden diz, orgulhoso.

Olho feio para ele.

— Hum. — Sob os olhos atentos e curiosos de todos, mal consigo respirar. Não estou acostumada a ser o centro das atenções dessa forma. — Crio modelos estatísticos de hóquei.

Silêncio.

— Só por diversão — acrescento. Ai, Deus. Eles devem me achar muito estranha. — Enfim...

— Está com os modelos aí? — Rory pergunta.

— Estão no meu laptop. — Levei comigo para o escritório quando cheguei atrasada hoje de manhã, e vim direto para o jogo depois.

Os olhos de Hayden brilham de interesse.

— Mostra pra gente, Darce.

A coisa está ficando séria, então invento uma desculpa.

— Não vou abrir o laptop no bar que nem uma nerd.

Hayden me encara enquanto leva a mão ao zíper da jaqueta, e eu seguro o riso. Em seguida, sorri e mexe as sobrancelhas, deixando a mensagem bem clara.

Mostre os modelos ou vou mostrar para eles sua foto na minha camiseta.

— Tá bom — digo rápido, rindo. — Vou mostrar, mas não levem tão a sério. É só um passatempo.

Jamie dá de ombros.

— Mal não vai fazer.

Vai sim, se eu estiver errada. Ninguém checou meu trabalho. Estou apenas inserindo números e analisando padrões, mas não estão provados. E se eu estiver errada? Poderia ter um efeito contrário no time. O outro time poderia marcar um gol. O Storm poderia perder o jogo. Em esportes profissionais, cada gol conta e cada partida importa.

Os jogadores se reúnem ao redor do meu laptop enquanto abro meu modelo de *power play*.

— Sua porcentagem de *power plays* até hoje... — Ajusto o modelo com as duas jogadas que fizeram durante a partida. — ... é pouco mais de vinte por cento. Não é a pior da liga, mas também não é excelente.

Eles ficam em silêncio, prestando atenção.

— Sua primeira linha de *power play* tem Alexei na defesa, mas, se trocarem ele por outro zagueiro, como Jayden, e trocarem Rory por um dos seus atacantes de segunda linha, como Dylan Lockwood — faço as mudanças no modelo, que gera um número novo —, sua chance de marcar sobe para vinte e sete por cento. Uma das mais altas da liga — acrescento, começando a me sentir insegura. — Sei que parece inacreditável, e deve estar errado, porque ninguém verificou isso...

— Você é uma bruxa? — Rory pergunta, abrindo um sorriso surpreso para mim.

— Não. — Solto uma risada. — Só meio nerd, acho.

— Isso é incrível. — Ele chega mais perto para reler os resultados na minha tela.

— Não é? — Hayden acena para Rory. — Ela sempre foi boa com essas coisas.

Meu coração dá uma cambalhota no peito enquanto um calorzinho de felicidade me atravessa.

Alexei me observa com a expressão séria.

— Por que acha que a porcentagem de marcar aumenta quando não estou na equipe de *power play*?

— Você já passa muito tempo no gelo durante os jogos. — Franzo a testa ao pensar nas diferentes iterações que fiz. — Jogadores que passam menos tempo no gelo costumam ter um desempenho melhor durante os dois minutos de *power play*. Também pode ser porque você é um zagueiro mais defensivo, sabe? Agora, se trocarmos por um zagueiro que joga um pouco mais na ofensiva, isso aumenta a chance de levar o disco para o outro lado do gelo. — Dou de ombros. — Não sei direito. Deve ter uma ótima explicação, mas ainda não encontrei.

O olhar de admiração que eles me lançam me faz sentir um friozinho de entusiasmo e orgulho. Ao meu lado, Hayden pisca para mim, sorrindo, e minha confiança aumenta.

— Também fiz um de *penalty kills*, já que esse é outro ponto fraco.

Rory me lança um olhar magoado, mas está sorrindo.

— Essa doeu.

— Desculpa. — Minha cara arde.

Ele ri e faz que é brincadeira.

— Mostra pra gente.

Meus dedos voam pelo teclado enquanto abro o modelo de *penalty kills* com várias configurações de jogadores.

— O que é isso? — Hazel se debruça sobre o encosto do banco para ler por cima do meu ombro.

— Darcy está mostrando a magia dos números para a gente — explica Rory.

Dou uma risada.

— Não é magia, é só estatística. Fiz um de lesões comuns também, prevendo tempos de recuperação.

Os olhos de Hazel se iluminam, e sei que fisguei seu lado fisioterapeuta.

— Me mostra.

Apresento os modelos para eles, explicando minha lógica e meus dados.

— Ward sabe disso? — Jamie pergunta.

Arregalo os olhos.

— Não. Ai, meu Deus. — Faço uma careta. — É só por diversão.

Todos olham para mim como se eu estivesse falando grego.

— Não contem para Ward sobre isso — acrescento. — É besteira.

— Não é besteira — Hayden intervém, franzindo a testa. — É o que você faz da vida.

— Meu trabalho é diferente. — Minha cara pega fogo. — Trabalhamos em times, com milhares de pontos de dados, e os modelos passam por uma verificação intensa.

A responsabilidade e o risco são tão pequenos que quase chega a ser ridículo. Meus clientes são corporações; se eu errar, pagam um pouco mais ou um pouco menos, mas ninguém se prejudica. Ninguém fica sem seguro, cuidado ou apoio.

— Isso pode ser bem útil para a gente — acrescenta Alexei em voz baixa.

Sinto uma pontada de culpa, mas aí lembro como foi devastadora a sensação de ser o motivo da demissão de outra pessoa, e minha culpa evapora.

— Só estou brincando com os números. Vocês deveriam deixar a análise para os especialistas.

— Me mostra aquele das *power plays* de novo. — Rory leva a mão ao meu teclado para ir à próxima aba, mas acaba fechando a janela sem querer e...

Uma imagem do brinquedinho rosa-choque que Hayden comprou para mim enche a tela, e meu coração sobe pela garganta. Ao meu lado, Hayden fica tenso.

— *Usar seu novo* G-Spot Banger *é fácil com esses três passos* — uma voz feminina relaxante diz no vídeo enquanto segura o sex toy.

Todos ficam em silêncio, assistindo.

— *Deslize o Banger para dentro...*

— Ai, meu Deus. — Fecho o laptop, a cara ardendo mais do que a superfície do sol enquanto todos me encaram chocados.

Rory solta uma gargalhada e Alexei e Jamie encaram minha tela, horrorizados. Hazel contrai a boca para esconder um sorriso. Mal consigo olhar para Hayden.

— Eu posso explicar.

Eu *não* posso explicar, e é exatamente o que parece. Estava nervosa sobre usar o brinquedo que Hayden comprou para mim, então pesquisei o site da empresa ontem à noite. Pensei que tivesse fechado a página.

Ai, meu Deus. Eu estava no laptop no *trabalho*. Mas até se meus colegas tivessem visto seria melhor do que isto.

Rory me cutuca com o cotovelo.

— Hazel também tem um. — Ele olha para ela com uma pergunta no rosto. — Né?

— Sim — Hazel responde, rindo. — Falei para Hayden comprar esse aí.

Eles sabem que Hayden comprou para mim? Um barulho horrorizado escapa da minha garganta. Quero virar fumaça.

— Ninguém viu nada. — A voz de Hayden é alta e firme, e ele lança um olhar sério para todos. — Né, gente?

Alexei olha fixamente para a frente.

— Eu não vi nada. Minhas lentes de contato caíram. — Nossos olhares se encontram antes de ele desviar os olhos. — E também não ouvi nada. — Parece quase mais constrangido do que eu.

— Nem eu. — Rory exibe um sorrisão e um brilho nos olhos. — Só vi sua magia dos números.

Fechando os olhos, imploro em silêncio para o chão se abrir e me engolir. Não quero olhar nunca mais na cara deles.

— Que tal mais uma rodada de bebidas? — sugere Rory, e todos começam a se levantar ao mesmo tempo.

Hayden se vira para mim, um brilho nos olhos e os lábios apertados como se estivesse se segurando para não rir.

— Você está bem?

— Não. — Ainda consigo sentir que meu rosto está rosado. — Quero morrer.

Ele dá uma risadinha, fechando os olhos.

— Está tudo bem, Darce. Essas coisas acontecem com todo mundo.

Fico incrédula, mas começo a rir.

— Sério mesmo? *Essas* coisas acontecem com todo mundo?

— Uhum. O tempo todo. — Hayden coça o maxilar forte, pensativo. — Mas, se quiser que eu desvie a atenção deles, posso fazer isso. — Seus dedos pairam sobre o zíper da jaqueta, e dou um pulo para apanhar seu punho, rindo.

— Não se atreva. — Sua pele está quente quando tiro sua mão de perto do zíper. — Já demonstrei esquisitice demais. Não quero ser desconvidada da próxima noite de bar.

Ele abaixa a mão e me abre um sorriso cúmplice.

— Só por cima do meu cadáver. Você sabe que é uma de nós, certo?

Meu olhar percorre o bar, de Rory e Hazel conversando com Pippa e Jamie na mesa ao lado, ao papo entre Alexei e alguns dos outros jogadores, da boca de quem ouço as palavras "porcentagem de *power play*", até Jordan, que prepara drinques atrás do balcão. Ela me abre um leve sorriso rápido.

Em Calgary, eu não tinha um grupo de amigos assim. Kit não gostava de sair depois dos jogos. Mesmo quando estávamos em Vancouver, eu e Hayden tínhamos que arrastá-lo para sair. O time de Calgary não era tão próximo como os jogadores do Vancouver Storm são.

Olho ao redor, para a vida nova que estou criando para mim, e meu coração se aperta.

Sim, posso ser estranha e esquisita, mas tenho a impressão de que eles não ligam. Gosto daqui, e sinto que estou finalmente começando a me encontrar.

34

HAYDEN

Quando chegamos em casa à noite, o apartamento está um gelo.

— Parece que o ar-condicionado está ligado. — Franzo a testa para o termostato. Está mais frio do que o normal aqui dentro, mas a calefação está ligada como sempre.

Darcy bate na testa.

— Esqueci minha janela aberta. Desculpa, gosto de ter ar fresco aqui durante o dia. Vou fechar.

Enquanto entra no corredor em direção ao quarto, fico olhando para ela e meu nome em grandes letras garrafais nas suas costas.

Uma sensação de orgulho se espalha pelo meu peito e o canto da minha boca se ergue. Vê-la torcendo por mim e abrindo aquele sorrisão depois que marquei um gol hoje? Quase me fez esquecer a forma idiota de Miller de me motivar para ser mais assertivo no gelo.

E como ela ficou radiante hoje, contando para todos sobre seus modelos de hóquei; é *assim* que eu quero que fale do seu trabalho. Toda vez que pergunto sobre o emprego, Darcy revira os olhos e muda de assunto. Sei que não a está fazendo feliz.

Mas ela merece felicidade. Merece tudo de bom.

Do seu quarto, ouço um resmungo abafado de frustração.

— Tudo bem? — pergunto, indo para lá.

— Tudo — responde Darcy. Quando paro à porta, vejo que está com dificuldade para fechar a janela. — Está emperrada. — Ela dá um passo para trás para encontrar o problema. — Acho que entrou um pássaro e entortou a tela.

Chego perto e me inclino para olhar. Ela tem razão: a estrutura da tela está empenada e, agora, a janela não desliza sobre o trilho. Como estamos num andar muito alto, as telas não saem com facilidade, senão era só desencaixar. Tem algo a ver com as normas de construção.

— Tem um número de manutenção que posso ligar. — Tiro o celular do bolso de trás, encontro o número e ligo, abrindo um sorriso rápido para Darcy enquanto toca.

— É uma emergência? — um cara atende. O barulho ao fundo é tão alto que ele precisa gritar.

— Hum. — Olho para Darcy, que me lança um olhar estranho. — Não?

— Estou resolvendo um cano estourado no segundo andar que está alagando quatro apartamentos — o cara diz. — Me manda o problema por mensagem e vou resolver assim que terminar aqui.

— Beleza. Obrigado.

Assim que desligo, começo a digitar uma mensagem detalhando o problema e o número do nosso apartamento.

— Talvez demore um pouco.

— Ah. — Darcy morde o lábio, olhando para a janela e depois para o relógio em cima da cômoda. Já é quase meia-noite. — Melhor eu ir pra cama, então. Trabalho amanhã. Talvez ele consiga arrumar amanhã cedo.

Franzo a testa.

— Está um gelo aqui dentro.

— Vou fechar a porta para não esfriar o resto do apartamento.

— Não, Darce. — Ela acha que estou preocupado *comigo*? — Não quero que *você* passe frio.

— Vou usar um moletom. Está tudo certo.

Uma expressão inconformada se forma no meu rosto. Não gosto dessa ideia. Estamos no meio do inverno. Ela vai passar frio.

— Pode dormir na minha cama.

— Quê? — Ela arregala os olhos.

Já estou decidido.

— Dorme na minha cama que eu durmo no sofá.

A força das minhas palavras me surpreende, mas a ideia de Darcy na minha cama cria raízes e cresce, espalhando-se incontrolavelmente, fazendo calor e faíscas descerem pela minha coluna. O lado homem das cavernas do meu cérebro gosta dessa imagem.

— Não precisa fazer isso — ela diz com a voz suave, o olhar perpassando meu rosto.

É alívio ou decepção? Olho para sua escrivaninha e reparo no sex toy que comprei para ela antes de desviar o olhar.

— Darcy, não quero que você durma num iglu a noite toda. Não vou conseguir dormir de preocupação, com medo de você estar passando frio, e temos outro jogo amanhã. — Abro um sorriso encorajador para ela. — E preciso descansar.

— Deixa que eu durmo no sofá — ela diz. — Já que você precisa descansar.

— Não. — Balanço a cabeça, ainda com um sorriso no rosto. Ela é tão linda, ainda mais nesse uniforme. Não quero que o tire nunca. — Estou decidido. Sou um cavalheiro, sabe.

Darcy esboça um sorriso.

— Não disse que não era.

Ela engole em seco, e seus olhos traçam minha boca, meu queixo e meu pescoço. Eu me lembro do nosso beijo de prática na festa do elenco e da sensação de puxar seu corpo para o meu colo. Da sensação de acordarmos juntos, com sua cabeça sobre o meu peito, seu cabelo estendido sobre a minha pele.

Sua boca se torce como se ela estivesse considerando, e seu olhar se ergue para o meu.

— Você disse que precisa descansar.

Arqueio a sobrancelha, e Darcy passa o peso de um pé para o outro, desviando os olhos.

— Não é nada demais se nós dois dormirmos na sua cama — diz ela, dando de ombros. — Somos amigos.

Meu coração acelera, e puxo o ar para os pulmões.

Toda vez que chego perto dela, é quase insuportável de tão bom, e meu autocontrole vai se desfazendo.

A última noite em que dormimos juntos, porém, foi a melhor noite de sono da minha vida. Deve ter sido coincidência.

Mas e se não foi?

— Por mim, tudo bem — digo, mantendo o tom despreocupado.

— Por mim também.

A tensão crepita e estala no ar, e ela solta uma risada leve.

— Vou me arrumar pra dormir, então.

35

HAYDEN

Dez minutos depois, deitamos na cama, sem olhar um para o outro. Meu coração bate mais forte no peito enquanto Darcy se acomoda ao meu lado embaixo do edredom, colocando a cabeça no travesseiro e se ajeitando para ficar mais confortável. Quando olho para ela, meu coração dá um pulinho esquisito.

É estranhamente familiar e confortável me deitar na cama com Darcy dessa forma. Como se já tivéssemos feito isso mil vezes.

— Não vai passar muito calor? — pergunta ela, olhando para a minha camiseta e meu short de academia.

Vou ferver por dentro, mas não posso me deitar na cama ao lado dela só de cueca, como durmo normalmente.

— Vou ficar bem.

Ela arqueia a sobrancelha.

— Hayden. Sei que você dorme só de cueca. Está tudo bem.

Hesito.

— Tem certeza?

— Uhum — ela diz. — Juro. Não vou te atacar durante a noite.

Dou uma risadinha, tirando a camiseta e a jogando na cadeira ao lado.

Os olhos de Darcy descem pelo meu tronco com interesse antes de se desviarem rapidamente.

Ela estava... me admirando? Meu peito se enche de orgulho. Quando tiro o short, seus olhos se voltam para mim e para a minha boxer justa, antes de desviarem para o teto.

— Acho bom você não roncar — digo.

Ela sorri e me chuta com seus pés gelados.

— Seus pés — resmungo, me encolhendo. — Estão um gelo.

— Desculpa. — Então encosta os dedos na minha panturrilha.

Puxo a perna, rindo.

— Chega. Você vai dormir no corredor.

Darcy ri de novo, e eu sorrio, virando de lado para olhá-la.

— É tipo dormir na casa do amiguinho — ela diz, passando os olhos por mim.

— Não tenho como saber. Nunca durmo com nenhuma amiguinha.

Darcy franze as sobrancelhas com uma expressão intrigada.

— Estou falando de dormir na casa do amiguinho quando você era criança, mas agora tenho mais perguntas. — Ela esboça um sorriso enquanto me observa. — Sério mesmo? Você nunca dormiu na mesma cama que uma mulher?

— Não — respondo. — Quer dizer, na outra noite, depois que Kit te ligou...

— Ah, sim. — Ela engole em seco e morde o lábio. — Mas aquilo foi...

— Diferente.

— É. — Ela faz que sim com a cabeça. — Diferente.

Um longo silêncio.

— Dormir junto leva a tomar café da manhã junto no dia seguinte — admito —, e isso leva a pessoa a se apegar.

Tomamos café da manhã juntos o tempo todo, meu cérebro me lembra. Darcy me faz café toda manhã quando estou na cidade. É a melhor parte do meu dia, ficar sentado na cozinha com ela, toda linda e sonolenta, falando sobre nossos planos para o dia.

— Hum — ela diz, me observando. — Talvez seja *você* quem ronca.

Solto uma risada.

— Até parece. Não adianta me culpar quando as janelas começarem a tremer com seu ronco de trator.

Seu sorriso se alarga, e agradeço àquele pássaro por ter entrado pela janela dela e causado toda essa situação.

— Vou apagar a luz — digo, e ela faz que sim. Estendo o braço por cima do ombro e desligo o abajur, mergulhando o quarto na escuridão. Mesmo com as persianas fechadas, o brilho suave das luzes da cidade lá fora acaba entrando.

Ouço o som da nossa respiração, mas minha mente volta ao bar hoje. Para o momento em que Darcy pareceu aterrorizada pela ideia de o time usar seus modelos de hóquei. Uma memória ressurge: anos atrás, ela falando com animação sobre o emprego novo.

Depois que nós nos formamos na universidade, Darcy trabalhou por seis meses como analista de dados do Departamento de Agricultura do Canadá. Ainda me lembro da sua voz quando falava sobre o trabalho, cheia de interesse e empolgação.

— Ei, Darce?

— Hum?

— O que aconteceu no seu primeiro emprego?

Ela nunca me contou por que arranjou um emprego novo, só que estava trabalhando em outro lugar e então mudou de assunto. Mas nunca mais teve o mesmo brilho nos olhos quando falava sobre trabalho.

Até hoje.

— Cometi um erro e fui demitida — ela diz em voz baixa. — E fiz outra pessoa ser demitida também.

Ainda dá para enxergar seu perfil no quarto escuro enquanto olha fixamente para o teto.

— O que aconteceu?

Ela solta o ar pelo nariz.

— A gente estava conduzindo um estudo sobre fazendas de pequeno porte, pra saber quem poderia usar melhor o dinheiro do auxílio, e meu modelo estava errado.

Nossos olhares se encontram antes de Darcy olhar para o outro lado, e sinto o impulso avassalador de puxá-la para o meu peito e dizer que não foi culpa dela, que vai ficar tudo bem.

— Minha chefe verificou, mas eu encaminhei o modelo errado. Pessoas perderam o auxílio governamental por causa disso, e só descobrimos porque fomos auditados — explica, engolindo em seco.

Sinto um aperto no peito ao ouvir a dor na sua voz.

— E te demitiram?

— Uhum — responde ela. — Mas demitiram minha chefe também. E ela era mãe solteira. — Darcy faz cara de choro e meu corpo fica tenso. — Ela era tão legal, Hayden. Era uma chefe tão boa... Passava o tempo todo me treinando e explicando coisas. Dava pra ver que amava muito o trabalho, sabe?

Faço que sim, sem saber o que dizer. Odeio vê-la sofrendo dessa forma. Odeio que isso tenha pesado sobre ela por anos e a feito sentir que não era capaz.

— Você tinha vinte e dois anos. Tinha acabado de sair da faculdade.

— Eu deveria ter sido mais cuidadosa. — Ela inspira fundo e solta o ar devagar. — Alguns daqueles agricultores precisaram encerrar as atividades e vender a terra. Algumas eram propriedades familiares há gerações. Muitas pessoas foram prejudicadas pelo meu erro.

Passo um tempão em silêncio. Fico só olhando para ela e me pergunto como Darcy seria se isso não tivesse acontecido. Se ainda estivesse naquele emprego e amasse sua carreira.

Nossa, eu quero ver Darcy amar sua carreira de novo. Quero vê-la radiante como ficou hoje.

— Todo mundo comete erros.

— Sim. Todo mundo comete erros, só que às vezes eles prejudicam as pessoas. É por isso que trabalho com seguros — admite, esboçando um sorriso forçado. — Ninguém se prejudica. Velhos ricos podem perder um pouco de dinheiro, mas ninguém vai à falência, e ninguém é demitido.

Darcy me abre um sorriso rápido e tranquilizador, como se estivesse amenizando a conversa e toda a sua vulnerabilidade. Mas suas palavras apertam meu peito, arranhando e rasgando.

Ela fecha os olhos e se afunda mais embaixo do edredom.

— Boa noite, Hayden.

Quero mais para ela. Quero que se sinta nas nuvens, que fique entusiasmada pelo trabalho e sinta que está fazendo uma diferença positiva. Quero que corra riscos e veja que, às vezes, eles valem a pena.

— Boa noite, Darce.

Na manhã seguinte, acordo de conchinha com Darcy, seu corpo colado ao meu peito, quente e macio, seu cabelo lindo caindo sobre mim e seu cheiro doce no meu nariz. Sentimentos intensos de conforto e posse me atravessam.

Ela se encaixa direitinho, como se tivéssemos sido feitos um para o outro.

Enquanto dorme, suspira e ajeita o quadril, encostando a bunda em mim. O sangue corre para o meu pau e minhas bolas se contraem.

Darcy solta um gemido baixo e encosta em mim de novo. Cerro os dentes, pensando em como é bom sentir seu toque no meu pau, como é bom sentir que me deseja assim. O impulso de puxar a calça do seu pijama para baixo e me roçar na sua boceta me invade, mas, em vez disso, aperto os braços ao redor dela, segurando-a com mais força e deixando meus lábios encostarem na pele exposta entre seu ombro e seu pescoço.

Eu não deveria estar fazendo isso, mas estou sonolento e não estou pensando direito. Sua pele é absurdamente macia em minha boca, e eu poderia passar horas assim, nós apenas provocando um ao outro.

Então, sua respiração muda e ela fica tensa antes de erguer a cabeça e nossos olhares se encontrarem. Por fim, arregala os olhos.

— Desculpa. — Ela se afasta, e puxo o braço para trás, virando de barriga para cima.

Felizmente, com a boxer justa e o edredom grosso, ela não consegue ver minha ereção pulsante, nem como gostei do que estávamos fazendo agora.

Do outro lado da cama, Darcy me abre um sorriso suave e um pouco envergonhado, linda demais sob a luz da manhã.

— Dormiu bem? Não fiquei, sei lá, chutando você nem murmurando sobre a sequência de Fibonacci?

Solto uma risada, balançando a cabeça.

— Dormi feito uma pedra.

A constatação me pega de surpresa. Não foi um caso isolado, então, que eu tenha dormido melhor do que nunca com Darcy na cama.

Ficamos nos observando por alguns segundos.

— Eu também — sussurra ela.

Nossos olhos se encontram de novo e meu coração bate mais forte. Quero ficar nesta cama para sempre, apenas deitados aqui conversando. Minha mente volta à noite de ontem no bar.

— Gostei que você voltou a mexer nos seus modelos de hóquei.

Ela revira os olhos.

— Mas eles te fazem feliz, né? Talvez isso seja suficiente. — Pego uma mecha do seu cabelo roxo-claro e o coloco sobre seu lábio superior, como se fosse um bigode.

Embaixo dele, Darcy sorri.

— É bom ver você animada sobre as coisas de novo.

Ela responde com um murmúrio alegre e pensativo.

Meus olhos descem para a sua boca, e a vontade de puxá-la de volta e beijá-la me atravessa. Quando nos olhamos, algo cintila nos olhos dela. Por um momento, penso que pode sentir o mesmo.

— Melhor eu levantar e me arrumar para o trabalho — sussurra.

— Claro. — Aceno. — Vou ligar para o cara da manutenção e falar da sua janela de novo. Já vai estar consertada quando você voltar pra casa hoje.

Ela me abre um sorriso grato e sai, fechando a porta do meu quarto. Fico deitado, ouvindo os sons dela se arrumando para o trabalho enquanto coloco a mão ao redor do pau e faço alguns movimentos lentos e torturantes, me provocando até ouvir a porta do apartamento se fechar de vez.

Com alguns movimentos mais rápidos e fortes, eu gozo intensamente, a luz branca ofuscando minha visão e o prazer me percorrendo como uma corrente ardente atravessando minhas veias enquanto jorro sobre a barriga com um urro. Nunca consigo gozar em silêncio. O ar entra e sai rasgando meus pulmões, e minha cabeça se enche de pensamentos sobre a minha doce, meiga e gostosa Darcy. Minha Darcy.

Como sempre, o orgasmo não é suficiente. Depois, eu a quero mais do que nunca. O desejo de assumir o controle aumenta. É a mesma sensação que tive no gelo na outra noite, quando marquei o gol.

Mais tarde, a caminho da cozinha, paro à porta do quarto dela e olho para a caixa em cima da escrivaninha, ainda fechada fora da caixa original de envio.

O sex toy.

Logo penso no vídeo de instruções que apareceu no laptop dela ontem à noite. Não é problema meu, e não vou me envolver, por mais que queira intervir, ajudar e fazer com que ela se sinta segura.

Fazer com que goze.

Eu me forço a andar até a cozinha, tirando esses pensamentos da cabeça enquanto ligo de novo para o cara da manutenção consertar a janela.

Não. É. Problema. Meu.

36

HAYDEN

Depois de dez minutos de jogo contra o Boston, temos nossa primeira *power play*. Todos os caras que estavam no bar na noite em que Darcy falou sobre seus modelos analíticos se entreolham.

Ela duvida de si mesma, mas eu não.

— Que tal se a gente mudar os times de *power play*? — sugiro para Ward no banco.

Ele ergue a sobrancelha e me lança um olhar demorado.

— Os times que escolhi meticulosamente e passei a temporada inteira treinando?

Volto um olhar de esguelha para Miller, cujos olhos brilham com curiosidade, antes de responder para Ward:

— Sim. Acho que a gente deveria tentar algo diferente.

Ward esboça um leve sorriso.

— Muito bem, Owens. O que quer fazer?

— Vamos trocar Volkov por Novotny. — Jayden Novotny é o zagueiro de segunda linha que Darcy sugeriu, que joga de maneira mais ofensiva do que Volkov. — E Miller por Lockwood.

— Quer tirar Miller do gelo durante uma *power play*?

Eu e Miller trocamos um olhar, e ele arqueia as sobrancelhas, sem oferecer nenhuma ajuda.

— Sim. — Aceno para Ward. — Quero.

— Miller? — Ward olha para ele. — Alguma observação?

— Não. — Miller sorri para nós. — Só animado para experimentar.

Ward balança a cabeça, um leve sorriso nos lábios.

— Acabem com eles, rapazes.

O time revisado assume a posição para o *face-off*, e apanhamos o disco. Novotny sai em disparada, driblando a defesa adversária enquanto o clamor das arquibancadas cresce.

Ele faz o arremesso, e o goleiro do Boston desvia. Há um "ah" coletivo de decepção momentânea antes de Lockwood apanhar o disco.

Restam vinte segundos no relógio de *power play*.

Ele passa para mim e faço o arremesso. Desta vez, o disco entra no gol deles. A arena vai à loucura e a sirene do gol toca enquanto nossos jogadores me cercam. Sangue pulsa nos meus ouvidos e olho para Darcy, sentada atrás da rede, sorrindo e comemorando.

"Viu?", minha expressão diz, e ela sorri ainda mais.

— Owens. — Ward entra no vestiário. — Bom trabalho hoje. Gostei do pensamento inovador na *power play*. — Ele balança a cabeça. — Não é fácil correr riscos assim, mas às vezes valem a pena.

— Não foi ideia minha. Foi da minha... — hesito, sem saber como chamá-la — ... colega de apartamento, Darcy. Ela é atuária e mexe em modelos analíticos por diversão.

— Por diversão — repete Ward, mas está sorrindo.

Dou uma risada.

— Pois é. Ela é formada em estatística e adora essas coisas.

— Está procurando emprego?

— Não sei. — Meu peito se agita. Darcy trabalhando para o time? Porra, seria demais! Aposto que gostaria bem mais do que do seu trabalho entediante em seguros. Talvez viajasse conosco para os jogos fora de casa. A ideia de ela se empolgar com o trabalho, sorrindo e fazendo o que ama, faz uma esperança crescer dentro de mim. — Você deveria perguntar para ela.

Ward fica pensativo e assente.

— Quem sabe não pergunto?

37

DARCY

No fim de semana seguinte, eu e Georgia saímos para fazer compras outra vez e ela me leva a uma loja discreta.

É um mar de lingerie. Aperto minhas sacolas de compras com mais força. Já comprei um par de saltos que são "pra provocar", segundo Georgia, e duas blusinhas do brechó favorito dela.

Vejo uma poltrona de veludo no fundo da loja, perto do provador.

— Vou ficar esperando ali. Não precisa ter pressa.

— Ah, não. Já vi suas calcinhas. — Ela me olha com pena, referindo-se à vez em que me ajudou com um zíper e usou a expressão "saco de batatas barato" para descrever minha calcinha. — Isto é uma intervenção.

Lanço um olhar magoado para ela.

— Qual é o problema das minhas calcinhas?

Georgia passa os olhos pelos fios dentais transparentes.

— Quer que eu responda isso ou quer se sentir bonita e gostosa? — Ela encontra meu tamanho e o entrega para mim antes de buscar entre os sutiãs do mesmo conjunto.

— Não preciso de calcinha cara para me sentir gostosa. — Minha cara arde quando penso na noite de ontem, quando acordei na cama de Hayden e rocei na sua ereção grossa.

Com um membro daqueles, não surpreende que ele não tenha problemas com as mulheres. Engulo em seco.

— Precisar não precisa — Georgia pondera enquanto passa os olhos por outras peças extremamente sensuais em que vou ficar ridícula, como uma criança brincando de se fantasiar. — Mas ajuda.

— Não acho que eu esteja pronta para transar. — Não comento que eu e Hayden nos beijamos na festa do elenco e que me senti mais do que pronta para isso.

— Lingerie não precisa ser para as outras pessoas. É para você. — A boca de Georgia se curva num sorrisinho maroto. — Ter um segredo dá poder. Às vezes, quando o russo está fazendo aqueles comentários maldosos ou olhando feio para os meus pés, penso: *o que estou usando por baixo faria os olhos dele se dissolverem.* — Ela fica olhando para o nada por um longo momento antes de voltar a si e sorrir para mim. — Experimenta algumas peças. Se não gostar, não precisa comprar.

Damos uma olhadinha pela loja silenciosa por mais alguns minutos, e começo a sentir um friozinho na barriga com a ideia de usar essas peças. Não sei por quê; até parece que alguém vai ver.

Talvez porque eu sinta que é outra forma de deixar meu antigo eu para trás.

Ou talvez porque, toda vez que considero uma das peças de renda, penso se Hayden ia gostar dela. Fico olhando por muito tempo para uma cinta-liga creme, imaginando suas mãos grandes abrindo os fechos minúsculos, e um arrepio desce pela minha espinha.

— Deve ser bom ter a casa só pra você quando os meninos viajam — diz Georgia.

O time está longe há cinco dias, viajando para jogos fora de casa e, não, não é bom ter a casa só para mim.

Sinto falta de Hayden.

— A gente dormiu na mesma cama — falo sem pensar.

A mão dela para sobre uma mesa antes de seus olhos interessados se voltarem para mim e um sorriso se formar na sua boca.

— Elabore.

— Porque minha janela emperrou.

Ela me lança um olhar incrédulo.

— Está me zoando?

— Sério — gaguejo, rindo. — Minha janela não estava fechando, e estava frio, e eu queria que ele tivesse uma boa noite de sono para o jogo e... — Eu me interrompo enquanto Georgia sorri ainda mais.

— Uhum. — Seu tom é carregado de incredulidade, e ela está sorrindo de orelha a orelha. — Você queria que ele tivesse uma boa noite de sono? Que gentil da sua parte.

Minha cara arde. Posso inventar mil desculpas, mas a verdade é muito óbvia: eu *queria* dormir na mesma cama que Hayden outra vez. Não paro de pensar no seu cheiro na manhã seguinte e na sensação do seu corpo duro e largo em volta do meu. A lembrança faz minha pele se arrepiar.

— E, hum... a gente acordou de conchinha e ele estava de pau duro e sem querer me rocei nele.

Penso nisso o tempo todo e a cena fica voltando à tona.

— Hum. — Georgia acena, satisfeita. — É disso que quero saber mais.

Ainda não usei o brinquedo que ele me deu. Se usar, vou pensar nele, e tenho medo do que vai acontecer depois. Vou gostar demais.

Dele eu já gosto demais. Talvez goste há muito tempo. Não sei direito.

Nossos olhos se encontram e algo na minha expressão faz a dela se suavizar.

— Ele é meu melhor amigo e meu ajudante, e existe um milhão de motivos por que não deveríamos nos envolver.

Ela faz um som pensativo de concordância relutante.

— Ainda estou tentando botar a cabeça no lugar. — "Ainda estou tentando me encontrar" é o que quero dizer, mas não sei como. — Não quero estragar isso.

— Hum — concorda Georgia, com um aceno compreensivo. — Sei como é. — Um sorriso tenso se forma na sua boca. — Os homens estragam tudo.

Há algo cortante na sua voz. Quero saber mais, mas ela me chama para o provador.

— Chega de enrolar — diz por sobre o ombro.

Quinze minutos depois, estou olhando para o meu reflexo no provador.

É a luz quente que me favorece e me deixa tão bonita. Ou o fundo da cortina grossa de veludo atrás de mim. Ou talvez seja o cheiro fresco e reconfortante de baunilha e limão-siciliano da loja.

Ou talvez seja simplesmente assim que fico de lingerie sofisticada. Uma sensação de orgulho e satisfação se espalha por mim enquanto respiro fundo, observando a curva dos meus seios subir sobre o sutiã. O roxo delicado das flores bordadas combina com o meu cabelo e o caimento é perfeito. O tecido é macio e luxuoso, como se alguém tivesse dedicado tempo e esforço para criar essa peça. Algo no meu peito se expande, crescendo e me deixando um pouco mais alta.

Acho que meus outros sutiãs são do tamanho errado, porque meus peitos não costumam ser assim.

— Sou uma gênia ou não? — Georgia diz do outro lado da cortina.

Embora eu não consiga nem imaginar, um dia vou precisar levar a sério a ideia de conhecer outras pessoas. "Um pegador é sempre tranquilo e confiante", a lista dizia, e usar algo assim por baixo da roupa com certeza me daria um impulso muito necessário.

"O que estou usando por baixo faria os olhos dele se dissolverem", Georgia disse hoje. Um arrepio me atravessa com a ideia de Hayden me ver com isso. Ou só de usar perto dele, sem ele saber.

Isso nunca aconteceria, mas é divertido considerar.

— Sim — grito em resposta, contendo um sorriso.

Saio do elevador no nosso andar ao mesmo tempo que Hayden está saindo do apartamento do outro lado do corredor.

— Obrigada pela ajuda, querido — nossa vizinha idosa, Greta, diz a ele antes de me ver e sorrir com simpatia. — Hayden estava me ajudando com as janelas mais altas que não consigo alcançar. — Ela acena para ele com orgulho. — Ele é um bom limpador de janelas.

Eu e Hayden rimos. O cara ganha milhões como um dos melhores jogadores de hóquei do mundo, mas não tem vergonha de limpar as janelas da vizinha idosa. Meu coração se aperta com carinho.

— Ele é *mesmo* um bom limpador de janelas — digo a ela com um sorriso.

— Que belo rapaz você tem aí. — Seus olhos se franzem com um sorriso. — Não se fazem homens assim com tanta frequência.

Hayden se ajeita, meio sem graça com o elogio, e eu abro um sorriso radiante.

— Pois é. Ele é raridade.

— Não deixa ele escapar. — Ela me dá uma piscadela antes de fechar a porta.

No corredor silencioso, eu e Hayden começamos a rir.

— Como foi seu voo? — pergunto, segurando a porta aberta. Ele chegou mais cedo em casa hoje.

— Tranquilo. — Hayden aponta para as minhas sacolas. — Fazendo mais compras?

— Eu e Georgia fomos depois do trabalho.

Ele faz um barulho satisfeito.

— Comprou o quê?

— Umas blusinhas, um par de sapatos. — E uma lingerie extremamente sexy sobre a qual *nunca* posso falar com ele.

Hayden se senta à ilha da cozinha enquanto coloco as bolsas no balcão.

— Me mostra.

Deixo de lado a sacola com a lingerie, que felizmente é só uma sacola de papel branca sem o nome da loja, e tiro as blusinhas que comprei. Ele observa com um sorriso interessado enquanto abro a caixa de sapatos, mas quando ergo um salto de veludo azul-claro, seu semblante se fecha.

— Georgia me convenceu a comprar. Sei que são diferentes do que costumo usar, e são de veludo, então só posso usar uns dois dias por ano aqui, mas... — Dou de ombros. — São meio que divertidos para a primavera.

E eu queria. Me senti sexy, adulta e elegante neles.

— Acho que esses sapatos são pra provocar. — Hayden olha fixamente para eles, com uma aspereza na voz que faz minha pele se arrepiar.

Um calor me atravessa.

— São, é? — Minha voz fica aguda. — Não sabia.

Ele engole em seco, piscando, e desvia os olhos.

— O que tem nessa sacola? — Quando pega a sacola de papel branco, um pânico me atravessa.

— Não, não...

Ele tira um sutiã balconette, creme com florzinhas roxo-escuras, bordadas com cuidado sobre o tecido leve, e eu fico paralisada ao ver a lingerie na sua mão forte.

Hayden passa um tempão só encarando a peça antes de colocá-la de volta na sacola. Nossos olhos se encontram; suas maçãs do rosto assumem um tom adorável de rosa; meu rosto está em chamas.

Dou de ombros com um sorriso envergonhado.

— Georgia me obrigou a comprar.

— Sim. — Ele passa a mão no cabelo e engole em seco. — É legal. Lingerie é legal.

— Me vestir tipo pegadora e tal.

Um músculo se contrai perto da têmpora dele e seus olhos me perpassam com um certo brilho. Será que está me imaginando usando isso?

Não, claro que não.

Hayden se levanta e olha de novo para a sacola de lingerie antes de desviar os olhos.

— Já jantou?

Faço que não.

Seus olhos cintilam, e ele arqueia as sobrancelhas para os meus saltos novos. A tensão se dissipa, e consigo respirar de novo.

— Vamos levar seus sapatos novos para dar uma voltinha.

38

HAYDEN

— As flores de cerejeira estão pra abrir. — Darcy ergue a cabeça para as árvores enquanto voltamos a pé do jantar.

Minha mente se volta ao sutiã de renda que tirei da sacola no apartamento. As flores bordadas eram minúsculas e delicadas, e muito lindas. Não consigo parar de imaginar como ela ficaria usando aquilo. Qual seria a sensação daquelas flores sob meus lábios enquanto dou beijos suaves nos seus seios, provocando-a.

É exatamente o tipo de coisa que eu lhe daria, se comprasse lingerie para ela.

O que não vou fazer.

Mas no que estou pensando e no que passei a noite toda pensando.

O que mais será que tem naquela sacola branca no apartamento? Uma calcinha combinando? Surge na minha mente a imagem dela deitada na minha cama, sorrindo para mim, usando o conjunto enquanto decido onde tocar primeiro. Darcy com uma lingerie que ela mesma escolheu, em que se sente sexy... é quase demais para suportar. Isso sem falar naqueles sapatos para os quais não paro de olhar a noite toda.

Nunca liguei muito para pés, mas, quando Darcy usa esses sapatos para provocar? Meu Deus.

Preciso sair de perto dela antes que eu faça alguma besteira. Preciso bater uma. Preciso dar outro beijo nela. Preciso parar de pensar nela porque estou perdendo a cabeça.

Darcy olha para mim com expectativa, e volto ao presente.

— Oi?

Ela ri, os olhos verdes brilhando sob a luz suave do fim de tarde.

— Falei que estava com saudade das flores de cerejeira de Vancouver.

Solto o ar.

— É. São... muito lindas.

Seu olhar fica em mim, as sobrancelhas franzidas de preocupação.

— Você está quietinho hoje. Está tudo bem com o hóquei?

— Tudo ótimo. — Meu sorriso é confiante e sedutor, mas ela semicerra os olhos como se visse a verdade.

— Está gostando de jogar no ataque?

— Estou, sim — admito. — Mas ainda não sinto que estou onde preciso estar. — Mesmo com o truque bobo de Miller para me motivar, tem algo errado. Um incômodo se crava no meu peito como uma farpa afiada. Mas pelo menos acabou a pressão da mídia em cima de mim e de Ward.

— Alguma coisa mudou no seu jogo contra o New Jersey. — Darcy inclina a cabeça enquanto ergue os olhos para mim. — Sua média de assistências diminuiu, mas você começou a marcar mais gols.

Meu sorriso é mais sincero, porque adoro quando ela deixa sua mente matemática aparecer. Aposto que também sabe as porcentagens exatas, mas está se segurando porque não quer parecer nerd.

Mas gosto quando ela é nerd. Darcy faz matemática parecer interessante.

— Ah, é? — Arqueio a sobrancelha, instigado. — Não acho que seja bem assim.

Seus olhos brilham de determinação.

— Sua taxa de assistência caiu vinte e nove por cento, mas sua média de gols aumentou 32,4 por cento. Se continuar assim na próxima temporada, vai estar entre os três principais artilheiros da liga.

Abro um sorriso satisfeito.

— Te peguei.

Ela revira os olhos, sorrindo.

— Você me enganou.

— Adoro quando fala de matemática comigo, gatinha.

Ela bufa.

— Era pra você estar me ensinando a seduzir, e não a afugentar os caras.

— Como assim?

— Não posso falar de estatística com outros caras — ela diz, como se fosse óbvio. — É entediante e esquisito. Pareço um robô.

Sinto um embrulho no estômago ao ouvir a expressão "outros caras".

— Falar sobre as coisas que você ama é atraente, Darce. Você deveria sempre falar de estatística nos encontros.

A palavra "encontros" tem gosto de areia na minha boca. "Encontros só comigo", eu adoraria acrescentar.

— Você é diferente.

Algo se aperta no meu peito.

Ela suspira.

— Os outros caras não querem saber disso.

— Outros caras como Kit? — pergunto, antes que consiga me conter.

Ela dá de ombros, o que não é bem uma resposta para mim.

Kit nunca se gabava sobre Darcy ser formada em estatística. As poucas vezes em que o vi apresentá-la a pessoas em eventos, ele se referia a ela como namorada, e pronto. Nada sobre ser atuária ou ter graduação em matemática ou adorar romance de fantasia ou ser a atual campeã de boliche entre nós três.

Ele não a tratava como uma pessoa independente.

— Ei. — Paro de andar e seguro seu punho.

O sol está se pondo, e a luz dourada se reflete no seu cabelo roxo-claro. Sob minha mão, o bracelete que dei para ela desliza entre nós. Darcy o usa todos os dias. Sinto uma dose de orgulho masculino possessivo, seguida pela vontade de lhe comprar mais joias.

— Você deveria falar de estatística nos encontros. Se ele achar esquisito, é um babaca inseguro, tá? Homens de verdade não se sentem ameaçados por uma mulher inteligente que sabe usar uma calculadora gráfica.

Darcy fecha os olhos e ri em silêncio. Sob os meus dedos, sua pele é muito suave.

— Faz anos que não uso uma calculadora gráfica.

— Tá, mas você saberia usar, não?

Ela sorri e revira os olhos.

— Pois é. Foi o que imaginei. Quer meu conselho? Espere por um cara que queira dar uma de TI-83 a noite toda com você.

Seu peito treme de tanto rir.

— Isso nem faz sentido.

— Não importa. — Balanço a cabeça e solto um suspiro pesado como se estivesse excitado. E estou mesmo, um pouco. — Mas, *nossa*, parece um tesão.

— Você é muito esquisito — ela diz, voltando a andar.

Solto seu punho, acompanhando seu ritmo tranquilo.

— Suas recomendações funcionaram no jogo na outra noite.

Os olhos dela se voltam para mim, arregalados, antes de Darcy balançar a cabeça, como se fosse bobagem.

— O time deu sorte.

— Não foi sorte. É o que você sempre fala sobre essas coisas, não? Não é sorte, é uma circunstância prevista. Você estava certa, Darce. Suas contas bateram.

Ela morde o lábio e, em silêncio, torço para que mude de ideia, esquecendo tudo que aconteceu no passado. "Tem razão, sou uma gênia incrível", diz ela na minha fantasia.

Um sorriso se forma na sua boca.

— Você ainda não me disse o que mudou.

— Miller disse que, se eu não marcasse um gol, ele armaria pra você ficar com um dos novatos. — Mesmo agora, os instintos protetores crescem dentro de mim. — Não de um jeito invasivo. Ele incentivaria algum deles a te chamar pra sair ou conversar com você no bar.

Os olhos dela cintilam, achando graça.

— Eles não têm, sei lá, vinte anos?

— Um tem dezoito.

Darcy ri.

— Por que eu sairia com alguém de dezoito anos? Seria tipo sair com meu irmão mais novo.

Um alívio me invade.

— Pois é, não sei por que ele achou que essa ideia funcionaria.

— Bom, funcionou. — Ela me lança um olhar incisivo.

Pensando agora, parece bobagem. Por que Darcy se interessaria por alguém que acabou de sair do ensino médio? Eu me obrigo a dar de ombros. Minhas orelhas ardem.

— Não queria que você ficasse sem graça.

— Hayden. — Ela me dá uma cotovelada de leve nas costelas. A forma como diz meu nome deixa meu sangue quente e grosso como mel. — Você é fofo demais às vezes, sabe?

— Não fala isso. — Meu peito se aperta, o coração batendo forte.

Ela me olha estranho, mas, quando diz coisas assim, com esse tom amoroso, erguendo os olhos para mim como se eu fosse mais do que um rostinho bonito e uma boa foda, sinto esperança.

É perigoso.

Darcy abre a boca para dizer algo, mas faz uma careta de dor, olhando para os pés.

— O que foi? Qual é o problema?

— Esses sapatos — explica, se abaixando para ajeitar a tira. — Machucam. Como Georgia usa sapatos assim o dia todo? Ela comentou algo sobre fita nos dedos, mas não tinha nenhuma lá em casa. — Ela volta a andar, mas a expressão de dor permanece.

Preocupado, coloco a mão no seu punho de novo, detendo-a.

— Você não pode andar, Darce. Vai ficar com bolhas.

— Já estou com bolhas. Não tem problema. Faltam só dois quarteirões pra chegar em casa.

Olho feio para os sapatos dela. Malditos sapatos sensuais, lhe causando dor. Eu poderia até pedir um carro de aplicativo, mas seria mais rápido ir a pé, e meus instintos estão me dizendo para levar Darcy para casa, para que possa tirar os saltos.

De costas para ela, eu me ajoelho.

— Pula.

— Quê? Não, estou bem.

— Não está. Seus pés estão doendo. — Vê-la com dor faz meu peito doer. — Podemos fazer isso do jeito fácil ou difícil.

— Qual é o jeito difícil?

Eu me levanto e a pego no colo, carregando-a como um bombeiro pela calçada, e ela treme de tanto rir. As pessoas olham, e uma senhora sorri para nós.

— Tá bom, tá bom! — Darcy dá um tapa no meu peito. — Vou cooperar.

Eu a ponho em pé e me abaixo, colocando as mãos sob suas coxas enquanto ela envolve meu pescoço com os braços. Seu toque é caloroso, e consigo sentir meu sorriso quando seu cabelo faz cócegas na minha nuca.

— Boa menina.

39

HAYDEN

Alguns minutos depois, Darcy destranca a porta do apartamento e eu a carrego para dentro.

— Pode me botar no chão agora — ela diz, dando risada.

Eu a carrego até o quarto e a coloco na cama antes de me ajoelhar no chão, levando as mãos à tira fina do salto.

— Não precisa... — Darcy começa, mas já tirei um pé do sapato e estou passando para o outro.

— Precisa de um Band-Aid? — Examino seu pé, os dedos ao redor do tornozelo delicado. — Sangrando não está.

Ela faz que não enquanto sua boca se curva num sorriso relutante, mas agradecido, e meu coração dá um salto.

— Você sempre cuida tão bem de mim...

Dou uma piscadinha para ela.

— É pra isso que estou aqui.

— Não só pra isso. — Seus olhos me percorrem, e minha pele se arrepia com a atenção intensa. — Sempre amo passar tempo com você.

Penso na lingerie que ela comprou, que vai usar para algum outro cara, e o impulso de tomar a iniciativa me percorre.

— Certo, boa noite. — Eu me levanto e jogo o edredom em cima da cabeça dela.

— São nove horas. — Darcy ri debaixo dele, empurrando-o para o lado, o cabelo todo bagunçado e adorável. — Está cedo demais pra dormir.

Fico apoiado no batente da porta. Deveria sair. Meus olhos se movem pelo quarto e pousam na caixa em cima da mesa. Apenas o canto está visível sob uma pilha de papéis.

Toda noite, fico deitado na cama, tentando ouvir aquele brinquedo, mas não o ouvi ainda. Não sei o que vou fazer *quando* o ouvir. Só de pensar nela usando aquilo do outro lado da parede faz meu sangue correr para a minha virilha.

— O que está achando do brinquedo?

Por que fui perguntar isso?

Darcy arregala os olhos, surpresa, e me encara antes de desviar o olhar.

— Não usei ainda.

Cai um longo silêncio.

— Fico intimidada — comenta às pressas, sem olhar para mim. Suas bochechas estão coradas de um jeito fofo. — Eu quero usar. É só que fico nervosa, sei lá. Besteira.

— Não. — Passo a mão no cabelo. — Não é besteira. Pode se sentir como se sente.

Nossos olhos se encontram antes de os desviarmos. Um longo silêncio. O sangue pulsa nos meus ouvidos.

— Talvez você possa ajudar — ela diz, e meu coração dispara. — Tipo, me dar umas dicas. — A linha da sua garganta se move enquanto engole em seco.

Olho para sua blusa, pairando sobre o decote, imaginando-a usando a lingerie de antes.

Não deveríamos. Não deveríamos *mesmo* entrar nesse território. Está ficando mais difícil para mim fingir que só estou fazendo isso por bondade no coração.

— É isso que você quer? — Tento respirar normalmente.

Darcy faz que sim, e meu coração dispara com nervosismo e expectativa.

— Mas quero te dizer uma coisa. — Ela franze as sobrancelhas e abaixa os olhos. A vulnerabilidade em sua expressão me faz querer envolvê-la nos braços e apertar com força. — Você é meu melhor amigo.

Meu coração bate forte no peito.

— Você também é minha melhor amiga, Darce.

— Sério? — Sua boca se ergue num sorriso extremamente fofo.

Não consigo segurar o riso. Como pode não saber? Passo todos os momentos livres com ela.

— Sim, claro.

— E não é o Kit? — Seu sorriso diminui um pouco, e sinto um aperto no peito.

Um sentimento frio e desagradável me percorre. Kit não se gabava dela. Não a valorizava. Ele a teve por anos e não a exaltou como ela merecia.

— Depois do que você me contou sobre o réveillon — admito, sentando-me ao lado dela na cama —, não quero alguém assim na minha vida.

Dizer isso em voz alta é um alívio.

— No Natal, quando ele foi pra casa em Ontário para visitar a família, e ficamos jogando video game e comendo chocolates? — Abro um sorriso de canto para ela, e sua boca se curva. — Não senti falta dele. — Meu mindinho se move alguns centímetros para tocar o dela. — Mas teria sentido a sua.

Eu nunca poderia ter admitido isso antes, nunca poderia ter reconhecido, porque teria sido muita babaquice da minha parte ter esses pensamentos sobre a namorada do meu amigo.

Mas ela não é mais a namorada dele.

Seus lindos olhos verdes se enchem de surpresa, e passamos um tempão nos olhando. Uma tensão paira no ar, e ela não afasta o dedo do meu.

— Se a gente fizer isso — Darcy começa a dizer, mordendo o lábio com um olhar inseguro, e meu pau se contrai —, pode ficar estranho depois.

— Concordo. — Aceno com força. É a última coisa que quero: uma mudança tensa e constrangedora na nossa amizade que acabe levando-a a sair e não nos falarmos mais. Meu pior pesadelo. — Não vai ser estranho. — Uma determinação arde dentro de mim. — Não vamos deixar isso acontecer.

Meus sentimentos que só crescem por Darcy? Vão ficar trancados exatamente onde estão.

— Só vou mostrar pra você como usar o brinquedo. — Meu olhar paira sobre sua boca linda e carnuda. — Podemos ser adultos em relação a isso.

— Total. — Sua garganta se move e ela morde o lábio inferior.

Lembro como foi beijar aquele lábio, puxá-lo com os dentes, e o gemido de prazer que ela soltou. Uma excitação me percorre, deixando meu corpo tenso.

— Você precisa estar aquecida.

— Aquecida? — Ela parece confusa.

Limpo a garganta.

— Excitada.

— Ah. — Sua respiração está mais ofegante que o normal? — Talvez assistir a algum pornô ou algo assim? — Ela esboça um sorriso e nossos olhares se encontram. — Você nunca me contou o tipo de coisa estranha que curte.

O casal que lembra a gente? Não posso lhe mostrar isso. Ela vai saber. Apesar desse fato, estou pegando o celular. Afinal, por que não deixar Darcy ter acesso a um pornô seguro e saudável?

— Tem um vídeo que talvez você goste. — Entro na minha conta do OnlyFans. Só sou inscrito numa página, então é fácil de encontrar. — É um casal casado. — Navego pelos vídeos até encontrar o que estou procurando. — Ela não goza nesse, mas curte. — Só de falar isso para Darcy, estou ficando duro. — É tudo focado nela. Talvez seja uma boa forma de começar.

Respiro fundo e observo seu rosto. Ela está nervosa, mas há um brilho intenso nos seus olhos.

— Parece uma boa. — Darcy engole em seco e ajeita o cabelo atrás das orelhas.

Aquele meu lado competitivo, atiçado pelo desafio idiota de Miller na outra semana no gelo, desperta. Ela quer aquelas experiências divertidas de encontro que estava perdendo? Vou tornar essa a mais memorável da sua vida.

— Não precisa gozar. — Minha voz é baixa, e meu coração bate mais forte quando nossos olhos se encontram. — Pode só curtir. É pra você.

— Claro. — Ela assente. — Ótimo.

— Pode mudar de ideia a qualquer momento. E sempre vamos ser amigos, aconteça o que acontecer.

Darcy acena, tranquilizada. Eu me sento ao lado dela na cama, me recostando na cabeceira, e apoio o celular entre nós sobre um travesseiro.

— Pronta?

Ela faz que sim, e aperto o play.

40

DARCY

Na tela, a mulher está deitada no colchão enquanto o homem afunda a cabeça loira entre as pernas dela, passando a língua de novo e de novo. A mão dela se enrosca no cabelo dele, a aliança de casamento cintila sob a luz fraca do fim da tarde.

— Não para — ela sussurra enquanto puxa o cabelo dele. O homem solta um gemido baixo e atormentado, os músculos das costas tensos, e um calor se espalha pelo meu ventre. Ela arqueia o corpo e, quando a mão dele desliza até o seio, brincando com um mamilo, sinto o mesmo calafrio de excitação percorrer o meu próprio corpo.

Olho de canto de olho para Hayden, que está deitado ao meu lado, assistindo. Eles se parecem com a gente. Não é apenas a cor do cabelo do cara, ou ele ser basicamente uma montanha de músculos definidos como Hayden, ou o fato de que ela deve ter o mesmo manequim que eu e que seu cabelo tem um tom parecido com o meu antes de eu pintar.

É a maneira como ele a toca com uma tranquilidade confortável, possessiva, mas amorosa. Me lembra como Hayden me beijou na festa do elenco, como se eu fosse sua e ele cuidaria de mim melhor do que ninguém.

Hayden assiste ao vídeo com atenção, as mãos entrelaçadas diante da barriga chapada. Sua respiração é descompassada, mas ele não move um músculo.

A mulher arfa de novo na tela e, ao mesmo tempo que meus músculos íntimos se contraem e uma umidade se forma entre as minhas pernas, sinto uma pontada de inveja. Quero isso, e quero que seja com Hayden.

Sei usar o brinquedo. O vídeo a que assisti, que tocou alto no bar, era claríssimo. O problema é que estou com medo de pensar em Hayden o tempo todo. Usar aquele brinquedo seria como dar um passo na direção de algo muito arriscado e complicado.

Perto do fim do vídeo, em vez de gozar, ela puxa o braço do homem, e ele sobe em cima dela, beijando-a com tanta doçura, tanta delicadeza, tanto amor. É tão terno e afetuoso que meu coração se aperta. É *esse* o tipo de pornô que Hayden curte? Pensei que seria algo rápido, intenso e frenético.

O vídeo acaba e nenhum de nós se mexe. Calor pulsa através de mim, acumulando-se entre as minhas pernas.

— Hayden? — sussurro, sem conseguir tirar os olhos da tela, mas mais do que ciente do homem deitado ao meu lado na cama.

— Oi? — Sua voz é rouca.

— Acho que estou bem. — Lambo os lábios. — Estou excitada agora.

Ele dá um aceno rápido, respirando fundo.

— Que bom. Tá. Legal.

Nós nos entreolhamos, uma tensão no ar, e mal consigo me segurar para não sentar em cima dele.

— Quer que eu saia? — ele pergunta em voz baixa, me observando com as pálpebras pesadas.

Faço que não. Seu olhar se intensifica.

— *Você* quer sair? — pergunto baixinho.

Olhando no fundo dos meus olhos, Hayden balança a cabeça.

— Não.

Meu coração vacila com a intensidade nos olhos dele, e me pergunto se, talvez, *talvez*, ele queira isso tanto quanto eu. Pela ereção impressionante marcando a frente da sua calça, sei que está excitado.

São apenas nossos corpos, digo a mim mesma. Claro que ficamos excitados depois de assistir pornô. Ainda podemos ser melhores amigos depois. Não vou perder a cabeça por ele.

Hayden se levanta e vai até a minha escrivaninha. Meu coração dispara enquanto ele desembala o brinquedo de costas para mim, os músculos se contraindo sob a camiseta. Ao trazê-lo para a cama, o colchão se afunda quando ele se ajoelha nela. O brinquedo rosa na sua mão é curvado como um U.

— Esta parte... — Ele indica uma ponta. — ... chupa o clitóris, e esta parte... — prossegue, apontando para a outra — ... vibra no seu ponto G. — Ele engole em seco. — E você pode ajustar as configurações com esses botões aqui.

Aceno e respiro fundo.

— Faz você. — No fundo do meu cérebro, a parte racional de mim está com os olhos arregalados, em pânico, sem saber por que estou brincando com fósforos e querosene assim, mas a ignoro. — Talvez você possa usar em mim — esclareço.

Acho que Hayden também não está respirando.

— Tem certeza?

Faço que sim. É o que quero. Um ardor cresce atrás do meu clitóris, e minha calcinha está molhada. E Hayden cheira tão bem e é tão gostoso e lindo e gentil e perfeito e é ele que eu *quero*. Só isso. Simples assim.

Quero que faça eu me sentir como a parceira do cara do vídeo.

Olhando nos olhos dele, desabotoo a calça jeans e a tiro.

— Porra — murmura Hayden, passando os dedos no cabelo e bagunçando-o.

Seu olhar é intenso e inebriado enquanto passa por minhas pernas e minha calcinha. Arrepios de desejo me atravessam. É o seu olhar turvo e excitado que me faz tirar a blusa e, agora, estou sentada na cama só de calcinha e sutiã. Os lábios de Hayden se entreabrem como se eu fosse a mulher mais gostosa do planeta.

É uma sensação poderosa, deixar Hayden Owens sem palavras.

— Você também deveria tirar sua camisa e sua calça — sussurro. — Eu ia me sentir mais à vontade assim.

Ele abre um sorrisinho e assente antes de tirar a camiseta. Observo todos os músculos do seu tronco saltarem e se contraírem com o movimento e, quando desafivela o cinto com as mãos fortes, outra onda de excitação me percorre.

— A gente pode parar a qualquer momento — ele diz, tirando a calça.

Meus olhos descem para o membro grosso torcendo a parte da frente da cueca boxer. Consigo imaginar como seria sentir aquele pau na minha mão, firme e pulsante.

— Eu sei.

— E não tem pressão pra gozar.

Aceno de novo, segurando o riso. Pela maneira como minha calcinha está molhada e pelo calor que se espalha no meu ventre, meu maior medo é gozar no segundo em que ele tocar em mim com o brinquedo.

Hayden passa os olhos por mim, deitada nos travesseiros, provavelmente com o cabelo bagunçado, antes de respirar fundo.

— Tão sério... — sussurro.

Ele bufa, um sorriso rápido se abrindo em seu rosto lindo.

Isso parece trazer de volta um pouco do Hayden que conheço, o cara brincalhão, simpático e divertido.

— Vou botar dentro da sua calcinha — avisa ele, olhando nos meus olhos e trazendo o brinquedo para mais perto de mim. Eu abro os joelhos.

Não acredito que estamos fazendo isso. Não acredito que isso é real. Ele passa um dedo sob a lateral da calcinha e encosta o brinquedo em mim e, por instinto, arqueio as costas quando a sensação dispara pelo meu corpo.

41

DARCY

Hayden para com o brinquedo quase sem tocar meu clitóris, o foco de toda a minha consciência.

— Fala comigo, Darce.

— Está bom — consigo dizer, o abdome e as coxas se tensionando. Meu clitóris arde de tesão. Acho que os dedos dos meus pés estão se curvando. — Está bom. Estou bem.

— Tem certeza?

— Uhum — respondo, gemendo.

Ele enfia a outra ponta do U dentro de mim, e meus olhos se fecham, meus lábios se entreabrem, e aperto o edredom enquanto a pressão e a distensão do brinquedo fazem um calor me percorrer. Faíscas se formam no meu ventre. O brinquedo nem está ligado, e meu orgasmo já está próximo.

— Você está molhadinha — sussurra Hayden com reverência, olhando entre as minhas pernas, o maxilar tenso. Estou quase toda coberta pela calcinha, mas há uma mancha úmida no tecido, e seu peito largo sobe e desce rápido enquanto a observa. Seus olhos se voltam para mim, e sinto outra pulsação de calor. — Como está se sentindo?

— Apertada.

Hayden deixa escapar um gemido grosso e atormentado, e seus olhos se fecham por um breve momento.

— Vou ligar a sucção.

Aceno e, quando ele aperta o botão, um zumbido baixo começa. Consigo sentir, mas não está centrado no meu clitóris. Franzo as sobrancelhas.

— Acho que não está no lugar certo.

Hayden esboça um sorrisinho.

— Eu sei.

Ele desliza a sucção num círculo lento ao redor do meu clitóris, sem nunca tocar o feixe de nervos sensível onde preciso. Outra onda de calor me percorre ao perceber que está me provocando.

— Você precisa aprender a ser paciente. — Sua voz é rouca.

Minha pele se arrepia. Cadê meu Hayden doce e divertido, e quem é essa versão dele que me diz o que fazer?

— Confia em mim — acrescenta ele e, quando nossos olhares se encontram, uma corrente elétrica percorre meu corpo.

Não sabia que Hayden era capaz disso, mas gosto muito, muito mesmo. Ele circunda meu clitóris, provocando-me mais e mais. Não sei se pedir para ele usar o brinquedo em mim foi a melhor ou a pior decisão da minha vida. A vibração da parte que está dentro de mim ainda não está ligada, mas sinto leves pressões prazerosas na minha parede frontal. O prazer se espalha pelos meus músculos, crescendo e tensionando.

— Você está encharcando o brinquedo — murmura Hayden, observando o movimento entre as minhas pernas. Com a outra mão, ele se apoia na cama.

Sinto o impulso de pegar sua mão e puxá-la para o meu peito, para que ele possa me tocar por inteiro.

— Mais — digo, ofegante.

Ele arqueia a sobrancelha, e seu lado presunçoso vem à tona de uma forma mais sombria do que já vi.

— É?

Contraio os lábios com força, contorcendo-me contra o brinquedo em busca de mais pressão.

— Por favor.

Sua boca se ergue num sorriso inebriado.

— Acho que você já foi bem paciente — ele diz com um murmúrio baixo e, virando o brinquedo, pousa a sucção no meu clitóris.

Cerro os dentes com a força intensa do prazer entre as minhas pernas.

— Ai, Deus — sussurro, arqueando as costas com seu toque.

— Está gostando, né? — Hayden ainda está com aquele sorriso presunçoso, o olhar se alternando entre mim e o brinquedo, pousando em tudo no caminho: meus seios, meus mamilos empertigados e ardentes sob o sutiã fino, minha barriga, minha calcinha.

Faço que sim, tentando manter os olhos abertos. Consigo sentir minha expressão de desejo desesperado. Meu Deus, que intenso! Nunca foi assim, nem sozinha, nem com Kit.

— Me fala que está bom, Darcy.

— Está bom. — Meu quadril se empina na direção do brinquedo, e meus pensamentos se resumem ao calor e à pressão entre as minhas pernas. — Está muito bom.

— Meu Deus do céu. — Há um ponto molhado na frente da sua cueca boxer. A ideia de deixar Hayden babando com isso aumenta ainda mais a pressão dentro de mim.

Queria poder ver seu pau. Queria poder tocar nele. Queria que fossem os seus dedos dentro de mim agora e a sua língua rodeando meu clitóris.

Os olhos de Hayden encontram os meus, brilhantes e ardentes.

— Vou ligar a outra parte agora.

Ai, meu Deus, isso vai me matar. Tenho certeza. Ele aperta o outro botão e um zumbido baixo e intenso começa na minha parede frontal. A pressão no fundo do meu ventre duplica, triplica, expandindo-se e crepitando, deixando minhas pernas tensas e trêmulas. É quase insuportável a sensação quente e eletrizante lá embaixo.

— Gosta disso? — Sua voz é áspera enquanto me observa com atenção, e sua testa está molhada de suor.

— Estou muito perto — gemo.

— Do que você precisa?

— Toca em mim — respondo, ofegante. — Preciso das suas mãos em mim.

Hayden solta um som baixo e satisfeito do fundo do peito, e sua mão pousa na minha coxa, passando sobre a minha pele com um movimento voraz e possessivo. Ele vai subindo pelo meu quadril, minha barriga, sobre o tecido do meu sutiã até seus dedos apertarem meus mamilos contraídos de desejo. Sinto a tensão entre as pernas como uma corda.

Meus dedos dos pés se curvam. O brilho ardente e fascinado nos olhos de Hayden, a maneira como seus bíceps se contraem e se flexionam, o tom rouco da sua voz, tudo se combina para me levar mais perto do clímax. Até a suavidade do edredom embaixo de mim é demais agora.

Hayden olha para mim como se este fosse o melhor momento da sua vida, como se não conseguisse acreditar que isso está acontecendo. Como se fosse lembrar de cada segundo disso.

— Vai gozar com o brinquedo que comprei pra você, linda?

Não há dúvida de quem manda aqui, e fico surpresa com o quanto estou curtindo. Faço que sim.

— Acho bom.

O tom dominador e presunçoso da sua voz, somado à satisfação nos seus olhos, me leva ao limite, e me desfaço. Meus músculos se contraem no brinquedo, e Hayden geme. Ondas de prazer me atravessam enquanto arqueio as costas e, quando estendo a mão, ele entrelaça os dedos nos meus, apertando.

— Hayden. — Minha voz é fina, e o pouco que sobra da minha consciência nota como sua mão é quente, como é bom sentir seu toque dessa forma.

— Meu Deus, adoro ouvir você gemer meu nome assim.

Estou surtando, olhando nos seus olhos para me ancorar enquanto meus nervos disparam, e pulsações urgentes e desesperadas me fazem tremer toda. E, quando meu clímax finalmente começa a diminuir, Hayden também diminui a intensidade do brinquedo.

— Mais um pouquinho — provoca ele, reduzindo ainda mais a sucção e a vibração durante os últimos espasmos. — Até onde você aguentar.

Faço que sim, fechando os olhos enquanto ele prolonga meu orgasmo com o brinquedo e solta um som satisfeito.

— Boa menina — murmura, e um calor se espalha por mim. Ele desliga o brinquedo e o tira de dentro com cuidado, e me afundo no edredom com um suspiro saciado.

Uma preocupação me atravessa quando Hayden sai da cama para guardar o brinquedo. Mas, quando volta à cama e se deita ao meu lado, relaxo.

— Vem cá. — Ele me puxa para o seu peito, e inspiro fundo o cheiro delicioso e inebriante de Hayden Owens. — Bom trabalho — murmura na minha têmpora.

Solto uma risadinha.

— Você que fez todo o trabalho.

— Acho que o nosso amigo, o *G-Spot Banger*, é o verdadeiro craque do jogo hoje.

Sorrio em seu peito firme e engulo a verdade: eu nunca teria gozado tanto se não fosse por ele aqui, me provocando, me observando, fazendo com que eu me sentisse tão desejada e desesperada.

Eu não gostaria de fazer isso com ninguém além dele. Não consigo me imaginar tendo essa experiência com um cara que acabei de conhecer.

Eu me afasto para olhar nos seus olhos.

— Não foi estranho, foi?

Vejo algo que não consigo identificar em sua expressão antes de ele negar com a cabeça.

— Não, não foi estranho — ele diz baixinho. Sua mão desliza pelo meu cabelo e, embora não seja uma situação romântica e não tenhamos *isso*, apoio a cabeça em seu peito, ouvindo seu coração bater.

Meu olhar pousa na sua ereção considerável, e meus pensamentos ficam obscenos e depravados. Como seria sentir seu pau entre os meus lábios? Ele soltaria mais daqueles gemidos grossos? Ficaria olhando e fazendo aquilo de cerrar o maxilar que faz às vezes?

Passo os dedos por seu peito e seu tanquinho perfeito, e sua respiração falha. Mas, assim que estendo o braço na direção do elástico da cueca, sua mão envolve meu punho, quente e firme.

— Hoje não. — Hayden puxa a minha mão de volta ao seu peito. — Hoje foi pra você.

Ele engole em seco, o olhar ainda fixo no meu. Parece estar se segurando para não falar mais. Em vez disso, puxa o edredom para nos cobrir, mantendo-me ainda colada ao seu peito.

— Vai dormir — sussurra em minha têmpora, e fecho os olhos.

Sua rejeição machuca, mas é melhor assim. Se a gente transar, vou me apegar. Me apaixonar por um pegador seria um jeito fantástico de ter meu coração despedaçado, e a ideia de estragar tudo com Hayden é terrível demais para correr esse risco.

42

HAYDEN

Depois que a respiração de Darcy se acalma, eu a tiro de cima de mim com cuidado e saio da cama, seguindo para o banheiro da minha suíte. Fecho a porta atrás de mim e chupo o orgasmo de Darcy nos dedos, meus olhos se fechando enquanto um gemido ameaça subir pela minha garganta.

Puta que *pariu*, o gosto dela. Estou tão duro que chega a doer. Não consigo pensar direito. Não paro de pensar nos barulhos que ela fez, na ruguinha de agonia entre suas sobrancelhas enquanto gozava, e em como gemeu meu nome.

Recusar a oferta dela foi a coisa mais difícil que já fiz na vida, mas não parecia certo aceitar sem dizer o que estou sentindo, o que sinto há muito tempo.

"Não foi estranho, foi?", perguntou ela.

Solto um suspiro, apoiando as mãos na bancada para recuperar o fôlego. Essa experiência acabou de mudar toda a minha vida, mas não, não foi estranho. Foi exatamente o oposto.

Parecia mais certo do que qualquer outra coisa. Era o que deveríamos estar fazendo há anos.

Ergo a cabeça, encontrando meu olhar no espelho. Já estou envolvido, e não há como voltar atrás.

— Você está fodido — sussurro para o meu reflexo.

Depois de um banho rápido e um orgasmo insatisfatório que acontece em tempo recorde, volto ao quarto de Darcy. Ela ainda está dormindo profundamente, respirando baixo com o cabelo esparramado sobre o travesseiro.

Eu deveria voltar para o meu quarto, mas, em vez disso, me deito ao lado dela. Dormindo, ela suspira e se aconchega em mim, relaxando, e meu coração bate forte algumas vezes.

A relação entre mim e Darcy precisa mudar, mas tenho medo de dar tudo errado.

43

HAYDEN

— Caramba, Owens, você está com tudo hoje — Miller grita em meio ao clamor dos torcedores, rodeando meu pescoço com o braço e me sacudindo enquanto rio.

Faltando dez segundos para o fim do jogo contra o Washington, acabei de marcar meu terceiro gol da partida, um *hat-trick*. Meu olhar se volta para Darcy, que está sentada atrás do gol com Pippa e Hazel, e meu coração sobe pela garganta. Ela está em pé, vibrando e sorrindo para mim.

Não consigo parar de pensar no que fizemos ontem à noite.

— O que deu em você hoje? — Volkov pergunta, com um sorriso curioso na boca. — Está diferente.

Dou de ombros, balançando a cabeça.

— Acho que só estou me sentindo bem.

Não estou só me sentindo bem; estou me sentindo *ilimitado*. Os gols são todos meus. Aquela sensação de dominação que senti me impulsionando na noite passada? Corre nas minhas veias, aguçando meus sentidos.

E não é que gosto de estar no controle?

— Aconteceu alguma coisa de novo — afirma Miller depois que o jogo acaba e saímos do gelo para os vestiários.

Porra, e como aconteceu! Abro um sorrisinho presunçoso de orelha a orelha.

— Não sei do que está falando.

Ele me observa com um sorriso.

— Entre você e Darcy. Aconteceu alguma coisa. Está na cara.

Sou atingido por outra onda daquela sensação forte e protetora, a mesma que me atravessou ontem à noite quando estava com o orgasmo de Darcy na mão, enquanto a guiava e a conduzia para mais perto dele, adiando e provocando até que ela mal conseguisse aguentar mais.

— Estão juntos agora? — Volkov pergunta ao entrar no vestiário atrás de nós.

Dou de ombros e sorrio.

— A gente está só se divertindo.

Mais do que me diverti na vida. Morar com Darcy é bem melhor do que eu imaginava, e não vou estragar tudo.

— Ah, vá.

Uma frustração cresce dentro de mim.

— Você não entende.

— Entendo, sim. — Volkov me olha feio. — Toma uma atitude, ou algum outro cara vai tomar.

Essa relação entre mim e Darcy é muito frágil. Não posso apressar as coisas.

— Ela não está interessada nos novatos. Disse que eram moleques demais para ela.

Eu e Volkov nos encaramos. O ar está carregado, e meus músculos se tensionam. Suas narinas se alargam.

Esse maluco. Sempre acha que sabe de tudo.

— E se eu a chamasse pra sair?

— Quê?

— Você disse que ela não quer sair com um moleque. — Ele me lança um olhar cheio de desafio, e o meu lado competitivo desperta. — Não sou um moleque e sei exatamente o que estou fazendo.

Um instinto protetor me percorre. Pensar nos dois juntos faz meu sangue ferver.

— Deixa disso, Volkov.

— Acho que não vou deixar, não. — O canto da boca dele se ergue, mas seu sorriso não é amigável; é condescendente e presunçoso e, pela primeira vez, quero meter a porrada nele. — Que foi, não confia em mim? — Seu tom é leve, quase brincalhão, mas há algo cortante em seus olhos.

— Ela nunca aceitaria.

Não está interessada em Volkov. Já teria comentado se estivesse.

Certo?

Ele me lança um olhar arrogante.

— Por que não deixamos ela decidir?

44

DARCY

Alguns dias depois, estou a caminho do consultório de Georgia na arena quando ouço alguém chamar meu nome atrás de mim.

— Oi, Darcy. — O treinador Ward se aproxima tranquilamente a passos largos. Ele me abre um sorriso simpático, franzindo os olhos.

— Oi. — Olho para ele, pensando que vai seguir reto, mas Ward para e continua a me lançar um olhar que parece ter a intenção de fazer eu me sentir à vontade.

— Tem um tempinho?

Olho para o fim do corredor, onde fica o consultório de Georgia. Estou alguns minutos adiantada.

— Tenho?

Como ele sabe quem eu sou?

— Ótimo. — Ward faz sinal para que eu o acompanhe de volta pelo mesmo caminho por onde veio. — Vamos conversar lá na minha sala. — Ao ver minha expressão hesitante, sorri. — Não vai demorar muito. A dra. Greene comentou que vocês vão almoçar, então não vou te atrasar.

Penso nos jogos dessa semana e como as sugestões de *power play* que fiz estão surtindo efeito. Não era para dizerem que as sugestões eram *minhas*. Quem sou eu? Não passo de uma garota aleatória brincando no computador. E agora Ward vai me colocar no meu lugar.

Um nó frio de preocupação se forma no meu estômago enquanto o sigo como se estivesse indo para a diretoria.

Vai ser como ser demitida de novo. Não vou poder ir aos jogos e me sentar na primeira fileira depois disso.

Ele segura a porta de vidro da sua sala e faz sinal para eu entrar.

— Você trabalha como analista na Eckhart-Foster, certo?

— Isso. — Eu me sento numa das poltronas na frente da mesa dele, o coração começando a acelerar.

— E se formou em estatística pela Universidade da Colúmbia Britânica. — Ward se senta e me observa com uma expressão pensativa. Na sua escrivaninha, há um porta-retrato com a foto de uma garotinha sorrindo amplamente e de marias-chiquinhas. — Com distinção.

Engulo em seco. Como ele sabe tudo isso? Vai me processar ou coisa assim?

— Você vai fundo na pesquisa.

Seu olhar se suaviza.

— Você também. Me conta mais sobre os seus modelos analíticos.

Acho que a melhor estratégia é ser o mais direta possível.

— São só por diversão, e falei isso para os meninos. São todas informações públicas do site da liga e dados dos jogos. Nada confidencial. Não estou lucrando com isso, nem vendendo, nem compartilhando com mais ninguém. — Minha cara arde, e quero me afundar no chão. — Não era pra ser usado. É só algo em que gosto de mexer no meu computador. Gosto de usar dados históricos pra ver se consigo prever o futuro. Nunca quis que ninguém descobrisse. Falei pra eles que não tinha sido checado.

Ward fica em silêncio enquanto espera que eu termine.

— Desculpa — acrescento, desviando o olhar para minhas mãos no meu colo.

— Por quê?

— Porque não sou nenhuma especialista e, mesmo assim, estou mexendo com a vida das pessoas e não faço ideia do que estou fazendo.

Ele franze a testa com preocupação.

— Parece que você sabe, *sim*, o que está fazendo. Que é, *sim*, uma especialista.

Isso é alguma brincadeira? Ficamos olhando um para a cara do outro, ele com uma expressão estranha que não consigo decifrar, erguendo a boca num sorriso divertido.

— Não estou entendendo.

— Venha trabalhar para o time.

Fico olhando para ele por um longo momento.

— Quê? — pergunto, finalmente.

Ward ri.

— Adoraria que você entrasse para o departamento de análise do Vancouver Storm.

Pisco de novo.

— Por quê?

Ele sorri.

— Porque, Darcy, você não só é claramente inteligente e talentosa, mas fazer algo assim de graça e por diversão significa que tem paixão pelo que faz, e isso é parte importante da equipe que estou formando.

Eu me imagino trabalhando para o time como analista e mexendo nos meus modelos de hóquei todos os dias. Trabalhar para Ward já parece muito melhor do que para o meu chefe atual, que se importa mais com os lucros do que com os próprios funcionários. Entendo por que Hayden e os outros jogadores gostam tanto dele.

E seria divertido passar o dia todo trabalhando com estatísticas de hóquei, descobrindo novos padrões nos dados.

— Nosso departamento de análise consiste em três jogadores de hóquei aposentados — continua Ward. — Ninguém com sua experiência analítica. Você seria um reforço de peso para o time. — Suas sobrancelhas escuras se erguem. — Agregaria muito. Eles estão bem ansiosos para ter você na equipe.

— Eu seria a única analista de estatística?

— Isso. — Ele menciona um salário generoso, mas mal ouço.

— Então todo mundo dependeria dos meus números? — Ser a única analista é o exato oposto do que quero. A pressão seria dez vezes maior.

Ele arqueia a sobrancelha.

— O departamento de análise trabalha em equipe.

— Mas ninguém checaria meus números. — A pressão cai como um peso no meu peito, e é difícil respirar direito.

Ward abre a boca para dizer alguma coisa, mas já estou em pé.

— Já tenho um emprego. — Meu sorriso vacilante é educado, mas firme. — Mas obrigada. Agradeço muito.

Ele me observa como se eu fosse algo curioso antes de acenar com a cabeça.

— Certo. Se mudar de ideia, sabe onde me encontrar. A porta está sempre aberta.

— Claro — digo, sabendo muito bem que não vou passar por *aquela* porta de novo.

Antes de sairmos para almoçar, eu e Georgia passamos pelo rinque, onde os jogadores estão fazendo uma pausa durante o treino. Ela fala com um deles no banco sobre alguma coisa, e Hayden conversa com Alexei e Rory no gelo. Ao me ver, ele se aproxima com um sorriso tenso.

Sou invadida por lembranças da outra noite com ele e o brinquedo, e calafrios descem pelos meus braços. Nunca gozei tão intensamente.

Quando tentei tocar nele depois, Hayden me deteve. Porque não estamos num relacionamento. Ele só estava me ajudando.

— Oi. — Hayden para na minha frente no gelo, os olhos me percorrendo com curiosidade.

Não conversamos sobre o que aconteceu, mas estou tentando agir normalmente para mostrar que não vou me apegar.

— Eu e Georgia vamos almoçar e ela precisava dar uma passadinha aqui pra deixar uma receita — explico, olhando para ela a alguns passos da gente.

— Claro. — Ele acena antes de voltar a olhar para mim. — Como está sendo seu dia?

— Bom. E o seu?

Hayden acena de novo, abrindo um sorrisinho.

— Bom.

Penso em como foi gostoso acordar ao lado dele na outra manhã e em como estava descansada depois de dormir com ele a noite toda.

Mordo o lábio.

— Ward me ofereceu um emprego.

Hayden arregala os olhos e abre um sorriso orgulhoso.

— Sério? Que demais, Darce!

— Não vou aceitar, claro.

— Por que não? — Ele se apoia na borda do rinque, focado em mim, e sinto um friozinho na barriga. Sua atenção é muito inebriante.

— É só que... — Não quero falar do passado de novo. — Acho que não é pra mim.

Os lábios de Hayden se abrem como se quisesse discutir, mas Alexei patina até parar ao nosso lado.

— Darcy. — Ele me cumprimenta com a cabeça, e relaxo com a interrupção.

— Oi. — Abro um sorriso rápido para ele.

— Certo, pronta pra ir. Obrigada por esperar — Georgia diz, parando ao meu lado antes de olhar para Alexei. — Ah. Você de novo.

Ele arqueia a sobrancelha riscada por uma cicatriz.

— Por que eu não participaria de um treino regular?

Ela dá de ombros.

— Imaginei que você precisasse de mais repouso que os outros jogadores.

O olhar que Alexei dispara contra ela é completamente gélido antes de voltar a atenção para mim.

— Gostaria de falar com Darcy em particular por um momento.

Ao lado dele, as narinas de Hayden se alargam. Acho que nunca vi isso acontecer.

— Por quê?

Alexei sustenta o olhar dele, e há uma tensão estranha entre os dois.

— Quero perguntar uma coisa pra ela.

O maxilar de Hayden se contrai.

— Não sei por que não pode perguntar na minha frente.

Os dois se encaram pelo que parece uma eternidade. Eu e Georgia trocamos um olhar confuso.

— Está bem. — Alexei se vira para mim e, embora não dê para chamar sua expressão de sorriso, ela se suaviza, como se ele estivesse fazendo um esforço para não me intimidar. Ele limpa a garganta. — Darcy, acho que a gente deveria sair.

Cai um longo silêncio tenso e, pela segunda vez no dia de hoje, me pergunto se ouvi direito. Georgia solta uma risada brusca enquanto Hayden lança um olhar fulminante para Alexei.

— Sair? — repito.

— Sair — confirma Alexei, mantendo o olhar no meu rosto.

Meu queixo cai de surpresa, e fico olhando para a cara dele.

Sempre gostei de Alexei. No gelo, ele defende os companheiros de equipe com unhas e dentes, mas nunca vi um pingo daquela agressão masculina fora do hóquei. Seu comportamento é calmo, atento e forte, como um abeto gigante. Por trás de seu exterior imponente e das linhas duras do rosto, sei que, no fundo, é gentil, tranquilo e leal aos amigos.

Posso ter dito para Georgia que Alexei tem uma certa beleza assustadora, mas não tenho nenhum sentimento romântico por ele. Olho para Hayden, mas sua expressão tensa não me revela nada.

Penso de novo no que fizemos na outra noite e em como foi bom acordar com ele.

"Nunca se apegue", dizem as regras de como ser pegador. Acho que estou começando a me apegar, mas não quero que Hayden saiba disso.

Além do mais, treinar com outras pessoas é o próximo passo lógico. Não posso continuar tendo encontros com meu ajudante para sempre. Não tem como acabar bem.

— Não estou procurando nada sério — digo a Alexei, olhando nos seus olhos.

— Também não.

Georgia murmura algo ao meu lado que não consigo ouvir, e Hayden está parado como uma estátua, observando-nos.

— Beleza. — Aceno para Alexei. — Vamos sair.

Hayden fica tenso e volta os olhos para mim.

— Não precisa sair com ele, se não quiser.

— Eu sei. — Abro um sorriso tranquilizador para mostrar que não me sinto ameaçada nem intimidada por Alexei. — Estou animada.

Hayden respira fundo e, nos seus olhos, vejo algo que faz meu coração bater mais forte. É a mesma possessividade que vi na outra noite, quando me provocou com o brinquedo.

— Quatro é par — ele diz, empertigando-se.

— Tem certeza de que quer fazer isso? — Alexei pergunta.

— Absoluta — Hayden responde com firmeza. Ele olha para Georgia. — Georgia? Quer sair comigo?

Alexei franze as sobrancelhas.

— É um conflito de interesses.

— Ela não é *minha* médica — Hayden retruca. Os jogadores são divididos entre os dois médicos do time. — E também não é a sua. Certo, Georgia? — pergunta para ela. — Não é um conflito de interesses, porque nenhum de nós é seu paciente.

Todos ficam em silêncio, esperando a resposta dela.

— Eu deveria dizer não pra esse drama — Georgia murmura para mim —, mas também acho que pode ser interessante. — Ela me olha de canto. — O que acha?

Não acho que ela tenha nenhum interesse romântico por Hayden, mas, mesmo assim, sinto um nozinho no estômago só de pensar. Ele não é meu, porém.

— Acho que vai ser divertido.

Georgia sorri para mim.

— Ótimo. — Então acena para Hayden. — Combinado, Owens.

— Ótimo. — Ele me olha de relance.

Alexei alterna o olhar entre nós, a expressão incompreensível.

— Ótimo.

— Ótimo — digo, sem entender o que acabou de acontecer.

45

HAYDEN

Na noite do encontro duplo, apoio a mão no batente da porta do quarto de Darcy, observando-a se arrumar.

Ela está espetacular, com o cabelo solto e lindo caindo sobre os ombros e usando uma blusa no tom das rosas que comprei para ela no Dia dos Namorados. E é para *ele*. Inflo as narinas.

Hoje cedo, vi a lingerie que ela comprou pendurada no banheiro para secar, mas, quando passei meia hora depois, não estava mais lá.

Darcy está usando a calcinha para um encontro com *ele*. Eu deveria apoiar, mas só sinto náusea e raiva.

— Ei. — Ela me nota. — Você está bonito.

— Valeu. — Vamos a um restaurante informal hoje, então estou de calça jeans, camiseta e um suéter de lã que Darcy comentou uma vez que...

— Esse tom de azul faz seus olhos parecerem o mar. — Ela sorri para mim.

— Eu sei. — Sinto que não consigo respirar. — Lembro bem.

— Hum — responde ela, sorrindo de novo e se virando para o espelho enquanto passa as mãos no cabelo. Desde que o tingiu, ela o deixa mais solto, como se estivesse orgulhosa e quisesse exibir o cabelo.

Quando olho para a sua roupa, um músculo se contrai no meu peito. Essa calça jeans envolve sua bunda em todos os lugares certos. A blusa vermelha que está usando? É justa ao redor da cintura e do peito, mas mais larga nas mangas. Minhas mãos se encaixariam perfeitamente na curva da sua cintura.

Sei o que Volkov está fazendo. Ele a chamou para sair hoje para me deixar com ciúme. Não sente nada por ela. Mas nenhum homem que a visse nessa roupa seria capaz de manter as mãos longe dela. E talvez hoje seja a noite em que ele mude de ideia.

Darcy observa a minha expressão.

— Que foi?

— Você vai vestida assim?

Seu sorriso murcha e seus olhos se voltam para o espelho, inseguros. Fico com raiva de mim mesmo. Meu tom acusador me faz parecer um babaca controlador.

— Não, droga. Desculpa. — Aperto a ponte do nariz. — Me expressei mal. É só que é diferente de como você costuma se vestir. — Aponto para a blusa. — Vermelho — acrescento, porque sou um idiota que não consegue pensar em palavras.

Ela arqueia a sobrancelha para o reflexo.

— Diferente de um jeito ruim?

— Não — me apresso em dizer. — Você está linda. Como sempre.

Ela sorri, e algo doce aperta meu peito. Há uma faísca em Darcy nesses últimos dias, uma luz se acendendo dentro dela.

Nossos olhos se encontram, e há muito que quero dizer. "Não se arrume para ele; se arrume para mim", para começar. "Vamos ficar em casa para eu poder ter você só pra mim", talvez. Ou até mesmo: "É uma tortura ensinar você a sair com outros caras".

O celular dela vibra, e desvio o olhar, a sensação incômoda crescendo dentro de mim. Volkov insistiu em buscar Darcy aqui em vez de nos encontrar no restaurante.

— Alô? — ela atende, abrindo um sorriso para mim. — Oi. Quer que a gente desça? — Então ouve por um momento. — Tá legal. Até já.

Darcy libera a entrada dele e coloca o celular no bolso de trás antes de revirar a bolsa de maquiagem.

— Você... — Passo a mão no cabelo. — ... tem alguma pergunta sobre hoje? Quer alguma dica?

Ela balança a cabeça, passando um batom que combina com a blusa. Eu me concentro no movimento, fascinado enquanto Darcy passa o aplicador nos lábios carnudos.

— Não. Me sinto bem à vontade com Alexei. Não estou preocupada.

Aquela energia tensa e possessiva me atravessa, e cruzo os braços diante do peito para esconder os punhos cerrados.

— Confortável. Ótimo.

— Todas as suas aulas estão valendo a pena. — Ela lança um olhar hesitante para mim. — Você está bem? Estava estranho essa semana inteira.

Engulo em seco. Passei a semana toda inquieto pensando sobre hoje. Apreensivo. Alternando entre arranjar uma desculpa para cair fora, para não ter que ver ela apontar sua luz cintilante para Volkov, e me convencer de que vai ser pior se eu ficar em casa, esperando e especulando.

Quando não estava pensando sobre o encontro, estava pensando sobre os sons que ela faz ao gozar. O jeito como olhou para mim na fração de segundo antes do orgasmo, os lábios entreabertos e os olhos se arregalando de surpresa como se não pudesse acreditar. Como apertou minha mão e como aquela foi a experiência mais íntima da minha vida.

— Estou bem. — Eu me forço a abrir um sorriso tranquilizador. — Não dormi muito bem essa semana.

Nossos olhos se encontram e, pela forma como sua expressão fica turva, me pergunto se está pensando sobre as vezes em que acordamos juntos. Tenho o sono leve, mas dormi como uma pedra com a cabeça dela em meu peito, meus braços ao redor de seu corpo, e seu cheiro no meu nariz.

Alguém bate na porta do apartamento.

— Deve ser um deles. — Darcy passa por mim, e sinto seu perfume, quente e doce, antes de segui-la.

Antes mesmo de chegarmos ao hall de entrada, ouvimos a briga.

— Estou chocada que você tenha conseguido ficar acordado até essa hora — ouço Georgia resmungar por trás da porta.

— Estou chocado que você não tenha exigido que Owens mandasse uma Bentley para te buscar — rebate Volkov, frio e desinteressado. — Ou pedido para o seu motorista deixar você no restaurante.

Darcy abre a porta e encontra os dois se encarando, Georgia conseguindo olhar Volkov de cima embora ele seja uns trinta centímetros mais alto que ela.

Eles saem do transe, virando-se para nós ao mesmo tempo. Georgia abre um sorriso de orelha a orelha, enquanto Volkov curva os lábios num cumprimento educado e acena para Darcy, mas ambos ainda emanam tensão.

Volkov também está segurando um buquê de flores enorme.

— Oi — cumprimenta Darcy, animada, alternando o olhar entre os dois. — Está tudo bem?

— Está tudo ótimo — diz Georgia ao entrar, me dando uma piscadinha simpática antes de passar os olhos pelo apartamento e assobiar. — Que chique.

Volkov entrega as flores para Darcy.

— São para você.

Sinto um aperto no peito com a expressão dela, tão surpresa e satisfeita.

— Pra mim?

Volkov me observa, e lá está aquele maldito olhar arrogante na maldita cara daquele babaca.

— Pra você, Darcy.

Ela encara o buquê.

— São lindas. Obrigada.

— Não parecem frescas — disparo, e me arrependo imediatamente quando Georgia tampa a boca com a mão e se vira. — Você deveria, hum, colocar na água antes que morram.

Cala a porra da boca, penso, mas não consigo ficar quieto. Fico apenas encarando Volkov e me empertigo quando ele arqueia a sobrancelha para mim. Estou sendo escroto, mas não estou nem aí.

Darcy me olha estranho.

— Achei lindas. — Ela aceita as flores e Volkov a segue até a cozinha.

Quando vejo que ela não consegue alcançar o vaso na prateleira de cima, dou um passo à frente por instinto, mas o filho da puta do *Volkov* está lá, para ajudá-la a pegá-lo.

— Ué — Georgia murmura, sorrindo —, eu não ganho flores?

Volto um olhar constrangido e envergonhado para ela. Estava tão focado no fato de Darcy sair com Volkov que esqueci que eu também tinha um encontro hoje.

— Desculpa.

Georgia faz que é bobagem, sorrindo.

— Está tudo bem. Somos amigos, Owens. Só estou aqui pelo entretenimento. — Ela abre um sorrisinho. — E você vai pagar o jantar.

Darcy põe as flores na mesa da cozinha, admirando-as.

— Tão lindas... Amo ganhar flores.

Vou comprar flores para ela todos os dias pelo resto da eternidade.

— Vi e pensei em você — Volkov diz — Combinam com seu cabelo.

— Combinam mesmo. Bem observado. — Darcy se inclina para cheirar a flor lilás mais próxima a ela.

— Olha só você. — Lanço um olhar fulminante para ele, os músculos dos meus ombros se enrijecendo. — Um verdadeiro conquistador.

Georgia bufa, e Darcy me abre um sorriso irônico.

— Talvez Alexei devesse me dar aulas de paquera em vez de você.

Volkov solta uma risada abafada e sinto uma pontada de ciúme.

— Parecem flores de funeral — disparo, me odiando.

Estou parecendo um babaca. Estou *sendo* um babaca, mas não consigo me conter. Isso tudo está se revelando um puta de um desastre.

Saímos do apartamento, e observo Darcy guiar Volkov e Georgia para o elevador.

"Parabéns", Georgia faz com a boca atrás deles, me dando dois joinhas sarcásticos. "Muito sutil."

Inflo as narinas em resposta, e estou respirando fundo quando a porta do elevador se abre e Volkov põe a mão na lombar de Darcy.

Outra onda de fúria ciumenta me percorre.

Esta noite vai ser longa pra cacete.

46

DARCY

— Você deveria usar mais vermelho — comenta Alexei no meio do jantar e, ao meu lado, Hayden fica tenso.

Esta noite foi um grande erro. Eu deveria ter confirmado com ele antes de aceitar sair com Alexei. Está claro que não quer que eu fique com um dos seus amigos, para não causar confusão como aconteceu com Kit.

Por outro lado, este é o meu encontro, e foi ele quem decidiu vir junto.

— Obrigada. — Aponto o queixo para Georgia. — Georgia conhece todos os lugares bons pra comprar. E é divertido usar algo fora da minha zona de conforto.

— A doutora aqui é especialista em gastar dinheiro. — Alexei se recosta, olhando fixamente para os sapatos dela.

Georgia revira os olhos, depois se volta para mim.

— Vamos ter que ir de novo. Preciso de um vestido para o casamento de Streicher e Pippa.

Verdade. É daqui a um mês, na semana entre o fim da temporada e a primeira rodada das eliminatórias.

Eu e Hayden trocamos um olhar, e o semblante dele se suaviza. Abro um sorriso tranquilizador para mostrar que estou bem, que estou ansiosa por isso.

— Adoro casamentos. — Georgia está com uma expressão sonhadora. — Mal posso esperar para o deles.

— Aposto que sim. — Alexei toma um gole da sua bebida. — Um jogador de hóquei e uma cantora famosa? Vai ser um açougue de homens ricos pra você. Finalmente vai fisgar o seu.

— Deixa de ser ridículo. Eu nunca vou me casar. — Ela lança um sorriso cúmplice para ele, como se soubesse seus segredos. — Seja gentil comigo, russo, senão não vou te ajudar quando deslocar o quadril na pista de dança.

— Eu não vou. Não gosto de casamentos. E é você quem pediu pra deixar de ser minha médica.

— Ao contrário de alguns médicos, não tenho um complexo de Deus. Sei quando meu paciente é uma causa perdida.

— Talvez você não seja uma boa médica, porque estou mais forte do que nunca.

O olhar dela se endurece.

— Se aposenta.

— Não.

Georgia contrai a mão sobre a mesa, como se estivesse prestes a pegar a faca.

O garçom aparece para tirar os pratos, e a energia estranha à mesa se dissolve. Olho para Hayden, que está com o maxilar rígido, os ombros tensos, e a atenção alternando entre mim e Alexei.

— Você está bem? — sussurro. Meu olhar nota suas olheiras, e sinto uma pontada de compaixão no peito. — Tudo bem se quiser ir pra casa mais cedo.

— Não vou embora. — Ele lança um olhar fulminante para Alexei, que abre um sorriso debochado.

— Vou garantir que ela chegue bem em casa — ele diz a Hayden. — Em algum momento.

— Sou seu ajudante — Hayden diz, o foco ainda em Alexei. — E não vou perder você de vista.

Sinto um aperto no peito. Ele está com o mesmo tom de voz da outra noite. "Mais um pouquinho", disse Hayden, os olhos em mim enquanto eu curtia o prazer. "Até onde você aguentar."

— Darcy — Alexei interrompe, aproximando-se para me observar. — Tem alguma coisa no seu cabelo.

Levo a mão à cabeça e a passo pelos fios, mas Alexei segura meu punho, suave mas firme.

— Eu pego — ele diz.

Hayden inspira fundo.

Enquanto Alexei tira o que quer que esteja preso no meu cabelo, Hayden o encara, o joelho balançando e o maxilar tenso.

— Hum. — Alexei franze a testa. — Pensei ter visto um pedaço das flores de antes. Sabe, as que comprei pra você.

— Ah. — Hesito. — Entendi.

— Acho que me enganei. — Alexei sorri.

Com um movimento explosivo, Hayden se levanta, pegando minha mão. Abro a boca para perguntar o que está fazendo, mas ele já está me puxando para ficar de pé. Em seguida, tira a carteira, deixa algumas notas na mesa e me arrasta para longe de Alexei.

Alexei se limita a sorrir atrás de nós.

— Acabou o encontro — Hayden dispara. — Vamos pra casa.

47

DARCY

Do lado de fora, Hayden ainda está segurando minha mão ao abrir a porta de um táxi já à espera e fazer sinal para eu entrar, com uma expressão furiosa. Ele diz nosso endereço para o taxista enquanto se estica para colocar meu cinto de segurança.

Fico olhando para a cara dele, boquiaberta.

— Vai se explicar? — pergunto, incrédula.

— Quando chegarmos em casa.

Solto um resmungo de frustração.

— Hayden...

— Quando. Chegarmos. Em. Casa.

O trajeto para casa é curto, graças a Deus, e, quando entramos no elevador, uma tensão emana dele em ondas.

Regra número sete de como ser um pegador, acrescento: "Não saia com os amigos do seu ajudante".

Uma partezinha boba e esperançosa de mim quer que isso esteja acontecendo porque ele está morrendo de ciúme, mas Hayden não sente ciúme. Eu teria visto a essa altura.

Quando chegamos em casa, ele nem olha para mim. Vejo os traços fortes do seu perfil enquanto joga o casaco sobre uma das banquetas da cozinha.

— Vou pra cama. Boa noite — diz Hayden em um tom baixo, tirando os sapatos sem nem guardá-los no armário, como sempre faz. Segue pelo corredor até os nossos quartos sem falar mais nada.

Fico parada na entrada, ainda de jaqueta e sapatos, ouvindo a porta do quarto dele se fechar.

Ah, nada disso. Balanço a cabeça enquanto uma onda de frustração cresce dentro de mim.

Em questão de segundos, estou à porta dele, batendo.

— Hayden.

Sem resposta.

Bato de novo.

— *Hayden.*

— Agora não, Darce.

— Agora sim. — Sem pensar, abro a porta. — Eu vou entrar — acrescento, quando a porta já está aberta.

Hayden está usando só uma boxer justa, olhando com raiva para mim. Nem seu mau humor consegue diminuir sua beleza, seus músculos fortes e definidos e seu cabelo loiro-dourado.

Como ele é gostoso.

— Cadê suas roupas? — Minha voz sai indignada, como se não tivesse sido eu quem abriu a porta do quarto dele.

Hayden coloca as mãos no quadril definido.

— Vou pra academia.

— Agora? — Ele tem até aqueles músculos em V apontando para o elástico da cueca boxer. Não notei no outro dia porque estava ocupada demais tendo o orgasmo mais intenso da minha vida.

— Sim.

— Pensei que você ia pra cama.

Ele solta um suspiro rouco, andando de um lado para o outro do quarto, agitado.

— Preciso fazer alguma coisa.

— Vai ler um livro — sugiro, em tom de brincadeira. Odeio brigar com ele assim. Parece errado. — Assiste à *Espada do Norte.*

— Não — responde Hayden. — Não consigo parar quieto agora.

— Briga comigo, então. — Lanço um olhar incisivo para ele. — Pode ajudar. Está na cara que está puto comigo.

Ele cruza os braços.

— Como assim?

Deixo escapar uma risada sem graça de pura incredulidade.

— Hayden. Olha. Desculpa por ter saído com Alexei. Aprendi a lição.

Mas você agiu feito um completo babaca com os dois a noite toda. E, quando realmente tentei praticar as coisas que você me ensinou, me arrastou pra fora de lá como uma adolescente de castigo.

Ele engole em seco e faz uma expressão angustiada.

— Você aceita ser meu ajudante, mas passa a noite toda agindo como um babaca possessivo. Não é assim que amigos agem. — A questão que está me incomodando há meses surge na minha mente. — E nem toca mais em mim — acrescento, em voz baixa.

Hayden me encara.

— E aquela noite?

Sinto um nó nas entranhas. O brinquedo, a maneira como seus dedos apertaram meu mamilo, me proporcionando prazer. Como usou o brinquedo em mim para me fazer gozar mais do que nunca. E como entrelaçou os dedos fortes nos meus ao fim.

— Não como na outra noite. Ou na outra manhã. — Engulo em seco. — Você não me abraça. Não coloca mais o braço em volta de mim. Não... — Parece bobagem. — Não me faz cócegas. E se afasta pra eu não tocar em você sem querer.

Um silêncio pesado cai entre nós por um momento. Hayden ri, mas não é sua risada leve de sempre. É amarga e frustrada, como se o machucasse.

— Não toco mais em você. — Ele balança a cabeça. — É verdade, não toco mais em você, Darce. Não consigo.

Seu olhar se aguça, fixando-se em mim, e ele dá um passo à frente. Depois outro. Até estarmos a poucos centímetros de distância e eu conseguir sentir seu calor.

— Quer saber por quê? — ele pergunta.

Para ouvir as palavras dolorosas em voz alta?

— Já sei por quê — respondo.

Eu me viro, mas seus dedos me seguram pelo queixo, inclinando meu rosto para o dele. Um arrepio de prazer percorre meu corpo com o gesto de dominação.

— Fala, então. — Ele olha nos meus olhos. — Diz.

— Parti o coração de Kit. Magoei alguém de quem você gosta.

— Não. — Ele solta um suspiro pesado, mas seus dedos continuam segurando meu queixo. — Você está completamente enganada, Darcy. Sei que não era feliz com ele. E, depois das coisas que Kit fez, como te pediu em casamento sabendo que você não queria, não estou nem aí que tenha partido o coração dele. — Hayden engole em seco enquanto me contempla.

— Não quer que eu me iluda em relação a nós, então.

— Errado também.

Meu coração dispara ao ver seu olhar de desespero e desejo.

— Então, por quê?

— É melhor sair. — Ele baixa os olhos, mas seu foco continua em mim. — Antes que eu cometa um erro.

Um calafrio me percorre.

— Que tipo de erro?

Um calor se acende em seus olhos e se espalha por mim, curvando-se e se enroscando entre as minhas pernas com uma pressão deliciosa. Ele foca a atenção nos meus lábios como se estivesse se lembrando do gosto deles na festa do elenco.

Nossa, queria que tivéssemos nos beijado na outra noite.

— Quer saber por que não toco em você? — Seus olhos azuis ficam um tom mais escuros. — Porque, se eu começar, não vou conseguir parar.

Seu humor estranho a semana toda. Sua irritação quando Alexei me chamou para sair. Quando Alexei apareceu com flores, Hayden parecia capaz de matar o amigo.

Ele não está bravo por eu estar seguindo em frente.

— Você está... — Não pode ser verdade. Vai contra tudo que sei sobre ele.

— Diz.

Engulo em seco, o coração acelerado, e faço que não com a cabeça. Estar errada sobre isso seria uma humilhação.

— Diz.

— Com ciúme — disparo. — Está agindo como se estivesse com ciúme.

Uma tensão paira entre nós, crepitante e elétrica.

Hayden inclina a cabeça, a respiração ofegante.

— Quem não estaria, Darce?

Mas ele é tão gato... É o atleta popular que poderia ter qualquer pessoa. E eu sou a garota esquisita que curte matemática, que foi demitida e que nunca era boa o suficiente para o ex. Busco uma forma de explicar isso para ele sem parecer ridículo.

— Eu só pensei...

— Pensou o quê?

— Eu não faço seu tipo. Você é tão... — Balanço a cabeça, os pensamentos confusos e bagunçados.

— Sou tão o quê?

Meu coração dispara, ecoando nos meus ouvidos.

— Você pode ter quem quiser.

— Odeio ouvir você falar isso — ele diz em voz baixa. — Sabe por que saía com mulheres que não se pareciam nem um pouco com você?

Atônita, nego com a cabeça.

— Porque eu não queria que elas me lembrassem você. Porque estava tentando me convencer que não sinto nada por você. — Seu pomo de adão sobe e desce enquanto ele engole em seco, e suas pupilas se arregalam. — Mas nunca deu certo. Meus pensamentos sempre voltavam a você.

Minha mente vai a mil; estou zonza, atônita, os pensamentos correndo, desordenados, sem ter onde se apoiar. Não faz sentido. É uma alucinação. Escorreguei e bati a cabeça na frente do restaurante e, a qualquer momento, vou abrir os olhos e encontrar Hayden, Alexei, Georgia e os paramédicos debruçados sobre mim enquanto estou deitada na calçada.

— Você faz meu tipo — Hayden diz como se isso o machucasse. — Mais do que qualquer pessoa. — Ele afunda a cabeça no meu ombro e inspira fundo, o punho se apoiando na parede atrás de mim e a expiração trêmula. — Darcy, eu quero você — murmura no meu pescoço, e me arrepio toda. — Quero tanto que não consigo ficar longe. Se quiser que as coisas continuem como são, precisa sair do meu quarto agora.

Não ligo se somos melhores amigos. Não ligo se isso vai complicar tudo imensamente. Só preciso que ele toque em mim, agora mesmo, que faça algo com essa pressão intensa que criou entre as minhas pernas.

Preciso ver como seria entre nós. Ao menos uma vez.

Apoio a mão no peito de Hayden e sinto seu coração acelerado. Seus olhos ardem em mim, desesperados e cheios de tesão.

— Não quero que as coisas continuem como são — sussurro, e a boca dele encontra a minha.

48

DARCY

Hayden domina a minha boca com uma urgência que embaralha todos os meus pensamentos.

— Chega de encontros duplos — ele diz em meus lábios, e eu concordo com a cabeça.

Seus dedos se afundam no meu cabelo, e os meus no dele. Toda a frustração que seu corpo emana passou a focar em algo mais intenso e ardente enquanto Hayden abre meus lábios e passa a língua dentro, explorando e saboreando.

Ele me joga contra a parede. Acho que estou gemendo. Se isso é um erro, é o melhor erro que já cometi na vida.

— Nossa, sim — Hayden geme quando chupa a ponta da minha língua de leve. — Chega de encontros. Entendeu?

— Uhum.

Não estamos nos beijando para praticar nem para passar uma mensagem para algum ator em quem não estou interessada. Hayden não está mais me ensinando as manhas nem testando para saber se beijo bem.

Estamos fazendo isso porque queremos. Porque não aguentamos mais. Porque precisamos ver o que vem depois. Não sei o que está rolando, mas estou participando de livre e espontânea vontade, deixando que ele tome o que deseja.

E sou eu que ele deseja, pela forma como sua ereção grossa aperta minha barriga. A constatação me excita e um calafrio desce pelas minhas costas.

— Com frio? — murmura Hayden entre um beijo e outro.

Faço que não, e ele captura meu lábio inferior entre os dentes.

— Que bom.

Esse beijo é diferente do primeiro, como se uma chave dentro de Hayden tivesse sido virada. Ele está alerta, focado, determinado... é aquele mesmo *algo de diferente* que vem fervendo sob a superfície há semanas, surgindo durante os jogos quando ele marca gols.

Com a mão na barra da minha blusa, Hayden traça a ponta do dedo sobre a faixa de pele nua entre ela e a minha calça jeans, e todo o meu foco vai para o ponto onde ele me toca.

— Tira.

O comando na voz dele faz outra onda deliciosa de calor me envolver lá embaixo. Puxo o zíper antes que ele tire a peça.

Hayden engole em seco enquanto me observa, admirando meu peito, passando os olhos pelo sutiã de renda lindo e delicado.

— Estou pensando nisso há dias. Isso... — Ele encaixa um dedo sob a alça e deixa que estale de volta contra a minha pele. — ... está me deixando louco desde que vi.

Seus dedos deslizam pelas bordas da renda, pelo alto dos seios, pelos meus ombros, e arrepios se espalham por toda a minha pele.

— Pra quem você vestiu isso hoje? — pergunta ele, com a voz baixa.

— Pra você — sussurro, o coração acelerado. Foi a reação de Hayden que imaginei ao vestir isso.

Ele abre um sorrisinho, e sinto que estou sorrindo de volta ao apoiar as mãos no seu peito firme.

— É isso que gosto de ouvir — murmura, enquanto leva a boca à minha de novo.

Beijar Hayden é uma *delícia*. É natural mas necessário, como respirar. Não quero parar nunca e, pela maneira como sua mão pousa no meu quadril, nos meus braços, no meu cabelo, sem se deter num único lugar, como se estivesse tentando memorizar meu corpo pelo toque, acho que ele também não quer parar.

Somos melhores amigos. Dividimos o apartamento. Ele é o pegador festeiro que não está a fim de compromisso.

Mas talvez Hayden não seja esse cara, e talvez eu não me importe que isso possa complicar as coisas.

Ele é tudo que eu quero, e quero que *ele* tenha o que deseja.

Sua barba por fazer raspa de leve meu queixo enquanto sua língua passa pela minha, bagunçando ainda mais meus pensamentos, e, quando a parte de trás dos meus joelhos esbarra em algo, percebo que fui conduzida de costas até a cama.

Ele me deita, e me afundo no edredom ao ser envolvida por seu cheiro.

— Adoro ficar na sua cama — admito enquanto Hayden abre o botão da minha calça jeans.

Seu olhar se suaviza.

— Também adoro você na minha cama.

Levanto o quadril para deixar que ele tire minha calça. Seus olhos deslizam pela minha calcinha. É um pedaço de renda fina que mal cobre tudo e, pela maneira como seu olhar fica mais intenso enquanto ele passa a mão no cabelo, soltando um forte suspiro, Hayden gosta dela.

— Vamos comprar mais dessas — ele diz, devorando-a com os olhos.

Hayden fala *nós* como se fôssemos um casal. Isso deveria me apavorar, mas não é o que acontece. *Gosto* da ideia de comprarmos lingerie juntos, dos seus olhos cheios de desejo ao me verem nela.

Ele sobe em cima de mim, apoiando os cotovelos ao redor da minha cabeça, me olhando com desejo e carinho antes de sua boca encontrar a minha. Nosso beijo é ardente, rápido e desesperado, um misto de línguas, dentes, lábios e suspiros. Esquecemos de respirar. Sua ereção aperta a minha barriga, e me arqueio em sua direção, abrindo as pernas, dando espaço para Hayden se acomodar entre elas. O peso do seu corpo em cima de mim é delicioso. O calor da sua pele me provoca um arrepio. Ele entrelaça os dedos na parte de trás do meu cabelo, inclinando minha cabeça enquanto interrompe o beijo e desliza a boca pela minha mandíbula e pelo meu pescoço.

— *Porra*, seu cheiro é muito bom — ele geme, e uma onda de umidade corre entre as minhas pernas. — Você sempre cheira bem. E seu gosto é doce pra cacete. — Ele mordisca o ponto sensível atrás da minha orelha e um gemido suplicante escapa da minha garganta. — Precisa de mais, não?

Faço que sim, mas conseguindo conter o *sim, por favor* que ressoa na minha mente. Hayden esboça um sorrisinho, satisfeito e sagaz.

Seus dedos encontram um mamilo endurecido, brincando com ele através da renda fina do sutiã, a boca voltando à minha. Cada movimento deles reverbera entre as minhas pernas, aumentando o calor, elevando a pressão e o desejo. Me perco ainda mais nas sensações da sua língua na minha. Minha calcinha está encharcada, e meu quadril se inclina na direção do seu, querendo mais. Finalmente, sua mão desce do meu seio e passa sobre a frente da minha calcinha.

Meu corpo se enche de prazer com o contato, e gememos ao mesmo tempo.

— Você está tão molhadinha... — Ele observa meu rosto com fascínio, traçando um círculo largo e firme sobre mim, e meus olhos se fecham. — Não fecha os olhos — diz, a voz baixa e firme. Há uma provocação no seu tom, como se fosse um jogo. — Não se atreva.

Eu os abro, contraindo os lábios para conter o gemido, e Hayden sorri ao traçar círculos mais firmes. O desejo cresce dentro do meu corpo, tenso e ardente.

— Está gostoso, né?

Faço que sim. Ele murmura, abrindo aquele sorriso malicioso e carregado, alternando o olhar entre meu rosto e onde sua mão se move entre as minhas pernas.

— O que vamos fazer hoje, Darce? — Seu tom é baixo e malandro enquanto os lábios roçam minha pele. — Que item novo vamos riscar da sua lista?

Ele puxa meu sutiã para o lado, liberando meu mamilo, e chupa a ponta sensível. Meu sexo se contrai e eu gemo.

— Hein? — Hayden encontra meu olhar, tirando a mão de mim. Meu quadril acompanha, exigindo contato, mas ele simplesmente roça os dedos no elástico da calcinha, nas costuras sobre o quadril, me provocando. — O que vai ser?

Vai me fazer pedir. Não sei onde foi parar meu Hayden doce e divertido, mas adoro essa versão dele. A versão que está no comando e se diverte com o poder.

Meus olhos descem para os seus lábios.

— Sua boca.

— Ah, é? — Hayden sorri. — Onde você quer minha boca, Darcy? — Ele deixa beijos quentes e suaves no meu ombro, na minha barriga e no meu quadril. Eu me contraio com expectativa. — Mostra, linda.

Quando ele me chama de *linda*, minhas defesas desmoronam. Meu coração dispara quando sua mão desce e passa pela minha calcinha.

— Aqui? — Ele traça outro círculo lento e firme sobre o tecido, e me arqueio na direção da sua mão. — Fala, Darcy.

— Isso — digo às pressas, vibrando com a energia acumulada. — Aí.

Hayden observa meu rosto ao passar a mão embaixo do tecido. Ao toque de seus dedos, minha respiração falha, e seu sorriso inebriado aumenta.

— Bem molhadinha — sussurra, enquanto as pontas dos dedos traçam círculos sobre meu clitóris.

Chego a revirar os olhos. Ele está tão em sintonia com o meu desejo que é como se estivesse na minha cabeça.

— Confia em mim?

— Claro. — Sei que, mesmo se eu não gozar, Hayden não vai ficar emburrado, na defensiva. Vai apenas me pegar nos braços e me beijar.

— Muito bem.

Ele tira a mão e se senta sobre os calcanhares, ajoelhando-se ao tirar a minha calcinha. Com as mãos dentro das minhas coxas, abre as minhas pernas. Meu coração dispara pela vulnerabilidade, esparramada embaixo dele, sem conseguir me esconder. Mas nossos olhos se encontram e ele murmura um palavrão. Hayden é tão lindo que não sei onde olhar: seu rosto marcante, o cabelo rebelde e desgrenhado, o peito, os ombros e o abdome esculpidos, ou as coxas fortes apoiadas na cama.

— Adoro essa cara que você faz, toda desesperada pra eu tocar em você. — Ele para, me observando com uma expressão que beira a reverência.

Ninguém nunca me olhou assim antes.

Hayden passa a mão entre as minhas pernas, roçando todas as terminações nervosas sensíveis com a palma aberta, e minhas coxas se contraem enquanto um calor me atravessa.

— Você é tão linda aqui... — Ele observa o movimento da própria mão com um olhar vidrado. — Tão macia e molhada...

O calor cresce e lateja entre as minhas pernas, e toda vez que ele roça meu clitóris sou atravessada por eletricidade. Seu pau marca a cueca e sinto mais uma onda de desejo urgente.

— Hayden. — Estendo o braço para tocar, mas ele segura meu punho e entrelaça nossos dedos.

Um brilho de diversão surge junto com desejo em seus olhos.

— Seja paciente.

Solto um som frustrado e me arqueio na direção da sua mão, buscando mais atrito, mas ele se inclina para a frente e aperta o antebraço sobre meu quadril, me segurando.

— Você vai esperar — ele me diz, e meu sangue ferve com o comando na sua voz.

É o meu Hayden divertido e provocador, mas com autoridade e domínio, e gosto muito, muito mesmo, disso.

— Esperei um tempão por isso. Não quero apressar as coisas. — Ele olha entre as minhas pernas com um sorriso malicioso. — E, quanto mais você esperar, mais vai gozar.

Hayden roça meu clitóris de novo e solto algo entre um suspiro e um resmungo. Em seguida, ele ri, embriagado pelo poder, os olhos cheios de tesão. Vai me enlouquecer mais e mais, até minha pele estar tão quente que eu poderia explodir em chamas. Consigo ver meu orgasmo se aproximando, mas Hayden me segura, me provocando e levando seu tempo.

— Por que a gente não tenta um tipo diferente de orgasmo pelo ponto G? — pergunta, com aquela voz baixa e sedutora que, ao mesmo tempo, me faz relaxar e me contrair de expectativa e excitação. — O que acha?

Umedeço os lábios, e seus olhos seguem o movimento.

— Tá bom.

— Vai ser intenso, tá?

— Uhum. — Minha respiração é ofegante, e estou tão excitada que poderia pegar fogo.

Concentrado em meu rosto, ele enfia um dedo dentro de mim. Meus olhos se reviram com o ardor de prazer que embaralha meus pensamentos.

— Aí. — Sua voz grave e intensa me dá arrepios. — Bem aí.

Faço que sim com a cabeça, sem conseguir formar palavras. Hayden parece um deus, ajoelhado entre as minhas pernas com uma expressão de poder e controle no rosto. Meu olhar desce por todos os contornos e músculos do seu tronco, seus ombros e braços, focando finalmente no seu antebraço tenso enquanto move o dedo dentro de mim.

Hayden enfia mais um dedo, e o volume ardente me faz ver estrelas. Ele curva os dedos para a frente, massageando a parede frontal, e encaro seu olhar. Os sons molhados dele me fodendo com os dedos me deixa ainda mais louca.

Não acredito que isso está acontecendo. Não acredito que estamos fazendo isso. Não acredito em como é boa a sensação. O prazer dos seus dedos longos e grossos dentro de mim vai além de tudo que já senti. Meu olhar se ergue para o teto, desfocado e entreaberto enquanto Hayden atinge partes de mim que eu nem sabia que existiam.

— Ei, ei, ei. — Sua voz é baixa e reconfortante, e volto a olhar para ele. Sua boca se curva num sorriso satisfeito. — Isso. Ótimo. Continua olhando pra mim, tá?

Faço que sim, encontrando seu olhar fascinado, e outra onda de calor me percorre. É melhor do que o brinquedo. Um milhão de vezes melhor. Eu poderia morrer e ir para o céu só com Hayden me tocando assim.

— É isso, linda.

Estremeço de prazer, apertando sua mão com mais força enquanto meus músculos se contraem ao redor dele.

Hayden sorri ainda mais.

— Gosta quando te chamo assim?

— Gosto — digo, ofegante.

— Está quase lá, não está?

— Uhum.

Seu polegar estimula meu clitóris, traçando círculos lentos e firmes, e isso basta. Chego ao clímax, minha visão se turva e meus lábios se entreabrem com um gemido baixo enquanto cada terminação nervosa no meu corpo se inflama ao mesmo tempo. Como aconteceu com o brinquedo, esse orgasmo é diferente: mais profundo, forte e intenso. Calor e pressão vêm à tona, e me arqueio contra a mão de Hayden enquanto ele me estimula, dizendo coisas como "Isso, isso" e "Que boa menina" e "Caralho, que coisa linda, Darce, você gozando assim nos meus dedos".

— Hayden — digo, ofegante, e ele geme.

O prazer se espalha por mim, e há uma chama forte e deliciosa em meu sangue ao me lembrar que é *Hayden*, meu melhor amigo, o cara que conheço há anos, quem está me fazendo me sentir assim. Sua expressão está focada e seu sorriso é malicioso enquanto sua atenção alterna entre o meu rosto e onde sua mão está enfiada dentro de mim, como se o meu prazer fosse o prazer dele. Com os dedos entrelaçados, ele aperta minha mão uma vez, e eu aperto de volta.

Seus movimentos ficam mais lentos conforme vou voltando a mim, e seu sorriso de canto se alarga.

— Respira — ele diz baixinho, subindo em cima de mim e me beijando. Sua língua passa pela minha, me devorando enquanto tentamos recuperar o fôlego. Sua pele é quente e, quando se afasta para sorrir, estou flutuando.

Sua ereção me cutuca entre as pernas, marcando a cueca boxer, e também tenho uma ideia safada.

49

HAYDEN

Ficar assim com Darcy é transformador. Nunca vou me esquecer do seu gemido doce e desesperado, nem da sua expressão de incredulidade enquanto seu corpo pulsava com o orgasmo.

Meu sangue corre cheio de orgulho e me deito de barriga para cima, trazendo-a comigo para ela se sentar em cima do meu quadril, a boca a centímetros da minha e uma expressão saciada em seu rosto lindo.

Cansei de esperar no banco, ajudando Darcy a criar confiança só para depois vê-la nos braços de outro homem. Cansei de ser o ajudante. É ela que eu quero, e vou deixar isso claro.

Faço contato visual ao chupar seu sabor nos meus dedos, algo em que penso desde que usei o brinquedo nela.

Minha boca se curva num sorriso contente.

— Adoro como você fala meu nome.

Ela me observa, o cabelo bagunçado, o rosto, o pescoço e o peito vermelhos, e sorrio ainda mais.

— E adoro como você está agora — admito.

Ela bufa.

— Como se tivesse sido atropelada por um carro?

— É como você está se sentindo? — Ergo uma sobrancelha provocante e desço a mão por sua lombar antes de pegar na sua bunda. — Eu deveria tentar de novo.

— Não. — Darcy ri. — Ainda não. Preciso descansar. — Ela abaixa a cabeça, afundando o rosto no meu pescoço, e minha pele formiga. — Esse foi o melhor orgasmo da minha vida — sussurra no meu ombro.

Um desejo intenso e possessivo me atravessa, e eu a envolvo com os braços, apertando-a junto a mim.

— Porra, você sabe exatamente o que dizer pra me fazer me sentir o cara.

Ela ri, erguendo a cabeça para sorrir para mim.

Nossa, como ela é linda. A cor dos seus olhos, cada cílio, a curva do nariz, seu arco do cupido e o contorno dos lábios: todas as partes de Darcy são perfeitas. É como se a natureza tivesse lhe dado o melhor de tudo, escolhido a dedo para ela.

— Você é um anjo. — Ajeito seu cabelo atrás da orelha. — Sabia?

Seu olhar se intensifica e aquelas linhas perfeitas da sua boca se curvam num sorriso lindo.

— Às vezes — ela diz, antes de o quadril rebolar sobre minha ereção.

Meu corpo reage, contraindo-se de desejo, e solto um suspiro.

— Caralho. — Semicerro os olhos.

Ela me observa com uma curiosidade acalorada enquanto roça de novo no meu pau, e fico boquiaberto. Uma onda de desejo me atravessa. Estou quase gozando, a segundos de encher minha cueca de porra. Cravo os dedos no seu quadril para impedi-la.

— Darcy...

— Minha vez — sussurra ela. Suas pálpebras se fecham, e ela contrai os lábios ao rebolar de novo, uma ruguinha linda se formando entre as sobrancelhas.

Depois de tantos anos reprimindo meus sentimentos, ver Darcy gostar de roçar no meu pau me faz chegar *rápido* perto do clímax. Seus lábios se entreabrem e seus seios apertam o meu peitoral enquanto ela desliza para cima e para baixo no meu membro latejante. Deveríamos parar antes que eu perca o controle, mas não consigo; estou fascinado pela maneira como Darcy me olha, como se eu fosse dela.

— Que gostoso — sussurra, fechando os olhos. — Por que a gente esperou tanto tempo?

Minhas bolas se contraem, e eu arregalo os olhos enquanto vou perdendo o controle.

— Caralho, Darce... — balbucio, apertando-a, roçando nela. Uma chama sobe pela minha espinha. — Vou...

Ela leva a boca à minha orelha e mordisca meu lóbulo, e aí já era.

Um calor intenso me atravessa, percorrendo meu sangue e se tensionando na minha virilha. Meu orgasmo me atinge, e solto um gemido desamparado, rouco e entrecortado, os dentes roçando sua pele. Eu a abraço com tanta força junto ao peito que ela nem deve estar conseguindo respirar, mas não sobrou mais nenhum pensamento na minha cabeça além da necessidade avassaladora de transar com essa mulher e fazer com que seja minha. Mal sinto seus lábios na minha têmpora, mas toda a minha atenção está nela, deslizando a boceta molhada para cima e para baixo na minha ereção, e nos sons suaves e estimulantes que sussurra no meu ouvido.

Meu orgasmo passa, e fico ali deitado, olhando nos olhos dela, arfando descontroladamente.

Puta merda. A vergonha me atinge, e faço uma careta, resmungando.

— Que foi? — Darcy ri.

— Acabei de gozar na cueca como um moleque de dezessete anos. — Bela forma de mostrar para ela que sei o que estou fazendo.

Darcy ri no meu pescoço.

— Foi sexy. — Ela passa os dedos pelo meu cabelo e inspira, afundando o nariz no meu pescoço. — Vou fantasiar sobre isso amanhã.

Afundo a mão no seu cabelo e grudo sua boca na minha, abrindo seus lábios. Nosso beijo é lento, intenso e íntimo.

Como pude duvidar de que eu e Darcy nascemos um para o outro? Isso é perfeito. É como se nada mais existisse quando estamos juntos.

Depois de nos limparmos, ficamos deitados na cama, Darcy encolhida em meu peito e explorando meu corpo com leves toques provocantes.

Dou um beijo na testa dela.

— Sabe no Dia dos Namorados, quando você perguntou a que tipo de pornô eu assistia e fiquei meio estranho?

Ela faz que sim.

— Não queria mandar pra você, porque eles são a cara da gente, e é o único pornô que vejo há anos. — Ergo a cabeça para encará-la. — Imagino que somos nós.

Darcy abre um sorrisinho adorável.

— Ah.

— Pois é. E você comentou que eu sempre tomo banho depois que nos tocamos, como depois que ficamos juntinhos e que você tentou flertar comigo, né?

Ela faz que sim, franzindo as sobrancelhas.

— Era porque você me excitava demais, e eu precisava gozar discretamente. — Abro um sorriso lento. — Como você já sabe.

Ela engole em seco, as bochechas corando.

— Ah.

— Pois é.

Há um brilho de surpresa nos seus olhos, e sei que está processando a informação.

Tudo bem. Vou dar tempo para ela assimilar.

— Você fica muito linda quando está sem graça.

Darcy ri no meu ombro antes de olhar para a porta, hesitando.

— Você não vai voltar pra sua cama — digo.

Pode ser imaginação minha, mas acho que ela está aliviada.

— Mandão.

Beijo sua testa, inspirando seu cheiro e passando a mão nas suas costas.

— Quer água?

Ela faz que não com a cabeça, respira fundo e solta devagar, seu corpo relaxando sobre o meu. Ouço sua respiração suave enquanto ela pega no sono, e começo a voltar a mim.

Cansei de ser seu ajudante, e vou fazer o que for possível para convencer Darcy de que é minha.

Ela vai precisar de tempo para processar isso, e a última coisa que quero fazer é apressá-la. Dizer que ela nasceu para mim, que é a única mulher que já quis e sempre vou querer, vai fazer com que entre em pânico.

Então, vou lhe dar tempo. Isso vai aliviar a pressão.

Sinto uma pontada de apreensão no peito. E se eu mostrar para ela como podemos ser bons juntos, mas não for o suficiente?

Apenas um rostinho bonito e uma boa foda.

Aperto o braço ao redor dela. Enquanto dorme, Darcy suspira e se aninha ainda mais no meu peito, e me encho de determinação.

Estou correndo sem freio na direção de um penhasco. Minha única opção é pisar fundo no acelerador e torcer para dar certo.

50

DARCY

Acordo na cama de Hayden, aninhada com firmeza nos braços dele. Seus lençóis parecem mais macios do que tudo, e a luz suave do sol entra no quarto enquanto a respiração dele faz cócegas na minha nuca. Na mesa de cabeceira está a nossa foto da universidade, aquela que dei de Dia dos Namorados. Franzo as sobrancelhas e fico olhando para ela, contendo um sorriso. Estava ali ontem?

Hayden deve notar a mudança na minha respiração, porque seu braço estendido sobre meu peito se contrai, puxando-me para ele.

— Bom dia — murmura atrás de mim, a voz grave e rouca de sono.

— Bom dia.

Aproveito o consolo deste momento por uns quatro segundos antes de começarem a pipocar perguntas no meu cérebro.

Esse foi o melhor e mais vívido sonho erótico que já tive ou realmente deixei meu melhor amigo e ajudante me proporcionar o melhor orgasmo da minha vida?

Será que ele gostou tanto quanto pareceu gostar?

Será que está surtando?

Eu estou?

Será que se arrepende do que fizemos?

Eu me arrependo?

Viro para ficarmos de frente um para o outro, e meu coração dispara com a expressão sonolenta no seu rosto lindo.

— Seu cabelo está todo bagunçado. — Estendo a mão para arrumar, mas as mechas grossas voltam a se arrepiar, me fazendo rir. Seu sorriso é sonolento, feliz e com um ar travesso.

— Quer tomar café?

Faço que não. Poderia ficar deitada aqui com ele para sempre.

A noite de ontem se repete na minha cabeça: Hayden me puxando para fora do restaurante, perdendo a paciência e me beijando, a forma desesperada e urgente como me fez gozar mais do que nunca, e todas as coisas que falou. O pornô que pensei que parecia com a gente? Ele também achava isso. Assistia *porque* pensava que parecia com a gente.

Minha pele se arrepia ao pensar em todas as vezes que nos tocamos ou sorrimos um para o outro ao longo dos últimos oito anos e, agora, vejo essas interações por uma perspectiva nova. Será que esses sentimentos são recentes?

Devem ser. Eu saberia se não fossem.

Né?

— O que aconteceu ontem à noite? — sussurro, e uma preocupação começa a surgir dentro de mim.

Ultrapassamos tanto a linha da amizade que eu nem sei explicar. Mas aonde chegamos, já não sei.

Ele me observa por um instante.

— Acho que fizemos uma coisa que queríamos fazer faz tempo. — Sua boca se curva. — Me diga se estou errado.

— Não está. — Meu coração acelera. Falo que somos apenas amigos e que ele é só meu ajudante, mas, ao longo dos últimos meses, foi ficando cada vez mais difícil acreditar nisso.

No entanto, ele é um pegador. Hayden Owens vai de mulher em mulher. Ele mesmo disse: não gosta de compromisso; é mais fácil assim.

Ele pode mudar de ideia. *Eu* posso mudar de ideia. Pensei que amava Kit e estava enganada; e se eu e Hayden nos envolvermos, e eu descobrir que me enganei de novo?

Ele é meu melhor amigo e, se partíssemos o coração um do outro, não haveria mais volta. Nossa amizade terminaria, e a ideia de Hayden não estar mais na minha vida me dá vontade de chorar.

Engulo em seco, e ele passa o polegar no vinco entre as minhas sobrancelhas.

— O que está se passando aí dentro? — pergunta baixinho.

— Só pensando.

Ele faz um leve não com a cabeça, parecendo preocupado.

— Não pensa demais.

Abro um sorriso, mas a hesitação permanece.

— Não quero estragar tudo entre nós. — É tão estranho estar deitada no travesseiro, conversando baixo enquanto o sol entra... Estranho e, ao mesmo tempo, completamente normal e natural. — Não faltam motivos pra não fazermos isso.

Hayden fica em silêncio, com uma expressão pensativa.

— Vamos ver no que vai dar.

Sei no que vai dar. Ou ele vai se entediar num relacionamento ou eu vou me dar conta de que estou exatamente onde estava um ano atrás: aprisionada. Hayden é muito diferente de Kit, mas talvez o problema não seja o cara com quem estou. Talvez seja eu.

Talvez eu me dilua na vida da pessoa com quem estou me relacionando.

Pensar em me apaixonar por Hayden, mas me perder de novo, faz uma onda de pavor me percorrer. Mal comecei a me encontrar. Não estou pronta para mergulhar na vida de outra pessoa e perder tudo que descobri sobre quem sou.

— Você precisa de um plano, né? — A boca dele se curva e seus olhos se enchem de carinho.

Solto um risinho abafado, porque Hayden me conhece muito bem. Odeio o suspense da incerteza.

— Sim. Um plano seria bom.

— Tá. O casamento de Jamie e Pippa. Esperamos até lá pra tomar uma decisão. Vamos juntos.

Já estávamos planejando ir ao casamento, mas a ideia de irmos juntos como um casal faz meu coração acelerar. Volto a pensar nas palavras de Pippa: “Imaginei que você fosse com Hayden”.

— E até lá?

Ele leva minha mão à sua boca e dá uma série de beijos suaves e prolongados sobre a palma aberta. O toque da sua barba me faz prender a respiração.

— Até lá, continuo te dando aulas. Mostro tudo que você quiser experimentar e aprender. — Ele engole em seco. — Não precisamos nos comprometer com nada. Pode só se divertir, como você queria.

Eu deveria me sentir aliviada por Hayden estar tirando a pressão dessa forma, mas, em vez disso, algo aperta e puxa minhas costelas.

Hayden Owens nunca se apega. Claro. Sou uma novidade para ele, mas isso vai passar. Aquela história que contou ontem à noite, sobre sair com mulheres que não se pareciam comigo? Tenho certeza de que é verdade. Mas isso não vai mudar quem ele é no fundo. Mesmo agora, está controlando minhas expectativas, enfatizando *diversão* e falta de compromisso enquanto concordamos com uma data de término.

Ele me encara.

— Mas só eu. Ninguém mais. Não quero dividir você. Quero você só pra mim.

A determinação com que fala isso é diferente de sua descontração habitual. Um arrepio desce pela minha espinha. Me pergunto como seria ser completamente possuída e amada por Hayden Owens.

Ele me puxa para perto. Minhas pernas se abrem em volta dele, sentando-me em cima do seu quadril, e Hayden abre um sorriso para mim, os olhos brilhando de interesse e malícia.

— O que me diz, Darce? — O canto da sua boca se ergue num sorriso sedutor. — Está a fim de se divertir?

O objetivo de aprender a ser pegadora é tomar o que quero. Então, o que eu quero?

Quero isto. Hayden é tão tentador que é quase insuportável. Quero curtir com ele e ter o melhor sexo da minha vida e acordar ao seu lado. Posso me divertir sem me apegar. Estou explorando quem sou, e talvez seja exatamente disso que preciso. É só um mês; não vou me apaixonar por ele.

Não vou.

Minha boca se curva para o lado com um sorriso de canto.

— Está bem.

Meu coração acelera com uma expectativa ansiosa, e um sorriso satisfeito se abre no rosto de Hayden enquanto faço que sim.

— Que bom. — Seus olhos se incendeiam. — Estava torcendo para dizer isso.

Quando a partida à noite começa, há algo de diferente em Hayden. Segundos após o disco estar na pista, ele sai em disparada na direção do gol do Philadelphia.

Ao meu redor, a multidão começa a gritar, e estou em pé, assistindo com fascínio ele patinar, seguido por dois zagueiros.

Hayden lança o disco e, quando acerta o fundo da rede, a arena vai à loucura.

— Ele é um monstro! — um cara atrás de mim grita para o amigo enquanto os jogadores do Vancouver cercam Hayden no gelo a cinco metros de nós. — Owens está um monstro hoje.

Abro um sorriso de orelha a orelha, vendo Hayden se encher de orgulho do seu gol. Ele se vira para me encontrar e sinto um friozinho na barriga com seu sorriso caloroso.

— Aquele gol foi pra você — Hazel diz no meu ouvido com um sorriso brincalhão.

Reviro os olhos.

— Até parece.

Hayden se aproxima, descendo os olhos para minha camisa, e seu sorriso se torna satisfeito e possessivo. Penso nas suas mãos no meu quadril hoje cedo, me acariciando como se eu fosse sua, e sinto um arrepio agradável.

Ele me dá uma piscadinha; eu coro de alegria.

"Meu amuleto da sorte", Hayden faz com a boca do outro lado do vidro antes de sair patinando na direção do banco, dando toquinhos nas luvas dos outros jogadores.

— Algo que queira dividir com a turma? — Hazel pergunta enquanto meu sorriso se alarga ainda mais. Pippa continua sorrindo, encantada e curiosa.

— Não — digo, sorrindo de orelha a orelha, e elas retribuem.

Estamos apenas nos divertindo, digo a mim mesma.

Mais tarde, no camarote, Hayden me encontra assim que entra pela porta. Sorrio enquanto ele caminha na minha direção. Anda com tanto foco e determinação que as pessoas saem da frente. Alguém chama seu nome, mas ele não tira os olhos de mim.

— Oi... — começo, mas sua mão segura atrás da minha cabeça e ele me puxa na sua direção, a boca encontrando a minha com um beijo intenso, inebriante e desesperado que bagunça meus pensamentos.

Eu me entrego e deixo que pegue o que quer. Sua mão é firme no meu cabelo, puxando-o com delicadeza para abrir ainda mais minha boca, e ele solta um gemido baixo e satisfeito.

Então, recua para olhar nos meus olhos e, no seu olhar de desejo, vejo que acha graça de qualquer que seja a minha expressão.

Hayden começa a sorrir.

— Oi.

Meus três neurônios restantes me ajudam a piscar.

— Oi.

Seu sorriso se alarga ainda mais.

— Você está tão linda... — Mas Hayden não me solta. Estamos no meio do camarote, cercados pelo resto do time, e minha pele se arrepia com o peso dos seus olhares.

— Está todo mundo vendo — sussurro.

— Uhum. — Ele me abraça e dá um beijo doce na minha têmpora.

Do outro lado do recinto, Hazel, Rory e Alexei nos observam. Hazel arqueia as sobrancelhas, Rory abre seu sorriso largo, e até a expressão de Alexei parece mais calorosa.

Abro um sorriso travesso enquanto desço a mão para a bunda de Hayden e a aperto, e ele abaixa a cabeça, rindo.

51

HAYDEN

— Tem certeza de que vai ficar bem sozinha? — pergunto quando Darcy encosta o carro na área de embarque do aeroporto.

É nossa última sequência de jogos fora de casa da temporada, e não quero sair de perto dela.

— Tenho. — Ela abre um sorriso rápido. — Não sou criança. Sei me virar sozinha.

— Eu sei. — Mas gosto de cuidar dela e gosto de garantir que tenha comida suficiente na geladeira. — Pode ligar ou mandar mensagem a qualquer hora. Ou pode ligar para os meus pais se precisar de ajuda com alguma coisa.

Ela acena com a cabeça, pousando os olhos em mim, e algo se aperta em meu peito. As coisas estão finalmente no caminho certo para nós, e parece errado viajar agora. Mas sei que ir devagar e dar tempo para ela processar é algo bom. O último cara a apressou, e não quero acabar como ele.

Penso na mensagem não respondida no meu bolso. Kit vai estar de volta a Vancouver para um jogo daqui a algumas semanas e quer se encontrar para pôr o papo em dia.

Não quero vê-lo. Para mim, ele está fora da nossa vida, mas há uma parte minha que quer brigar com ele pelo que fez.

— Boa viagem. — Darcy está com um sorrisinho tímido ao olhar para o meu rosto. Ela tem feito mais disso nos últimos dias, olhando para mim abertamente, me observando.

Gosto de ter toda a atenção dela.

Um calor começa a se formar na minha virilha, e levo a boca à dela, mordiscando seu lábio inferior. Ela suspira, apoiando a mão no meu peito e alisando a frente da camiseta que me deu de Dia dos Namorados. Minha camiseta favorita, meu bem mais valioso.

Mas meu corpo está frustrado e, pela maneira como suas unhas se cravam em mim, ela também está. "Por favor?", sussurrou hoje cedo, enquanto roçava em mim. Precisei de todo o meu autocontrole para não enfiar meu pau nela na hora

"Não vou apressá-la", lembro a mim mesmo ao dominar sua boca. Vou dar tempo para ela se acostumar com essa nova dinâmica entre nós, uma dinâmica que quero que seja permanente. E isso significa não fazer sexo por enquanto.

Por mais que nós dois queiramos muito.

— Vai perder o voo — Darcy sussurra entre um beijo e outro.

— Por mim...

Ela ri. Nossa, como ela é linda. Meu coração se aperta, e levo a mão ao seu punho, brincando com a pulseira e roçando os dedos nela, algo que pareço fazer sempre que Darcy está por perto. Eu a beijo de novo, tirando um gemido doce e baixo dela.

— O banco de trás é grande, se mudar de ideia — ela provoca, ofegante, e solto uma risada. — O vidro é fumê.

Puta que pariu, quero fazer essa mulher gozar de novo. Eu me afasto antes de me deixar levar.

— Vou sentir saudade — admito, olhando nos seus olhos. Nunca disse isso para mulher nenhuma. Deveria ficar sem graça, mas não fico.

— Também vou sentir saudade.

Darcy morde o lábio inferior e, com um palavrão, eu a beijo de novo, inspirando seu cheiro e passando os dedos no seu cabelo macio.

— Mais um.

Ela ri em minha boca, e envolvo seu rosto perfeito entre as mãos.

— Não faz nenhuma loucura enquanto eu estiver fora, hein? — Sob meus lábios, ela sorri. — Guarda pra quando eu voltar, pra podermos fazer juntos.

— Combinado — sussurra Darcy.

Se eu não sair do carro agora, não saio nunca. Dou um último beijo nela antes de sair, exatamente quando Volkov sai do carro atrás de mim.

Ele me cumprimenta com um aceno e eu inspiro fundo. Não nos

falamos desde o encontro duplo na semana passada. Ele se abaixa para olhar pela janela do carro e acena para Darcy.

Ela abaixa o vidro e o cumprimenta de volta.

— Oi, Alexei.

— Oi. — Ele alterna o olhar entre nós antes de erguer a sobrancelha para Darcy. — Quer sair de novo?

Ela ri, mas o ciúme me consome, e meu maxilar fica tenso. Sei que Volkov está tirando sarro de mim, Darcy sabe que ele está tirando sarro de mim, mas mesmo assim... Quando se trata de vê-la saindo com outros homens, não consigo raciocinar.

— Não — disparo, e o canto da boca de Volkov se contrai. — Ela está ocupada. — Eu me abaixo para encontrar o olhar de Darcy e minha expressão relaxa. — Tchau. Valeu pela carona.

Ela sorri.

— Tchau.

Eu e Volkov a vemos ir embora. Não vejo a hora de voltar para ela.

— Não precisa agradecer — Volkov diz, me olhando de esguelha enquanto entramos no aeroporto.

Cerro os dentes.

— Pelo quê?

— Um empurrãozinho na direção certa.

— Vai se foder.

Ele ri. O filho da puta *ri*. Fico olhando para a cara dele, em choque. Acho que nunca o vi dando risada. Mostramos as identidades na entrada da área de segurança e somos autorizados a entrar.

— Você sabe que tenho razão. — Volkov coloca a mala na esteira do raio X antes de sua expressão ficar mais séria. — É bom ver você feliz.

— Estou sempre feliz.

— Não desse jeito.

Meu coração bate forte algumas vezes, porque ele tem razão. Passei anos dizendo a mim mesmo que sou o tipo de homem com quem as mulheres se divertem, mas nunca querem algo sério.

Só que Darcy me faz sentir que sou mais do que isso, e talvez eu seja.

Eu e Volkov nos sentamos em nossos lugares e, alguns minutos depois, Miller entra no avião, me encontra e solta um grito de vitória.

— Olha só quem apareceu. — Ele sacode meus ombros com um sorrisão de orelha a orelha. — Sr. Darcy Andersen, em carne e osso.

Eu o empurro, mas estou rindo, um orgulho presunçoso se espalhando pelo meu peito. Miller se ajoelha no banco na frente do nosso, olhando para trás.

— E aí, qual é o esquema? Estão juntos agora?

Dou de ombros, tentando não sorrir demais.

— Estamos vendo no que vai dar.

Quase rio da falta de sinceridade das palavras. Claro que estamos juntos. Não vou deixar que Darcy vá embora.

No corredor, enquanto Streicher põe a bolsa no compartimento superior, ele me lança um olhar de "Está tirando uma com a minha cara?". Ergo as mãos.

— Não quero apressar a garota. — Olho para a janela, pensando nas entregas de flores que programei para ela em todos os dias que eu estiver fora da cidade. Abro um sorriso satisfeito. — A gente está só se divertindo.

Volkov e Miller se entreolham, e os olhos de Miller brilham.

— Já estou esperando o convite para o casamento — Miller diz antes de se virar e sentar. Sorrio para a janela, imaginando isso mesmo, antes de achar uma foto de mim e Darcy na festa do elenco e colocar como tela de fundo do celular.

Quando os materiais do jogo são distribuídos, abro o meu e encontro uma foto instantânea daquele anão idiota na minha banheira de hidromassagem, usando os óculos escuros de Darcy.

"Pensando em você. Bjs, Daniel" está escrito com a letra dela.

Volkov olha para a foto.

— Vocês dois são estranhos.

Minha cara dói de tanto sorrir.

— Eu sei.

Assim que é bom.

52

DARCY

Estou fazendo algo que eu definitivamente não deveria estar fazendo — vendo gravações de jogos e coletando dados — quando o aplicativo do interfone apita no meu celular. Abro um sorriso, e sentimentos calorosos e extasiados brotam no meu peito, porque acho que sei o que é.

— Alô?

— Tenho uma entrega para Darcy Andersen.

Sabia.

— Pode subir.

Libero a entrada do entregador, que, minutos depois, bate na porta.

— Terceira vez na semana. — Ele sorri entre mim e o buquê enorme de flores, e minha cara esquenta.

Aqueles sentimentos de êxtase dão as mãos e giram numa rodinha enorme antes de caírem para trás com um suspiro. O primeiro buquê era laranja e amarelo, o de ontem tinha diferentes tons de roxo, e o de hoje é cheio de tons de rosa variados.

— Ou alguém fez uma bela de uma burrada ou está apaixonado.

Solto uma risada enquanto assino o recebimento.

— Ele não está apaixonado.

Estamos apenas nos divertindo. Hayden Owens não se apaixona.

— Se é o que você diz... — O entregador me dá um tchauzinho. — Te vejo em breve, aposto.

Dou outra risada, agradeço e fecho a porta antes de pegar o celular. Hayden atende à minha ligação pelo FaceTime no segundo toque.

— Outro? — Aponto a câmera para o buquê gigante na bancada da cozinha. — O que está aprontando?

— Como assim? — Hayden sorri, deitado na cama, apoiado na cabeceira do quarto de hotel.

Meus dedos traçam uma das pétalas delicadas de uma linda rosa cor-de-rosa.

— Você está me mimando.

— E daí?

Solto o ar, ainda sorrindo feito boba. Hayden está me mandando um buquê por dia desde que viajou para os jogos fora de casa. Posso comprar minhas próprias flores, mas não compro, e devo admitir que recebê-las dá uma sensação diferente, mais doce e cheia de significado.

— E daí que não precisa.

— Você se incomoda que eu mande flores? — Sua voz grave faz os pelos da minha nuca se arrepiarem.

— Não — admito.

— Está reconsiderando o que conversamos?

Meu coração sobe pela garganta.

— Não. De jeito nenhum.

— Ótimo. — Seus olhos ficam suaves. — Eu também não.

Sinto um friozinho na barriga. Sinto uma saudade louca e mal posso esperar para que ele volte para casa, para eu poder jogá-lo no chão, sentar em cima dele e me roçar nele até seu olhar ficar intenso e enevoado daquela forma que acho tão sexy.

Mas flores parecem algo sério. Parecem coisa de relacionamento. Não quero ter meu coração partido agora que estou começando a voltar a me sentir eu mesma.

— A gente falou que era só diversão — digo em voz baixa.

— Comprar flores pra você *é* divertido. Gosto de gastar dinheiro com você, Darce. É um problema?

Ao som da sua voz — autoritária, mas provocante — contenho um sorriso.

— Não.

— Ótimo. Vai fazer o que hoje?

Volto minha atenção para a tela do laptop. Não vou aceitar o trabalho de Ward, e deveria deixar a análise para os profissionais.

— Darce — Hayden diz, vendo a culpa estampada na minha cara. — O que é que você está aprontando?

Solto uma risada.

— Nada. — Respiro fundo. — Então, estava assistindo ao jogo de ontem.

— Estava?

Olho para a cara dele.

— Claro que estava. E usei sua camisa durante o jogo, óbvio.

Seus olhos brilham de orgulho.

— Não sabia.

— Por que está surpreso? Adoro ver você jogar. Enfim, o jogo na outra noite. Ward fica colocando Alexei com o zagueiro novo, e não está rolando.

Estou com aquele pressentimento de novo, o que me levou a checar os números das formações de *power play* e *penalty kills* do Storm.

— Tem um cara que joga hóquei universitário, Luca Walker. — Meu coração acelera. — Acho que ele jogaria bem com Alexei.

Hayden ergue as sobrancelhas.

— Ah, é?

— Ele jogou uma partida na NHL no ano passado, e não deu muito certo, mas acho que foi um caso isolado. — Balanço a cabeça, franzindo a testa. — Foi só uma partida, e são muitos os motivos para alguém não jogar bem. Ele é novo, mas tem muitas características parecidas com você. — Luca Walker é meio impulsivo, mas tem talento. — Ward tem muitos caras experientes no time, mas, se eu olhar pra como os times jogam, sei lá, ao longo de cinco anos, eles têm mais jogadores novos que ainda estão se desenvolvendo. O Storm tem poucos caras jovens no time agora. Muitos dos jogadores têm pelo menos vinte e cinco anos.

— Acha que o time deveria contratar esse cara?

— Vale a pena tentar para ver se Alexei se dá bem com ele. — O prazo de contratações da liga está acabando e, depois, os times vão estar definidos para o resto da temporada e as eliminatórias. O Storm deve passar para a fase eliminatória este ano, mas nada ainda está garantido. Se eu estiver certa, uma mudança como essa poderia fazer uma grande diferença. — Você deveria comentar com Ward.

Ele arqueia a sobrancelha.

— *Você* deveria.

Penso na oferta de emprego que chegou ontem à noite no meu e-mail. "Caso mude de ideia", Ward escreveu.

O medo me impede, e me odeio por isso. Tenho pavor de os meus dados não se sustentarem e isso acabar levando o Storm a ser eliminado da disputa para a próxima fase. Carreiras estão em jogo. Alguém pode sair prejudicado. O time quer muito vencer as eliminatórias, e eu nunca me perdoaria se estragasse isso.

Hayden é o outro motivo por que não posso aceitar esse emprego. Eu estaria trabalhando lado a lado com ele. Provavelmente viajaria com o time. Esse *lance* que estamos tendo, com Hayden dando beijinhos no meu pescoço e nós dormindo juntos na mesma cama toda noite, tem uma data de validade.

E depois vou acabar vendo de perto enquanto ele vira a página para ficar com outras mulheres, enchendo-as de sorrisos provocantes e as sentando no colo.

Não posso ver isso. Não posso aceitar esse emprego.

Encontro o olhar curioso de Hayden e balanço a cabeça com um sorrisinho.

— Ward vai saber de quem está vindo — ele diz.

— Fala que uma vidente entrou em contato com você.

Ele ainda sorri, balançando a cabeça.

— Tá, vou comentar, mas tenho certeza de que vou ser sutil como um trator. — Seu olhar pousa em mim por um longo momento. — E se você aceitasse o trabalho, Darce? — Seus olhos brilham. — Seria divertido, não? Trabalharmos juntos? Ward sempre leva um ou dois analistas nas viagens. A gente poderia fazer festas do pijama.

Contra minha vontade, abro um sorriso, imaginando o cenário. Ver filmes juntos no avião. Entrar sorrateiramente no quarto um do outro tarde da noite, nos enrolarmos nos lençóis e pegar no sono juntos, exaustos.

Seria bom voltar a amar meu trabalho e usar minhas habilidades para fazer algo legal em vez de desperdiçar em alguma coisa com a qual não me importo.

— Alexei vai se aposentar daqui a alguns anos, querendo ou não.

E se eu for o motivo de ele não conseguir chegar à última fase das eliminatórias?

Estou com medo, deixo de dizer.

Hayden me observa com a expressão séria.

— Mas e se você *for* o motivo de o time chegar às eliminatórias? E se conseguir nos ajudar? O risco é compartilhado, Darce. Ninguém vai apontar o dedo pra você por um lance que executarmos. Existem muitos motivos para alguns lances não funcionarem. O futuro do time não depende só de você. — O canto da sua boca se ergue. — Sem falar que sabe o que está fazendo. Aquele erro que cometeu? Foi anos atrás.

— Hum — respondo, desviando os olhos. Parece que foi ontem.

— Queria que aquela parada nunca tivesse acontecido com você — murmura Hayden, suspirando. — Você é brilhante, Andersen. E é a única que não enxerga isso. Você merece ter a vida que quer.

Ele se vira de lado, encostando a cabeça no cotovelo e apoiando o celular no travesseiro. Quando faz isso, vejo algo na mesa de cabeceira atrás dele.

— Espera. — Chego mais perto, estreitando os olhos, e uma chama se acende no meu peito. — O que é isso na mesa de cabeceira atrás de você? — pergunto, embora consiga ver perfeitamente bem.

Ele para, e nem olha para trás.

— A foto que você me deu — diz, com uma careta culpada, como se tivesse feito algo errado.

Meu coração bate mais forte.

— Você levou com as suas coisas?

Hayden coça o queixo, desviando o olhar.

— Sempre trago comigo nas viagens.

Ai, meu Deus. Que fofo! Não existe nenhum relacionamento na minha vida como o que nós temos. Meus olhos ardem de emoção. Se estragássemos esse lance de *diversão*, eu nunca me perdoaria por perder Hayden como amigo.

— Dormi na sua cama ontem à noite — admito. E na noite anterior. E talvez durma hoje também.

Não estou me apegando, eu *juro*, mas durmo melhor na cama dele, com seu cheiro no meu nariz. Não acho que vá durar para sempre.

Hayden sorri, contente.

— Sério?

— Uhum. — Sinto minha cara esquentar — Tem problema?

— Não. — Seu sorriso se alarga. — É claro que não. Adoro pensar em você na minha cama em casa, esperando por mim. — Seus olhos se fecham enquanto ele suspira. — Caralho, que tesão!

Deixo escapar uma risada surpresa.

— Hayden.

— Desculpa. — Ele sorri, mas há uma certa agonia na sua expressão que me dá um friozinho na barriga. — É só que estou com saudade.

— Também estou com saudade.

Ficamos nos encarando em silêncio. Nossa, queria que estivéssemos juntos agora. Queria poder passar os dedos no cabelo dele e ajudá-lo a relaxar.

— A gente podia sair pra comprar móveis no fim de semana — Hayden diz.

Faço uma careta. Ele tem um apartamento todo cheio de móveis.

— A gente não precisa de nada.

— Sim, mas... — Ele dá de ombros, sorrindo. — São todos móveis que eu já tinha quando me mudei. É pra ser a nossa casa, certo? Quero que tenha a sua cara também.

Mas e depois do casamento de Jamie e Pippa?, quero perguntar. Se decidirmos ser apenas amigos, não posso voltar a dormir na minha própria cama e segurar a onda como se nada tivesse acontecido.

— É por causa da minha lista? — pergunto. — O item da base digna de pegador?

Parece fazer séculos que fiz aquela lista. A ideia de convidar um estranho para o nosso apartamento me dá calafrios.

Hayden contrai o maxilar.

— Não — responde, desviando o olhar, e a tensão no seu rosto se dissipa. — Pedi para um arquiteto comprar tudo aquilo, mas quero algo que tenha a nossa cara. — O canto da boca dele se ergue. — Quero que pareça a nossa casa.

Sinto um aperto caloroso no peito e engulo em seco as emoções conflitantes. Parece muito algo de namorada, comprar móveis com ele.

Eu deveria estar estabelecendo limites melhores, mas, quando imagino, *adoro* a ideia de uma casa que eu e Hayden personalizamos juntos.

— Também quero isso. — Por um longo momento, ficamos apenas sorrindo um para o outro. — Você volta na quinta à noite?

Ele faz que sim, olhando para mim enquanto abre um sorrisinho.

— Vou buscar você no aeroporto — digo.

— Não precisa. Posso pedir um carro de aplicativo.

— Eu quero. — Mais uma coisa de namorada que eu não deveria estar fazendo. Me lembro de algo, e bato a mão na testa. — Ah. Não posso. Tenho aquele evento de Mulheres em Exatas na quinta à noite. O evento beneficente de patinação. — Sinto o peso da decepção. Hayden faz tanto por mim, e deixá-lo no aeroporto no começo da semana o deixou tão feliz...

— Não se preocupa. — Ele faz que não é nada. — É o lance dos anos 70?

— Isso — respondo. — Estamos arrecadando dinheiro para o fundo de ensino, para mandar meninas de baixa renda para a universidade. Pena que não dá pra você ir. — Minha boca se contorce. — Você ia adorar.

— Mesmo se você dissesse que vamos experimentar dentaduras achadas na praia, Darce, eu ia me divertir, desde que você estivesse lá.

Quando eu engasgo, Hayden ri.

"Ele está apaixonado", disse o entregador. "Aquele gol foi pra você", disse Hazel. E Hayden leva a nossa foto juntos nas viagens. Meu coração bate mais forte no peito.

— Comprei mais lingerie — digo, sem pensar.

Ele ergue as sobrancelhas.

— Comprou, é? — Seu olhar fica malicioso, e a linha forte do seu pescoço se move enquanto ele engole em seco. — Pra mim?

— Pra *mim* — respondo, com um sorriso provocante. — Mas, sim, pra você também.

— Mostra.

Fico vermelha, mas estou radiante.

— Não.

Ele se senta na cama, focando na tela com fascínio.

— Por favor.

Dou uma risada.

— Vai ter que esperar pra ver quando chegar em casa.

Ele joga a cabeça para trás e resmunga.

— Darce, quando eu chegar em casa, você vai me mostrar muito mais do que a lingerie nova.

Um arrepio me percorre, e seguro o sorriso empolgado, minha mente a mil com imagens obscenas.

— Mal posso esperar.

53

DARCY

— Ei, Darcy? — Carmelita me chama no evento das Mulheres em Exatas de Vancouver na quinta.

Está tocando ABBA nas caixas de som, e um globo espelhado está suspenso sobre o rinque enquanto os membros da organização passam patinando com as meninas das escolas da região e seus pais, muitos usando fantasias ridículas dos anos 70.

— Phoebe precisa de ajuda lá na frente — ela diz. — Tudo bem você ficar aqui sozinha por alguns minutos?

— Claro. Vai lá.

Ela aperta meu braço.

— Obrigada, anjo.

Observo o rinque e sorrio para Georgia, que está falando com um grupo de adolescentes sobre o trabalho dela. Elas a observam com atenção e, mesmo sem conseguir ouvir o que Georgia está dizendo, dá para ver que seu entusiasmo com o próprio trabalho é contagiante.

Ela insistiu em participar do evento para ter onde usar as botas brancas até o joelho que comprou por impulso no ano passado, mas acho que é uma desculpa. Ela adora o que faz. Assim como Carmelita, que projeta células de combustível para veículos a hidrogênio. Muitas das mulheres aqui ficam radiantes ao falar sobre o próprio trabalho. É essa a intenção de eventos como este, com meninas do ensino fundamental e médio: mostrar opções e possibilitar que sigam uma carreira que amem. Perto do fim do evento, Carmelita vai entregar as bolsas de estudo, que esperamos que ajudem alguém a seguir o caminho de fazer o que ama.

Um vazio estranho se instala no meu peito. Parece que todo mundo ama o próprio trabalho, menos eu.

O Storm ainda não contratou Luca Walker. Fico pentelhando Hayden todo dia para saber de alguma novidade, mas até agora, nada.

O avião dele deve estar chegando agora. Sinto um friozinho na barriga e, embora esteja me divertindo aqui, mal posso esperar para chegar em casa e trepar no meu jogador de hóquei gato e trincado como se ele fosse uma árvore.

Quer dizer, não *meu* jogador de hóquei. Meu por tempo limitado, imagino.

Chegou uma caixa ontem: um conjunto de lingerie verde-menta, muito delicado, suave e bem-feito. "Com amor, Hayden", dizia o cartão, que apoiei na mesa de cabeceira e para o qual sorri enquanto pegava no sono.

Estou usando a lingerie agora. Olho de novo a hora. Tomara que o voo dele chegue a tempo e eu consiga vê-lo antes de dormir.

Quem estou querendo enganar? Eu ficaria acordada até de madrugada de tanta saudade.

— Ei — diz uma voz grave e familiar atrás de mim. — Pode me ajudar amarrando os cadarços dos meus patins?

Uma série de faíscas e estalos disparam pelo meu corpo, e me viro rapidamente, quase caindo para trás ao ver Hayden Owens com uma camisa de seda horrível de estampa floral, calça boca de sino e óculos de sol laranja enormes. Está sorrindo de orelha a orelha e segurando um par de patins alugados. Deixou o bigode. Não é justo o quanto está atraente, mesmo assim.

— Nossa, como é bom te ver — murmura ele, entrando no meu espaço e apoiando as mãos na grade atrás de mim, prendendo-me no lugar. — Você está tão linda. Dá vontade de morder. — Ele beija o canto da minha boca, e meu coração vacila, inebriado e desorientado.

— Você está aqui. — Fico olhando, incrédula, para ele.

Passo as mãos no seu cabelo, e suas pálpebras se fecham antes de eu trazer seus lábios aos meus. Hayden geme, e eu inspiro seu cheiro, beijando-o, mostrando como estava com saudade dele enquanto ele toma minha boca. Seus braços me envolvem, e me afundo em seu calor largo e sólido.

Alguém assobia para nós, mas não estou nem aí. Tudo que quero é Hayden.

— Melhor parar um pouco, Darce — fala ele no meu ouvido, sorrindo. — Essa calça já é apertada demais, e tem crianças aqui.

Dou risada e me afasto para olhar sua roupa.

— Você está parecendo o Austin Powers. — Se o Austin Powers fosse interpretado por um boneco do Ken em tamanho real com os dentes perfeitos.

Ele dá uma piscadinha.

— Ah, comporte-se.

— Era pra você estar no avião. — Olho atrás dele e solto uma gargalhada. — Aquele ali é Rory?

Rory está usando um macacão do Elvis com uma peruca preta e óculos de aviador, e está tirando uma foto com um grupo de adolescentes.

Hayden sorri.

— É.

O time todo está aqui, todos fantasiados em algum grau. Até Alexei está usando grandes óculos escuros cintilantes que alguém deve ter botado nele à força.

Sinto uma leveza tão grande que poderia sair flutuando.

— Pensei que seu voo não teria chegado ainda.

— Darcy, você tinha que ver esse cara no hotel hoje cedo — Rory diz ao passar por nós, chacoalhando Hayden. — Parecia um sargento, batendo em portas pra acordar todo mundo ao raiar do dia.

Hayden revira os olhos.

— Até parece.

Rory finge uma tosse, sorrindo de canto para Hayden.

— Acho que ele precisa de uma atenção especial hoje. Ele está doido. — *De amor*, Rory faz com a boca.

Hayden o empurra, depois sorri para mim. Meu rosto esquenta, mas não consigo parar de sorrir.

— Não dê ouvidos a ele — Hayden murmura. — Ele vive batendo a cabeça.

Dou risada, mas minha atenção se volta para Alexei, que está autografando uma camisa ao lado de Carmelita. Hayden segue meu olhar.

— Trouxemos alguns produtos do time pra vocês leiloarem.

— Carmelita? — Rory a chama, erguendo o celular. — Pode me mandar o link para as doações? Quero postar nas minhas redes.

Hayden me envolve em seus braços e sinto seu cheiro: quente, marcante e fresco. Tão familiar que faz meu coração se apertar.

— Posso te roubar um pouquinho?

Parece que todos estão com tudo sob controle, então aceno e pego sua a mão estendida. Ele me leva até um banco.

— Deixa que eu faço isso — diz Hayden com firmeza quando vou pegar meus patins. Então, se ajoelha na minha frente. Me lança uma piscadinha rápida enquanto amarra os cadarços.

Na pista de patinação, damos voltas grandes, ouvindo uma música de discoteca dos anos 70 e trocando sorrisos discretos. Fico bamba nos meus patins, mas ele segura a minha mão. Sei que, se eu virasse ou cambaleasse, ele estaria ali para me segurar. Uma música que Hayden adora começa a tocar, e ele fica radiante, dançando enquanto patinamos e espalhando sua energia boba e alegre pela pista. Não demora muito para todo mundo estar dançando e fazendo palhaçada, e estou rindo dos passos de dança engraçados.

Quando faz um passo de dança com o quadril, lanço um olhar provocante para ele.

— Cuidado, hein — digo, olhando para a sua virilha. — Sei o que você tem aí embaixo.

— Andersen. — Hayden parece escandalizado. — Estamos num evento familiar.

— Então acho que eu não deveria fazer isso, né? — Puxo a gola do vestido alguns centímetros para o lado, e o olhar de Hayden pousa na alça verde-menta do sutiã que ele me mandou.

Seus olhos se enchem de desejo antes de fazer uma cara angustiada e resmungar.

— Você joga sujo.

Caio na gargalhada.

— Estou muito feliz por você estar aqui — admito.

Seu olhar se enche de afeto.

— Também estou.

Ele me dá um beijo, depois pega minha mão e me gira.

Kit nunca vinha a eventos assim. Se não estava jogando hóquei, estava descansando ou jogando golfe. Tudo girava em torno dele.

Hayden é muito diferente. Não sei por que precisei morar com ele e fazer o que quer que estejamos fazendo para ver isso. Eu me divirto mais com ele do que com ninguém. Em retrospecto, percebo que ficava mais ansiosa para sair com Hayden em nossas viagens a Vancouver do que uma mulher num relacionamento com outra pessoa deveria ficar.

Se me permitir, posso me apaixonar mais por ele do que por qualquer outra pessoa. Patinar e conversar ao telefone antes de dormir e falar sobre estatísticas com ele? Parece muito certo.

Quando passar o casamento de Jamie e Pippa e o que quer que estejamos fazendo chegar ao fim, vou tentar me lembrar dessa sensação. É o que perdi em anos com o cara errado.

54

DARCY

— Porra, eu estava morrendo de saudade. — Hayden me joga na parede do elevador, chupando meu pescoço. — Pensei em você o tempo todo.

Minha pele pega fogo, e me arqueio contra ele feito um gato enquanto calafrios me percorrem.

— Usei o brinquedinho na sua cama.

Hayden para e encosta a cabeça no meu ombro com um resmungo torturado. Dou risada. As portas do elevador se abrem e, com um sorriso, ele se abaixa e me pendura em cima do ombro.

"Casa com esse homem", Carmelita sussurrou para mim depois que Hayden doou cem mil dólares em segredo para o fundo de bolsas das Mulheres em Exatas.

— Não precisa disso — digo, rindo, de ponta-cabeça, enquanto ele me carrega até a porta e a destranca. — Qualquer um pode ver.

— Deixe que vejam. — Dentro, ele descalça os sapatos e aperta a parte de trás das minhas coxas para me estabilizar. — Todos vão saber que vamos passar o resto da noite ocupados.

Um calor se espalha entre as minhas pernas.

— Não vai me pedir pra ir devagar?

— Não. — Ele larga a mala e me leva até o quarto. — Foi uma ideia idiota.

No quarto dele, Hayden me põe em pé. No instante seguinte, sua boca encontra a minha novamente. Suas mãos estão na barra do meu vestido para tirá-lo. Quando vê a lingerie que comprou para mim, seus olhos se enchem de desejo, e ele joga a cabeça para trás.

— Você está bem? — pergunto, rindo.

— Não. — Ele solta um grunhido, franzindo a testa sem tirar os olhos da lingerie. — Meu pau está tão duro que chega a doer.

Solto um som baixo de dó e, olhando nos seus olhos, levo a mão à frente da sua calça, apalpando-o. Seus lábios se entreabrem quando aperto o membro duro.

— Coitadinho. — Meus dedos sobem e descem, provocando.

— Pois é — concorda Hayden, seu pau pulsando na minha mão. — Coitadinho de mim.

Dou uma risada, e ele sorri antes de desabotoar a camisa, despindo-a e tirando a calça.

Nossa, como ele é lindo! Paro um momento para ficar olhando enquanto ele sorri para mim. Hayden passa a mão no cabelo e beija minha bochecha, meu maxilar, meu pescoço.

— Em que você pensou enquanto usava o brinquedo?

— Você.

— Seja mais específica. — Hayden chupa a pele atrás da minha orelha e meus olhos se fecham. Uma onda de umidade brota entre as minhas pernas.

— Lembra o vídeo que você me mostrou? Com a, hum... — Aperto os lábios, envergonhada. Não estou acostumada a pedir o que quero, muito menos em situações sexuais. — A cabeça dele entre as pernas dela? — Minha voz sai estridente.

Hayden ri, encostado em minha pele.

— Ah, é. Vi esse algumas vezes.

— Algumas quantas?

— Umas cem.

Dou uma risada.

— Caramba.

Ele me faz andar de costas até meus joelhos acertarem a cama e me empurra para eu me sentar antes de subir em cima de mim. Me afundo nos travesseiros, hipnotizada pela forma como ele olha para mim, como se não soubesse por onde começar.

Nossos olhos se encontram, seu olhar leve e provocante enquanto seus dedos brincam com a renda do meu sutiã.

— E o que tem aquele vídeo?

— Talvez você possa... fazer aquilo. — Eu o observo explorar, traçando as alças do sutiã. Sinto os seios tensos e sensíveis, desesperados pela atenção dele.

— Te chupar.

Seus dedos traçam um mamilo arrebitado através do tecido. Mordo o lábio e faço que sim.

Hayden desliza o sutiã para baixo e observa meu rosto enquanto brinca com o mamilo sensível. Um calor líquido me percorre, acumulando-se e formando uma poça entre as minhas coxas.

— Lamber sua bucetinha.

— Hayden. — Coro.

Ele leva a cabeça ao meu peito e puxa o mamilo entre os lábios. Deixo escapar um som abafado com a sucção dos seus lábios, o toque quente da sua língua.

— Fazer você gozar na minha cara? — murmura ele, encostado em mim.

Dou risada, tentando me concentrar na conversa.

— Não precisa ter vergonha. — Ele estende a mão por trás de mim, abre meu sutiã e o tira. Sua boca volta ao mamilo rígido, o dedo no outro. — Você não sabe quantas vezes bati uma pensando em te chupar.

Mais lubrificação enche minha calcinha e, quando ele roça a frente dela, prende o ar.

— Já está molhadinha.

Hayden traça um círculo firme, e uma onda de prazer me atravessa. Estou respirando com dificuldade, observando enquanto ele se delicia com meu corpo. Ele abre um sorriso travesso e malicioso e passa os dedos dentro do tecido.

Gememos juntos com a sensação divina dos seus dedos cercando meu clitóris.

— Ele já fez você gozar assim? Com a boca?

Faço que não. Uma pressão vai se formando conforme Hayden traça uma fricção deliciosa sobre os nervos sensíveis. Cravo as unhas nos seus ombros.

Ele tira a minha calcinha, me deixando completamente nua. Parte de mim quer se sentir tímida e envergonhada, mas o desejo nos seus olhos dissipa toda timidez.

Hayden me deseja, e quero que ele me possua.

— Darcy?

Verdade. A pergunta.

— Ele tentou. — Franzo as sobrancelhas com a lembrança. — Há muito tempo. Na escola. Não deu muito certo.

Hayden solta um ruído inconformado do fundo da garganta, olhando para minha boceta enquanto seus dedos voltam ao trabalho, girando e me provocando mais e mais.

— E simplesmente desistiu.

Arregalo os olhos, sem saber o que dizer. Sim, foi exatamente o que aconteceu.

— Eu também desisti.

— Não vou deixar você desistir. Vamos ficar aqui até você estar satisfeita, gozando ou não. É só curtir. Beleza?

Faço que sim.

Ele desce entre as minhas pernas, as mãos dentro das minhas coxas, abrindo-as. Meu coração dispara. Vai mesmo acontecer. Hayden está prestes a me chupar.

Quando sua língua quente traça meus nervos, o prazer dispara pelo meu corpo. Meu quadril se arqueia para fora da cama. Ele vira o rosto para a minha coxa e dá um beijo firme, inspirando fundo e soltando um gemido agoniado.

— Meu Deus — murmura em minha pele, antes de passar a língua de novo pela minha boceta.

Meus dedos dos pés se curvam. Aperto o edredom. No centro da minha coluna, começam a surgir faíscas.

— Sabe o que fiz depois que usamos o brinquedo juntos, Darce?

É incrivelmente excitante ouvir da boca dele o meu nome abreviado, o mesmo que usa com tanta naturalidade há anos, enquanto lambe minha excitação. Mundos se chocam, e é uma surpresa como se encaixam bem.

— O quê? — pergunto, rouca.

Hayden me explora sem pressa, traçando e chupando e sugando com os lábios. Sinto. Cada. Sensação.

— Você deixou minha mão toda molhada — ele diz com a voz baixa.

Traça um círculo quente no meu clitóris com a língua, e minha visão fica turva. Nunca fui tratada assim, mas, pela maneira como parece me saborear, isso parece ser mais por ele do que por mim.

E isso é muito, mas muito excitante.

— Chupei seu gosto nos meus dedos, Darcy — murmura, antes de enfiar a língua dentro de mim.

Solto um gemido, e o prazer cresce enquanto imagino Hayden colocando os dedos na boca e me saboreando.

— Seu gosto era tão docinho... Tanto quanto agora.

Outra longa lambida lenta pela minha entrada. Perco o ar, e Hayden pega a minha mão e a leva à sua cabeça.

Seu sorriso é puro pecado.

— Puxa meu cabelo quando gozar, linda.

Aperto os fios com a outra mão também, meus dedos mergulhando em suas mechas grossas. Tento rir da sua presunção, mas sai mais como um suspiro. Ele levanta as minhas coxas de modo que fiquem apoiadas em seus ombros fortes. O contato adicional de pele com pele é exatamente o que eu não sabia que queria. Suas mãos continuam nas minhas coxas, apertando e alisando minha pele para me encorajar.

Com um ritmo lento e sem pressa, usando os lábios, a língua e os dentes, ele me explora. Brinca comigo. Me provoca. Me leva às alturas e me deixa lá. Não sei se vou gozar. Poderia ficar aqui para sempre embaixo de Hayden enquanto ele me chupa como se precisasse disso.

Ele volta a subir para o meu clitóris e o suga, encontrando meu olhar fascinado e chupando com força. Reviro os olhos e o ar escapa dos meus pulmões com um grito sufocado. E, lá embaixo, meus nervos estão prestes a romper.

Acho que vou gozar, sim.

Hayden solta um barulho satisfeito com a minha reação e faz de novo, chupando o botãozinho. Pisco umas mil vezes seguidas enquanto faíscas se espalham pela minha visão.

— Que delícia — gemo, como se o brilho presunçoso nos seus olhos não me dissesse que ele sabe exatamente como a sensação é boa.

Sua mão desce entre as minhas pernas e, um momento depois, seus dedos grossos entram em mim.

— Hayden — gemo. O volume dos seus dedos arde da maneira mais deliciosa e enlouquecedora. Estou começando a surtar, os nervos à flor da pele. Com os calcanhares apertando suas costas, puxo seu cabelo, e ele aprova com um gemido.

Meu orgasmo cresce dentro de mim.

— Qual é o problema, Darce? — Hayden cantarola, mas volto a puxar seu cabelo suavemente, e ele cala a boca com um "hum" satisfeito. — É isso que eu queria a semana toda. — Seus dedos roçam na minha boceta, movendo-se pela parede frontal como o brinquedo fazia. — É assim que eu *realmente* queria fazer você gozar.

Ele abocanha meu clitóris e sua língua se movimenta ali. A sucção e a fricção combinadas com seus dedos me preenchendo e me masturbando me levam ao clímax.

Prazer se espalha pelo meu corpo, e meu quadril se ergue na direção da boca devoradora de Hayden enquanto gozo muito. Sou atravessada por onda após onda de calor e outras sensações. Meus pensamentos evaporam; sou apenas um conjunto de nervos disparando enquanto Hayden geme entre as minhas pernas, me guiando com ruídos estimulantes. Meus músculos piscam ao redor dos seus dedos, e estou zonza pela perda de controle, pelo êxtase avassalador, pelo sangue correndo pelas minhas veias.

Assim como da última vez, Hayden prolonga a ação, observando meu rosto e desacelerando o movimento, me trazendo de volta como se eu fosse uma poça derretida.

— Ai, meu Deus — murmuro quando ele se deita ao meu lado e me abraça.

Sangue ainda lateja nos meus ouvidos, mas um peso delicioso e saciado se instala no meu corpo.

— Você é muito bom nisso. — Engulo em seco, fechando os olhos. — Não sabia que podia ser assim.

Ele beija a minha têmpora. Sua voz é baixa em meu ouvido, fazendo minha pele formigar.

— Confia em mim, o prazer foi todo meu.

Em meu quadril, porém, sinto sua ereção. O calor do seu corpo me inebria através do tecido da sua cueca. Estou cansada de esperar. Quero fazer com que ele sinta o que acabou de me fazer sentir.

No fundo, na parte mais secreta da minha consciência, meu coração dói por saber que isto, esta dinâmica leve, natural e excitante entre nós, vai acabar, e que nunca vou encontrar nada parecido.

O que significa que vou ter que aproveitar enquanto durar.

Com um sorrisinho malicioso, coloco a mão ao redor do seu membro. Seus lábios se entreabrem, surpresos, e o desejo toma conta dos seus olhos.

Chegou a minha vez.

55

HAYDEN

— Não diga "hoje não". — Os olhos de Darcy brilham com interesse e curiosidade enquanto seu olhar paira sobre o meu pau e ela dá um aperto firme.

Minhas bolas se contraem de desejo.

— Porra.

— Quero te ver. — Ela sobe e desce os dedos pelo meu membro.

Como da última vez, consigo sentir a pressão crescente lá embaixo, o peso ardente das minhas bolas. Brincar com Darcy me faz chegar lá dez vezes mais rápido.

— Porra, estou muito perto.

— Então prova.

Solto uma risada tensa diante da sua expressão determinada, mas divertida.

— Você vai acabar comigo, sabia?

Sua boca linda abre um sorriso satisfeito, e tiro a cueca. Meu pau salta para fora, duro e pingando de pré-gozo, e basta ela roçar os dedos em minha pele nua para o meu quadril se erguer da cama.

— Uau — Darcy murmura, olhando para ele com uma reverência que deveria me constranger, mas, em vez disso, faz o sangue pulsar mais forte por minhas veias. — Eu sabia que você era proporcional, mas... — Ela observa meu pau, passando as pontas dos dedos na parte de baixo, e perco o ar de tão bom que é.

— Mas...?

— Parece clichê.

— Fala. — Mal consigo encontrar as palavras.

— É muito grande, e quero dentro de mim. — Sua boca se curva num sorriso. — Está feliz?

Meu pau pulsa na mão dela enquanto minhas bolas se contraem. Estar aqui deitado, com ela me lançando esse olhar de interesse?

— Sim, Darce, estou feliz.

Ela explora e brinca com a minha ereção, e eu envolvo um braço ao redor de seu corpo para mantê-la perto.

— Tudo bem? — Darcy pergunta. — Se eu for... devagar assim?

— Está incrível — digo, rouco, enquanto ela me leva para mais e mais perto do êxtase. — Me beija?

Ela solta um murmúrio delicioso de prazer e volta a trazer os lábios até os meus. Meu coração acelera com as sensações do nosso beijo lento, e a forma tranquila e carinhosa como me toca derrete meu cérebro, deixando apenas pensamentos sobre ela e este momento.

Tudo é muito diferente com Darcy. Um milhão de camadas de coisas novas e melhores. Consigo sentir que nossa relação está mudando, e consigo sentir que eu estou mudando.

Isto. Isto aqui: nós dois deitados e curtindo o prazer um do outro é melhor do que todas as experiências que já tive na vida. E não vamos voltar a ser como éramos antes.

A excitação vibra pelo meu corpo, e estou escorrendo pré-gozo sobre a mão dela enquanto meu orgasmo se aproxima e vai crescendo lá embaixo. Darcy apenas continua me beijando. Essa intimidade estranha deveria me assustar, mas não assusta.

Afundo a mão em seu cabelo, beijando-a mais intensamente enquanto ela aperta meu pau e geme na minha boca. Minhas bolas se contraem; meu quadril se inclina em sua mão.

— Assim? — sussurra ela.

Faço que sim, meu coração pulsando e minha cabeça zonza. Sinto que estou bêbado.

— Bem assim. Estou muito perto — murmuro, a voz áspera e baixa.

— Fiquei imaginando como você seria quando gozasse — sussurra Darcy entre um beijo e outro, e pensar nela fantasiando sobre mim faz uma eletricidade se espalhar pelo meu corpo.

A pressão transborda lá embaixo, e empino o quadril na mão dela com movimentos espasmódicos e descontrolados.

— Vou gozar — aviso, observando seu rosto lindo enquanto meu mundo começa a desmanchar.

Meu coração lateja em minha caixa torácica, meus pensamentos se turvam, e meus lábios se entreabrem nos dela. Cubro sua mão com a minha, e me masturbamos juntos. Um gemido entrecortado escapa da minha garganta quando minhas bolas se contraem de êxtase, e gozo em cima das nossas mãos e da minha barriga.

Faz anos que fantasio sobre Darcy me masturbar assim, e consegue ser melhor do que imaginei que poderia ser.

— Puta que pariu — gemo enquanto ela move a mão. Com interesse e desejo, seu olhar alterna entre o meu rosto e o meu pau, os olhos se arregalando ao observarem meu orgasmo se esgotar. Acabo com um gemido baixo, zonzo e exausto.

Darcy sorri em meu ombro.

— Está se achando, Andersen?

Ela arqueia a sobrancelha, os lábios se curvando ainda mais.

— Muito.

Sua mão está coberta pelo meu gozo, e um desejo me atravessa. Meu olhar sobe pelo seu corpo, pelas curvas delicadas do seu peito, e me imagino gozando nela todinha.

Fazendo dela minha.

Levo a mão à sua boca.

— Abre.

Olhando nos meus olhos, ela entreabre os lábios, e sua língua rosa e doce percorre minha pele, saboreando meu gozo. Sua garganta se move enquanto ela engole, e minha mente fica em branco. Fortes desejos possessivos me atravessam, e o sangue corre para a minha virilha.

Já estou ficando duro de novo.

Darcy morde o lábio com um sorriso tímido. Estou completamente entregue a ela.

Preciso me levantar para me limpar, mas meu corpo está mais pesado e relaxado do que nunca.

— Acho que não consigo levantar — admito, com um sorriso envergonhado, ainda ofegante.

Ela ri.

— Isso é bom?

— Sim, linda. — Levo os lábios ao dela, dando beijos doces e suaves. — É bom.

56

DARCY

Eu e Hayden estamos voltando para casa depois de tomar café numa lanchonete perto do prédio quando ele aponta para uma vitrine.

— Você ficaria linda naquele vestido.

Fico paralisada. Parece o vestido que comprei no ano passado, o tangerina que estava pendurado no meu guarda-roupa com as etiquetas quando doei.

Aquele que Kit falou que era chamativo demais.

Do qual me arrependo de ter me livrado. Ao doar, deixei que ele vencesse.

— É muito colorido — digo, como se conseguisse tirar os olhos do vestido. Como se não sentisse um impulso urgente no peito me chamando na direção dele.

— Só experimenta.

— Não tenho onde usar. — Não sei por que estou resistindo tanto. É só um vestido besta.

Não é só um vestido besta, uma voz insiste na minha cabeça. *É mais que isso. É aquela parte de você que não era suficiente para ele.*

— Você pode usar no casamento de Jamie e Pippa.

Preciso *mesmo* de um vestido para o casamento deles. Se Georgia estivesse aqui, já estaria me arrastando para a loja. Hayden nem sabe sobre o vestido que comprei e doei; isso deve significar *alguma coisa*, não?

— Tá bom. — Aceno, decidida. — Vou experimentar.

— Você está linda — é a primeira coisa que Hayden diz quando saio do provador. Ele se apoia na parede, passando os olhos pelo meu corpo de cima a baixo, com uma expressão atordoada.

Eu me *sinto* linda. Assim como o vestido que experimentei com Georgia naquela vez, este se encaixa perfeitamente, como se tivesse sido feito para mim.

Mas não é só isso. Usar este vestido me dá uma sensação de vitória. Como se eu estivesse um pouco mais perto de onde queria estar meses antes, quando saí de Calgary, perdida e confusa.

— Não é muito... — tento não me engasgar com a palavra... — chamativo?

Hayden faz uma careta como se eu estivesse falando bobagem.

— Até parece. E daí se for? Você está linda. Qual é o problema de se destacar?

— Vou para o casamento de outra pessoa. — Observo meu reflexo, e meu coração dá um pulinho de alegria ao ver o caimento do vestido no meu corpo. — Não quero me destacar demais e tirar a atenção deles.

— Desde que você não suba em cima da mesa e tente tirar, acho que está tudo bem. Pippa não liga muito para os holofotes; só se importa com a música. Além disso... — Seus olhos se suavizam e ele abre um sorriso doce e encorajador. — ... gosto quando você usa cores vibrantes. Parece que não está mais tentando se esconder.

Quando uso este vestido, não me sinto a garota que nunca foi boa o suficiente para Kit nem a garota que provocou a própria demissão e a da sua chefe e mentora. Me sinto Darcy Andersen, a mulher que ama livros de fantasia, usa a matemática para tornar o mundo melhor e ri com seu melhor amigo, Hayden. A mulher que criou do zero uma vida nova para si aqui em Vancouver.

Neste vestido, me sinto eu mesma.

Os olhos de Hayden percorrem meu corpo, sua garganta se move, e ele se ajeita.

Um sorriso se forma no canto da sua boca.

— Você está bem?

— Não — Hayden ri, desviando o olhar antes de voltá-lo para o meu corpo, com uma chama de desejo.

Dou um passo para perto, andando devagar, e seus olhos me percorrem de novo. Ele lambe os lábios e suas bochechas ficam coradas.

Ajeito o cabelo atrás dos ombros e seu olhar desce para as minhas escápulas.

— Estou deixando você sem graça?

— Está. — Hayden me pega pela cintura e me puxa na direção dele enquanto tremo de tanto rir. — E, se não parar, vou seguir você de volta até aquele provador. — Ele roça os lábios na minha orelha e sinto um arrepio de prazer.

— Quem diria que você reagiria assim a um vestido?

— Não é o vestido, Darce. — Sua respiração é quente no meu pescoço. — É você.

No provador, quase engasgo com o preço na etiqueta.

É muito. Tipo, dois meses de aluguel, se eu estivesse pagando aluguel.

Mas não estou. Graças à insistência de Hayden de que eu morasse na casa dele de graça, economizei uma graninha extra nos últimos meses. Nunca gastei tanto numa peça de roupa, mas ela não é apenas isso; é algo que me faz sentir bonita, especial e única. Me faz sentir eu mesma.

— Deixa que eu já vou levando para o caixa — Hayden diz do outro lado da cortina, e passo o cabide para ele.

Quando chego ao caixa, ele está esperando na entrada, com um saco de papel grosso e uma caixa branca dentro.

— Que estranho — diz, balançando a cabeça com uma expressão confusa, mas seus olhos cintilam. — Deram pra gente de graça.

Atrás dele, a vendedora finge estar ocupada, mas nos lança olhares furtivos, sorrindo consigo mesma.

Suspiro e abro um sorriso.

— Hayden.

Ele leva a mão à minha lombar e me guia para fora da loja.

— Ficaram, tipo: "Por favor, senhor, leva esse vestido. Você está nos fazendo um favor".

— Não falaram isso e muito menos te chamaram de *senhor*. Você comprou.

— E *eu* disse: "Por favor, me deixem pagar", mas eles insistiram. — Hayden pega minha mão enquanto voltamos para o apartamento.

Estou rindo. Estou tentando ser firme, mas estou rindo.

— Vou te pagar de volta. Você não pode me deixar morar de graça *e* ainda comprar vestidos caros para mim. Não é justo. Já estou em dívida demais com você.

— Ei. — Ele para de andar e franze as sobrancelhas. — Não fala isso, tá? Você não me deve nada. Me deixa comprar pra você. — Então abre um sorriso paciente e bem-humorado. — Considere um presente adiantado de aniversário.

Verdade, é daqui a duas semanas. Sinto um nó de nervosismo no estômago. Era para eu ter tudo resolvido até lá. Entre minhas preocupações crescentes sobre a relação com Hayden e a oferta de emprego em que penso pelo menos quatro vezes por dia, nada mais parece resolvido. Nada parece certo.

— Você sabe que vou tornar seu aniversário especial, né? — Hayden sorri para mim. — Vamos comemorar.

— Não precisa fazer nada.

— Eu quero. Quero que seja especial pra você. — Ele dá um beijo rápido na minha têmpora e envolve meu ombro com o braço.

Meu coração se aperta e encosto nele, sorrindo. Eu não deveria estar me permitindo me deixar levar assim, mas está ficando cada vez mais difícil parar.

Talvez um aniversário memorável com Hayden não faça mal.

57

DARCY

Estou andando de um lado para o outro no tapete da sala quando Hayden volta do treino.

— E aí?

— Você está... linda? — Ele franze as sobrancelhas, confuso.

— Hayden. — Lanço um olhar exasperado para ele, que começa a rir. Estou de legging e com seu moletom antigo de hóquei, o cabelo preso de qualquer jeito.

— Quê? — Ele pega meu quadril e me empurra para trás até eu estar encostada na parede, seus lábios no meu pescoço, me deixando toda arrepiada. — Gosto quando você usa meu moletom. Fica linda nele.

— Também gosto de usar. — Perco o ar quando seus dentes roçam minha orelha. — É macio e tem seu cheiro.

Ele chupa a pele sensível atrás da minha orelha, e meus lábios se entreabrem em resposta.

Desde que começamos a ficar, descobri que Hayden é ainda mais afetuoso fisicamente do que eu imaginava. Se eu achava que ele era carinhoso quando éramos amigos, estava enganada. Aquele era seu carinho mais leve. Toda vez que estamos no mesmo ambiente, suas mãos estão em mim — no meu cabelo, na minha cintura, na minha coxa — ou, se estamos andando, está de mãos dadas comigo.

E, mesmo assim, ele não nos deixa ir até o fim no quarto. Estou subindo pelas paredes de tesão. Quando seus lábios tocam meu pescoço e seus dedos entram sob a barra do moletom, brincando com o elástico da legging, um calor cresce entre as minhas pernas. Seu cheiro me envolve, limpo e recém-saído da sua ducha pós-treino, e suspiro.

Espera.

— Para de me distrair. O prazo de contratação é hoje. Ward contratou Luca Walker?

Ele tira o celular do bolso para olhar o e-mail. Ward manda memorandos para o time sempre que alguém entra na organização.

— Ainda não.

Solto um som abafado de frustração. Sei que Hayden já mencionou para Ward.

— Também mandei mensagem para Alexei. Ele não respondeu. — Mordo o lábio inferior, o estômago embrulhado. Assisti a outros jogos universitários de Walker, e a sensação persistente de que ele poderia se dar bem no Storm só cresce a cada dia.

O ano letivo está acabando. Agora é a hora de contratá-lo. Antes que outro time contrate.

Olho para o relógio. Ward ainda deve estar na arena. Meus pulmões se expandem com uma respiração profunda antes de eu encontrar a expressão curiosa e entretida de Hayden.

— Preciso ir pra arena — falo para ele, fechando o laptop e pegando a bolsa.

— Agora?

— Agora.

Ele abre um sorriso radiante.

— Ótimo. Vamos.

A recepcionista já foi embora, então fico grata por Hayden estar aqui para liberar minha entrada nos escritórios silenciosos. Ele se senta no saguão privativo à frente das salas corporativas e me dá uma piscadinha descontraída.

— Não vou sair daqui. Manda ver, gatinha.

Faço que sim com a cabeça, o coração na garganta. Não acredito que estou prestes a fazer isso.

A porta da sala de Ward está aberta, e dou uma batidinha rápida ao entrar.

— Oi — digo, mais alto do que pretendia, e ele ergue os olhos. Limpo a garganta e abaixo o volume para um nível mais socialmente aceitável. — Desculpa. Oi.

Os olhos dele brilham com bom humor.

— Oi, Darcy.

Não parece surpreso em me ver.

— Você precisa contratar Luca Walker. — Coloco meu laptop em cima da sua mesa para ele poder ver a tela antes de dar a volta para parar ao lado dele. — Esses são os meus dados. — Vou mostrando os modelos. — Revisei todos os jogos universitários dele que consegui encontrar. A mesma intuição que tinha sobre as *power plays* e os *penalty kills* do Storm? Sinto sobre esse cara. — Aponto para a minha tela com urgência, o sangue pulsando nos ouvidos. Nem me reconheço agora. A velha Darcy teria deixado isso para lá e se ressentido internamente de Ward e de mim mesma para sempre, enquanto eu dizia que estava tudo bem.

Não sei onde está aquela versão de mim, mas a pessoa que sou hoje? Sabe que está certa.

— Você precisa contratar esse cara antes que outro time contrate.

Ward me observa, pensativo, por um longo momento, e prendo a respiração.

— Eu sei — ele diz finalmente.

— Sabe? — Balanço a cabeça. — Então por que a demora? Dinheiro?

Ele se recosta na cadeira.

— Venha trabalhar pra mim.

Estou prestes a recusar, mas Ward balança a cabeça.

— Não consigo entender qual é o obstáculo. — Ele aponta para o meu computador. — Está na cara que você nasceu pra fazer isso.

E não é?, algo no fundo do meu peito concorda. Minha mente se volta para o evento das Mulheres em Exatas, para Georgia, para os jogadores do Storm. Pessoas que amam seu trabalho.

Por que não posso ter isso? Por que não mereço deixar o passado para trás e seguir em frente? Estou exausta de me permitir ser controlada pelo passado.

Eu me sento numa poltrona do outro lado da escrivaninha, apertando as mãos entre as coxas.

— É muita pressão.

— É — concorda Ward.

— Muita atenção sobre o time. — Ainda mais nesta temporada, quando estão se classificando na melhor colocação dos últimos anos. Os torcedores estão ficando animados.

— Com certeza.

O silêncio se estende entre nós, e os meus pensamentos voltam ao meu emprego sem graça. A ideia de passar mais vinte, trinta anos lá faz um pavor crescer dentro de mim.

Será que eu me odiaria se olhasse para trás e desejasse ter agido de outra forma? Será que me arrependeria de não ter aceitado um emprego que me empolga de verdade?

— Somos uma equipe — Ward diz em voz baixa. — Nunca vou deixar você na mão. Ganhamos juntos, perdemos juntos.

Morro de medo de falhar de novo, mas e todas as coisas que eu poderia estar perdendo? E se for o melhor emprego da minha vida e for exatamente onde preciso estar? Eu poderia ajudar pessoas nesse cargo.

Algo passa pela minha cabeça e encaro Ward. Algo que poderia pôr tudo isso a perder.

— Tenho um conflito de interesses.

Ele semicerra os olhos.

— Diga.

Busco as palavras para explicar o que está acontecendo entre mim e Hayden, e não encontro nenhuma.

— Hayden Owens.

Ward responde com um aceno, observando a paisagem fora das janelas do escritório que dão para a cidade. Finalmente, ele se volta para mim e dá de ombros.

— Não estou preocupado. Temos três outros analistas para monitorar conflitos, e vou comentar com o proprietário e a equipe jurídica, mas, a menos que você esteja fortemente envolvida em apostas esportivas...

— Não estou — me apresso em dizer.

Ward ri.

— Imaginei. — Ele ergue as sobrancelhas escuras, e a última pergunta paira no silêncio da sala. — Corra esse risco, Darcy.

* * *

No saguão, Hayden se levanta quando viro correndo no corredor.

— Como foi?

— Aceitei o emprego.

Ele solta uma risada surpresa e me segura quando me jogo nos seus braços.

— Aceitei o emprego de analista no time.

O sorriso orgulhoso de Hayden é devastadoramente lindo.

— Aceitou?

— Uhum. — Parece até que estou voando. É como se meu coração estivesse prestes a explodir numa nuvem de faíscas.

— Essa é a minha garota.

Hayden me envolve em seus braços e grito com surpresa quando ele me gira antes de me jogar contra a parede. Sua boca acerta a minha. Somos um emaranhado de lábios, gemidos e dentes, minhas mãos no seu cabelo, minhas pernas ao redor da sua cintura.

— Estou orgulhoso pra caralho de você — ele diz entre beijos devorados.

É gostoso demais estar livre, como se finalmente estivesse voando depois de anos presa numa gaiola.

Quando alguém pigarreia, nós congelamos. Ward está a três metros de distância, as sobrancelhas erguidas, segurando meu laptop.

— Você esqueceu.

Fico vermelha na hora.

— Obrigada — digo.

Ward apenas ri e balança a cabeça. Assim que ele vira o corredor, eu e Hayden olhamos um para o outro e começamos a rir.

58

DARCY

— Vou subir — Erik, um dos outros analistas, me diz no saguão inferior da arena. Está se referindo ao camarote particular dedicado exclusivamente ao proprietário do time e aos analistas, um espaço tranquilo onde podemos assistir ao jogo de hoje, processar dados em tempo real e coordenar com os treinadores no banco.

Abro um sorriso rápido e aponto para o corredor que leva ao vestiário.

— Já subo.

Não vejo Hayden desde esta manhã, quando saí para trabalhar. Estou usando a camisa dele, e quero que saiba disso ao entrar no jogo. Que sempre tem alguém torcendo por ele.

Erik me dá um aceno antes de desaparecer.

Faz menos de uma semana que comecei como analista do Storm, mas já me sinto em casa. Os outros analistas — Erik, Craig e Jerome — me surpreenderam me levando para almoçar no meu primeiro dia, para comemorar minha chegada ao time, e passamos a semana toda enfurnados na sala de conferências enquanto eu mostrava os modelos para eles, assistindo a gravações de jogos antigos ou observando treinos. São todos jogadores aposentados, mas, com seu entusiasmo em trabalhar comigo na resolução de problemas, sinto que somos uma equipe. Não me sinto nem um pouco deslocada.

Está sendo muito divertido. Eu nem sabia que trabalhar poderia ser assim.

Um jovem jogador passa de terno, na direção do vestiário, mas pousa os olhos em mim e para.

Luca Walker chegou na segunda-feira de manhã e passou a semana toda treinando com Alexei, aprendendo as jogadas defensivas.

Só o vi no gelo, treinando, normalmente de capacete, mas, de perto, parece muito mais jovem. É alto e largo como Hayden, mas com o cabelo escuro ondulado e traços delicados de garoto. Um rosa saudável nas bochechas e olhos cinza cintilantes. Lembra um príncipe de meus romances de fantasia, com seu rostinho de menino arrogante e bonito até demais.

Seus olhos se voltam para o meu cabelo roxo.

— Darcy Andersen? — Ele arqueia uma sobrancelha escura, um sorriso jovial se abrindo em sua boca.

— Eu mesma.

— Então é a você que preciso agradecer por estar aqui hoje.

Sinto um calor se espalhar por mim e dou uma risada.

— Vamos ver como você joga antes de me agradecer.

Ele aperta o peito como se estivesse magoado, os olhos brilhando com bom humor.

— Certo, estou vendo como é que é. Adoro um desafio. — Algo passa pelos seus olhos, uma certa vulnerabilidade, e ele coloca as mãos nos bolsos. — Mas falando sério. Obrigado. Seja lá o que viu em mim, agradeço muito. Depois daquele jogo no começo do ano, eu, hum... — Ele desvia o olhar, forçando um sorriso. — Achei que não rolaria mais, sabe?

Se ainda havia alguma dúvida na minha mente de que esse era o trabalho em que eu deveria estar, ela evapora. O que faço importa, e Luca é prova disso.

O risco vale a pena.

— Não precisa agradecer.

Um interesse se acende no seu olhar, e seu sorriso se alarga.

— O que vai fazer depois do jogo? Vamos sair.

Sinto vontade de dizer que estou comprometida, mas duvido que seja assim que Hayden nos definiria.

— Você é meio novo para mim.

Seu sorriso é pura sedução enquanto olha a minha boca.

— Não me incomoda se não te incomodar. — Ele dá uma piscadinha. — Sempre tive uma quedinha pelas inteligentes.

Ele é divertido e adorável, mas como um irmão caçula seria.

— Ela se incomoda, sim — dispara Hayden, aparecendo ao meu lado de repente, usando seu terno pré-jogo. Nem o ouvi se aproximar. Alexei está ao lado dele, encarando Luca. — Nada de dar em cima de analistas.

Meu peito treme de tanto rir.

— Oi. — Abro um sorriso para Hayden, que está lindo de morrer.

— Oi. — Seu olhar se suaviza. — Você fica muito bonita com a minha camisa, Andersen.

— O que te falei hoje cedo? — Alexei grita com Luca. — Foco no jogo. Para com isso.

— Você vai passar o resto da temporada me dando essas broncas? — Luca pergunta, enquanto os dois seguem para o vestiário.

— Vou, sim. Você precisa de uma boa rotina pré-jogo que não inclua correr atrás de rabos de saia.

Luca suspira.

— Nossa, você é obcecado por essa história de rotina pré-jogo. — Ele abre um sorriso para Alexei, sem se incomodar com o ar sério e duro dele. — Ei, já percebeu que você tem quase idade suficiente pra ser meu pai?

Alexei resmunga algo enquanto passam pela porta do vestiário, e Hayden os encara com o maxilar tenso.

— Esses novatos metidos a besta do caralho.

— Você já foi um novato metido a besta.

— Eu não era assim.

Solto uma risada.

— Hum, era sim. Era exatamente assim.

Hayden abre um sorriso travesso.

— Eu era melhor. Mais charmoso.

— Sei não. — Suspiro e olho na direção de Luca, como se estivesse encantada. — Ele é bem charmoso. E gato.

Hayden solta um barulho do fundo da garganta e leva a mão às minhas costas.

— Você acabou de rosnar?

Seu sorriso está de volta, e sorrimos um para o outro.

— Pronta pra hoje?

— Acho que sim. — Sinto um friozinho de nervoso na barriga. —

Vou ficar lá em cima com os outros analistas, assistindo. — Franzo o nariz. — Estou chateada por não poder me sentar no meu lugar de sempre com Hazel e Pippa.

Não daria certo; eu preciso do meu laptop e de um lugar silencioso para me concentrar enquanto faço recomendações em tempo real com os outros analistas. Nossos dados e decisões também são confidenciais, então precisa ser uma sala reservada. Chamaria atenção demais com o notebook na primeira fileira.

— Não me diga que está nervosa, Darce.

— Um pouco. — É meu primeiro jogo como analista, afinal.

— Ei. — Ele se abaixa até sua boca estar a centímetros da minha orelha. — Você vai mandar bem. Tá? — Hayden encontra meu olhar, com um brilho nos olhos.

Quando ele fala assim, eu acredito.

— Talvez hoje finalmente me deixe fazer o que eu quiser com você.

Ainda não transamos. Quando nos pegamos, Hayden fica tão duro que deve doer, mas não me deixa ir além de bater uma para ele. Eu deveria entender que está sendo atencioso, mas também quero muito, muito mesmo transar com ele.

— O que você quiser? — Ele morde os lábios, um calor nos olhos. — O que você tem em mente? Sentar num bolo? Brincar de feiticeiro? Cosquinhas safadas?

— *Cosquinhas safadas?* — repito e rio, horrorizada. — Estava pensando mais em jogar você na cama e cavalgar no seu pau até a gente gozar.

Ele me encara, boquiaberto, e uma onda de insegurança me percorre. Não falo essas coisas. A velha Darcy, pelo menos, não falava essas coisas. Franzo o nariz com hesitação enquanto observo a reação pasma de Hayden.

— *Puta que pariu.* — Ele encosta a testa na minha como se estivesse com dor. — Por favor, não me deixa duro antes de eu ter que me trocar na frente dos caras.

Então me dá um beijo na boca e eu solto uma risada, me sentindo mais leve do que o ar.

— Não foi você quem falou pra não dar em cima de analistas? — Luca grita do fim do corredor. Eu caio na gargalhada, encostada ao peito de

Hayden, que ri baixo antes de dar uma série de beijos rápidos e urgentes no meu pescoço e no meu queixo até chegar à minha boca.

— Até mais tarde — murmura em meus lábios.

— Até mais tarde.

59

DARCY

— Merda — sussurro quando o outro time marca mais um gol.

O jogo está um desastre, e nenhum dos dados que oferecemos está ajudando.

O zagueiro joga Hayden com força contra as bordas, e eu me levanto, cobrindo a boca e arregalando os olhos. Era para ter sido falta, mas o árbitro não marca. Atrás do vidro, os torcedores se levantam de um salto, gritando, indignados, para o juiz. O Storm começa outra jogada que recomendamos, mas o outro time rouba o disco e marca de novo, e a arena se desanima. Dois gols em menos de trinta segundos.

— Essa jogada já era — Erik murmura ao meu lado.

Os torcedores vão embora em massa, esvaziando as arquibancadas, e decepção e ressentimento pairam no ar como uma nuvem tóxica e densa.

Meus pulmões estão tão tensos que mal consigo respirar. Está acontecendo de novo. Fiz besteira, e é tudo culpa minha. Daqui de cima, não consigo ver o rosto de Ward, então troco as câmeras na TV até encontrar uma do banco. A expressão dele não me revela nada; é o mesmo semblante atento, paciente e impassível de sempre.

Mas deve estar bravo. Acabou de contratar uma analista nova, e tudo nesse jogo deu errado.

Quando a partida acaba, desço e paro na frente do vestiário do Storm, esperando Ward terminar sua reunião pós-jogo habitual e cravando as unhas nas palmas.

Pensei que meus números eram bons, mas fiz besteira.

Pensei que desta vez seria diferente, mas não foi.

Pensei que seria capaz, mas talvez não seja.

A porta se abre e Ward sai. Desencosto da parede, o coração na garganta.

— Tem um segundo?

— Pra você, Darcy, sempre. — Ele me abre um sorriso rápido, e sinto um nó nas entranhas. — Vem comigo.

Seguimos o corredor, e Ward diminui o passo para eu não ter que correr para acompanhar suas passadas longas.

— Nenhuma das jogadas deu certo hoje e queria me desculpar. Vou fazer uma revisão dos meus dados, das jogadas e da partida no meu tempo livre para ver onde erramos. Vou chegar à raiz desse problema antes do próximo jogo.

Por favor, só não me demite, imploro em silêncio.

Tenho certeza de que a hesitação e o medo estão estampados no meu rosto, mas não estou pronta para desistir. Acabei de chegar.

Ward solta um suspiro pesado e frustrado quando entramos em outro corredor.

— Volkov está lesionado e não nos contou.

Meu queixo cai e arregalo os olhos.

— Que tipo de lesão?

— Ligamento cruzado anterior. Parece que era por isso que ele estava tendo dificuldade a semana inteira.

Alexei passou por uma cirurgia nesse ligamento no ano passado. Pisco umas dez vezes, pensando em como levaria isso em consideração. Sei que muda suas jogadas.

— A equipe de analistas teria feito recomendações diferentes para o jogo — digo a Ward. — Sem querer entrar na defensiva, mas...

— Eu sei. E Walker decidiu fazer as coisas do jeito dele em vez das jogadas que praticamos.

Não notei isso, mas teria notado na minha revisão das gravações do jogo. Uma irritação arde atrás do meu peito. Aquele novato metido a besta.

— Não se preocupa, já dei bronca neles por isso. Aqueles dois vão ter que descobrir como trabalhar juntos, nem que seja à força. — Ward sorri de canto como se mal pudesse esperar para ver isso, antes de me lançar um olhar paciente. — Você estava trabalhando com dados errados. Não é culpa sua.

Não foi culpa minha. Não fiz besteira. Fiz o melhor com as informações que tinha. Sinto alívio, e minha pressão arterial volta ao normal.

— Foi um jogo ruim, Darcy. — Ward dá de ombros. — Aprendemos com ele e fazemos nosso melhor, mas não vamos deixar que uma noite nos derrube. É assim que um jogo se transforma numa série de derrotas. — Ele me olha nos olhos. — A gente cai, mas se levanta e tenta de novo amanhã. Entendeu?

Algo nas palavras dele e na maneira como acredita não apenas no time, mas em mim, me encoraja.

— Entendi.

— Ótimo. — Ele aponta para o fim do corredor. — Precisam de mim na coletiva pós-jogo.

Então me dá tchau e fico ali parada, repassando a conversa. Não foi culpa minha. Fiz minha parte. Perder não é o fim do mundo. Ninguém se machucou, e nenhuma carreira chegou ao fim.

— Darcy.

Assim que levanto os olhos, vejo Alexei, as linhas duras do rosto formando uma expressão que quase parece remorso.

Aquela irritação de antes retorna.

— Ward disse que você está lesionado.

Ele admite com um resmungo, e minha irritação aumenta. Alexei move o maxilar, olhando ao redor antes de abaixar a voz.

— Meu joelho. Uma lesão antiga.

Ele não deve ter deixado cicatrizar direito e, agora, sofre complicações persistentes. A forma como jogou durante a partida começa a fazer sentido.

— Não posso fazer meu trabalho sem os dados certos. Eu poderia ter te ajudado. Por que não falou nada?

Alexei hesita, soltando um forte suspiro, sem olhar nos meus olhos.

Aos trinta e tantos, é um dos zagueiros mais velhos da liga e, agora, está formando dupla com um jovem novato cheio de energia e sem nenhuma lesão. Isso sem falar de todos os comentários sobre sua aposentadoria iminente.

Não quer que os treinadores saibam que está lesionado porque poderia ser trocado ou, pior, não ter seu contrato renovado. Para um jogador mais velho como ele, essa é uma sentença de morte para a carreira.

— Você quer se aposentar nos seus próprios termos. Quer que seja uma escolha sua — digo. E eu entendo isso.

— Desculpa por não ter te contado. — Ele me dá um aceno tenso antes de começar a se afastar, mancando um pouco.

— Talvez eu possa analisar.

Ele para e se vira, franzindo a testa.

— Uso dados para encontrar soluções. — Minha mente fica a mil, pensando em todas as formas como posso adaptar as jogadas.

Por um momento, Alexei parece prestes a recusar, mas sua expressão relaxa.

— Seria ótimo. Obrigado. — Ele me dá outro aceno tenso e levanta o braço como se estivesse prestes a me dar um tapinha no ombro. Quando nossos olhos se encontram, franze a testa e abaixa a mão.

Seguro o riso.

— Somos amigos. — Dou de ombros e abro um sorriso para ele. — É o que amigos fazem.

Ele faz que sim com a cabeça.

— Amigos. — Por fim, começa a se virar, mas para. — Sobre o encontro duplo.

— Sei que você só me chamou pra sair pra deixar Hayden com ciúme.

Alexei me lança um olhar culpado de esguelha.

— Ele precisava de um empurrãozinho.

Embora eu não esteja nem um pouco incomodada com o que aconteceu como resultado do encontro duplo, reviro os olhos.

— Os meninos estão certos sobre você, sabe. Que você acha que sabe tudo.

Ele solta um som baixo que lembra uma risada.

— Eu *sei* tudo.

— Ah, tá. — Sorrio. — Se você diz.

Hayden aparece do outro lado do corredor, seguindo na nossa direção.

— Te vejo no bar? — Alexei pergunta.

— Sim — respondo. — Até mais.

Ao passar por ele, Alexei aperta o ombro de Hayden, cuja expressão se contorce de tensão.

— Oi. — Me estico para dar um beijo rápido em Hayden. — Jogo difícil.

Ele suspira. Meu coração se aperta porque sei que está se esforçando para não se deixar afetar pela derrota.

— Jogo difícil, mas vamos para o Filthy Flamingo pra comemorar a primeira noite de Walker com o time. Vamos esquecer isso.

— Acho uma boa.

Começamos a percorrer o longo saguão até a saída. Me apoio no seu ombro, mas noto a careta contida quando ele inspira fundo. Franzo a testa.

— Que foi?

Um não tenso de cabeça.

— Nada.

Eu o observo, notando a tensão em seus ombros.

— Você se machucou. — Paro de andar. — Aquele golpe no terceiro tempo.

Hayden faz que não é nada, pegando minha mão para continuar andando.

— Estou bem. Vamos lá nos divertir.

Cutuco seu ombro e ele abafa um gemido de dor.

— Viu? *Hayden*. Você precisa ir pra casa e descansar.

— Depois eu descanso. — Ele dá uma piscadinha, mas parece forçado. — É o primeiro jogo de Walker. Precisamos comemorar. Não posso faltar. O time precisa de mim lá.

— O time precisa que você se cuide.

Ele aperta os lábios, olhado para o corredor de onde viemos enquanto mais jogadores saem do vestiário, conversando e rindo.

Hayden é sempre a alma da festa, garantindo que todos se divirtam. Penso em como foram nossos momentos íntimos até agora, sempre com ele me satisfazendo, colocando as próprias necessidades em segundo plano.

— Vamos pra casa e vou colocar você na cama — digo, surpreendendo-me com a firmeza da minha voz. — E vou cuidar de você.

A linha forte do seu pescoço se move quando ele engole em seco e me olha nos olhos, soltando um forte suspiro.

— Por favor? — pergunto.

Ele me dá um aceno rápido.

— Tá legal.

O alívio relaxa a preocupação no meu peito, e fico na ponta dos pés, com cuidado para não tocar no seu ombro, dando um beijinho na sua bochecha. Sua pele é quente e áspera com a barba por fazer.

— Obrigada — sussurro. — Agora, vamos pra casa.

60

DARCY

No quarto, Hayden tira a camiseta com cuidado antes de jogá-la em cima da cadeira. Em seguida, leva as mãos ao cinto.

— Deixa que eu faço isso. — Empurro suas mãos para o lado, e ele solta um longo suspiro, me observando com um calor que brilha sob a exaustão em seus olhos.

Desafivelo o cinto, e uma emoção cresce em meu peito. Meus dedos deslizam para dentro do elástico da sua cueca. Quando a tiro, sua ereção salta para fora, e minha boca se enche d'água.

O pau de Hayden é lindo. Grande e grosso, mais do que estou acostumada e um pouco intimidador, mas os músculos entre as minhas pernas se contraem com expectativa.

Coloco a mão ao redor dele e sua respiração vacila. Sob meus dedos, seu pau está duro como pedra.

— Você está tão quente. — Minha outra mão vai às suas bolas, e ele solta um suspiro áspero.

— Darce. — Sua mão cobre a minha, interrompendo meus movimentos.

— Quer que eu pare?

— Nem fodendo. — Nossos olhos se encontram, e uma pergunta surge nos dele.

Hayden não está acostumado a ser colocado em primeiro lugar. Passou anos apoiando os outros, garantindo que todos estivessem bem e se divertindo.

— Me deixa fazer você gozar primeiro — ele diz.

— Hoje não. — Abro um leve sorriso encorajador, apertando seu pau um pouco mais, e suas pálpebras se fecham. — Por favor?

Ele ri, provavelmente porque está aprendendo ao mesmo tempo que eu que não tem defesa contra mim quando peço por favor.

— Tá. Se você tem certeza.

— Tenho, sim... — Dou uma deslizada longa, e sua respiração falha. — Absoluta.

— Pode tirar a camisa?

Abro um sorrisinho.

— Qual é o problema, não gosta?

Ele solta uma risada tensa.

— Gosto, sim. Pra caralho, é só que... — Ele passa a mão no cabelo, hesitando. — Gosto ainda mais dos seus peitos. Passei muito tempo só imaginando eles. — Então engole em seco e suas pupilas ficam pretas. — Anos.

O sangue pulsa entre as minhas pernas, e minha mente vai a mil com a ideia de ser desejada por Hayden dessa forma. Devagar, tiro a camisa, depois o suéter e a camiseta. Tiro a calça jeans com uma lentidão quase criminosa, vibrando de prazer com a expressão de angústia e tormento no rosto lindo de Hayden enquanto fico ali, com meu conjunto novo de lingerie, um marrom-escuro que é transparente o bastante para ele ver as pontas sensíveis e empertigadas dos meus mamilos. Um lacinho está costurado entre os meus seios e, quando seus olhos pousam sobre ele, quero que o puxe com os dentes.

— O que acha? — sussurro.

Hayden apenas engole em seco, olhando para o meu corpo com uma cara de tormento. Seu pau se contrai sobre a barriga, escorrendo.

Nossos olhos se encontram, os seus escuros e inebriados, e ele engole em seco outra vez.

— Nova?

Sorrio.

— Sim. Foi presente seu. — Algumas manhãs atrás, Hayden deixou um cartão-presente da loja de lingerie no balcão da cozinha para mim.

Ele contrai o maxilar, traçando as linhas da lingerie sobre o peito e os ombros, depois desce para o meu quadril e minhas coxas. Sua respiração é ofegante e descompassada, o peito largo e musculoso subindo e descendo rapidamente.

— Gostou? — Meus dedos se movem sobre a taça de renda do sutiã.

Hayden segue meus movimentos, fazendo que sim, e mordo o lábio. Adoro provocá-lo assim.

— Quer vir à loja comigo algum dia e me ajudar a escolher algumas coisas?

Ele faz que sim de novo, e tento não rir de como sua ereção pulsa. Eu nos imagino comprando lingerie, Hayden abrindo a cortina de veludo do provador e colocando os dedos dentro da minha calcinha, sussurrando para eu não fazer barulho para as outras pessoas na loja não ouvirem enquanto ele me faz gozar.

— Acha que consegue ficar sentadinho na frente do provador enquanto experimento as peças de renda?

Com a expressão vulnerável, Hayden faz que não. Dou uma risada.

Sua boca se curva num sorriso maroto e travesso.

— Tira, por favor.

O olhar de Hayden acompanha cada movimento meu enquanto tiro o sutiã e a calcinha, até ficar nua na frente dele, arrepios subindo pela minha pele sob o peso do seu olhar adorador.

Queria que pudéssemos fazer isso para sempre, mas sei que não dá. Que não é assim que ele é, que não é isso que quer.

Mas queria que as coisas fossem diferentes.

— Você é linda pra caralho, Darcy — comenta Hayden, como um palavrão e uma prece. — Sempre achei.

Minha pele cora e meu olhar desce para o seu peito largo. Um hematoma vermelho e roxo já está surgindo sob a pele em seu ombro, e minha garganta se aperta de preocupação. Quando ele se deitar na cama, não vou deixar que saia. Vai dormir por doze horas, no mínimo.

Antes, porém, vou fazer com que tenha um orgasmo tão forte que capote. Tão forte que lembre por anos, muito depois de terminarmos. Meus joelhos tocam o chão e Hayden murmura um *puta que pariu*. Apenas sorrio. É hora de ele receber a atenção que merece.

Sem pressa, vou roçando os lábios para cima e para baixo do seu membro, erguendo os olhos para ele. Sua pele é escaldante e aveludada.

Seu pau está tão duro que meu ego infla para sempre. E, quando coloco a língua para fora para saborear a gota que escorre na ponta, Hayden deixa escapar um gemido.

Essa cara incrédula, como se isso fosse a melhor coisa que já aconteceu com ele? Me deixa louca.

Eu coloco seu pau entre os lábios e passo a língua ao longo dele. Suas pálpebras se fecham com um suspiro apressado. Deixo que encoste no fundo da minha garganta, e Hayden solta um gemido, grosso e ansioso, antes que eu o sugue, mantendo-o ali. Ao lado do corpo, suas mãos se contraem e apertam. Pego uma e a coloco na minha cabeça.

Seu olhar pega fogo. Sua outra mão pousa na minha nuca, e um calor me atravessa. Adoro estar nessa posição, ajoelhada diante dele, mostrando o quanto o quero e como ele é especial e importante para mim. Vou para trás, chupando a cabeça inchada, e Hayden faz uma careta como se o prazer fosse insuportável. Ao redor da sua circunferência grossa, sorrio.

Ele não viu nada ainda.

Minha mão envolve a base e, devagar, muito devagar, vou chupando o pau de Hayden. Sua sobrancelha está úmida de suor. A respiração entra e sai do peito com dificuldade, e seus dedos apertam meu couro cabeludo enquanto ele se esforça para manter os olhos abertos e focados em mim. Se for assim que Hayden se sente quando me chupa, entendo completamente por que disse "O prazer foi todo meu".

— Nossa, sua boca é maravilhosa — ele geme com um desejo desesperado nos olhos.

Começo a sugar ainda mais, passando a parte plana da língua sobre a parte sensível embaixo, notando como seus músculos ficam tensos.

Hayden crava os olhos em mim quando o levo até o fundo da garganta. Seu maxilar se contrai e o contato visual entre nós é uma corrente elétrica me percorrendo.

Seu quadril se inclina, metendo mais fundo na minha garganta enquanto subo e desço por seu membro. Finalmente, ele assume o controle, fodendo minha boca de forma lenta e contínua, com o maxilar contraído e o olhar intenso, soltando os sons mais safados e desesperados. Cada gemido faz uma umidade se formar entre as minhas pernas e, se eu abaixasse a mão e passasse os dedos em mim mesma, gozaria em menos de um minuto.

Seus dedos apertam o meu cabelo; a respiração descompassada, e, por um breve momento, ele ergue os olhos para o teto como se estivesse rezando.

— Estou quase lá — suplica. — Quase, porra.

Então, diminuo o ritmo.

61

HAYDEN

Acho que vou morrer.

Nunca recebi um boquete como esse, tão lento e intenso, carinhoso e íntimo. Estou prestes a gozar, mas Darcy não deixa. Vai se segurando, me deixando à beira do clímax, apagando todos os pensamentos da minha cabeça com o tesão que me percorre. Lá embaixo, o prazer vai crescendo, quente e tenso.

Não consigo ver nada além dela.

Darcy é linda como um anjo, de joelhos para mim, me enchendo de atenção e prazer. Nunca foi assim tão bom. Nunca vou sair desse momento, nunca vou esquecer como ela está perfeita, tão doce e macia.

Sua mão me masturba com firmeza, aumentando a sensação avassaladora. Pego seu cabelo e o enrolo no punho, com cuidado para não puxar, mas firme o suficiente para manter a cabeça dela parada enquanto meu quadril acelera. Sou muito cuidadoso com ela. Ao redor do meu pau, Darcy murmura, os olhos se fecham como se adorasse isso e, em seus braços, todos os pelos se arrepiam.

É tudo de que preciso para chegar ao clímax. Meu corpo se enrijece, os músculos tensos, o sangue pulsando nos meus ouvidos.

— Vou gozar — digo com dificuldade, sem conseguir controlar o movimento do meu quadril enquanto seguro a cabeça dela. — Quero muito gozar na sua boca — completo, ofegante, as bolas tensas. — Tudo bem?

— Uhum — Darcy murmura ao redor de mim com carinho e afeto nos olhos, e perco o resto do autocontrole.

A boca dela é perfeita demais, quente e macia e molhada demais, e a maneira como sua língua traça a cabeça do meu pau faz meu cérebro derreter. Minha cabeça cai para trás enquanto gozo, os olhos tensos, a pressão quente subindo pelas minhas pernas e apertando lá embaixo como um punho tenso. Ergo a cabeça bem a tempo de vê-la engolindo, os olhos em mim, a língua quente e úmida embaixo do meu pau. É um orgasmo que dura um bom tempo enquanto Darcy vai me chupando, me leva até a beira da sanidade e volta com aquela boca perfeita.

— Nossa, você é boa demais. — Não consigo tirar os olhos dela. — Boa menina.

Ela murmura de novo, diminuindo o ritmo, e meu cérebro volta a si.

Meus olhos se enchem de lágrimas, e não sei se é do quanto gozo ou porque a atenção doce e carinhosa de Darcy me faz sentir inteiro pela primeira vez na vida.

— Vem cá.

Eu a levanto e a trago para o peito, ainda recuperando o fôlego enquanto inspiro seu cheiro doce em sua têmpora. Será que Darcy consegue sentir meu coração acelerado? Consegue ver seu nome gravado nele com sua letra cursiva feminina? Eu a abraço e a aperto contra mim.

— Obrigado — sussurro em seu cabelo. Parece inadequado, mas ela fica na ponta dos pés e encontra minha boca.

— O prazer foi meu.

Calor e pressão crescem em meu peito, exigindo atenção.

— Esse foi o antibiótico mais eficaz que já tomei. — Nem estou sentindo mais a dor no ombro.

— Achei que poderia ajudar. — Ela passa os dentes no meu peitoral com um sorriso travesso. — Vai pra cama — diz com a voz suave, apertando as mãos na minha cintura para me empurrar para trás. Me sento na cama, as mãos envolvendo sua cintura, os lábios tocando a curva abaixo de seu seio com beijos lentos e delicados.

Darcy leva as mãos ao meu cabelo e o acaricia, fazendo calafrios descerem pela minha espinha.

— Hoje não. — Ela se afasta, saindo do meu alcance, e puxa o edredom, fazendo sinal para eu entrar embaixo. Volto um olhar assustado para ela, me perguntando se vai tentar dormir na própria cama hoje, e ela sorri em resposta. — Vou buscar gelo e analgésico pra você. Vai me agradecer amanhã.

Meus instintos protestam, porque nunca saí de uma experiência íntima sem garantir que minha parceira estivesse satisfeita, mas Darcy apenas sorri de novo.

— Hoje foi pra você — diz.

Me afundo nos travesseiros, olhando para ela, confuso.

— Tem certeza?

— Uhum. — Seus olhos são afetuosos e suaves, o cabelo caindo sobre os ombros, e meu coração se aperta.

Isso é novo para mim, ser colocado em primeiro lugar. Sem a obrigação de performar. Para Darcy, estou sempre a fim de proporcionar prazer, mas uma partezinha traumatizada e escondida dentro de mim ainda tem medo de que seja só para isso que sirvo.

Mas talvez Darcy seja diferente. Se alguém for, é ela.

Ela vai para a cozinha e fico deitado na cama, recuperando o fôlego, ouvindo o sangue pulsar nos ouvidos e os sons baixos de Darcy enchendo um copo d'água, depois abrindo e fechando o congelador antes de voltar. Ela coloca a bolsa de gelo, enrolada numa toalha, ao redor do meu ombro e me dá os analgésicos e o copo d'água, observando com uma expressão protetora e preocupada enquanto os tomo.

— Estou bem — digo com um sorriso. — Já levei outras pancadas antes. São ossos do ofício.

Ela engole em seco e se deita ao meu lado na cama, tomando cuidado para não me tocar, mas a puxo para perto.

— Eu sei. Mas não significa que gosto de ver acontecer. E não significa que não vou cuidar de você.

Ela apoia a cabeça no travesseiro e trago sua mão à minha boca, dando um beijo nos seus dedos. Quando os solto, Darcy os desliza para cima e para baixo do lado ileso do meu peito com um movimento lento e relaxante que desacelera meus pensamentos.

— Essa parte é pra mim ou pra você? — pergunto, e ela ri.

— Fica quieto — murmura.

Amo essa mulher, me dou conta. Faz anos que amo. Talvez desde que entrei na aula de literatura naquela primeira semana na universidade, ou desde a primeira conversa que tivemos sobre *Espada do Norte*, ou a primeira vez em que abri as cortinas e gritei ao dar de cara com o anão estranho espiando pela minha janela enquanto Darcy se jogava na minha cama, morrendo de rir.

Ou talvez tenha me apaixonado um pouco por ela a cada vez que a via, a cada vez que ríamos juntos ou trocávamos mensagens ou nos abraçávamos, até estar cem por cento envolvido.

Quando Darcy apareceu em Vancouver, recém-solteira e querendo recomeçar, eu não tinha como escapar. O fato de eu ter pensado que poderia fingir que meus sentimentos não existiam ou que éramos apenas amigos é ridículo.

Ela sempre foi a única para mim.

Então me lembro da mensagem de Kit.

— Vamos jogar contra o Calgary na semana que vem. — É a última partida da temporada.

Os dedos de Darcy congelam em meu peito.

— Eu sei.

— Kit quer beber e botar o papo em dia na véspera.

Ela levanta a cabeça, encontrando meu olhar com preocupação.

— O que você quer fazer?

Uma longa pausa.

— Quero pôr tudo em pratos limpos com ele e contar sobre nós.

Seus olhos pousam em mim com insegurança antes de acenar.

— Tá.

Ela apoia a cabeça no meu peito e fecha os olhos.

Já sei quais são as minhas prioridades agora. Kit pode ser o passado de Darcy, mas eu sou o futuro dela.

62

DARCY

Na manhã do meu aniversário, Hayden me acorda com beijos lentos e provocantes pelo corpo antes de me fazer implorar pelo orgasmo com a boca dele entre as minhas pernas.

— Quer seu presente agora ou mais tarde? — pergunta Hayden depois, deitado na cama ao meu lado, parecendo um deus grego sob a luz matinal.

— Vamos finalmente transar?

Ele ri.

— Não. Ainda não.

Solto um resmungo de frustração. Sua língua no meu clitóris é um pedaço do paraíso, mas preciso de muito mais dele. Quero me sentir conectada da maneira mais profunda possível. Parte de mim está indignada: ele já dormiu com todas as garotas da cidade, mas não comigo?

Qual é o problema?

Afasto esses pensamentos.

— Gostaria do presente agora, por favor.

Ele se aproxima, dando um beijo entre os meus seios e mordiscando a pele sensível.

— Tem certeza?

Dou uma risada, me desvencilhando dele.

— Sim, agora.

— Tá, tá. — Ele sai da cama e posso admirar sua bunda magnífica enquanto entra no closet. Retorna um momento depois, com um embrulho pequeno.

— O que será? — murmuro, estreitando os olhos para ele, que está apoiado na cabeceira enquanto passo o dedo sob a fita. — É claramente um livro. *Como pegar pessoas sendo uma tonta*, talvez?

Seu olhar é firme e caloroso.

— Você não tem nada de tonta.

— *Como levar homens para a cama?*

Ele sorri ainda mais.

— Você não tem nenhuma dificuldade de me levar para a cama.

Solto uma risada, tirando o resto do embrulho.

— Será que é o Kama Sutra... ah.

Fico boquiaberta. *Rainha Esmeralda*, de A. R. Haddington. É o próximo livro da série *Espada do Norte*, previsto para sair no ano que vem.

Não pode ser.

— Como... — Lanço um olhar questionador para Hayden, mas seu sorriso apenas se alarga. — Hayden. Como?

É impossível conseguir uma cópia antecipada. A editora de A. R. Haddington não envia cópias adiantadas por medo de vazamento de spoilers. Os ingressos para as festas de lançamento dos livros novos à meia-noite esgotam no dia em que são colocados à venda.

— Quem você matou pra conseguir uma coisa dessas?

Ele solta uma risada tensa, e algo no seu semblante me chama a atenção, como se estivesse nervoso.

— Foi um exagero?

— Não. — Balanço a cabeça com força. — Eu amei. — Abro a capa para a olhar a data de impressão, e meu coração para ao ver a caligrafia cursiva na folha de rosto. — Ai, meu Deus.

Para Darcy, valente como a Espada do Norte
— A. R. Haddington

Fico encarando a página, pasma.

— Hayden. — Minha voz sai esquisita. A autora é extremamente reclusa. Sem redes sociais, sem aparições públicas. Ninguém sabe como ela é, o que suas iniciais significam, nem mesmo em qual país mora, e ela definitivamente não autografa livros. — Sério. Como foi que conseguiu isso?

Ele ergue o ombro largo como se não fosse nada, mas esboça um sorriso satisfeito.

— Mexi uns pauzinhos.

— Isso é nível *O diabo veste Prada* de mexer os pauzinhos. O que foi que você fez?

— Pedi para a equipe de relações públicas do Storm entrar em contato com a editora. Falei de você pra ela.

— Pra quem?

Ele aponta o queixo para o livro.

— A. R. Haddington.

— Não.

Ele ri.

— Sim. Contei que nos conhecemos na faculdade e nos aproximamos por causa da série de livros, e que somos amigos há anos. Contei que você finalmente trocou seu trabalho chato na seguradora por uma vaga de analista no Storm e que é a única mulher na sala em que trabalha, mas é corajosa, inteligente e apaixonada pelo que faz. — Ele desvia os olhos, e sinto que há mais alguma parte que não está me contando. — Também fiz uma doação para a instituição de caridade favorita dela.

— Quanto?

Ele dá de ombros, sorrindo.

— Hayden. — Me inclino para a frente e o encaro com firmeza, mas estou sorrindo. — *Quanto?*

Ele estreita os olhos.

— Não lembro.

— Que mentiroso — sussurro, com o coração quase saindo pela boca de carinho e de grandes sentimentos intensos por Hayden Owens.

Tento falar as palavras, mas não tenho nenhuma. Meu coração dispara enquanto passo o dedo pelo autógrafo.

É o melhor presente que já ganhei. É o melhor presente que eu poderia ter sonhado em ganhar. Hayden é o único que poderia me dar algo assim, algo que eu nem sabia que queria.

Ele é o único que me enxerga assim.

— Obrigada — consigo dizer, e meus olhos ardem com intensidade de repente. — Desculpa. — Viro o rosto, piscando para segurar as lágrimas.

Hayden estende os braços imediatamente, me virando para si com as mãos fortes e quentes.

— Ei, ei. — Sua voz é gentil, reconfortante, o que torna tudo ainda pior. — Está tudo bem. Vem cá.

Ele me puxa para o peito, seu cheiro aconchegante e os contornos quentes do seu tronco inundando meus sentidos. Em seguida, passa as mãos devagar pelas minhas costas enquanto me apoio nele.

— Acho que gostou, então?

Solto uma risada.

— Sim, Hayden. Gostei. Acho que mais do que de qualquer coisa que eu tenha. — Olho para o punho, para a pulseira que só tiro para tomar banho. — Ou tanto quanto da pulseira.

Um murmúrio baixo e satisfeito ressoa na minha garganta.

— Que bom.

Passamos um tempão ali deitados, olhando pela janela no silêncio confortável.

— Vamos jantar hoje — Hayden diz —, mas como você quer passar o resto do dia?

— Com você.

Ele solta um ruído de satisfação e dá um beijo na minha testa.

— Estava torcendo pra você dizer isso.

— E Daniel, claro.

— Boa, vou procurar um saco de pedras e levá-lo pra dar uma nadada no mar.

Caímos na gargalhada, e consigo sentir seu sorriso em minha têmpora. Meus lábios encostam no calor da sua barba rala antes de eu traçar uma linha de beijos ao longo do seu queixo e do seu pescoço até as escápulas. Sua respiração fica ofegante e, um momento depois, sua mão se enrola no meu cabelo.

— Vai aprontar o quê, Andersen? — pergunta Hayden em voz baixa, provocante.

Sorrio para ele, subindo em cima de seu corpo para sentar no seu quadril. Sua ereção pressiona minhas pernas e seu olhar fica mais intenso. Começo minha própria série de beijos por seu peito e sua barriga, e a respiração de Hayden fica mais ofegante.

— Quero te agradecer direito.

63

DARCY

— Era aqui que eu queria te trazer na época da faculdade — Hayden admite à noite, do outro lado da mesinha no aconchegante restaurante familiar italiano. Uma vela entre nós projeta uma luz quente pelos traços marcantes do rosto dele, e seu olhar sobre mim é firme e carinhoso. Estou usando um vestido rosa-claro que lembra as flores de cerejeira que vimos hoje.

— Como assim?

Ele abre um sorriso, mas é tenso e nervoso, e inclino a cabeça, intrigada.

— Na primeira semana de aula, eu queria te chamar pra sair. Pensei em te convidar na festa daquele primeiro fim de semana — emenda ele, coçando a nuca.

Entreabro os lábios, surpresa. Naquela primeira semana letiva, eu ficava ansiosa para a aula e para ver Hayden, meu novo amigo que adorava *Espada do Norte*, tinha músculos esculpidos em pedra, e um sorriso sincero e carinhoso. Por mais que fosse bonito e popular, tanto que todos já pareciam conhecê-lo, provavelmente pelo hóquei, e por mais que ele fosse tanta areia para o meu caminhãozinho que chegava a ser ridículo, eu me sentia muito bem e à vontade com ele desde o começo.

— A festa do hóquei.

Hayden faz que sim.

Eu estava torcendo para que me chamasse para sair naquela semana. Pensei que Kit estivesse me convidando para a festa como amigos, mas, quando cheguei, ele deu a entender que éramos mais, e entrei na onda. Hayden não pareceu se incomodar; passou a noite conversando com outras garotas e, embora eu tenha ficado decepcionada, não dei muita bola.

Pensei naquela semana muitas vezes ao longo dos anos, mas sempre disse a mim mesma que eu não fazia o tipo de Hayden.

— Também achei que você me chamaria. — Olho para a toalha de mesa branca, relembrando. — Estava torcendo pra me chamar. Acho que eu poderia ter te chamado pra sair, mas você era tanta areia pro meu caminhãozinho que parecia uma bela oportunidade de levar um fora. — Minha boca se contorce. — E teria causado um clima estranho, com os dois na mesma matéria o semestre todo.

Hayden se inclina para a frente e pega a minha mão.

— Nunca fui areia demais pro seu caminhãozinho. Era exatamente o contrário.

— Eu era a menina nerd da matemática e você era o jogador de hóquei gostoso que poderia ficar com quem quisesse.

— Não é assim que vejo as coisas.

Meu coração sobe pela garganta, e sou tomada por sentimentos felizes e intensos. Adoro a maneira como Hayden me olha, como se eu fosse tudo para ele.

Quero dizer algo como "Deu tudo certo no fim", mas não sei se vai dar. Ele está se arriscando nessa história de relacionamento.

E se eu for a garota que sempre escapou, mas, quando me tiver, Hayden perceber que sou melhor na teoria do que na prática?

Ele sorri, olhando nos meus olhos, e o garçom chega com a minha sobremesa. Uma única vela está no meio da torta de chocolate, dançando e bruxuleando.

— Feliz aniversário, Darcy — Hayden diz, me observando com um sorriso, passando o polegar sobre o dorso da minha mão. — Faz um pedido.

Fecho os olhos, penso nos últimos meses com Hayden, e desejo que tudo dê, *sim*, certo no final.

— Já falei que você é linda? — pergunta Hayden enquanto voltamos para casa de mãos dadas.

Dou risada.

— Algumas vezes.

— Só algumas? — Sua boca se curva, mas sua expressão fica atenciosa e séria. — Como está se sentindo com seu aniversário?

Certo. Meu objetivo de ter tudo resolvido até o meu aniversário.

— Muito bem, por incrível que pareça. — Respiro fundo e organizo meus pensamentos. — Acho que sempre ficava com pavor do meu aniversário porque, no fundo, sabia que estava no caminho errado. O emprego errado, o homem errado.

Não tenho tudo resolvido ainda, principalmente com Hayden, mas minha vida está muito melhor do que estava um ano atrás.

— Queria poder voltar alguns meses no tempo para dizer a mim mesma que daria tudo certo. — Com um sorrisinho, dou uma cutucada nele. — Acho que você fez exatamente isso.

— Você não acreditou em mim? — Seus olhos brilham.

— Não tinha certeza. Precisava provar para mim mesma.

— E provou.

— Uhum — concordo com um murmúrio contente, observando o homem ao meu lado, o coração apertado com um calor intenso. — Sim. Provei. Sou muito sortuda por ter você.

Hayden para de andar, olha no fundo dos meus olhos e engole em seco. Parece querer dizer algo, mas, em vez disso, olha para trás de mim.

Ah. Estamos na entrada da ruela lateral em que fica o Filthy Flamingo.

— Vamos beber alguma coisa, aniversariante.

— Claro — concordo. — Vamos dar oi pra Jordan.

Hayden tira o celular do bolso e manda uma mensagem rápida, depois pega a minha mão e me guia pelo beco. Ao chegarmos ao bar com a porta sem placa, ele a abre, mas está escuro lá dentro. Hesito na entrada.

— Acho que está fechado. — Numa sexta à noite? Que estranho. Não tem nenhuma janela no bar, então não consigo enxergar nada. — Será que Jordan se esqueceu de trancar a porta? Vamos ligar pra ela.

— Acende logo essa luz, caramba — resmunga alguém no escuro, e eu pulo de susto. Parece a voz de Alexei...

As luzes se acendem e meu queixo cai ao encontrar o bar cheio de pessoas e balões.

64

DARCY

— Feliz aniversário! — grita todo mundo, e Hayden coloca os braços ao redor de mim, me abraçando por trás.

Fico ali parada, os olhos arregalados. O time todo do Vancouver Storm e suas companheiras enchem o bar, e todos estão fantasiados.

— Combinamos de dar a festa na semana que vem, quando todos estivessem de folga — digo, confusa, e um pouco sem fôlego.

Hayden dá de ombros, sorrindo.

— Não seria uma surpresa, seria?

A maioria das mulheres está usando vestidos longos e esvoaçantes de aparência medieval, exceto Hazel, que parece o Robin Hood com uma espada nas costas e uma cicatriz desenhada no lado do rosto. Pippa sorri para mim, o cabelo ondulado comprido pintado de branco e os cílios cobertos de geada. Corvinhos minúsculos estão presos no seu cabelo. Georgia usa um longo manto verde-esmeralda, o cabelo preso no alto da cabeça e penteado ao redor de um diadema. No meio da tiara, cintila um rubi.

Espera. Conheço essa fantasia.

— É uma festa à fantasia de *Espada do Norte*? — pergunto a Hayden, arregalando os olhos ainda mais.

Georgia está vestida de Rainha Ametista, a personagem principal de *Rainha Esmeralda*. Hazel é claramente Ren, a princesa sequestrada. Rory está de calça preta justa e camisa preta aberta até o meio do peito para exibir as tatuagens desenhadas ali, no pescoço e ao lado do rosto: Weston, o lacônico e arrogante rival e sequestrador de Ren, que acaba se revelando sua alma gêmea depois que ela o apunhala numa tentativa de fuga. Alexei usa uma máscara preta sobre os olhos e um cinto de couro sobre o peitoral com facas falsas: Piers, o guerreiro. O traje de cavaleiro de Jamie é Torsten, o irmão responsável e todo certinho de Ren. E Pippa é Magnolia, a solitária rainha do gelo de bom coração.

Até Jordan, atrás do balcão, usa orelhas pontudas que alguém deve ter colocado nela à força. Ela é Carrot, a taberneira sarcástica que tudo vê.

— E aí? — Georgia aponta para a fantasia, a mão no quadril. — Arrasamos ou não?

Abro a boca e solto um som abafado, sorrindo. Algumas pessoas dão risada.

— Estou sem fantasia — digo, meio besta, mas Hayden apenas sorri e leva a mão à mochila, tirando uma coroa, que coloca na própria cabeça.

— Você é o príncipe Cadius. — falo atordoada ao contemplá-lo. Ele está perfeito com a coroa em cima do cabelo meio bagunçado.

É exatamente como imaginei o personagem quando li os livros, antes de Patrick Grant ser escolhido para o papel na série. O cabelo dourado, mais bonito do que eu pensava ser possível, e sorrindo de orelha a orelha.

— Uhum. — Hayden pendura um manto vermelho ao redor dos ombros. Depois volta a revirar a bolsa e tira uma capa prateada brilhante.

Fico boquiaberta quando ele a pendura ao meu redor.

— E você... — Hayden tira outra coroa, mais delicada e fina, com pedras preciosas cintilantes. — ... é Aurora. — Então a coloca na minha cabeça; é muito mais leve do que eu teria esperado.

Aurora, a Rainha Secreta. A criada leal e corajosa que resgata sua princesa sequestrada. A que todos subestimam. Meu peito se infla de orgulho e alegria com a ideia de assumir o papel da minha personagem favorita.

A coroa dele, a capa dele, a *minha* capa.

— Esses figurinos parecem tão reais...

— Mandei mensagem para o elenco e eles me passaram o contato do departamento de figurino.

— *Não acredito!* — Minhas mãos se erguem para a coroa. — É a mesma que ela usou na série? Não brinca.

Dizem que A. R. Haddington trabalhou diretamente com o departamento para criar os figurinos.

— Exceto Volkov. — Georgia sorri, apontando para o cinto de couro. — Ele trouxe esse da própria coleção particular.

Alexei olha feio para ela antes de se virar para mim.

— Também é figurino. Feliz aniversário.

Aperto os lábios para não rir. Todo fã da série torce para que a Rainha Ametista e Piers finalmente fiquem juntos em *Rainha Esmeralda*.

— Vocês estão incríveis. Muito obrigada. Eu... — Perco as palavras de tanta emoção. — ... não estava esperando por isso.

Alguém liga a música e, enquanto as conversas e risadas voltam, observo todas as pessoas reunidas no bar para o meu aniversário. Criei uma vida para mim aqui em Vancouver. Tenho amigos. Hayden beija minha bochecha, sorrindo em minha pele, e me recosto em seu peito, sorrindo de felicidade.

A porta se abre e nós nos viramos.

Luca entra usando sua camisa do Storm e uma peruca roxa-clara ondulada na altura da cintura. Todos ficam em silêncio e o encaram.

— Desculpa o atraso. — Ele me abre um sorriso malandro. — Problemas com a gata. — Seu olhar se ergue para a minha coroa e seu sorriso se alarga. — Coroa de aniversário. Gostei. Feliz aniversário, Darcy.

— Obrigada, Luca. — Cubro a boca para não rir da sua confusão crescente ao notar as fantasias de todos.

— O que você está usando? — questiona Alexei.

— Estou de Darcy. Olha. — Luca se vira, e seu nome nas costas está coberto por fita adesiva, com as letras OWENS escritas em caneta hidrográfica preta.

Alexei o encara.

— Por quê?

— Você falou que a gente ia se fantasiar de Darcy.

— Falei que a gente ia se fantasiar da *série de TV favorita de Darcy.*

Georgia está rindo tanto que precisa se segurar no meu braço para não cair.

— Walker, você está parecendo uma sereia.

Luca me abre um sorriso ligeiro, nem um pouco envergonhado.

— Foi mal.

Balanço a cabeça, sorrindo ainda mais e gargalhando.

— Não precisa se desculpar, Luca. Você está ótimo.

— Né? — Ele balança a cabeça, sacudindo a peruca. — Estou me achando com esse cabelo.

Hayden me leva ao balcão para pegar uma bebida e meu olhar encontra a lousa com os especiais do dia. Um coquetel rosa está desenhado com um guarda-chuvinha e algo rabiscado em cima.

Darcy — colorido, doce, efervescente e surpreendentemente forte!

Meu coração se aperta.

— Um drinque especial? Pra mim? — Sorrio para o anúncio, depois olho para Hayden, surpresa. Ele apenas sorri e me observa. — Jura?

— Foi ideia da Georgia — Jordan diz com um sorrisinho, enchendo uma coqueteleira.

Meu coração transborda de carinho e volto a olhar para o anúncio.

— O que é aquilo ao lado do guarda-chuva?

— Uma vela de faíscas — Jordan responde com um tom defensivo, como se não fosse a primeira vez que perguntam. Ela coloca algo na borda do meu corpo, acende um isqueiro e afasta a mão quando uma esfera de faíscas se acende em cima da bebida. Meus olhos devem estar brilhando.

— Gostou? — pergunta, com um sorriso torto.

Eu me recosto em Hayden, sorrindo tanto que minhas bochechas doem, enquanto ele dá um beijo no meu pescoço.

— Amei — digo.

Mais tarde, estou sentada com Hayden ao balcão, vendo nossos amigos aproveitarem a festa. Entre as pessoas se desafiando para duelos com espadas falsas, Rory continua desabotoando a camisa para fazer Hazel revirar os olhos e rir. Pippa está sentada no colo de Jamie no canto enquanto ele murmura algo na orelha dela. Georgia e Alexei se mantêm em lados opostos do bar.

É o melhor aniversário que já tive.

— Sinto como se eu fosse feita de arco-íris — digo a Hayden.

Ele balança a cabeça.

— Pensei que você só tinha tomado dois desses drinques.

— Tomei. Não estou bêbada. — Dou de ombros e abro um sorriso muito bobo para ele, memorizando esse momento. — Só estou feliz. Obrigada. — Chego mais perto, para nossas coxas se tocarem, depois apoio a mão na dele.

— O que faz você pensar que tive algo a ver com isso? — Ele arqueia a sobrancelha com ironia, e reviro os olhos, sorrindo ainda mais.

Com os dedos sob meu queixo, Hayden ergue minha boca e me dá um beijo tão doce e suave que meu coração se derrete.

— Feliz aniversário, Darcy — diz, com os lábios nos meus.

65

HAYDEN

Na noite seguinte, entro no bar silencioso perto do hotel em que Kit está hospedado, a adrenalina correndo nas minhas veias. Meu olhar percorre as mesas até encontrá-lo.

Ele parece acabado. Olheiras fundas e o ar abatido. O garçom deixa uma cerveja, e Kit vira metade de um gole só.

Não está tendo uma boa temporada. Seu contrato com o Calgary acaba este ano e, mais do que nunca, ele precisa manter boas estatísticas, mas estão em queda. Sei que a notícia de hoje não vai ajudar, mas, só de lembrar a expressão devastada de Darcy na noite em que ele ligou ou de quando me contou o que fez no Ano-Novo, uma nova onda de fúria e proteção me atravessa.

Quando chego, Kit se endireita.

— E aí.

— E aí. — Me sento à frente dele, deixando o celular em cima da mesa. Ele me passa o cardápio e faço que não precisa. — Não vou ficar muito.

Kit franze a testa.

— Pensei que a gente fosse beber umas.

— Eu e Darcy estamos juntos agora. — Não tem por que fazer rodeios.

Seu queixo cai e ele me encara por um momento antes de soltar uma risada abrupta.

— Desculpa, pensei ter ouvido que você e Darcy estavam juntos.

— Foi o que eu disse mesmo. Eu e Darcy estamos namorando. É sério.

Sinto um nó na garganta. Quero essa mulher para sempre.

A. R. Haddington me mandou a cópia antecipada porque contei que amava Darcy, que a amava há anos. Num bilhete pessoal, ela me desejou boa sorte.

Kit solta um riso amargo e sem graça.

— Vai dar merda. Que foi? Cansou de pegar fãs?

A adrenalina me atravessa, correndo pelo meu sangue, e eu cerro os dentes.

— Você já passou o rodo em Vancouver e nem a Darcy está perdoando agora? — Ele balança a cabeça, engolindo em seco. — É algum lance de ego? Pegar minha mina pra mostrar que pode?

A vergonha aperta minhas entranhas, mas me lembro de que não sou essa pessoa. Ele está magoado e nervoso, mas minha cabeça lateja com todas as coisas que Kit fez, todas as formas como a fez sentir que não era suficiente, e quero bater nele.

Mas não vou fazer isso, porque, assim como Darcy, estou deixando esse cara no passado.

— Ela não é mais a sua mina. — Meus dentes rangem. — E não é essa a questão.

— Até parece. — Ele contorce a boca. — É, sim. Você vai terminar com ela daqui a uma semana, no máximo.

Uma dor lateja em meu peito.

— Já parou pra se perguntar se não é isso que Darcy quer? Não enxerga, porra? — Balanço a cabeça. — Ela está muito melhor agora que você está fora da vida dela. Ela até gosta da própria vida. Virou analista do Storm e gosta do trabalho.

Seu rosto se contorce.

— Você não pode estar falando sério.

A raiva me atravessa. Kit nunca acreditou nela.

— Ela tem a formação e a experiência em estatística para isso, e está adorando. O time tem sorte de tê-la. *Eu* tenho sorte de tê-la. Mas você nunca pensou isso, né? Achava que estava fazendo um favor pra ela.

O ar se enche de tensão. Ele desvia os olhos, movendo o maxilar.

— A diferença entre nós — digo — é que vou fazer de tudo pra fazer aquela mulher feliz.

Ele solta uma risada de descrença, balançando a cabeça.

— Seu falso do caralho. Sempre teve uma queda por ela. Estava só esperando a oportunidade. Estou surpreso que não tenha tentado isso anos atrás.

Fico ofendido, porque jamais tentaria pegar a namorada de um amigo, mas Kit está magoado e furioso e tentando me atingir.

Amo aquela mulher. Minha constatação do outro dia está mais forte do que nunca, mas parece errado dizer para ele antes do que dizer para Darcy.

— Você teve sua chance e fez merda. — Minha voz é baixa e firme. — Sabia que ela não queria casar e, mesmo assim, fez o pedido na frente de todo mundo. — Eu me inclino para a frente, o coração acelerado. — Fez pressão para ela fazer algo que não queria.

As narinas de Kit se dilatam.

— Ah, sim, a vida dela teria sido tão difícil. — O sarcasmo e a amargura transbordam do seu tom. — Casada com um jogador de hóquei profissional que ganha milhões por ano, morando num lugar legal, tendo o casamento dos sonhos. Coitadinha da Darcy.

A raiva aumenta porque, mesmo agora, mesmo depois de ela ter terminado tantas vezes com ele e dito que não queria essa vida, ele não entende. Nunca vai entender.

— Sei que deve ser difícil perder aquela mulher, mas está na hora de superar.

Um sorriso amargo contorce a boca de Kit.

— Acho que você pensa que é sua vez agora ou coisa assim.

— Não. — Engulo em seco. — É a vez de Darcy. Você nunca a enxergou. Nunca se orgulhou dela. Não dava valor ao que tinha.

Kit ri e balança a cabeça.

— Você acha mesmo que vai dar certo. Inacreditável.

Seu tom me incomoda, e meus músculos ficam tensos quando tento me lembrar de como ela me colocou na cama com uma bolsa de gelo no meu ombro, tirando-a depois de vinte minutos quando peguei mais fundo no sono, cuidando de mim.

Darcy se importa comigo. Sei que se importa. Só precisa de tempo, e ela me mostrou que sou mais do que o homem que todos pensam que sou.

Tendo dito o que vim para dizer, me levanto.

— Te vejo no jogo amanhã.

Kit não responde enquanto saio pela porta.

* * *

Na noite seguinte, estamos ganhando por três gols, porque Kit está mais focado em descontar sua frustração em mim do que em defender o gol do Calgary.

Ele tenta acertar o taco na minha canela, mas Walker o empurra para longe. O lance deveria ter sido pênalti, mas o apito não toca. Um minuto depois, ele volta. Volkov o bloqueia, derrubando-o no chão, e a torcida vibra.

Costuma acontecer uma marcação agressiva quando um time quer neutralizar o astro do outro na partida. Mas isso não é para evitar que eu marque gols.

É pessoal.

— Que merda você tá fazendo? — um dos jogadores do Calgary pergunta a Kit. No banco, o técnico deles balança a cabeça e franze a testa.

— É só falar — Volkov murmura, lançando um olhar fulminante para Kit, os traços rígidos de tensão.

Volkov é o *enforcer* do Storm — um termo não oficial dado ao cara que restaura o equilíbrio no time e protege os jogadores que o adversário está atacando.

Mas essa batalha não é dele. É minha.

— Vamos colocar aquele palhaço no lugar dele ou não? — Miller pergunta, chegando perto.

Meu olhar se volta para o camarote onde sei que Darcy e os outros analistas estão assistindo ao jogo.

Brigas são comuns no hóquei. É uma forma de restaurar o equilíbrio do jogo quando um time está jogando sujo ou os árbitros não estão marcando faltas. Meus músculos ficam tensos de fúria. A energia crepita; quero acabar com isso.

Mas Darcy ficaria chateada.

Volto a olhar para Kit, que a perdeu por sua própria estupidez.

Tenho tudo, e ele não tem nada. Sinto pena dele. Está magoado, bravo e confuso, e não sabe lidar com isso.

— Ignora. O árbitro vai marcar falta em algum momento.

Retomamos o jogo mais uma vez e, um minuto depois, quando estou correndo atrás do disco, sou jogado de cara contra as bordas.

Meu lábio arde. Uma raiva vibra pelo meu peito, crescendo e se acumulando. Respiro fundo ao me levantar, sangue escorrendo do rosto para o gelo. O caos se espalha ao meu redor: os torcedores batendo os punhos no vidro, indignados, meus companheiros de time reclamando aos gritos, o apito soando.

A arena está em frenesi quando encaro o olhar de Kit. Ele está cercado por jogadores do Vancouver, árbitros e assistentes de arbitragem, mas sua atenção está em mim.

Seus olhos queimam; esse não é o cara com quem cresci, meu melhor amigo da universidade. É outra pessoa.

— Você é uma vergonha — disparo.

— Acha que ela não vai fazer o mesmo com você? — Os lábios dele se curvam com uma cara horrível de desdém. — Por que ficaria com você?

Com um assistente de arbitragem entre eles, Volkov tenta empurrar Kit.

— Cala essa boca.

A tensão cresce no gelo enquanto os árbitros reveem a jogada em suas telas. Os jogadores se cercam. Finalmente, o árbitro patina até o centro do gelo e a arena fica em silêncio. Ele liga o microfone.

— Cinco minutos de penalidade por *boarding*.

A arena vibra, e Kit me lança outro olhar furioso por sobre o ombro ao ser conduzido para a área de penalidade.

Tento sentir alguma empatia por ele, mas não vou fingir que sou a mesma pessoa que era alguns meses atrás.

Darcy é minha. Kit precisa superar isso.

A partida recomeça, e executamos uma jogada que Darcy e os outros analistas recomendaram a Ward. Miller passa para mim, eu lanço o disco e o acerto no fundo da rede. O barulho toma conta da arena, a sirene do gol toca e as luzes piscam enquanto Miller, Volkov, Walker e nosso outro atacante me cercam para comemorar.

— Adoro provar que ela está certa — grito para Volkov, sorrindo de orelha a orelha em meio à gritaria.

Meu olhar encontra o de Kit na área de penalidade e suas narinas se dilatam. Eu me endireito, erguendo os ombros, e o encaro com um olhar desafiador.

Ganhei, meus olhos dizem. *Você perdeu e já era.*

Num único movimento, Kit sai da área, avançando na minha direção. Ouço o espanto dos torcedores. Ele ainda tem quarenta segundos no relógio de penalidade.

— É sério isso? — Walker grita, rindo. — Aquele cara está a fim de morrer. Owens, o que você fez?

A partida não está nem rolando, e o árbitro começa a tocar o apito, mas Kit não se intimida, patinando rápido na minha direção. O restante da equipe do Calgary observa com apreensão.

Volkov murmura algo para Walker — escuto algo como "O ex de Darcy" da sua boca — e, quando Kit se aproxima e levanta o punho, os dois zagueiros do Storm o bloqueiam, jogando-o no gelo. Os torcedores comemoram de novo, apitos soando a torto e a direito, e até os jogadores do Calgary estão puxando Kit para trás.

— Penalidade por conduta antiesportiva — o árbitro grita no microfone, e a torcida vai à loucura. Ele desliga o microfone e grita algo para Kit. Os outros jogadores do Calgary o puxam para fora do gelo enquanto ele resiste, tentando me alcançar, e os torcedores gritam. O zagueiro do Calgary empurra Kit com força do banco para o corredor.

Os torcedores cantam "Driedger, seu lixo!" enquanto ele desaparece no vestiário.

— Espero que essa Darcy valha a pena — comenta Walker, balançando a cabeça.

Ô, se vale; ela é tudo para mim.

Hoje? Vou mostrar para ela.

Não aguento mais esperar.

66

DARCY

Hayden abre a porta à noite, sem nunca tirar os lábios dos meus. Tira a jaqueta e a joga no chão com pressa.

Estamos nos beijando desde o saguão lá embaixo. Jogar contra Kit despertou algo em Hayden. Eu não deveria me sentir tão excitada por sua possessividade, mas me sinto.

"O que você falou pra deixar Kit tão puto?", perguntei a Hayden depois da partida.

"A verdade", respondeu ele.

Falou que era temporário, então. Sinto uma pontada de dor no peito. Está ficando mais difícil aceitar essa realidade, que isso é apenas diversão e só por mais alguns dias.

A língua de Hayden volta a encontrar a minha, e meus pensamentos e minhas preocupações se dissolvem. Aqui, agora. É tudo que importa.

Não vou me preocupar com o futuro se posso curtir o presente com Hayden.

Ele tira minha jaqueta com força, e mal consigo respirar de tanto que estamos nos beijando. Gosto desse lado dele, quando vai atrás do que quer, seja no gelo ou agora, me devorando.

— Hoje? — pergunto sem ar, e nós dois sabemos o que quero dizer.

Algo mudou, e Hayden não parece mais a fim de esperar.

Ele vai me empurrando para trás até me jogar contra a parede. Abaixa a cabeça e me beija com força. Meus joelhos ficam bambos com a sensação de sua língua na minha. Se não estivesse me prendendo, eu estaria escorregando até o chão. Ele recua, ofegando, e pousa a testa na minha, os olhos cheios de desejo.

— Hoje.

A promessa nessa única palavra faz uma excitação crescer em meu ventre. Fecho os olhos e me entrego à sensação dos lábios de Hayden por toda a minha pele, ele puxando a gola da minha blusa para morder meu ombro. Suas mãos vão até a barra da minha camisa, erguendo-a.

— Pelada. Agora.

Nesta casa, não usamos mais frases inteiras. Levanto os braços, e ele tira a minha blusa. Eu tiro a dele, expondo seu peito largo e sua pele quentinha. Ele puxa o tecido do meu sutiã para baixo, para que seus lábios possam envolver a ponta empertigada do meu seio, e tento abrir seu cinto enquanto ele tenta abrir o fecho do meu sutiã. A chupada inebriante dos seus lábios no meu mamilo faz minha cabeça encostar na parede e minhas pálpebras se fecharem. A pulsação cresce no meio das minhas pernas.

Hayden solta um barulho baixo e frustrado de impaciência urgente antes de sua boca voltar à minha e sua língua entrar em meus lábios, como se sessenta segundos fosse tempo demais para esperar entre um beijo e outro.

— Adoro esse seu lado. — Dou risada quando ele fica frustrado com o meu sutiã e puxa o fecho com força. — Você acabou de rasgar?

— Provavelmente. — Um sorriso rápido surge em seu rosto. Ele está corado e respirando com dificuldade. — Vou comprar mais.

Hayden tira a calça e a cueca, o pau já duro e saltando para fora enquanto ele tira uma camisinha da carteira e a coloca. Em seguida, leva a boca à minha, me beijando com força e tirando meu ar.

— Você nem parou pra admirar o presente que me comprou.

— Na próxima. — Ele abre a minha calça, empurrando-a junto com a calcinha com pressa, e estou distraída por seu cheiro, tão fresco, limpo, masculino e familiar.

Solto um gritinho surpreso quando ele me levanta como se eu não pesasse nada e, por instinto, minhas pernas envolvem seu quadril. Coloco os braços ao redor do seu pescoço, mas seu aperto é firme, as mãos envolvendo a minha bunda, e a extensão do seu pau se apoia em meu clitóris. Com seu aperto firme em meus nervos, sou tomada pelo desejo.

Hayden dá um passo para apoiar minhas costas contra a parede fria, e eu arregalo os olhos.

— Assim? — Perco o fôlego, olhando ao redor do hall de entrada.

A espontaneidade de transar aqui, no apartamento escuro, tendo apenas as luzes da cidade entrando pelas grandes janelas me dá um frio na barriga de excitação.

— Assim. — Sua boca se curva num sorriso malicioso e sedutor que faz meus músculos íntimos piscarem de expectativa. Deus, isso vai ser bom. — Era o que você queria, né? É o que falou naquela noite no bar, que queria ser comida com força na parede.

Meus pensamentos se embaralham numa onda de desejo, e aceno. Nossa, sim, quero.

— Sim, por favor. — Desço os olhos, percorrendo os músculos esculpidos do seu peito, os pelos loiros-dourados que descem até seu pau.

Um sorriso malandro se abre em seu rosto lindo.

— Não precisa pedir por favor pra mim, mas gosto muito, muito mesmo disso.

Hayden me sustenta com uma das mãos, o braço definido se flexionando com uma demonstração fascinante de força. Esqueça as linhas de mármore espetaculares do *David*, de Michelangelo. Hayden Owens é a representação perfeita de beleza masculina. Mas perco a linha de admiração quando ele apalpa meu seio. Nossos lábios se encontram de novo, e Hayden brinca com meu mamilo, tirando uma doçura ansiosa de dentro de mim como se houvesse uma corda conectada ao meu sexo. Ele ajeita o quadril, deslizando o pau pela umidade, e gemo quando sua dureza escaldante se esfrega em meu clitóris. Um calor líquido cresce em meu interior.

— Eu deveria ir mais devagar — Hayden diz, colocando a mão entre as minhas pernas, passando os dedos pela minha excitação e observando minha expressão com fascínio.

Balanço a cabeça, puxando o cabelo da sua nuca, e seus olhos brilham mais intensamente.

— Não.

Ele traça círculos firmes e deslizantes no meu centro, despertando todas as terminações nervosas do meu corpo. Minha cabeça cai para trás e Hayden observa meu rosto com uma reverência determinada. A excitação se contrai entre as minhas coxas e sou inundada pela urgência.

— Hayden — gemo. Meu coração está batendo tão forte que é uma surpresa que ele não consiga ouvir. — Não posso mais esperar. Preciso de mais.

O ar escapa dele, que acena e se encaixa na minha entrada. Ele vai metendo, e um prazer repentino me atravessa, enquanto meus músculos oferecem resistência de tão grosso que ele é. Eu me seguro ao seu corpo, deixando as sensações me dominarem.

— Respira — Hayden diz, gentil, mas firme.

Ele é meio grande demais para mim, e meus lábios se entreabrem enquanto encaro seu olhar preocupado. Mesmo agora, é muito atencioso e cuidadoso comigo.

— Ai, meu Deus. — Ele apoia a cabeça na minha, olhando no fundo dos meus olhos. — Você é tão apertadinha...

— Você é tão grande... — Minha voz é fraca e desesperada, e não importa se parece clichê. Todo o meu foco está onde meu corpo se esforça para se acostumar com o dele. Todo desconforto desaparece quando a eletricidade atravessa meu sangue. — Continua.

Ele vai enfiando até seu quadril encontrar o meu e eu estar prestes a perder a cabeça com o volume delicioso dele me queimando. Meu prazer já está se formando, despertando e se espalhando pelo meu corpo.

— Tudo bem? — ele sussurra.

Faço que sim, com uma respiração trêmula.

— Você é tão gostoso... — sussurro em resposta. — Faz um tempão que quero isso.

Ele engole em seco. Sob minha mão na sua nuca, a pele dele é quente e úmida pelo esforço. Uma ruguinha de frustração e agonia se forma entre as suas sobrancelhas. Hayden parece destroçado de tanto se segurar para não me machucar. Mordo seu lábio inferior, e o som rouco e satisfeito na sua garganta irradia uma onda de calor em mim.

— Estou sentindo você me apertando — ele geme. — Faz *anos* que quero isso, Darcy, e consegue ser ainda melhor do que eu imaginava.

Vou às alturas, voando por saber que essa conexão entre mim e Hayden era inevitável. Eu acabaria entendendo e a vendo em algum momento; era apenas uma questão de tempo.

Enquanto meu corpo se ajusta ao seu tamanho intimidador, ele passa a mão pela minha pele como se quisesse me sentir ainda mais, até, finalmente, seu olhar encontrar o meu.

— Posso me mexer? — ele implora, os olhos turvos e a respiração ofegante.

Seu cabelo está bagunçado por causa das minhas mãos e seu olhar é febril de desespero enquanto Hayden se agarra aos últimos resquícios de autocontrole. Faço que sim, e ele desliza para fora, aonde nossos corpos se encontram, antes de voltar a meter devagar, observando meu rosto em busca de algum sinal de desconforto.

O prazer me atravessa; meu coração acelera.

— Meu Deus — gemo.

Hayden mete de novo, e sinto cada centímetro.

— Você não sabe quantas vezes eu pensei nisso. — Ele fecha os olhos, a expressão tensa, e engole em seco. — Imaginei a gente em todas as posições possíveis, em todas as superfícies deste apartamento. De todos os apartamentos em que já morei.

O calor se agita entre as minhas pernas, e a pressão se contrai.

Ele me fode com mais força, e eu vou além. O quadro que compramos na semana passada chacoalha na parede enquanto Hayden mete em mim, e acho que vou ficar com hematomas da mão dele na minha bunda. Mas não estou nem aí. Só quero mais.

Sua mão encontra meu clitóris, e ele traça pequenos círculos firmes.

— Hayden. — Meu orgasmo toma forma, e puxo seu cabelo, olhando nos seus olhos. Consigo sentir a expressão desesperada em meu rosto.

Ele abre um sorriso, malicioso e dominador.

— Caralho, eu *amo* quando você geme meu nome assim, Darcy. Amo quando sua bocetinha pisca para mim. — Ele enche minha pele de beijos febris enquanto a pressão em meu ventre cresce e minha visão começa a se turvar. — Tão comportadinha, toda molhadinha pra mim, me deixando te foder com força na parede como a gente queria.

Cravo as unhas no seu ombro e o canto da sua boca se ergue.

— Vai gozar pra mim, linda?

— Uhum. — Aceno de novo e de novo. Meus nervos estão à flor da pele, e não existe mais nada além de nós, aqui e agora.

— Mostra — ele manda, me apertando quando me contraio ainda mais. — Mostra como é quando te dou prazer.

A pressão transborda, e eu me despedaço. Meus dedos dos pés se curvam. O calor me atravessa quando meus músculos se contraem ao redor dele. Estou sem ar, gemendo seu nome e implorando para ele não parar enquanto meu coração acelera. Quando penso que cheguei ao ponto mais alto do orgasmo, continuo subindo, voando tão alto que sinto que vou morrer. Hayden mete sem parar, me segurando com firmeza como se eu fosse preciosa.

É todas as coisas, tudo ao mesmo tempo: íntimo, intenso, gostoso, desesperado, ávido, e tudo que sempre desejei.

Meu orgasmo passa, mas, pelo maxilar cerrado e pela expressão torturada de Hayden, ele está quase. Morde o lábio inferior e solta um gemido grosso e voraz. Suas maçãs do rosto estão coradas de exaustão. Seu cabelo cai sobre os olhos. Nossa, como ele é devastador assim, prestes a perder o controle, mas pegando tudo que quer.

— Não consigo mais me segurar — ele diz.

— Pode gozar. — Estou ansiosa para ver Hayden perder a cabeça enquanto me fode. — Goza dentro de mim.

Sua mão volta para o meio das minhas pernas e, com alguns círculos rápidos e firmes, sou tomada por um segundo orgasmo. Solto um gemido confuso e surpreso de prazer em sua pele, tremendo ao atingir o clímax enquanto mais ondas de calor me atravessam e pisco ao redor do seu membro. Não é justo o quanto ele é bom em entender meu corpo e saber exatamente o que quero.

Mas isso o faz perder o controle, porque o som rouco e entrecortado que solta da garganta é puro prazer. Com os braços fortes, ele me aperta em seu peito. Hayden afunda o rosto em meu pescoço, gemendo em minha pele e pulsando dentro de mim. Um sentimento de proteção intenso me percorre enquanto ele repete meu nome.

Meus pensamentos se dissolvem até restar apenas um: queria poder fazer isso para sempre. Queria que Hayden quisesse o mesmo que eu.

Depois de um instante, ele recua com uma expressão incrédula. Os únicos barulhos no apartamento são o batimento do meu coração nos meus ouvidos e o som da nossa respiração ofegante.

— Está tentando me matar? — ele pergunta, e damos risada.

Com a ponta do dedo, traço a linha do seu lábio inferior, mas ele se abaixa para beijar minha boca de novo.

— Muito pelo contrário.

67

HAYDEN

— E essa? — Darcy aponta para uma cadeira na loja de móveis aonde a trouxe depois do brunch.

Volto a pensar em nós dois juntos nas últimas doze horas: os gemidos que ela deu quando estava perto do orgasmo, a paz no seu rosto antes de eu acordá-la hoje cedo, e seu suspiro baixo de satisfação enquanto eu lavava seu cabelo no banho. A sensação transformadora de meter no fundo da sua boceta quente, molhada e apertadinha, e a forma como sua boca se abriu de surpresa e prazer na primeira estocada.

— Hayden?

Estou olhando fixamente para a cadeira.

— Não consigo pensar em nada além de transar com você nessa cadeira. — Darcy sentaria em cima, de frente para mim, rebolando no meu pau enquanto eu chuparia seu pescoço e deslizaria os dedos pelo monte de nervos que a faz perder a cabeça.

Ela deixa escapar uma risada surpresa e seus olhos brilham.

— Está dolorida? — pergunto, puxando-a para perto e dando um beijo em sua têmpora. O cheiro dela é incrível. Como consegui me controlar por oito anos? Mal consigo passar cinco minutos sem tocar nela agora.

Sua boca se contorce.

— Um pouco.

Solto um som baixo e compreensivo e passo a mão por seu cabelo macio.

— Desculpa.

— Não, hum. — Darcy balança a cabeça, e as bochechas ficam coradas como nos momentos antes de gozar. — Eu meio que gosto. — Ela me lança um olhar hesitante, mordendo o lábio. — Isso é esquisito?

Deixo escapar um suspiro e sorrio para ela, colocando o braço ao redor de seus ombros.

— Também gosto.

A cada momento que passo com Darcy, ela se torna mais entrelaçada em meu DNA. Torna-se um pouco mais minha.

Nossa, tomara que ela sinta o mesmo. Está ficando mais difícil não despejar meus sentimentos em cima dela.

Seu celular toca com uma ligação de um dos outros analistas. Ela pede um segundo e sai.

Sorrio para ela pelas janelas, onde está falando a mil por hora com um brilho nos olhos. O Storm vai para as eliminatórias e os analistas estão trabalhando dobrado. Mas Darcy não poderia estar mais feliz com as jornadas longas. É tudo que eu queria para ela: que finalmente amasse o próprio trabalho, que ficasse animada para ir trabalhar de manhã.

O casamento de Jamie e Pippa é daqui a alguns dias, e um nó de preocupação se forma em meu peito. Darcy parece mais feliz do que nunca, mas não tenho como ter certeza. Já estive errado antes. Nunca soube que ela estava infeliz com Kit.

— Hayden?

Ao ouvir meu nome, eu me viro e sinto um frio na barriga.

— Jess. — Devo estar com cara de quem viu um fantasma de tão boquiaberto. Pisco, surpreso, mas me recupero e abro um sorriso vacilante. — Oi. Como você está?

Jessica Haley, minha namorada nos tempos de ensino médio, me abre um grande sorriso encantado.

— Melhor agora. Que coincidência te encontrar por aqui. Qual a chance?

Meu coração acelera e a incerteza atravessa meu estômago.

— Pois é. A vida tem dessas coisas.

— Acabei de me mudar de Saskatoon de volta para Vancouver — comenta sorrindo, pousando o olhar em meus braços e peito. — Você está incrível. — Ela me olha de cima a baixo, e uma sensação incômoda e desagradável se instala dentro de mim. — E as novidades?

— Ah, sabe como é. Hóquei.

Olho para as janelas e vejo Darcy ainda no celular. Agora que estou começando a me livrar do estereótipo de pegador, não quero que ela olhe e pense que, assim que vira as costas, estou dando em cima de outras. Estou tentando mostrar que sirvo para namorar.

Nem *olho* para outras mulheres.

Jess acena, me secando com admiração.

— Pois é, vi você na TV com o Storm. — Ela ri consigo mesma. — Todas as minhas amigas sabem que perdi a virgindade para *o* Hayden Owens.

Sinto um desconforto no estômago e tento não fazer cara de repulsa.

— Hum. Verdade.

Estamos dez anos mais velhos, mas sinto que tenho dezessete anos de novo, tentando agir com naturalidade enquanto ela me diz que se divertiu comigo, mas que preferia namorar outro.

Jess se aproxima e abaixa a voz com um sorriso cúmplice.

— Esqueci como você era grande.

Limpo a garganta e, involuntariamente, dou um passo para trás.

— Hum. Pois é. Sempre fui alto. — Passo a mão no cabelo.

Seu tom de voz não deixa espaço para interpretação: ela está interessada. Olho ao redor atrás de Darcy, que não está mais na calçada.

— A gente devia trocar telefone — Jess diz com um sorriso.

— Olha, sem querer ser mal-educado, Jess, mas...

— Oi. — Darcy pega a minha mão e se recosta em mim, me olhando com um sorriso lindo.

Relaxo imediatamente.

Ela nem olha para Jess, só mantém o olhar carinhoso focado em mim.

— Estava com saudade, amor — ela diz com a voz suave.

Amor? Meu cérebro trava, envolto por sensações calorosas e aconchegantes enquanto a encaro, provavelmente com uma cara de bobo alegre.

— Também estava com saudade — digo.

O que está acontecendo? Não sei bem, e não quero saber. Só quero que Darcy me chame de *amor* de novo.

Ela vira e encontra os olhos de Jess.

— Oi — diz, estendendo a mão. — Sou Darcy, namorada de Hayden.

Fico confuso, mas ainda estou sorrindo e, quando noto a tensão escondida no sorriso falsamente amigável de Darcy, tudo fica claro.

Ela está marcando território. Está com *ciúmes*. Sou invadido pelo divertimento e sorrio, sentindo a nuca esquentar. Seguro o riso. Finalmente está sentindo na pele como me sinto quando vejo darem em cima dela. Passo sua mão para a minha outra e coloco meu braço ao redor de seus ombros, puxando-a para o meu peito.

— Jess. — Ela estica a mão para apertar a de Darcy e alterna o olhar entre nós. Então, arregala os olhos. — *Você* tem namorada? — repete para mim.

Ao meu lado, Darcy fica tensa, e uma sensação ruim surge em meu peito. É agora que Darcy vai se virar para mim como se me visse por uma nova luz e dizer: "Ah, é, tem razão, Jess. Por que eu me comprometeria com um cara desses?".

Em vez disso, ela sorri para Jess, com um quê de agressividade no olhar.

— A gente só estava procurando algumas coisas para o *nosso* apartamento — diz, encarando-a. — Onde moramos. Juntos. E dormimos na mesma cama.

O nó no meu peito relaxa de alívio. Não está com raiva, não está mudando de ideia sobre nós, mas está possessiva como nunca. Gosto desse lado dela. Meu sorriso se alarga enquanto a observo. Que tigresinha.

— Entendi — Jess responde, desconcertada, alternando o olhar entre nós. — Não achava que você era de namorar.

— Sou, sim. — Inspiro fundo, apertando a mão de Darcy.

— Quer dizer, sabia que você *achava* que era — começa Jess, rindo um pouco. — Mas um cara como você? — Ela me analisa, a sobrancelha arqueada, e fico tenso. — De jeito nenhum. Mas — dá de ombros, empertigando-se e abrindo um sorriso radiante para Darcy — vai ver as pessoas mudam.

Me sinto nauseado e engulo em seco.

Darcy olha para mim, inocente como uma gatinha, mas com uma raiva protetora nos olhos.

— A gente precisa ir, amor.

De novo aquela palavra que adoro. Contenho os sentimentos estranhos e concordo com a cabeça.

— Tem razão. — Abro um sorriso forçado para Jess. — Bom te ver.

— Você também. — Ela nos observa com uma expressão confusa enquanto Darcy lhe dá um aceno rápido, pega minha mão e me puxa para fora da loja.

— Namorada? — pergunto na calçada.

Darcy dá de ombros como se não fosse nada, mas não solta minha mão.

— Não gostei de como ela estava falando com você.

Um calor me atravessa.

— Está com ciúme — provoco.

Seus olhos encontram os meus.

— E se eu estiver?

Arqueio a sobrancelha e abro um sorriso.

— Achei que a gente só estivesse se divertindo, Darce.

Ela cora e desvia os olhos, mas levo os dedos ao seu queixo, erguendo seu rosto para os nossos olhos se encontrarem.

— Obrigado — digo. — Ninguém nunca foi tão protetora assim comigo antes. — Abro um sorriso satisfeito. — Foi bom. Você vai me deixar mal-acostumado.

Darcy me observa por um longo momento, e uma tristeza surge em seus olhos.

— Você merece, Hayden. — Ela olha para a loja de móveis a meio quarteirão. — Quem era aquela? E por que ela disse que não achava que você fosse de namorar?

Os músculos no meu peito se contraem, mas Darcy passa a mão sobre eles, e seu olhar é tão atencioso e curioso que meu coração se aperta.

Está na hora de falar a verdade.

68

DARCY

— Jess era minha namorada do ensino médio.

Pisco, confusa. Namorada. Namorada? Ele nunca falou sobre ela. Kit nunca comentou sobre ela.

— Não sabia que você teve uma namorada no ensino médio.

— Pois é. — Hayden morde o lábio inferior. — Pelo menos, achei que tivesse. Depois que perdemos a virgindade, ela perdeu o interesse. Mas parece que eu era divertido o suficiente pra ela contar para as amigas. — A expressão de Hayden fica irônica. — Queria ser bom de cama, mas acabei sendo... — Ele engole em seco. — Bom demais, acho. Sou pra sentar, não pra casar.

Paro na calçada em silêncio, processando a informação e observando seu rosto.

— Isso foi há muito tempo. Você era só um adolescente.

— Não, Darce — responde Hayden —, você não enxerga? Pensei que tivesse deixado isso para trás no ensino médio, mas a fama me seguiu até a faculdade.

Parece até que ele está chateado por isso. Como se nunca quisesse essa fama.

— Você disse que corta os laços antes que a coisa fique séria demais. Sempre avisa as mulheres de cara que não está interessado num relacionamento.

— Prefiro deixar claro desde o começo para não criar esperanças.

Ai, Deus. As regras são para ele, não para as mulheres com quem sai. Meu coração se aperta.

Sou tomada por forte instinto protetor ao imaginar aquelas garotas machucando Hayden, fazendo-o sentir que não valia mais do que uma sentada.

Hayden é espetacular. É o pacote completo: gentileza, bom humor e ainda é lindo. Como elas podem não ter enxergado isso?

— E você me vê como todas as outras — ele diz baixinho.

Uma dor envolve e aperta meu peito, e balanço a cabeça.

— Não, Hayden, não vejo.

— Vê, sim — ele diz com mais firmeza, os olhos incisivos e vulneráveis. — Vê desde que me conheceu. Lembra aquela festa, na primeira semana de aula?

A festa do hóquei.

— Kit disse que eu era o maior pegador que ele conhecia e você concordou. Disse que conseguia entender perfeitamente. — Hayden cruza os braços e desvia os olhos.

— Lembro. — Minha voz é baixa, quase um sussurro, enquanto a lembrança se repete na minha cabeça. — Lembro que ele falou que pra você era fácil pegar mulher.

Hayden era lindo, engraçado e simpático, e eu tinha passado a semana toda torcendo para que me chamasse para sair. Fiquei decepcionada quando não chamou. Quando Kit disse que Hayden era pegador, tomei isso como justificativa. O problema não era eu, era ele.

Alguns meses atrás, eu o chamei de "rei dos pegadores". "Você é o líder deles", falei. Quando Hayden sondou o terreno e comentou que ter uma namorada não parecia tão ruim, eu basicamente disse que ele não servia para esse tipo de coisa.

— Desculpa — sussurro. — É só que pensei que... — Balanço a cabeça. — Desculpa.

— Tudo bem. — Sua voz é tensa.

Não está tudo bem. Como não soube disso? Conheço Hayden há anos. Vi o que queria ver, porque era mais fácil. Eu me lembro do jogo contra o Calgary e como Kit estava furioso.

— O que você falou para Kit? — Na última vez que perguntei isso, Hayden disse que falou a verdade, mas estávamos distraídos demais transando na parede para eu pedir que elaborasse.

Os olhos dele encontram os meus, e ele puxa o ar, tenso.

— Que levava a nossa relação a sério. Que vou fazer de tudo pra fazer você feliz.

Minha pele está formigando. Como pude me enganar tanto, mas tanto sobre Hayden? Todos esses anos, vi o que os outros viam.

Vou ficar revirando essa informação na cabeça a noite toda, a semana toda. Anos, provavelmente. Eu estava redondamente enganada. Mas, agora, preciso corrigir essa situação.

Entro no seu espaço e coloco as mãos sobre seu peito, olhando no fundo dos seus olhos azuis como o mar. Ele me olha, confuso.

— Oi. — Abro um sorrisinho caloroso. — Você é Hayden, né?

Ele sorri, a expressão confusa, mas concorda com a cabeça.

— Sou Darcy. — Chego mais perto até estar quase colada em seu corpo. — Tenho um crush em você desde o segundo em que te vi na aula.

Hayden esboça um sorriso, e algo muda em seus olhos. Ele leva as mãos aos meus cotovelos, me segurando.

— É assim que você costuma se apresentar, Darcy?

Faço que não.

— Só pra você. Não pense que consegue me enganar com essa beleza toda, Hayden Owens.

Seus olhos cintilam com bom humor.

— Ah, é?

— É, sim. Você deve ser o cara mais bonito que já vi, mas dá pra ver que também é gentil, engraçado e tem um bom coração. Você é um jogador de hóquei incrível, não só porque é rápido e forte, mas porque se importa com seu time e com deixar seu técnico orgulhoso. E deve gostar de romance de fantasia, não?

— E não é que gosto? — Sua boca se curva ainda mais, e meu peito está bem mais leve. — Incrível como você sabe tudo isso e acabamos de nos conhecer.

Sorrio.

— E aposto que você sempre se esforça pra fazer todo mundo se sentir incluído em festas e eventos.

— Minha mãe diz que as pessoas sempre se lembram de como você as faz sentir — acrescenta ele em voz baixa, passando o polegar sobre o dorso da mão.

— A maneira como as pessoas te tratam é um reflexo delas, não seu. — Sinto um nó na garganta, raiva de que Hayden tenha se sentido assim por tanto tempo, culpada por ter contribuído para isso, e a necessidade avassaladora de corrigir as coisas. — Você diria que mereci ser tratada como Kit me tratou?

— Jamais — responde ele, firme, franzindo a testa. — O problema era ele, Darce. Kit é o babaca que não te merecia.

Abro um sorriso paciente. *Entendeu*, minha expressão diz.

Algo muda em seus olhos. Acho que ele acredita em mim. Meu coração se aperta, e dou um beijo nele.

— Há quem veja você como um pegador — sussurro em seus lábios —, mas eu sei a verdade. Você é muito mais do que isso.

69

HAYDEN

À tarde, passamos por um trecho do parque onde as árvores cercam ambos os lados do passeio, cheias de pétalas em tons de branco e rosa.

O lugar não está tão movimentado: algumas pessoas tirando fotos sob as folhas de cerejeira, alguém jogando uma bola para o cachorro, um casal fazendo piquenique em cima de uma grande toalha xadrez. Algumas crianças jogando hóquei de rua.

Uma brisa sopra as flores das árvores e elas giram ao nosso redor. Darcy para e ergue um sorriso sereno para o céu, observando-as flutuar. Algumas caem no seu cabelo, e tiro um retrato mental. Quero me lembrar disso para sempre.

— Você é linda, Darcy. Já te falei isso?

Ela volta o sorriso para mim, olhando nos meus olhos. Nunca me senti tão conectado com alguém.

— Vez ou outra. Vamos sentar — diz em voz baixa, apontando para um banco vazio, e nos sentamos sobre o metal frio.

"Você é muito mais do que isso", disse Darcy hoje cedo, e meu coração bateu forte.

Nem acredito que contei todas aquelas coisas para ela, mas me sinto estranhamente aliviado por ter dito. Uma sensação intensa e insistente me atinge.

— Não quero que isso acabe, Darce. — Adrenalina percorre minhas veias enquanto abro o coração para ela. — Não quero voltar a ser apenas seu amigo depois do casamento. Não existe ninguém como você, e nunca vivi isso — aponto entre nós, engolindo em seco — com mais ninguém. Você já?

Ela passa a língua pelo lábio inferior e balança a cabeça. Vejo preocupação no seu olhar.

— Não estou pedindo pra você se casar, nem ter filhos, nem se envolver em qualquer compromisso para o qual não esteja preparada. Sempre vamos no seu ritmo. Só quero que continue morando no apartamento e dormindo na minha cama e me deixando te levar pra sair. — Abro um sorriso safado, embora meu coração dispare. — E que continue usando lingerie.

Ela ri.

— A escolha é sua. — Kit nunca lhe deu essa escolha, mas eu não sou como ele. — Sempre vou te dar essa escolha, Darcy. Juro.

As três palavras que quero dizer estão na ponta da língua, mas me seguro.

E pronto, meu coração está nas mãos dela. Darcy pode esmagar. Pode me jogar fora e me partir ao meio com apenas algumas palavras ou uma expressão facial. Mas ela vale esse risco.

Estou pedindo para ela ser corajosa, então também preciso ser. Preciso confiar que minha melhor amiga e a mulher que amo me veja como mais do que uma diversão passageira, uma boa foda e um rostinho bonito. Que, para Darcy, não sou apenas a alma da festa, mas o cara com quem ela quer acordar todos os dias, o cara em quem acredita quando digo que ela pode tudo. O cara com quem mal pode esperar para falar sobre livros e mostrar modelos de hóquei.

— E se você mudar de ideia? — Darcy fica mexendo nas unhas, e sua voz é tão baixa e amedrontada que quero pegá-la no colo e não largar nunca mais.

O ar escapa dos meus pulmões numa risada de incredulidade.

— Não vou mudar. Sei que não.

Ela engole em seco, olhando para as mãos.

Você é a pessoa certa para mim, quero dizer, mas seria pressão demais sobre ela.

— Vamos correr esse risco juntos — digo, em vez disso.

— Licença — um menino nos interrompe, parando na nossa frente com alguns outros, e erguemos a cabeça. Eles parecem ter uns nove ou dez anos e estão segurando tacos de hóquei. — Você é Hayden Owens?

— Sou sim, amigão. Estavam jogando hóquei?

Ele faz que sim e parece querer falar mais alguma coisa.

— Pergunta — um dos outros sussurra, cutucando o primeiro.

— Será que quer jogar hóquei com a gente? — o menino pergunta.

Meu braço aperta o ombro de Darcy. Normalmente, eu diria que sim, mas, com ela ao meu lado num lugar tão lindo, não quero sair daqui nunca mais.

— Não sei se sou bom pra enfrentar vocês — digo, olhando para Darcy.

Ela me abre um sorriso encorajador.

— Você deveria jogar.

Um dos meninos bate palmas, sem conseguir conter o entusiasmo.

— Tem certeza?

— Sim — Darcy responde, sorrindo ainda mais. — Quero ver você jogar. Vou ficar torcendo.

Sinto que ela quer alguns minutos para processar o que acabei de dizer. Darcy é assim; precisa de tempo para entender seus sentimentos.

Dou um beijo rápido na bochecha dela.

— Não vou demorar.

— No seu tempo. — Ela se recosta no banco, ficando mais confortável. — Vou me divertir assistindo.

Sigo as crianças até onde elas montaram uma rede.

— Sem me bater, hein — digo, ouvindo Darcy rir atrás de mim. — Não sou tão forte quanto pareço.

70

DARCY

Sob as cerejeiras, fico sentada no banco do parque, vendo Hayden jogar hóquei de rua com um grupo de crianças. Ele é tão bom com elas, incentivando, ensinando e comemorando quando alguém marca.

Consigo imaginar: Hayden tendo seus próprios filhos, ensinando-os a jogar hóquei, talvez treinando seus times e levando todos para tomar sorvete depois, ganhando ou perdendo. Imagino-o com duas filhas, dizendo para elas que são inteligentes, maravilhosas e capazes de qualquer coisa. Depois o imagino com dois meninos, ensinando a serem gentis e inclusivos com todos.

A ameaça de não estar nessa visão com ele faz meu peito doer. Penso em não estarmos na vida um do outro como estamos agora, o contato limitado a telefonemas esporádicos ou visitas anuais, e sou invadida por uma tristeza profunda.

Ele não quer que isso acabe. Disse que não existe ninguém como eu e que nunca teve o que temos com mais ninguém. A escolha é minha.

Sei agora que ele não é um simples pegador. Nunca foi. Sempre quis mais; apenas achava que não poderia ter.

Ele pode ter mais comigo, se eu deixar.

Qual é a alternativa? Voltar a tentar ser uma pegadora? Minhas tentativas frustradas de ficar com outras pessoas foram ridículas. A melhor parte de tentar ser pegadora era passar tempo com Hayden.

Eu queria me sentir livre e empoderada. Hayden sempre pareceu confiante, e eu queria um pouco daquilo para mim. Foi por causa dele que encontrei.

No meu aniversário, desejei que minha relação com Hayden nunca precisasse terminar. Por que não posso fazer meu próprio desejo se tornar realidade? Transformei minha vida em algo de que me orgulho. Algo com que *sonhei*.

Precisaria ser muito burra para deixar um homem como Hayden escapar. Diria a mim mesma que era a coisa certa a fazer, que o estava protegendo ou me protegendo, mas, um dia, acordaria arrependida de não ter sido mais corajosa.

E o medo de me perder nele, como me perdi com Kit? Eu me lembro da minha festa de aniversário, em que todos usaram fantasias ridículas e engraçadas. Aquilo foi para mim, e me fez muito feliz.

Hayden nunca me deixaria ser nada além de mim mesma.

Ele passa o disco para um dos meninos, sorrindo e gritando palavras de incentivo, e meu coração se aperta.

A ideia de ter filhos parece muito distante, mas o imagino tendo um com outra mulher, segurando o bebê *deles* com um sorriso encantado, e quero chorar e arrancar esse banco do chão.

Talvez não precise acabar. Depois de tudo que ele me contou sobre Jess, sobre ter sido encaixado num estereótipo e numa fama que nunca quis, talvez as coisas entre nós possam, sim, dar certo.

— Vamos marcar um para Darcy, hein? — Hayden diz aos meninos.

Ele prepara a jogada e, quando o menino marca, levanta as duas mãos para dar um toquinho em cada criança, espalhando sua energia divertida e entusiasmada sobre elas e fazendo todas se sentirem especiais.

"Corra esse risco", Ward disse quando hesitei sobre aceitar o emprego de analista, e veja só como está dando certo.

Mas os riscos com Hayden são muito maiores.

É assim que sempre ajo: sinto medo e fico paralisada. Mas Hayden merece muito mais do que minha incerteza e ansiedade.

Quando termina a partida improvisada, Hayden assina autógrafos e tira fotos com as crianças e os pais. Depois, corre de volta para o banco e se senta ao meu lado.

— Foi divertido. — Ele sorri para mim, com as maçãs do rosto coradas e um brilho nos olhos. Algumas pétalas caíram no seu cabelo.

— Você marcou um gol pra mim.

Hayden apoia o braço ao redor dos meus ombros, me envolvendo em seu peito quente e firme e, quando volta a sorrir para mim, sua expressão se suaviza.

— São todos pra você, Darcy.

Meu coração se aperta. Talvez ele não parta meu coração.

Hayden olha para o meu cabelo e sua boca se curva num sorriso.

— Que foi?

Ele sorri ainda mais.

— Está com folhas de cerejeira no cabelo.

Dou uma risada.

— Você também.

Parece mágica, estar sentada aqui com ele sob as flores de cerejeira e a luz suave do sol. Como se tudo estivesse se encaixando e o tempo se alinhasse.

Não quero mais ter medo. Quero todas as coisas boas que vêm ao fazer as escolhas difíceis.

Ao longe, ouço a música do caminhão de sorvete e sorrio. A primavera finalmente chegou, e mal me reconheço comparando com a pessoa que era quando cheguei em Vancouver nesse inverno.

— Hayden? — O nervosismo me atravessa, mas engulo em seco.

Ele franze as sobrancelhas, preocupado.

— O que foi?

Minha boca fica seca, mas me concentro na miríade deslumbrante do azul dos seus olhos.

— Também não quero que acabe.

Em resposta, ele arqueia as sobrancelhas.

— Não quero que o que temos acabe — digo e respiro fundo, olhando nos seus olhos, e meu estômago se revira com o afeto em sua expressão. — Estou me apaixonando por você.

Nunca disse essas palavras para um homem antes, e não sei nem se ele escutou.

Um sorriso suave se abre em seu rosto.

— Estava torcendo pra você dizer isso.

71

HAYDEN

— Darce? — À noite, tiro os sapatos na entrada, carregando uma sacola de comida tailandesa para viagem.

— Estou no banho — ela grita de dentro do apartamento, com um tom provocante e sedutor.

Meu corpo se enche de desejo, e vou até o banheiro, já levemente excitado com a imagem mental dela molhada, nua e esperando por mim. Tiro a camisa no corredor e a jogo para o lado. Consigo sentir o cheiro doce de baunilha e laranja do seu banho de espuma.

Abro a porta do banheiro e faço uma careta.

— Argh.

Daniel, o Anão, está na banheira, cercado por bolhas, me encarando com os olhinhos sem vida.

— *Não* — resmungo.

Darcy está atrás da porta, completamente vestida e se contorcendo de tanto rir.

— Por que você me tortura assim?

— Ele só quer relaxar depois de um dia longo. — Ela mal consegue falar de tanto rir, e seus olhos lacrimejam.

— Você é doente, sabia? — Dou risada, balançando a cabeça. — Está esperando aqui dentro faz tempo?

— Uns dez minutos.

Tiro o anão idiota da água e o coloco no chão antes de me voltar para Darcy, que está com um sorriso maldoso no rosto. Seus olhos brilham e ela dá um passo para trás.

Suas palavras de hoje cedo se repetem na minha cabeça: "Eu sei a verdade. Você é muito mais do que isso".

Talvez ela tenha razão. Talvez eu não seja o cara que todos dizem que sou. Talvez seja, *sim*, alguém como Streicher ou Miller, que conseguem fazer a parceira feliz.

— Você vai ver só. — Eu a pego no colo e ela solta uma gargalhada.

Talvez eu consiga fazer Darcy feliz.

Nossa, quero muito ser esse cara.

— Não. — Ela ri ao ser carregada até a banheira, completamente vestida. — Por favor. — Ela se segura em meu pescoço, tremendo de tanto rir enquanto a desço apenas um centímetro sobre a superfície da água. Está rindo tanto que mal consegue respirar. — Por favor — pede de novo, e sorrio para ela.

O anão é medonho, mas adoro vê-la assim, mais feliz do que nunca. Não quero que isso acabe jamais.

— Qual é a palavra mágica?

— Desculpa — ela pede, ofegante, se segurando em mim e tentando se contorcer para longe da água. — Desculpa.

— E o que mais?

— Daniel também pede desculpa — acrescenta, com um brilho nos olhos, mas grita quando a desço um pouco mais, deixando sua bunda toda molhada. — Hayden!

72

DARCY

No sábado, entro na área principal da suíte que Hayden reservou no hotel cinco estrelas de Whistler, usando meu vestido tangerina. Ele contratou um cabeleireiro e um maquiador para passar aqui hoje cedo, então meu cabelo está meio preso, meio solto, em cachos suaves e fluidos, e minha maquiagem está feita de um jeito que eu jamais conseguiria fazer sozinha. No meu punho, está minha pulseira, meu bem mais precioso.

Sinto que sou a melhor e mais autêntica versão de mim mesma. Como se não estivesse me escondendo nem fingindo ser mais ninguém.

Hayden está esperando na sala e, com seus traços marcantes, o corte impecável do terno sobre seu corpo imponente e o cenário do lago, das montanhas e do céu azul infinito ao fundo, a cena parece saída de uma revista. De um filme. Como se não pudesse ser real.

Ele tira os olhos do celular e fica boquiaberto.

— O que acha? — Abro um sorrisinho.

Ele fica me encarando.

— Hum.

— Que foi? — Olho para baixo, franzindo a testa, vendo se tem alguma mancha de maquiagem no vestido.

Hayden só continua me encarando, com a expressão atordoada.

— Você é linda, Darce. — Ele engole em seco, os olhos subindo e descendo pelo meu corpo. Quando seu olhar pousa em meu rosto, sua expressão se suaviza. — De tirar o fôlego. Sempre achei isso.

Meu coração se aperta. "Não quero que isso acabe", ele disse. "Também não quero que acabe", respondi.

Quase parece bom demais para ser verdade, que alguém como eu possa ficar com um homem como ele. Mas aqui, neste vestido, com este cabelo, com o que conquistei nos últimos meses, não me sinto mais aquela menina nerd e sem jeito que era.

Algo doce e cintilante cresce em meu peito, se espalhando pelo meu corpo, e me empertigo um pouco mais. Sinto que mereço a maneira como Hayden está me olhando.

Ele se levanta e enfia a mão no bolso. Quando tira, segura uma caixa de veludo rosa-claro.

— Comprei um presente.

— Você está me mimando.

Seus olhos se aquecem.

— Minha atividade favorita. — Ele abre a caixa e a entrega para mim, um par de brincos cintilantes, pedras preciosas claras no mesmo formatinho da minha pulseira.

— São lindos.

Hayden apenas observa com um sorriso, ficando atrás de mim com as mãos no quadril enquanto os coloco e admiro meu reflexo no espelho do hall.

— Você merece o melhor, e comprar presentes pra você é um fetiche que eu não sabia que tinha.

Solto uma risada e dou um beijo na bochecha dele.

— Obrigada, amor.

Ele solta um som baixo e satisfeito e passa os lábios pelo meu queixo. Perco o ar.

— Adoro quando você me chama de amor — murmura.

Mordo o lábio. Amo quando Hayden usa esse tom de voz comigo, como se estivesse prestes a me levar para a cama.

— A gente precisa ir — sussurro.

Na porta, pego os saltos, mas ele os tira da minha mão.

— Deixa que eu faço isso.

Então, me sento, e Hayden se ajoelha na minha frente. Ele encaixa meu pé no sapato, com uma ruguinha adorável de concentração enquanto afivela a tira delicada com as mãos enormes. Estende minha perna, olha nos meus olhos com um sorriso malandro e beija meu tornozelo. Minha panturrilha. O lado de dentro da minha coxa.

— A gente vai se atrasar — digo com uma risada, o coração disparando.

Achava que tinha uma boa noção do apetite sexual de Hayden, mas essa foi mais uma coisa sobre a qual me enganei em relação a ele.

Hayden não tem uma libido simplesmente alta. Hayden é *insaciável*. Nunca gozei tantas vezes por dia: na cama logo cedo, no banho, debruçada sobre a bancada da cozinha depois do café da manhã, no meio da noite, quando ele me acorda passando a língua na minha excitação. Não achava que meu corpo era capaz disso. Mesmo agora, o desejo aperta entre as minhas pernas e consigo sentir a calcinha ficando molhada.

Quando se trata de Hayden, talvez eu também seja insaciável.

— Tem razão. — Com a boca dentro da minha coxa, ele solta um forte suspiro, como se estivesse com dor. — Precisamos sair agora ou nunca vamos sair.

À porta, ele hesita e volta a me observar, e vejo o movimento lento do seu pomo de adão enquanto engole em seco.

— Que foi?

Hayden solta uma risadinha, balançando a cabeça.

— Só pensando na sorte que tenho de ter você ao meu lado, Darce.

— Engraçado. — Pego sua gravata para puxar sua boca para perto. — Sinto o mesmo em relação a você.

73

HAYDEN

Vemos nossos amigos, Jamie Streicher e Pippa Hartley, se casarem e olho para Darcy ao meu lado. Ela está incrivelmente linda.

Ela me abre um sorriso delicado e se volta para a noiva e o noivo, e seus brincos novos refletem a luz. Sua expressão deslumbrada, tão contente e surpresa, apenas alimentou minha obsessão.

Vou me casar com essa mulher. Esse pensamento me ocorreu há oito anos, durante uma conversa antes da aula na nossa primeira semana de faculdade. Envergonhado, abafei o pensamento assim que surgiu; eu tinha dezoito anos, afinal.

Mas já sabia. Algumas conversas com Darcy Andersen, e eu sabia que ela era a pessoa certa para mim.

Ela me olha com uma expressão irônica e repreensiva e aponta o olhar para a frente. "Você está me encarando", faz com a boca, e sorrio, erguendo um ombro. "Gosto de você", faço com a boca em resposta.

Te amo, quero dizer.

Quando Darcy revira os olhos, me obrigo a voltar a atenção para o motivo pelo qual estamos aqui.

Pippa usa um longo vestido branco que Darcy me explicou ser de "estilo boho". Streicher está com um terno cinza-escuro, e a cachorra deles, Daisy, está sentada entre os dois, usando uma gravatinha-borboleta na coleira. Ela ergue os olhos atentos, esperando os petiscos que Streicher passou a cerimônia inteira lhe dando.

Todos os membros do Vancouver Storm, menos Volkov, estão aqui, incluindo Ward. Hazel e Miller estão sentados na frente como madrinha e padrinho, trocando sorrisos discretos durante toda a cerimônia, provavelmente pensando no próprio casamento em breve.

A mãe de Streicher, Donna, e os pais de Pippa, Ken e Maureen, estão sentados na primeira fileira, sorrindo para o casal.

Quando Pippa e Jamie trocam seus votos, meus olhos ardem e sinto um calor no peito, não apenas porque estou feliz que meus amigos estejam dando o próximo passo em suas vidas e seus relacionamentos, mas porque eu também quero isso, e finalmente, pela primeira vez na vida, está ao meu alcance.

Ao meu lado, Darcy usa o vestido laranja, tão linda e feliz que meu coração se aperta.

"Estou me apaixonando por você", ela disse no banco do parque sob as flores de cerejeira.

Olho para os entes queridos de Jamie e Pippa ao redor, e quero isso para nós. Quero minha Darcy no vestido que a fizer se sentir linda, as pessoas que nos são mais importantes assistindo com sorrisos e lágrimas nos olhos, e uma grande festa animada depois para comemorar.

Dou uma fungada.

— Está chorando? — Darcy sussurra, pegando minha mão.

— Não — sussurro em resposta.

Ela esboça um sorriso, com um brilho nos olhos.

— Tudo bem se estiver.

— Não estou — insisto, sorrindo. — E, mesmo se estivesse, todo mundo também está.

Darcy sorri de novo, aperta minha mão e apoia a cabeça no meu ombro pelo resto da cerimônia.

— Alexei não veio? — Darcy pergunta no meu ouvido quando chegamos ao salão de festas com vista para o lago.

— Não — respondo, olhando ao redor. — Pensei que ele pudesse mudar de ideia de última hora, mas... sei lá. Parece que não.

— Hum — murmura ela, preocupada.

— Ele já chegou a ser noivo — admito, fazendo uma careta. — Não gosta de falar sobre isso.

Enquanto comemos, os padrinhos, as madrinhas e os pais fazem discursos.

— À primeira vista — Miller diz ao microfone —, meu melhor amigo sério e mal-humorado parece ranzinza.

Ele olha para Pippa à espera de confirmação, e ela concorda com um aceno firme de cabeça. Todos riem, e até Streicher esboça um sorriso.

— Mas todos na vida dele sabem que Jamie faria qualquer coisa por aqueles que ama. Pippa — Miller sorri para ela —, com sua força e coragem, sua ética profissional, sua criatividade e gentileza, todos neste salão conseguem ver por que ele te ama mais do que tudo na vida. Daisy — então olha ao redor da mesa, onde a cachorra está sentada aos pés de Donna, recebendo carinho —, você mudou tudo quando tentou seguir Streicher até a casa dele naquele dia.

Ela solta um latido agudo e todos riem de novo.

Hazel estreita os olhos para Streicher durante o discurso dela.

— Não sabia o que esperar de você, Jamie, mas me conquistou quando incentivou Pippa, ajudou que ela alcançasse todo o seu potencial e disse que ela era capaz de tudo. — Sua expressão se suaviza. — Você faria qualquer coisa pela minha irmãzinha, e te amo por isso. Tenho orgulho de te chamar de cunhado.

Ela olha para Pippa, cheia de amor.

— Te falei uma vez que, quando você entendesse a mulher incrível que era, seria imbatível. — Então engole em seco e pisca com força. — Agora que sabe, é *mesmo* imbatível. Te amo. Tenho muito orgulho de tudo que você conquistou e da pessoa que é, e agradeço todos os dias ao universo por sermos irmãs.

Meus olhos ardem, porque Hazel costuma esconder as próprias emoções.

— Chorando de novo? — Darcy sussurra com um sorriso implicante.

— *Não* estou chorando — sussurro em resposta, piscando depressa.

Ela passa a mão na minha coxa com um movimento reconfortante, e coloco a minha na sua, apertando com força.

— Estou chorando um pouco — admito.

— Tudo bem. — Ela se aproxima e beija minha bochecha. — Gosto que, no fundo, você é um romântico meloso.

Dou uma risada envergonhada. Talvez eu seja mesmo. Acho que sempre fui.

— Jamie, você é parte da família Hartley desde aquele primeiro Natal que passou com a gente — Ken, o pai de Pippa, diz com orgulho e estufa o peito. Maureen está ao lado dele no palco, sorrindo. — Todos dizem que Jamie e Pippa são pessoas de sorte, mas somos eu e Maureen que estamos agradecendo pela nossa sorte, e não apenas porque vamos receber dois membros do Storm nas festas de família.

Todos riem. Além de ser um cara simpático e de bom coração, Ken é um torcedor de hóquei fanático.

— Você é um bom rapaz, Jamie. Donna fez um trabalho incrível, criando você — diz a Streicher e Donna, e Streicher se inclina para a frente, assistindo com os cotovelos nos joelhos. Ele engole em seco. Donna seca os olhos. — Pippa fez bem ao escolher você.

— Soube que Jamie gostava de você — Donna diz a Pippa com um sorriso durante a sua vez — quando perguntei se você era bonita e ele não me olhou nos olhos.

Pippa dá risada e Jamie sorri, balançando a cabeça.

Depois do jantar, Pippa toca uma música que compôs para Streicher no violão que ele comprou para ela no primeiro Natal que passaram juntos e, quando vejo o olhar que trocam, o dele tão orgulhoso e o dela tão completamente apaixonado, aperto o braço ao redor dos ombros de Darcy.

Depois, dançamos ao som de canções de amor, e a aperto com firmeza, inspirando seu cheiro doce e familiar.

Amo esta mulher, e está ficando cada vez mais difícil esconder isso. Todos os dias, me pergunto se ela está pronta para ouvir a intensidade dos meus sentimentos.

— Quer voltar para o quarto, Andersen?

Darcy olha nos meus olhos, faz que sim, e pego sua mão, puxando-a para a porta.

74

DARCY

No elevador a caminho do quarto, Hayden sorri para mim, e depois para nossas mãos dadas. Seu sorriso é tão meigo e fervoroso, e ele está tão incrivelmente lindo em seu terno cinza, que mal consigo respirar.

Quando o elevador chega ao nosso andar, ele me guia até o quarto, destranca e segura a porta para mim. Entramos na suíte com vista para o lago: o espaço é luxuoso e grande demais, mas, quando falei isso ao chegarmos, Hayden me levou para o quarto e me beijou na cama até eu esquecer como falar.

Ele se ajoelha para me ajudar com os sapatos, e sorrio ao colocar as mãos nos seus ombros para me equilibrar. É muito cuidadoso com a alça fina ao redor do meu tornozelo, e sinto um aperto no peito com o gesto cuidadoso.

Todos os presentes de aniversário que ele me deu ao longo dos anos. Todas as vezes que sorriu para mim e que seu olhar ficou um momento a mais do que o dos outros ficaria.

Casamentos despertam emoções nas pessoas. Sei disso. E sei que eu e Hayden somos algo novo e recente.

Vi Jamie e Pippa se casarem, e pensei em mim e Hayden no lugar deles.

— Por que aceitou ser meu ajudante? — pergunto, quase num sussurro.

Ele fica de cócoras, me observando, e pousa as mãos quentes e fortes atrás das minhas panturrilhas.

— Porque Kit nunca te deu escolha. — Hayden franze a testa como se estivesse lembrando. — Como eu poderia negar naquela situação? —

Ele engole em seco. — Aceitei te ajudar e ensinar você a ser pegadora porque queria que tivesse escolha e controle. Queria que se sentisse forte e tomasse suas próprias decisões. — Em seguida, bufa. — Mesmo que fosse uma merda ver você sair com outros caras.

Minha garganta embarga de emoção. Pela primeira vez, me sinto vista de verdade. De uma forma ou de outra, Hayden está cuidando de mim. Sempre esteve. Ele é muito altruísta. O universo usou todos os melhores ingredientes quando fez Hayden Owens.

Ele se levanta e se senta ao meu lado. Encosta os lábios na minha testa, e as mãos envolvem meu maxilar.

— Qual é o problema?

— Nada. — Meu coração dá um salto. — Está tudo melhor do que nunca. Bom demais pra ser verdade, até.

Ele sorri.

— Sei como é.

— Me convenci de que você era um pegador e que não queria namorar nem ter compromisso porque, se quisesse essas coisas, seria perfeito. — Meu coração bate mais forte enquanto Hayden me observa, escutando e mexendo distraidamente no meu cabelo. — E daí eu não teria motivo pra sentir tudo que sinto por você.

— Tipo o quê?

Minhas mãos pousam em seu peito firme, mexendo nas costuras de sua camisa.

— Eu perceberia que você é gentil e amoroso, que ilumina todo ambiente com seu senso de humor e seu sorriso. Que é muito mais do que um rostinho bonito e um cara muito bom de cama. — Meu estômago se revira de raiva por terem dito isso para ele. — Você se importa e faz as pessoas se sentirem vistas e especiais. Desenvolveu minha autoconfiança e me ajudou a me encontrar quando eu não sabia como.

Se um dia Hayden quiser aquelas coisas que Jamie e Rory têm, o noivado e a vida de casal, faria alguém imensamente feliz.

Inveja aperta meu peito. Quero que esse alguém seja *eu*.

Amo esse homem.

Ele dá um sorriso gentil e ajeita uma mecha de cabelo atrás da minha orelha.

— Ver você se tornar quem quer ser, Darce, é a melhor experiência da minha vida.

Meu coração vacila. Ai, Deus. Amo Hayden. Claro que amo.

Como não amar? Ele é maravilhoso. É gentil, afetuoso, engraçado, otimista e trabalhador. Mas é mais do que isso. É o fato de amarmos muitas das mesmas coisas. De eu amar quando ele treme todo sempre que escondo aquele anão besta pelo apartamento. De me dar o presente perfeito que eu não sabia que queria.

Respiro fundo mais uma vez, tentando acalmar o coração acelerado, enchendo os pulmões com o cheiro de Hayden. Sinto a pele formigar onde ele toca meu cabelo, ajeitando-o atrás das orelhas e dos meus ombros, e sou dominada por uma sensação de impaciência. Não quero perder mais nenhum momento sentada aqui, falando.

Não estou pronta para dizer o que sinto, mas posso mostrar a ele. Pego sua mão e o puxo para o quarto.

75

HAYDEN

Ela me ama. Darcy não se deixa levar pelas ideias que as pessoas colocaram na minha cabeça sobre quem sou, e ela me ama. Não falou, mas sei que sente o mesmo.

Ela tem meu coração nas suas mãozinhas delicadas.

No quarto, dou beijos suaves no seu pescoço, deixando que seu cheiro doce me envolva. Ela está tentando abrir os botões da minha camisa, mas chupo a pele sensível sob sua orelha, e seus dedos vacilam.

— Não consigo pensar quando você faz isso — murmura, então faço de novo, e ela geme.

Nossos lábios se encontram e provoco sua língua com a minha, saboreando-a, seduzindo-a, tomando-a para mim. Darcy é minha; eu lhe digo isso a cada toque da minha língua contra a dela, a cada roçar dos meus dedos sobre sua pele, a cada respiração que compartilhamos. Ela morde meu lábio inferior, me empurrando mais, e minha pulsação acelera.

Levo os dedos ao zíper lateral, que puxo para baixo.

— Adoro você nesse vestido, mas está na hora de tirar.

Ela ri baixinho, concentrada em abrir os botões da minha camisa.

— Adoro você nesse terno, mas está na hora de tirar também. — Um sorriso travesso se forma na sua boquinha linda, que envolvo com a minha.

O vestido cai no chão ao redor dos seus tornozelos, deixando-a num espartilho sem alça com florzinhas e um fio dental minúsculo.

Chego a salivar.

— Nunca vou me cansar de ver você usando algo que comprei e que faz você se sentir bonita.

Ela abre um sorriso íntimo para mim. Minha camisa cai no chão, e Darcy leva as mãos ao meu cinto, abrindo-o. Cada roçada de suas mãos no meu pau me deixa ainda mais duro, forçando o zíper, até ela finalmente tirar minha calça e minha cueca, ficando de joelhos.

Arregalo os olhos.

— Espera... *ai, Deus.*

Ela coloca o meu pau na boca, olhando para mim com um sorriso safado, e não passa nenhum pensamento na minha cabeça dura além de *sim* e *Darcy* e *mais*. Acho que estou gemendo essas palavras em voz alta enquanto ela me chupa, passando a língua ao longo da parte de baixo sensível. Sinto uma pressão crescente ao redor da base da minha coluna. Darcy murmura, seus olhos se fechando como se adorasse isso, e meu corpo se enche de tesão.

— Espera, gatinha. — Tiro meu pau da boca dela. — Se continuar fazendo isso, vai acabar rápido demais. — Eu a levanto, puxando-a para o meu peito. — Sua boca é muito gostosa. Não consigo me segurar.

Ela ri, mas abro seu espartilho, o jogo para o lado, e me ajoelho, chupando o mamilo de um dos seus seios maravilhosos.

Sorrio para ela, dando toda atenção aos seus lindos peitos enquanto me ajoelho aos seus pés.

— Seus peitos têm a altura perfeita para isso.

— Acho que foi para isso que foram feitos — Darcy murmura, mas suas palavras se perdem quando meu dedo encontra o outro mamilo, brincando e provocando. Chupo e o circulo com a língua, tirando gemidos baixos dela. Pego sua mão e a coloco na minha cabeça, e gemo de conforto e prazer quando ela passa os dedos pelo meu couro cabeludo.

Eu a levo à beira da loucura, passando os lábios ao longo da costura superior da calcinha, apertando e roçando a pele macia, mordiscando e mordendo até seu quadril se inclinar para mim e eu passar os dedos sob a renda.

Entre as pernas, Darcy é seda molhada. Meus dedos giram, e suas pálpebras se semicerram, o olhar fixo em mim.

— Tão macia. — Consigo sentir o sorriso malicioso na minha boca. Me encho de orgulho ao ver sua expressão de prazer. *Eu* estou fazendo isso. *Eu* estou fazendo com que ela se sinta bem. — Tão molhadinha para mim.

Darcy acena, ofegante.

Tiro sua calcinha, desnudando-a para mim. Meus dedos se afundam dentro dela e nós dois gememos. Tiro os dedos, absorvendo a expressão assombrada no seu rosto enquanto ela me observa, depois baixando os olhos para aquele ponto entre as suas pernas e voltando a afundar os dedos em sua perfeição molhada e apertadinha.

— Nossa, você é tão linda aqui — digo ao passar a língua pela abertura. O sabor de sua umidade faz meu pau babar e minhas bolas doerem com a necessidade de meter nela. Mas é bom demais, doce demais. — E seu gosto é bom pra caralho. — Deixo escapar um barulho involuntário de prazer enquanto passo a língua para trás e para a frente.

Ela joga a cabeça para trás com êxtase, mas ergo a mão e acaricio sua nuca, erguendo-a para olhar para mim. Suas pálpebras se abrem. Seus olhos estão turvos de desejo, e seu rosto está corado da maneira mais linda possível.

Minha Darcy perfeita.

— Fica de olho aberto, linda.

Ela acena, ofegante, e mais adrenalina escorre pelo meu sangue. O prazer de ter Darcy para mim é incomparável.

Dou um forte beijo chupado no seu clitóris, massageando o ponto sensível dentro dela daquele jeito que a faz perder o controle, e ela puxa meu cabelo com tanta força que meus olhos lacrimejam.

— Hayden — diz, ofegante.

Em meu ombro, suas coxas ficam tensas. Seu calcanhar aperta minhas costas. Ela pisca em meus dedos, roçando a boceta em mim em busca de mais fricção, como faz quando está à beira do clímax.

Adoro quando ela enlouquece assim, e adoro ser a pessoa que faz isso acontecer.

— Vou gozar. — Sua voz é fraca e desesperada, e sou um homem possuído. — Você vai me fazer gozar.

Não existem palavras mais doces. Os músculos de Darcy apertam meus dedos, pulsando enquanto ela geme e repete meu nome de novo e de novo, e chupo o botão de nervos, passando a língua por ele e sugando todas as gotas de seu sabor revigorante. Meu coração bate forte enquanto ela me abraça, tremendo. Prolongo seu orgasmo o máximo possível, o máximo que ela consegue aguentar. O suficiente para encher cada parte do seu corpo de prazer e apagar todos os pensamentos da sua cabeça, menos *eu*.

Quando ela relaxa, me levanto, puxando-a para o meu peito, e Darcy ergue a cabeça para mim, olhando para a minha boca, pedindo um beijo. Encosto os lábios nos dela no mesmo instante. Eu lhe daria tudo que ela quisesse ou de que precisasse.

Darcy chupa minha língua e meu cérebro derrete. Entre nós, meu pau lateja de tesão. Um desejo me percorre, forte e intenso.

— Porra. — Eu a pego no colo e a coloco na cama. O sangue pulsa em meus ouvidos enquanto subo em cima dela, beijando seu pescoço. — Preciso estar dentro de você, Darce. Não aguento esperar.

76

HAYDEN

Darcy responde com um aceno rápido e levo a mão à mesa de cabeceira para pegar minha carteira, mas sua mão pousa em meu braço, me impedindo. Há uma pergunta em seu olhar.

— E se a gente não... — Ela vasculha meus olhos, e o rubor nas suas bochechas é tão fofo que meu peito se aperta.

— Não usar camisinha? — Franzo as sobrancelhas.

Ela faz que sim, e um calor desce pela minha espinha. A ideia primitiva de gozar dentro de Darcy enche meu sangue de uma eletricidade crepitante.

— Nunca fiz sem.

— Também não — ela sussurra. — Estou tomando anticoncepcional. Comecei no mês passado.

Não consigo respirar direito.

— Tem certeza?

— Sim — Darcy responde, mordendo o lábio com um sorriso tímido e envergonhado. — Eu quero, Hayden. Estava pensando nisso.

— Caramba. — Afundo o rosto na curva do seu pescoço, soltando uma risada rouca. Ela fantasiou comigo gozando dentro dela? Não vou aguentar nem dez segundos.

— Tivemos tantas primeiras vezes juntos — ela diz, passando os dedos no meu cabelo, e sorrio, concordando com a cabeça.

Todas as importantes foram com Darcy, e nada antes importava.

Me posiciono na sua entrada quente e molhada. Seus olhos estão elétricos, e Darcy respira com dificuldade. Quando vou entrando em seu calor apertado, sinto que estou em casa.

— Ai, meu Deus — sussurra ela, fechando os olhos. — Nunca vou me acostumar com o tamanho.

O prazer sobe pela minha coluna, formigando e contraindo. Eu não deveria amar tanto ouvir essas palavras, mas amo. Paro para ela conseguir se ajeitar.

— Você está bem? — digo entredentes.

— Uhum. — Ela suspira, revirando os olhos. — É tão gostoso. — Sua boceta pulsa ao redor de mim, e tento manter o controle.

Deixo escapar um barulho rouco e consigo sentir a pressão no meu rosto. A sensação de Darcy ao redor de mim, me apertando, tão quente e macia e molhada, apaga todos os pensamentos da minha cabeça. Sou movido por puro desejo, por puro amor por ela.

— Tão apertadinha. — Já consigo sentir a pressão crescendo lá embaixo. — Não vou aguentar muito.

— Precisa que eu fale de Daniel?

Caio na gargalha, afundando o rosto no seu pescoço.

— Você é uma safadinha maldosa, sabia?

Darcy ri, e ergo a cabeça para sorrir para ela, tirando o cabelo da frente da sua testa.

— Admite. — Seus lábios se curvam num sorriso lindo e contente. — Pensar nele ajuda.

Tremo de tanto rir. Amo essa mulher. Amo tanto que meu coração não parece capaz de aguentar.

Mas, antes, quero fazer com que goze de novo. Ela me encara com os olhos cheios de confiança e amor, e tenho uma ideia.

— Quer experimentar uma coisa nova hoje?

Seus olhos pesados se enchem de interesse.

— Tá bom.

Passo a mão atrás dela, roçando o dedo na curva de sua bunda perfeita até encontrar a entrada dos fundos. Darcy prende a respiração.

— Quero tocar você aqui — sussurro no ouvido dela. — Quero te dar prazer.

Seus dentes se cravam no meu lábio inferior, e seu olhar se enche de preocupação.

— Não quero que doa.

Minhas veias vibram com a necessidade de proteger essa mulher, de dar prazer e amor a ela, e de mostrar tudo o que nunca teve.

— Confia em mim?

Ela faz que sim.

— Vamos devagar. Não vai doer. Juro que vai ser muito gostoso. Melhor do que você imagina. Vou tomar todo cuidado com você, Darce.

— Eu sei. — Ela hesita de novo, solta o ar devagar e acena. — Tá.

Sua confiança em mim é inebriante. Pego sua boca, mordiscando o lábio inferior, beijando, antes de chupar o dedo e voltar à abertura apertada, empurrando aos pouquinhos, milímetro por milímetro.

— Está gostoso? — Observo sua expressão atentamente.

— Sim — Darcy responde, ofegante, piscando os olhos arregalados enquanto vou enfiando o dedo, aumentando seu prazer. — Ai, meu Deus. Sim.

A satisfação me percorre.

— O que foi que eu disse?

Ela fecha os olhos e seus lábios se abrem. Depois, Darcy se contrai ao redor do meu dedo, do meu pau.

— Disse que seria bom.

— Fala que eu estava certo, linda.

— Você estava certo. — Seus olhos se reviram. Ela está começando a tremer. — Você estava muito certo. Hayden?

Ranjo os molares e respiro fundo pelo nariz.

— Hum?

Seus olhos vidrados brilham de malícia.

— Me fode.

Quando ela me pede assim, *nessa* voz, com *essa* expressão tímida e amorosa, não consigo dizer não. Meu controle já era. Tiro o pau de dentro dela, meto de novo, e gemo com a forma como sua boceta me aperta, como seu cuzinho perfeito aperta meu dedo. Ela está respirando com dificuldade, com uma ruguinha agoniada de prazer enquanto entro e saio, sem tirar os olhos dela.

A eletricidade sobe pelas minhas pernas. Estou quase. Mudo o ângulo e puxo suas pernas para ir mais fundo. Darcy arregala os olhos assim que minhas estocadas começam a massagear seu clitóris. Nos meus ombros, suas unhas se cravam em mim, e seus olhos têm aquele ar distante que me diz que ela está quase gozando.

— Mais um — peço. — Por favor, linda. Só mais um. Goza de novo pra mim como uma boa menina.

Darcy faz que sim, e sou invadido pelo orgulho. Estamos respirando com dificuldade quando ela me aperta como um punho. Minha visão se turva; nunca vou conseguir voltar desse prazer torturante, e nem quero.

— Mais forte — ela consegue dizer, tensa como um arco. — Mete mais forte.

— Boa menina, Darcy. — A dominação me aperta e, embaixo de mim, ela se derrete ainda mais. — Goza no pau do seu melhor amigo.

Seus lábios se apertam e ela fecha os olhos enquanto espreme tanto meu membro que não consigo mais aguentar. Uma chama me percorre. Abaixo a cabeça em seu ombro, entoando seu nome. Não consigo pensar, só me despedaço. É o orgasmo que não para, nos suspendendo no tempo e no espaço. O resto do mundo desaparece. Cada pensamento, cada batimento do meu coração, cada célula do meu corpo existe unicamente para Darcy.

Voltamos ofegantes um sobre o outro, e dou um beijo na sua têmpora, abraçando-a com firmeza. Depois que nos limpamos, eu a envolvo em meu peito, onde é o lugar dela.

— Sinto que ganhei alguma coisa, com você — revelo para ela como um segredo.

Darcy murmura, sorrindo e passando os dedos no meu tanquinho.

— Sinto o mesmo.

77

DARCY

Na manhã seguinte, acordo com uma vista espetacular do corpo adormecido de Hayden, o peito nu, a pele dourada, e a expressão meiga e relaxada em seu rosto lindo. Ele dorme profundamente, o peito largo subindo e descendo e os lábios um pouco entreabertos. Pelas grandes janelas do quarto, vejo as montanhas se elevarem do lago e sou dominada por uma paz avassaladora. Tomo cuidado para não acordar Hayden enquanto saio da cama para fazer café na cozinha da suíte do hotel.

Está tudo perfeito, até eu olhar o celular.

Na bancada atrás de mim, a máquina de café espresso zumbe e pinga enquanto encaro a tela do celular, esfregando os olhos de sono. Estou usando uma das camisetas de Hayden, meu cabelo está bagunçado e eu estou descalça, mas minha sonolência passa como se eu tivesse tomado um banho de água fria.

São tantas notificações que nem sei por onde começar. Meu coração dispara. Um novo grupo de conversa com Georgia, Hazel, Pippa, Jamie, Rory, Alexei. Hayden também está nele, mas obviamente não respondeu. Mensagens diretas de Georgia, Hazel, Pippa, Alexei. Mensagens dos meus pais, de vários antigos colegas de trabalho e de outros analistas. Duas chamadas perdidas de Georgia, uma ontem à noite e outra esta manhã. Uma chamada perdida de Alexei. Uma chamada de Ward.

Colocamos nossos celulares no modo *não perturbe* para o casamento e, quando voltamos ao quarto, olhar as notificações foi a última coisa em que pensamos.

Não entre em pânico, Georgia escreveu ontem à noite. *Estamos lidando com isso.*

Lidando com *o quê*? Meu pânico aumenta, o coração disparado e um nó no estômago "Vamos resolver isso", Alexei escreveu por volta da meia-noite.

Do que é que eles estão falando? Passo os olhos pelas conversas do grupo; estão furiosos por causa de uma entrevista. Perguntam em que quarto estamos. O nome de Kit aparece e eu arregalo os olhos, o coração na garganta. Jogo *Kit Driedger* no Google, e o primeiro vídeo é uma coletiva de imprensa de ontem, depois do primeiro jogo do Calgary nas eliminatórias.

O rosto de Kit aparece no vídeo com o logo do time de Calgary atrás dele.

— Você e o atacante do Vancouver Storm, Hayden Owens, são amigos de longa data — o entrevistador diz. — Durante o jogo da semana passada contra o Vancouver, porém, você fez uma marcação que parecia agressiva demais contra ele. Os torcedores estão especulando que o seu comportamento durante aquele jogo é porque Owens está tendo a melhor temporada dele até agora enquanto você está perdendo o fôlego. É verdade?

Kit cruza os braços, fazendo cara feia.

— Não, não é verdade. Estou cagando e andando pra ele. — Ele engole em seco. — E aposto que é bem mais fácil ter uma boa temporada quando se recebe tratamento especial da nova analista de dados do time, se é que me entende. — Então ergue as sobrancelhas, numa insinuação clara.

Há uma longa pausa antes de todos os repórteres começarem a fazer perguntas ao mesmo tempo. Não ouço o que dizem depois por causa do sangue pulsando em meus ouvidos.

Sinto um aperto no peito.

De uma tacada só, Kit diminuiu tudo que faço com o time, todo meu trabalho árduo e minha paixão pelo emprego. Ele me tachou de *antiética*. Sinto uma vergonha se revirando e se cravando dentro de mim, e meus olhos ardem.

Como pude me enganar tanto sobre alguém?

— Darce?

Ergo a cabeça. Hayden se aproxima com a expressão preocupada, sem camisa, usando apenas sua cueca boxer preta. Queria poder admirar completamente como ele é lindo, todo sonolento quando acaba de acordar, mas, em vez disso, estou atordoada, surtando, zonza.

Ainda em silêncio, dou o celular para ele e aperto o play. Seu maxilar se contrai enquanto assiste ao vídeo com os músculos tensos.

— Que porra é essa?

Fico olhando para a tela, incrédula.

— Como ele pôde fazer isso?

O que fiz para merecer esse tipo de coisa? Foi mesmo com essa pessoa que passei oito anos?

— Darce. — Hayden deixa o celular de lado e coloca as mãos nos meus ombros, me virando para encará-lo. — Vou resolver isso.

Passo os olhos pelas mensagens restantes, e uma se destaca. *Me liga*, Ward escreve.

Eu ligo, mas cai direto na caixa postal. Hayden faz sua própria ligação enquanto fico olhando pela janela. Não acho que Ward me demitiria por isso. Não fiz nada de errado, mas atrair esse tipo de atenção para o time não é bom. Conheci o dono uma vez, um senhor simpático na casa dos sessenta anos com um sorriso gentil. Embora pareça o tipo de homem paciente que imagino que Ward venha a se tornar um dia, duvido que esteja feliz com isso.

Minha mente volta a quatro anos atrás, quando eu estava na sala do meu chefe enquanto ele me demitia pelo meu erro. Fiquei tão focada em não repetir o passado que nem previ isso. Passei esse tempo todo olhando na direção errada.

A dor de prejudicar alguém é forte e fresca, como se fosse ontem. Hayden se provou um atacante incrível sem a minha ajuda, mas agora que a mídia descobriu sobre a nossa relação, ele nunca vai receber todo o crédito pelo trabalho que dedicou.

— Certo, beleza — Hayden diz ao telefone. — Chego em duas horas. — Ele se despede e desliga antes de se virar para mim.

— Preciso falar com Ward — digo.

— Ele já está no escritório. — Hayden passa a mão no cabelo. — Deve ter voltado ontem à noite pra lidar com isso.

Enquanto todos os outros estavam resolvendo a minha bagunça, eu estava envolta nos braços de Hayden e no nosso mundinho.

— Vamos embora. — Engulo em seco e olho ao redor da suíte do hotel. Pretendíamos passar o dia inteiro na cama e voltar para casa amanhã, mas não podemos mais nos esconder.

Sei o que preciso fazer. Desta vez, não vou levar ninguém comigo.

78

HAYDEN

Chegamos à arena em tempo recorde. Mal falamos durante a viagem toda, cada um de nós consumido por nossos próprios pensamentos, mas, à porta da sala de Ward, paro, tocando o braço de Darcy.

— Pode esperar aqui fora? — pergunto.

O maxilar dela está tenso.

— Não. Quero falar com Ward.

— Quero falar com ele primeiro. — Engulo em seco o nó cortante na garganta, mal conseguindo manter a compostura. Estou puto com Kit, mas, mais do que qualquer coisa, preciso proteger Darcy. — Por favor?

— Não. — Seus olhos brilham de determinação.

Suspiro. Ela sabe ser muito teimosa quando quer algo, o que ainda acho um charme, mesmo que seja inconveniente.

— Vamos entrar juntos.

Depois de bater, ouvimos um *entra* abafado, e abro a porta, encontrando a cara cansada de Ward atrás da mesa.

Ele faz sinal para entrarmos.

— Vamos resolver isso.

Nós nos sentamos, e apoio os cotovelos nos joelhos, observando-o. É culpa minha. Deixei Kit irritado. Escondi meus sentimentos por Darcy durante anos. Ele está retaliando contra *mim*, mas ela está sendo pega no fogo cruzado.

Amo essa mulher e vou protegê-la para sempre. Não quero fazer isso, mas não vejo outra saída.

— Quando acabarem as eliminatórias, gostaria de solicitar oficialmente uma troca.

As trocas são permitidas assim que as eliminatórias terminam. Darcy se esforçou tanto pelo seu sonho, e não vou ser a razão para que isso acabe. Não vou comprometer a felicidade dela.

— *Quê?* — Darcy se inclina para a frente e olha para mim, o queixo caindo e os olhos brilhando de raiva. — Não.

Atrás da escrivaninha, Ward levanta as sobrancelhas, surpreso.

— Sim — digo antes de me voltar para Ward. — Me troca. Vou para qualquer lugar, e não ligo se vou jogar na defesa ou no ataque.

Não é bem verdade. Aprendi a amar jogar no ataque, e sou bom nisso. Toda a minha forma de jogar mudou nos últimos meses, o que se refletiu na minha vida pessoal, mas aceito o que vier sem reclamar. Assim, Darcy pode ficar no seu emprego dos sonhos.

Não estou pensando em como as coisas eram perfeitas até hoje cedo. Não vou remoer o que poderia ter sido. Que poderia ter sido para sempre.

— Pode fazer o anúncio hoje — acrescento, mas Darcy está balançando a cabeça. — Darcy pode ficar com o emprego dela. Assim não há conflito de interesse e tudo desaparece.

Todas as partes de mim se revoltam contra a ideia de me mudar, de ficar longe dessa mulher, sem poder olhar para a carinha dela por longos períodos durante a temporada, mas não consigo ver outra solução.

— Não. — Nunca ouvi Darcy usar essa voz firme e imponente. Ela olha nos olhos de Ward. — Me demite.

É a minha vez de olhar para ela em choque. Ward começa a dizer algo, mas o interrompo.

— É *essa* a sua solução, Darcy? Largar o emprego para o qual você é perfeita, depois de anos odiando a sua carreira?

— Consigo encontrar um emprego facilmente em Vancouver — ela diz a Ward, me ignorando. — O escândalo midiático vai passar, e você pode contratar outro analista. Tem muitos por aí.

Fico olhando, furioso, para a cara dela. Como poderia achar que essa é uma opção? Eu nunca concordaria com isso.

— Você finalmente está feliz de novo.

— Você também — dispara ela em resposta.

Ward limpa a garganta.

— Posso só...

— É graças a você! — Minha voz sai carregada de urgência e frustração. — Estou finalmente feliz porque estamos juntos e faria qualquer coisa por você.

Quando nossos olhos se encontram, Darcy me olha com tanto amor e carinho que meu coração se parte.

— Você ama esse time. Ama morar aqui. Finalmente encontrou seu lugar. Eu jamais deixaria que fosse para um time novo por minha causa.

— Eu iria. Faria de tudo por você, Darcy.

— Eu *sei*. — Ela aperta os lábios e inspira fundo. — E é por isso que não posso deixar que faça isso. Posso arranjar um emprego novo em Vancouver e podemos ficar juntos, mas, se você for trocado... — Ela engole em seco, franzindo a testa enquanto olha para as mãos. — ... é uma sentença de morte para nós.

— Não é.

— É, sim. Vai ser muito difícil, Hayden. Oito meses longe, com as nossas agendas? A gente mal vai se falar ao telefone ou por mensagem, que dirá se ver. — Ela parece muito triste. Quero matar Kit por ter feito isso. — Você ainda tem anos de carreira. Quanto tempo acha que a gente conseguiria fazer isso?

Entre as palavras dela, ouço sua verdadeira pergunta. Tudo aquilo que vimos no casamento de Streicher e Pippa, a vida que queremos, ficaria tudo em suspenso até conseguirmos voltar a ficar juntos.

Alguns caras, como Volkov, jogam até os trinta e tantos. É raro, mas acontece. Não posso pedir para ela esperar até lá. Esperar por mim. Algo no meu peito se contorce de dor.

Odeio as duas opções. Ambas tiram algo de nós.

— Não sei o que fazer — admito, passando a mão no rosto.

Ward suspira.

— Dá pra ficarem quietos um momentinho? — ele pede com delicadeza. — Vocês dois se decidiram, mas isso não cabe a vocês. — Então nos olha com firmeza. — A nenhum de vocês.

O rosto de Darcy fica vermelho, e ranjo os dentes, recostando-me na cadeira.

— Nenhum de vocês dois vai a lugar nenhum. — Ele cruza os braços. — E, se tivessem me deixado abrir a boca quando entraram no meu escritório, eu teria dito isso pra vocês. — O canto da boca de Ward se ergue como se estivesse achando graça.

Eu e Darcy nos entreolhamos, e uma esperança surge em nossos olhos.

— Sou muito seletivo e consciente em relação a quem contrato — continua ele —, e só contrato os melhores, incluindo um departamento de relações públicas excelente que está cuidando disso desde o segundo em que Driedger abriu a boca e ofendeu uma de nós. — Ele ergue as sobrancelhas para Darcy. — Esse emprego é sua vocação, não é? Não é só um emprego. É o seu propósito.

— Sim — ela concorda. — Sinto que finalmente estou no lugar certo.

— Eu sei.

Ward pega o controle da TV e liga a tela na parede oposta. Estão passando os destaques esportivos no mudo e Ward adianta até encontrar o que está buscando.

— Faz vinte minutos que isso foi ao ar. — Ele aperta o play, e a repórter esportiva começa a falar.

— *O técnico Tate Ward fez uma declaração a respeito das alegações de conflito de interesses contra a analista de dados recém-contratada do Storm, Darcy Andersen. "Darcy Andersen é uma analista de dados estatísticos incrível que desempenha seu papel com o máximo profissionalismo. É parte importante da família Storm, e quaisquer comentários que a desqualifiquem com base em seu relacionamento com Hayden Owens são sexistas e degradantes, um problema que as mulheres em exatas enfrentam todos os dias. Em nome da srta. Andersen, o Vancouver Storm vai doar US$ 100 000 para a unidade de Vancouver da Mulheres em Exatas e tornar a organização sem fins lucrativos uma de nossas causas oficiais."*

A repórter se volta para o colega na mesa com as sobrancelhas erguidas.

— *Isso manda uma bela de uma mensagem para Driedger.*

Meu coração está na garganta quando Ward desliga a TV e se recosta na cadeira, nos observando.

— O time fez uma postagem nas redes sociais em apoio a você. Seus antigos colegas da Eckhart-Foster falaram sobre seu profissionalismo e seu talento como analista. O grupo Mulheres em Exatas obviamente está apoiando você e, nossa, até seus antigos professores universitários estão se manifestando. — Ele olha para Darcy. — Não deixe que um babaca rancoroso por algo pessoal puxe seu tapete. Você não vai embora. — Ele me olha com uma expressão severa. — *Vocês* não vão embora. — Por fim, olha para nós dois. — Ficou claro?

Eu e Darcy estamos em choque. Não vou embora, ela não vai embora, e o futuro que queríamos juntos não está mais em risco. Olhamos um para o outro. Ela começa a sorrir, e minha boca se curva enquanto me encho de alívio.

— Ficou — digo a Ward, sorrindo para Darcy.

— Claríssimo. — Darcy também abre um sorriso aliviado.

— Que bom. Agora, por favor, saiam da minha sala. — Ele acena para nós. — Até segunda.

Eu me levanto e estendo a mão para Darcy. Quando ela a pega, eu a guio para fora da sala.

Quando finalmente saímos da arena, atravessando o parque sob as cerejeiras, Darcy para de andar e se vira para mim com uma expressão preocupada.

— Preciso te falar uma coisa.

79

DARCY

— Te amo — digo a Hayden sob as cerejeiras enquanto o sol de abril brilha sobre nós, cintilando em seu cabelo e deixando seus olhos mais azuis do que o mar. — Era pra eu ter te falado ontem, mas congelei de medo. Não confiava em mim mesma. Estava com medo de te magoar ou de desaparecer na sua vida.

Ele me observa com um leve sorriso, ouvindo pacientemente, e coloco a mão em seu peito firme. Sob a minha palma, seu coração bate com firmeza. Uma brisa levanta uma mecha de cabelo que caiu sobre sua testa, e mais flores de cerejeira caem das árvores.

O amor floresce ao nosso redor, e vejo isso com muita clareza agora.

Como pude pensar que me perderia por esse homem? Errou de novo, Darcy. Hayden nunca deixaria eu me perder. Ele tentou abrir mão de tudo para que eu pudesse ficar com um trabalho que amo.

— Você nunca deixaria isso acontecer — digo. — Com você, sou a melhor versão de mim mesma.

Olho por sobre o ombro para um banco próximo, aquele em que estávamos sentados algumas semanas atrás.

— Quando estava sentada embaixo das flores de cerejeira, vendo você jogar hóquei com aquelas crianças, percebi que minha vida era indiscutivelmente melhor com você. — Estou sem ar de tanta emoção enquanto olho para ele.

Com cada fibra do meu ser, espero que ele sinta o mesmo.

Desejo e afeição pura brilham em seus olhos.

— *Eu* te amo, Darce. Sempre amei. Te amo mais do que achava ser possível. Você faz eu me sentir como a pessoa que quero ser. — Hayden ri consigo mesmo. — Acho que foi por isso que A. R. Haddington me mandou o livro. Contei nossa história pra ela, como criamos um vínculo pelos livros dela, mas falei que te amo e que te amava fazia tempo. A gente sabe que ela é romântica.

Ele me abraça e me puxa para perto, e apoio a cabeça em seu peito, ouvindo seu coração. Seus lábios encontram minha têmpora e me dão um beijo.

— Sempre? — Meu coração acelera enquanto me inclino para trás para encará-lo, tão alto e lindo.

— Sempre. Eu nunca te amei como amiga, Darcy. É só que demorei um tempo pra entender isso.

— Eu também — sussurro.

Ele enrosca as mãos no meu cabelo e ergue meu rosto, capturando meus lábios com os seus. O beijo é suave, doce e delicado, mas Hayden puxa meu lábio inferior entre os dentes e traça um dedo pela minha nuca, me causando arrepios com a promessa de mais quando chegarmos em casa.

Minha cabeça gira enquanto ele se inclina para trás e pisca para mim.

— Vamos.

Andamos de volta para casa sob as cerejeiras, então me viro para ele com uma pergunta nos olhos.

— Falei o momento em que me apaixonei por você. E o seu?

Sua boca se ergue num sorrisinho malandro.

— Lembra aquela noite em que me machuquei?

— A pancada?

Ele faz que sim.

— Espera. — Solto uma risada. — Você se apaixonou por mim por causa de um boquete?

Hayden treme de tanto rir.

— Sempre te amei, mas foi naquele dia que caiu a ficha. — Ele respira fundo, ainda sorrindo para mim, felicidade irradiando do fundo dos seus olhos, da sua pele, do ar ao redor dele. — Ninguém nunca cuidou de mim daquele jeito, Darcy. Se eu já não te amasse naquela época, ali teria sido o ponto de virada.

Meu coração se aperta com a doçura das suas palavras.

— Hayden?

— Oi, Darcy?

— Vamos pra casa. — Arqueio as sobrancelhas com uma malícia que não deixa a menor dúvida sobre o que vou fazer por ele.

Seus olhos se iluminam, e Hayden se agacha antes de me jogar em cima do ombro. Grito com surpresa, rindo, enquanto ele começa a correr pela rua.

Epílogo

DARCY

Certa manhã, no começo de setembro, eu e Hayden estamos deitados na cama, recuperando o fôlego de uma sessão apaixonada de sexo matinal.

— Pronto para a pré-temporada? — pergunto.

— Uhum. — Recostando-se na cabeceira, ele sorri consigo mesmo como se tivesse acabado de pensar em algo. — Eu odiava o fim do verão. Acho que porque significava que eu te veria menos.

Murmuro, apoiando o queixo nele.

— Eu também. Sempre sentia saudade de você durante a temporada.

Hayden sobe e desce a mão pelas minhas costas nuas, brincando com o meu cabelo e me causando calafrios na espinha.

No fim da última temporada, o Storm foi eliminado na segunda rodada das eliminatórias — o mais longe que já chegou em anos. Os jogadores ficaram decepcionados, mas Ward garantiu que um progresso lento e constante é o melhor caminho e que, na próxima temporada, eles estariam ainda melhores. Disse que estava orgulhoso de como jogaram e de ser o técnico do time.

Ele olhou para Hayden ao dizer isso, e não deu para conter a onda de orgulho que surgiu em meu peito.

Além dos jogadores, Ward também deu férias para a equipe de analistas, mas passo todos os dias no notebook, ajustando os modelos, revendo gravações do jogo, seguindo os dados e procurando padrões. Hayden conseguiu me arrastar para uma viagem ao Havaí com Jamie, Pippa, Rory, Hazel, Alexei e Georgia, que ainda não se falam, a menos que seja para trocar farpas. Aos fins de semana, pegamos nosso barco novo, navegando pelas ilhas do Golfo, vendo o sol se refletir na água.

Depois do escândalo midiático, os boatos de que Kit não se dava mais tão bem com os colegas de equipe aumentaram ainda mais quando seu contrato acabou sem ser renovado. Ele está livre no mercado agora, mas nenhum time o contratou. Foi ele quem cavou a própria cova, mas ainda sinto pena dele. Eu e Hayden temos tanto e, em comparação, a vida de Kit foi por água abaixo.

O fim do verão significa voltar à vida real, mas, com Hayden, nossa "vida real" é melhor do que eu jamais poderia ter imaginado.

Há algo que quero dizer para ele há semanas. Concentro o olhar no dedo que deslizo pelos contornos e linhas do seu peito.

— Estou pronta para um anel. Quer dizer, se você quiser. Ou quando estiver pronto pra me dar um.

Seus olhos brilham, mas se estreitam como se estivesse confuso.

— O que quer dizer?

— Quero dizer... — Respiro fundo. — Quando estiver pronto para um anel e para dar o próximo passo, estou pronta para dizer sim.

Ele coça a cabeça, fazendo uma cara confusa.

— Aquilo que conversamos no fim da última temporada? — Arregalo os olhos e faço um gesto entre nós. — Aquilo que me deixava com muito medo antes mas não me deixa mais porque te amo e quero ficar com você pra sempre?

— Quer adotar um cachorro?

— Me pede em casamento! — grito. — Passei o verão inteiro esperando!

Ele cai na gargalhada, e meu queixo cai de irritação, mas não consigo não rir também.

— Hayden. Você está sendo lerdo de propósito.

Seu peito treme e o sorriso que ele me abre me aquece dos pés à cabeça.

— Sim, linda, sei de que tipo de anel você está falando. Faz meses que comprei.

Meu coração para.

— Comprou?

Seu olhar é suave, paciente e gentil.

— Uhum.

— Cadê? — Tento sair da cama, mas ele me segura.

— Não interessa.

— Pode me dar agora?

— Não. — Ele ri. — Você pode esperar.

— Mas acabei de dizer que estou pronta. — Faço um gesto para ele se apressar. — Anda logo.

Hayden ri de novo.

— Não vou pedir você em casamento *aqui*, Darce. Precisa ser especial. Você merece algo memorável e especial. — Ele passa a mão no cabelo. — Além disso, queria ver se você não queria escolher o seu. A gente pode ir numa loja. Você pode mandar fazer. Pode comprar o que quiser...

— Quero o que você tiver escolhido pra mim. — Uma vez por mês, mais ou menos, Hayden me compra uma joia. Ele revelou ter um gosto incrível, sempre escolhendo joias especiais e sustentáveis. Falei milhões de vezes que não preciso e que estou sendo mimada, mas ele não desiste.

Me mimar, na verdade, parece fazer Hayden Owens muito, muito feliz, e vê-lo conseguindo o que quer me faz feliz, então todo mundo sai ganhando.

Ele puxa uma mecha do meu cabelo.

— Quer café?

— Como você pode ficar tão calmo se acabamos de ter uma conversa monumental?

— Não é monumental pra mim, Darce. Já estava mais do que claro, e estou pronto. — Ele sai da cama e dá um tapinha na minha bunda.

Eu o vejo sair do quarto, os olhos na sua bunda torneada.

— Vai mesmo me fazer esperar?

— Frustrante, né? — Hayden diz à porta, sorrindo. — Oito anos, linda. É o tempo que esperei por você.

Deixo escapar um resmungo baixo de impaciência e volto a me afundar na cama.

Ele apenas ri e balança a cabeça, com um brilho nos olhos.

— E valeu a pena.

Nas duas semanas seguintes, Hayden parou para amarrar os sapatos pelo menos umas dez vezes: no meio da rua, embaixo da mesa quando saímos para jantar, sobre a pontezinha de um riacho, até no banho.

— Esses nem cadarço têm — digo, quando ele para pra olhar os tênis.

Hayden faz uma cara inocente.

— Pensei que tivesse uma pedra.

No fim da semana, quando ele se ajoelha no parque embaixo das árvores com as folhas de outono, nem paro de andar. Ele corre atrás de mim, rindo enquanto reviro os olhos e escondo o sorriso.

— Está com medo de eu falar não? — pergunto certa manhã quando ele lava meu cabelo, massageando o condicionador no meu couro cabeludo e derretendo meu cérebro. — É por isso que fica me torturando assim?

— Não sei do que está falando.

— Acho que vou aceitar.

— Acha? — Hayden sorri para mim, olhando para o meu peito enquanto a água escorre pela minha pele. — Está de sacanagem, né?

— Não sabe brincar, não desce para o play.

Finalmente, perto do fim de setembro, eu e Hayden passamos pelo nosso parque favorito sob o sol fresco de outono. Chegamos ao banco em que sempre nos sentamos, e sua mão quente pega a minha, puxando-me na direção dele.

— Vamos sentar — diz.

Me sento no banco. Mas Hayden não se senta. Coloca a mão no bolso. Meu coração dispara, mas essa não é a primeira vez que ele tenta me enganar.

— Ha, ha. — Meu sorriso é condescendente. — Colocando a mão no bolso agora. Está subindo de nível. — Olho ao redor do parque. — Humm. Onde o fotógrafo está escondido, hein?

Hayden sorri.

— A uns trinta metros.

— Engraçadinho.

Ele se ajoelha e minha confiança vacila. A maneira como está sorrindo para mim me faz perder o fôlego.

— Está levando essa brincadeira longe demais hoje — sussurro, olhando nos seus olhos. Acho que os meus estão enormes enquanto meu coração dispara e meu estômago dá cambalhotas de emoção.

Hayden abre outro sorriso para mim.

— Hoje não é brincadeira.

Estou sorrindo, acenando, respirando fundo.

— Está acontecendo finalmente? Vai acabar com o meu sofrimento?

Ele ri.

— Sim. Está pronta?

Sempre me dando escolha. Olho nos seus olhos, segura, e faço que sim.

Sua expressão se suaviza e seu olhar se enche de ternura enquanto ele pega a minha mão.

— Darcy Andersen, mulher dos meus sonhos, quer se casar comigo?

— Sim — digo sem hesitar, sorrindo. — Seria um prazer.

— Você nem viu o anel.

— Não preciso ver.

Memorizo este momento: o calor do sol na minha pele, o som dos pássaros cantando e das crianças brincando no parque, a brisa soprando o cabelo de Hayden, e seus olhos tão azuis quanto o céu. A sensação da sua mão na minha.

— Tenho certeza, Hayden, e nada pode me fazer mudar de ideia.

Ele arqueia a sobrancelha e abre a caixa do anel.

Meu queixo cai.

— Céus. — Fico olhando para a pedra cintilante, de um rosa claríssimo, cercada por um punhado de pedrinhas brancas. Parece algo vindo de um conto de fadas, como um adereço de *Espada do Norte*.

E vai ser meu. Vou poder olhar para ele todos os dias e me lembrar de Hayden.

— Gostou?

Atônita, faço que sim, e seu sorriso se alarga. Não sou muito de joias, mas Hayden vem mudando isso aos poucos.

— São diamantes cultivados em laboratório, com ouro branco reciclado na argola.

— É perfeito. — Eu o encaro. — Você é perfeito, e mal posso esperar pra passar o resto da vida com você.

Ele põe o anel no meu dedo, e sorrimos um para o outro antes de Hayden se levantar e me beijar.

À noite, abrimos a porta do Filthy Flamingo, dando de cara com um coro de gritos e aplausos.

— Parabéns, pombinhos — Rory diz, sorrindo e nos dando taças de champanhe.

Está todo mundo aqui: nossos amigos, nossos pais, o time e meus colegas, até Ward. Há uma foto ampliada de nós no parque hoje que alguém deve ter tirado, de Hayden ajoelhado na minha frente, segurando o anel enquanto fico olhando para a cara dele com um espanto maravilhado. Detrás do balcão, Jordan pisca para mim, preparando coquetéis, e no quadro de especiais em cima dela há um drinque novo.

O ajudante: forte, doce e irreverente. O drinque que você não sabia que precisava!

Depois que todos nos parabenizam, Georgia me puxa de lado para ver o anel.

— Ficou lindo. — Seu sorriso é sonhador enquanto ela inclina minha mão para a frente e para trás, fazendo os diamantes brilharem na iluminação do bar. — Simplesmente lindo.

Arqueio as sobrancelhas com um sorriso irônico.

— Você já estava sabendo?

Ela dá risada.

— Claro. Todo mundo ajudou. Até o russo rabugento. — Ela aponta para o balcão com o olhar. Hayden está conversando com Rory, Jamie e Alexei, que fecha a cara para nós antes de desviar os olhos rapidamente.

Georgia solta mais um suspiro contente e aperta minha mão, um sorriso suavizando seus traços.

— Estou feliz por você.

— Valeu, amiga. Acho que temos muito a agradecer a você por essa situação toda. Você e sua obsessão por lingerie.

Sua boca se curva num sorriso presunçoso.

— Vocês só precisavam de um empurrãozinho.

Balanço a cabeça, sorrindo. Não consigo nem ficar brava.

— Sabe quem falou a mesma coisa? Alexei.

Ela finge se engasgar de ânsia, dando um gole na bebida, e uma luz se reflete na sua mão, atraindo meu olhar.

Arregalo os olhos. Há um anel no anelar esquerdo de Georgia.

— Espera. — Pego sua mão para olhar a joia. — O que é isso?

Ela não costuma usar anéis, muito menos *nesse* dedo.

Georgia se ajeita e dá de ombros.

— Ah, isso? — pergunta, limpando a garganta e desviando os olhos pelo bar.

— Sim, *isso*.

Ela passa a língua no lábio superior.

— Casei — diz, com indiferença.

— *Casou?* — Meu queixo cai. — Com quem? Quando? *Por quê?* Não sabia nem que você estava ficando com alguém.

"Nunca vou me casar", ela disse no ano passado, durante nosso encontro duplo.

Seu pescoço claro se move enquanto engole em seco, e Georgia finalmente encontra meu olhar.

— Volkov.

Eu e Hayden voltamos de mãos dadas para casa, vibrando de felicidade e da promessa do que está por vir. Talvez também por conta de alguns daqueles drinques especiais.

— Acho que não virei uma boa pegadora, né?

Ele ri.

— Não, não virou, ainda bem. — Ele sorri mais quando olha para mim. — Eu também não. Vivia obcecado por você.

— Por mim, tudo bem. — Encosto o ombro no dele. — Deu tudo certo no fim. Mal posso esperar pra me casar com meu melhor amigo, Hayden Owens.

Uma emoção brilha em seus olhos.

— Mal posso esperar pra me casar com minha melhor amiga, Darcy Andersen. — Ele para de andar e, com a mão sob o meu queixo, erguendo meu rosto, me dá um beijo suave. — Eu te amo.

— Eu te amo e, por mais que eu mandasse muito mal, pedir pra me ensinar a ser uma pegadora deve ter sido a coisa mais inteligente que já fiz.

Ele ri em meus lábios.

Fico na ponta dos pés para retribuir o beijo, com o coração cheio de amor por Hayden Owens.

Agradecimentos

Obrigada por ler *A tática da amizade*! Como todos os meus outros livros, este foi escrito com muita ajuda, orientação e apoio, e tenho alguns agradecimentos a fazer:

Jane Miao, obrigada por me contar todas as coisas que você adora em ser atuária. Seu entusiasmo pelo seu trabalho disparou fogos de artifício no meu cérebro. Obrigada por não achar estranho o quanto sou obcecada por atuários. Qualquer erro na representação da ciência atuarial é meu, não de Jane.

Becca Hensley Mysoor, obrigada pela sua orientação inteligente, pelo seu estímulo para a trama, e pelo seu entusiasmo por Hayden e Darcy. Trabalhar com você é muito gratificante.

Chloe Quinn, obrigada por ilustrar mais uma capa espetacular, e obrigada, Echo Grayce, por dar os toques finais! Um grande agradecimento a Beth, da VB Edits, e Brooklyn, da Brazen Hearts, pelo excelente olhar editorial.

Um agradecimento enorme aos meus leitores beta: Esther, Marcie, Wren, Ycelsa, Jess, Brett, Nicole e Cal. Obrigada pelos comentários divertidos e perspicazes, e por melhorarem este livro.

A minhas agentes, Flavia Viotti e Meire Dias, obrigada por acreditarem em mim e nos meus livros, pelo apoio incansável e pela orientação gentil.

Rhea Kurien, Ellie Nightingale e o resto da equipe da Orion: obrigada por acreditarem em mim. Trabalhar com vocês é a realização de um sonho.

A Lauren, minha assistente, obrigada por ajudar a manter minha cabeça no lugar durante este ano caótico. Desculpa por tirar sarro de você pelos pássaros. Era com amor.

Sarah Clarke, obrigada pelo sábio conselho sobre como estragar o cabelo da Darcy.

A cada livro, a lista de amigos autores a quem preciso agradecer cresce, e esse é um problema maravilhoso de se ter. Obrigada aos seguintes autores pelo apoio, amor, mensagens de voz, gifs estranhos, recomendações de livros e risadas: Grace Reilly, Olivia Hayle, Lily Gold (que sugeriu o nome *G-Spot Banger*), Penn Cole, Brittany Kelley, Ursa Dax, Bruce, Sophia Travers, Kyra Parsi, Samantha Leigh, Helen Camisa e Maggie North. Fazer amizade com vocês é uma das partes mais gratificantes desta carreira.

Aimee Cox, penso em você todos os dias, em como era corajosa, engraçada, inteligente e especial. Sou grata por nossos caminhos terem se cruzado e sinto sua falta.

Ao meu Tim, porque os melhores amigos são os melhores maridos. Te amo muito e mal posso esperar para te ver sendo pai. Vamos ficar apavorados juntos.

Por último, obrigada a minhas leitoras e meus leitores incríveis. Realmente tenho os melhores, mais engraçados e mais gentis do mundo editorial, e sou muito grata por todos vocês. Obrigada por me deixarem viver o sonho de escrever romances.

Até a próxima,

Steph

TIPOGRAFIA Adriane por Marconi Lima
DIAGRAMAÇÃO Vanessa Lima
PAPEL Pólen Natural, Suzano S.A.
IMPRESSÃO Lis Gráfica, outubro de 2025